JN208209

対 話 集

対 話 集

D. エラスムス著

金子晴勇訳

知泉学術叢書 8

凡　例

一　本書はエラスムスの『対話集』の翻訳である。翻訳の底本に使ったのは次の版である。

　Erasmus von Rotterdam, Colloquia Familiaria Vertraute Gespräche, Übersetzt, eingeleit und mit Anmerkungen versehen von Werner Welzig, 1967, Wissenschaftliche Buchgesellschaft, Darmstadt.

なお，この書は Erasmus von Rotterdam, Ausgewählte Schriften, 8Bände の第6巻として出版された。

一　翻訳にあたって参照したエラスムスの全集版と英訳版および注におけるその略記号は次の通りである。

　Opera omnia Desiderii Erasmi Roterodami recognita et adnotatione critica instructa notlisque illustrata, Amsterdam, 1969ff.= ASD

　The Collected Works of Erasmus, Toronto, 1989ff.= CWE

その他には次の英訳と邦訳も参照した。

　The Colloquies of Erasmus, transl. by Craig R. Thompson, The University of Chicago Press, 1965.

　エラスムス『対話集』二宮敬訳，「世界の名著17　エラスムス　トマス　モア」中央公論社，1969 所収。

一　訳文中の（ ）は著者の補足や説明である。また〔 〕は訳者による補足と簡略な説明の割注である。

一　「解説」と「注」は読者の理解を促進するために詳しく作成したが，その中には上記の近代語訳（英訳と独訳）と邦訳を参照したものもある。

はじめに

　オランダのロッテルダムの人，エラスムスはイタリアのルネッサンスを代表する思想家ピコ・デッラ・ミランドーラよりもわずかに三歳若かったにすぎないが，彼のうちに新しい人文主義の人間像と思想とが完全な成熟段階に達しており，これまでの人文主義の思想表現につきまとっていた衝動性と未熟さを根底から払拭するようになった。不幸なことに彼は非合法な結婚によって生まれ，両親と早く死別したので，貧しい青春時代を送ることになった。修道院からやっとパリに留学し，ラテン語に磨きをかけ，教父の著作に熱中する。家庭教師となってイギリスに渡り，オックスフォード大学のジョン・コレットを通して聖書批評の学問とキリスト教的人文主義を学ぶ。またトマス・モアとの友情を通して国際人として活躍するに至る。彼の生涯は旅行と著作の出版とから切り離せない。広い交際，自著のみならず，『校訂新約聖書』（Novum Instrumentum）という有名なギリシア語聖書のラテン語対訳本や教父全集の出版，無数の書簡を書く彼の姿は，ルネサンスの国際的知識人そのものである。同時代の人々がエラスムスから期待し，賞讃を惜しまなかったものは何であったのだろうか。それは精神の新しい自由，知識の新しい明瞭性・純粋性・単純性であり，合理的で健康な正しい生き方の調和した姿であった。これは彼の文学作品によく現われ，もっともよく読まれた『対話集』（Colloquia familiaria）や，『痴愚神

礼讃』（Encomium Moriae）の中に彼の思想は今日に至るまで生き生きと語り続けている。彼はまた神学者でもあり，キリスト教の再生と復興を最大の主題としている。それゆえ初期の代表作『エンキリディオン（キリスト教戦士の手引き）』や『新約聖書の序文』といった神学上の最良の作品で語りかけている精神は，哲学的でも歴史的でもなくて，言葉のもっとも優れた意味で文献学的である。したがって彼は言語，表現，文体を愛し，古代的人間の叡知が彼の言葉を通して再生し，古典的精神が輝き出ている。しかし彼が古代に深い関心と同感を示したのは，生活と実践がそこに説かれているという倫理的確信からであった。ところが彼の精神のもっとも深い根底にはキリスト教が生ける力を発揮しており，古典主義は実はその単なる表現形式においてのみ役立ち，彼のキリスト教的な理想と調和する要素だけがそこから選びだされているにすぎない。したがって彼の真実の姿はキリスト教人文主義に求めるべきである。この点をもっともよく提示しているのが彼の『対話集』なのであるといえよう。

　この『対話集』初版は 1518 年にバーゼルの有名な出版社フローベンから出版された。それはエラスムスの知らないうちに，彼の同意を得ないまま公表されてしまった。彼の友人であるエルザスの人文主義者ベアートゥス・レナースが，それに序文を付して出版されたときには，『日常会話の文例集』（Familiarium Colloquiorum Formulae）という表題の付いた小冊子であった。その内容はエラスムスがパリに滞在し，その後ラテン語の教師をしていたころに作成したもので，複雑なラテン語の分法を丸暗記してラテン語を修得するのではなく，会話での挨拶・依頼・質問・感謝・命令の仕方などを実践的に修得することによって語学を身に着けるための教科書であった。この小冊子にはかなり多くの小さな誤りがあったので，エラスムスは自ら改訂

はじめに ix

エラスムス『対話集』（1524 年版）

版を作成し，その翌年に出版した。この小冊子は1522までに改訂が続いて『対話集』初版にまで成長していった。ところで，この初版には本書に含まれているもっとも重要な作品「敬虔な午餐会」（直訳すると「宗教的饗宴」）や「ロイヒリンの神格化」などが含まれていた。ロイヒリンの死が1522年6月30日であったから「ロイヒリンの神格化」は彼の死の直後に書かれたことが判明する。そして1524年版からその名称が『対話集』に変わり，1533年の最終版が刊行された。こうしてこの作品は今日見るような大きな作品にまで成長したのである。その際『対話集』の表題には『日常会話の文例集』にあった「日常会話」（Familiarium Colloquia）が踏襲され，『親しい対話集』（Familiarum colloquorum opus, 略して Colloquia familiaria）という表題が与えられた。ここに展開する対話は親しい間柄の人たちとの会話であって，読んでみると分かるように

まことに楽しいものである。ラテン文はエラスムスらしい簡潔で適切な素晴らしい内容で，まことに教養が豊かな人にふさわしい典雅なものである。その意味でラテン語の教科書には最善の書であることに疑いの余地はない。ところで日本語の「対話」という言葉は普通に使われている「会話」よりも話し合っている者同志の親密さが伴われている。それゆえ表題には「親しい対話」が使われないで，これまで一般に『対話集』という表題が使われてきた。本書もこれにしたがう。

　ところで，本書に展開する対話の主題は，かなり広範囲にまたがっており，各々の対話に与えられた名称にもギリシア語やその他の表題が付加されている。そこには60年後に現れたモンテーニュの『エッセー』と互角に渡り合えるような豊かな内容が展開する。たとえば「名声を熱望する人」のような表題の作品は，両者に共通の主題となっている。ところで『対話集』はモンテーニュの著作と同様に，純粋な哲学書でも神学書でもなく，また時代と対決した単なる論争書でもなく，その時代の日常生活の中にある人間性の姿をプラトンに倣って対話形式で摘出したものである。そこに見いだされるエラスムスの視点は首尾一貫して「キリスト教人文主義」の立場であって，人間の生活の仕方を「文化」と言い換えると，この書には時代に対する「文化批判」が展開していると言うことができる。

　このように優れた内容をもつ『対話集』であるから，できれば全訳すべきであるかもしれない。しかし，この作品は版によって相違する数の「日常会話の文例集」と59編の対話からなる大作であるので，今日の出版状況ではその実現はほぼ不可能に近いといえよう。そこでわたしはその半分に当たるものを選訳せざるを得なかった。もちろんこの書の近代語による選集にも大小いくつかあり，ドイツ語訳はレクラム文庫版でも小規模のものがいくつかある。邦

訳としては「世界の名著 17　エラスムス，トマス・モア」にある『対話集』二宮敬訳（1969 年）のような比較的短いものもある。しかし，実は選び方が問題であって，わたしとしてはエラスムスの「キリスト人文主義」の観点から選び出されたものを訳したいと願い，ヴェルナー・ヴェルチッヒの編集による羅・独の対訳本を用いることにした。ここには重要な思想内容が展開する二つの長編「敬虔な午餐会」と「魚料理」が含まれ，その他にも注目すべき作品が多く採り入れられている。わたしは永いことこれに親しんできたので，それを底本にしてその全訳を試みることにした。

目　次

凡　　例……………………………………………………… v
はじめに…………………………………………………… vii

1　初対面の挨拶 …………………………………… 3
2　何かを始める人のために ……………………… 6
3　兵士の懺悔 ……………………………………… 10
4　敬虔な午餐会 …………………………………… 18
5　ロイヒリンの神格化 …………………………… 95
6　結婚生活 ………………………………………… 111
7　兵士とカルトゥジオ会修道士 ………………… 135
8　青年と娼婦 ……………………………………… 147
9　老人の会話 ……………………………………… 157
10　修道院長と教養ある女性 ……………………… 185
11　抜け目のない馬商人 …………………………… 196
12　物語が豊富な食事会 …………………………… 204
13　魚料理 …………………………………………… 230
14　事物と名称 ……………………………………… 322
15　お恥ずかしい騎士 ……………………………… 334
16　朝の時間 ………………………………………… 350
17　酒の入らない饗宴 ……………………………… 363
18　名声を熱望する人 ……………………………… 372
19　エピクロス派 …………………………………… 393

解説 『対話集』とはどんな作品か……………………430
あとがき……………………………………………435
エラスムス略年譜……………………………………438

対 話 集

1
初対面の挨拶

解　題
（初対面の挨拶；何かを始める人のために）

　最初の二つの文章は 1522 年の『対話集』改訂版の冒頭に置かれた日常会話の一例である。その版では会話の単純な心得の部分が最初に置かれてから，続いて二人の対話形式によってさまざまな問題が論じられたのである。

　エラスムスは青年時代にはとても貧乏で，生活の資を得るために裕福な家の青年たちにラテン語を教えていた。どうしたら青年にラテン語の知識を身に付けさせられるかと考えるようになり，詳しい文法の知識の代わりに短い会話の形式を暗記することを試み，それに成功した。その延長上に『対話集』が置かれることになった。

　初めに書いたラテン語の練習帳が出版され，よく使われるようになったが，20 年経った 1518 年にエラスムスが知らないあいだに出版元のフローベン社からその練習帳が新たに出版された。そこには誤りが多かったので，彼はそれを改訂した。たとえば挨拶の多様な仕方や仕事を新たに始める人への挨拶の仕方が実例を挙げて提示されていた。こうした実用的な手引きから二つだけここにあげたのが，巻

頭に置いた二つの事例集である。

　エラスムスは7歳か8歳の子どもがラテン語を学びはじめることができるように、また教師は最初から多く使われる語句を暗唱することによってよいラテン語を授けなければならないと考えた。こうして子供や青年がラテン文の模倣でもって愉しく学習する、真に独創的な学習方法が採用された。

＊　　＊　　＊

　わたしたちが心を込めて挨拶するようにと、ある教師が教えているのはわけがないのではないのです。というのも愛想がよく、かつ、魅力的な挨拶は、しばしば友情を獲得するし、敵意を洗い流すからです。それは確実に相互的な好意をはぐくみ、増大させます。ある人たちはとてもデメアに似ており[1]、性質が粗野でしたので、挨拶されたときは、ほとんど挨拶を返しません。

　このような欠陥は、ある人たちには本性よりも教育によって引き起こされています。

　わたしたちが行き交う人たちに、あるいは会話するために近づく人たちに挨拶することは、礼儀にかなったことです。何か仕事をしている人たち、食事をとっている人たち、あくびする人たち、しゃっくりする人たち、くしゃみする人たち、咳をする人たち〔に挨拶すること〕も同じです。げっぷをする人たちやおならをする人たちに挨拶することは、必要以上に慇懃です。ですが人が放尿したり、排便しているときに挨拶するのも、上品ではありません。

　「父上にご挨拶いたします」。

　「お母さん、お元気ですか」。

　1）　テレンティウスの『宦官』に出てくる登場人物の一人の名前。

1　初対面の挨拶

「お兄さん，お元気ですか」。
「謹んで尊敬する先生にご挨拶いたします」。
「叔父さん，心からの挨拶を申し上げます」。
「かわいい孫よ，達者かな」。

親族や姻戚の名前をこれに加えることは礼儀に適っています。何か憎しみを覚えるときには話しは別ですが。そんな場合には，あまり厳密に挨拶するのではなく，好ましいお方に頼るほうが優っています。たとえば継母を母と，継子を息子と，義父を父と，姉妹の夫を兄弟と，兄弟の奥さんを姉妹と呼んで挨拶するほうが，優っています。同じことはある年齢層の人たちや諸々の職務の肩書き〔をもつ人たち〕にも当てはまります。老人を老人という名称よりも，父や卓越したお方とお呼びするほうが歓迎されるでしょう。かつて尊敬を表すしるしとしてホ・ゲロン（老人）と呼ばれていたとしても，そうなのです。役人に挨拶しなさい。指導者に挨拶しなさい。しかし〔戦争でもうける〕軍靴製造人とか靴屋には挨拶しないように。少年に挨拶しましょう。青年に挨拶しましょう。老人たちが知らない青年に息子よと呼びかけて挨拶しますと，今度は青年たちが老人たちを父や主人と呼んで挨拶を返すものです。

2
何かを始める人のために

解　題（1と同じ）

*　　*　　*

挨　拶
「それが国家にとって幸運であり，幸せでありますように」。
「あなたがお始めになるものがすべての人に役立ちますように」。
「神があなたの労苦に報いて祝福してくださいますように」。
「天があなたの取り組みを支持されますように」。
「あなたの着手したものが天のよき祝福のもと首尾よくご完成なさいますように祈ります」。
「最大にして最善なお方，キリストがあなたの企てを祝福されますように」。
「あなたが開始したものが首尾よく進捗しますように」。
「あなたが始めたことが幸先よく発展しますように」。
「あなたは神聖なことを企てられています。その終りが幸

いでありますように，また神がそのように見事に始めたものを繁栄させてくださるように祈ります」。
「正しく開始されたことをキリストが成功させてくださいますように」。
「あなたが幸先よく始めたものが望みどおりに成功しますように」。
「この計画が立派なものであるのと同じく幸運でもありますように，わたしは最大にして最善な神に祈ります」。
「よい前兆のもとに始まった事柄がより良いもので終りますように」。
「あなたがよい前兆のもとにイタリアに赴き，いっそう良いものを得てお帰りになりますように祈ります」。
「わたしはあなたの幸いな旅路とさらに幸いな帰路を願っています」。
「わたしはあなたが幸先よく出発なさった後で，上首尾に旅を終えてお帰りになるように，神のお守りをお祈りします」。
「ご出帆が幸先よく果たされ，ご帰帆も晴れやかに実現しますように」。
「ご出発が幸先よく，ご帰還はさらに喜ばしいものとなりますように」。
「どうかこの旅立ちがあなたのお考え通りに実現されますように」。
「あなたへの憧れが当分の間わたしたちに悩みとなるほど，このご出発があなたにとって喜ばしいものでありますように」。
「よい兆しを得てご出帆なさいますように〔錨を上げますように〕」。
「〔あなたとわたしの〕双方の願いどおりにこの旅行が成功しますように祈ります」。
「この契約が双方にとって良いもので目的に適っています

ことを祈ります」。
「この結婚がわたしたちのすべてにとって喜びであります
　　ように祈ります」。
「もっとも偉大にしてもっとも善きイエスさまがお守りく
　　ださいますように」。
「恵み深い神々があなたを損なうことなくわたしたちに返
　　してくださいますように」。
「わたしの心の半身であるあなたを神さまがお守りくださ
　　いますように」。
「お健やかにお帰りになられますように願っています」。
「本年もあなたにとって喜ばしい開始が授けられ，いっそ
　　う喜ばしいものによって進捗し，もっとも喜ばしいもの
　　でもって終り，また，もっと頻繁にいつもいっそう幸せ
　　になって戻ってきますように」。
　　返　　事
「あなたがご自身に何ら報われないで，わたしたちの幸い
　　をお祈りになりませぬように」。
「わたしとしてもあなたがすばらしい多くの時を本年もお
　　過ごしになりますようにと祈ります」。
「この日があなたに幸多く明け初めますように祈ります」。

　　挨　　拶
「今日もあなたに幸いが到来しますようにと祈ります」。
　　返　　事
「同じくあなたにもなりますように祈ります」。
「今朝も幸いがもたらされ，わたしたち双方にとても恵み
　　深くありますように」。
「お父さん，良き一夜を過ごされますように」。
「平穏な夜があなたに授かりますように」。
「すばらしい眠りが訪れますように」。
「穏やかな憩いを神が与えてくださるように」。

「夢のない眠りを授けたまえ」。
「神があなたに穏やかな眠りか，それとも幸福な夢かをお
　与えくださいますように」。
「夜があなたに幸いを届けますように」。
　返　事
「わたしもまたあなたにそう願っています」。
「あなたはいつも利得をよろこんでいますから，幸いな一
　夜どころか何千倍も幸いな夜々があなたに授かりますよ
　うに祈ります」。

3
兵士の懺悔
―― ハンノとトラシュマコス ――

解 題

　この作品は1522年3月の版でMilitaria（兵士の問題）としてバーゼルのフローベン社から出版された。その後『対話の効用について』では欄外見出しとしてConfessio militis（兵士の懺悔）と呼ばれた。

　ハンノ（Hanno）というのはカルタゴ人の司令官の名前であった。トラシュマコスというのは勇敢な戦士で、ここでは皮肉を込めて威張った人物として使われる。ちなみにそれはプラトンの『国家』（I, 336B-354C）における「権力は正当である」ことを説いた人物の名前である。

　「戦争がどんなに悪いことかを知りたければ、それに従事している人を見ればよい」とエラスムスは『平和の訴え』（1517）で書いた。初期を代表する『エンキリディオン』（1503）でも宮廷に仕える戦士を敬虔な生活に導こうとした。戦争はすべて必要なく、非キリスト教的であることを彼はしばしば説き明かした。「兵士」は一般に向こう見ずにして、強欲であって、邪悪な冒険家を意味する。彼はスイスや独逸の傭兵たちに反感を抱いており、人間のくずと呼ぶ（『キリスト教君主論』LB, IV, 607E）。

3　兵士の懺悔

　輝かしい戦争についての誇示や戦争状況について嘲笑的な論評は「兵士とカルトゥジオ修道士」を予想する短い対話となっている。この作品はその他に『ユリウス天国から閉め出される』や『格言集』の「戦争は体験しないものに快い」の戦争論とも関連する。この対話の終りに，エラスムスは「免罪符」で犯した罪を贖おうとする兵士の良心に，戦争に参加して平和な心でいられるのか，と問いかけている。

＊　　＊　　＊

ハンノ　きみはメルクリウス[1]としてわたしたちのところから立ち去ったのに，どこからウァルカーン〔熱血漢〕のように帰って来たんだ。

トラシュマコス　どんなウァルカーンやメルクリウスについてきみは話しているのだ。

ハンノ　きみが立ち去ったとき翼をもっていたように見えたが，今はよろめきながら歩いているな。

トラシュマコス　戦争から引き返すときはいつもこうなんだ。

ハンノ　戦争で何があったんだ，どんな鹿よりもすばやく逃走する輩に。

トラシュマコス　戦利品への望みが勇気を与えていたんだ。

ハンノ　そうすると利得をたくさんもって，きみは帰ってきたのか。

トラシュマコス　とんでもない，財布は空っぽさ。

ハンノ　それでは荷物はそれほど重くは感じなかったんだな。

---

[1]　「商業の神」の意味。

トラシュマコス　だが，わたしは犯罪の重荷を背負って帰って来たのだ。

ハンノ　罪を重荷と呼ぶ預言者が真理を語っているなら，それはとても重い荷物なのだぞ。

トラシュマコス　これまでのわたしの全生涯で見たり，実行したことのない犯罪をそこで見たり，実行したのだ。

ハンノ　それではきみはそもそも兵士の生活が気に入っているか。

トラシュマコス　それよりも罪深く，もっと不幸なものはないのだ。

ハンノ　そうするとお金で雇われたり，かなりの人はただで雇われたりして，宴会にでも行くように戦争に出向く人たちには，その心に何が降りかかってくるのだろうか。

トラシュマコス　わたしには彼らが悪いフリア[2]に駆り立てられており，自分を悉く悪いダイモンと不幸の魔法にかけられ，ここにいながら自分らのよみの国を先取りしているとしか考えられない。

ハンノ　確かにそう想われる。彼らは名誉あることはどんな代価を払ってもほとんどが引き受けようとしない。だが戦争がどのようになされたか，また勝利がどちら側に傾いたかを，わたしたちに説明してくれませんか。

トラシュマコス　大声，大騒ぎ，ラッパの音，角笛の響き，馬のいななき，人々の叫び声がとてもひどかったので，わたしには何が起こったのか見きわめることができなかった。それどころか，自分がどこにいるのかも分からなかった。

ハンノ　そんなわけで，戦争から帰って来た他の人たちは，各々が言ったり行ったりしたことを，暇な傍観者と

---

2)　「復讐の女神」の意味。

して至るところに居合わせたかのように，それぞれ描写するのだ。

トラシュマコス　この人たちはみごとに嘘をついているのだと想います。わたしは宿営の中で行われたことを知っているが，戦争で実際に起こったことなど全く知らないんだ。

ハンノ　どうして跛行するようになったのかも全く知っていないのか。

トラシュマコス　ほとんど知っていないのだ。マルス[3]はこれからもわたしを助けてくれないかも。岩か，馬のかかとで，膝が傷つけられるかもしれない。

ハンノ　だが，わたしは知っているよ。

トラシュマコス　きみが知っているって。もしやだれかがきみに話したのか。

ハンノ　そうではない。だが，俺は予感するのだ。

トラシュマコス　それなら言ってくれ。

ハンノ　恐くなって，きみが逃げ出したとき，大地に倒れ，岩に躓いたのですよ。

トラシュマコス　きみが適切なことを言ってくれなかったら，わたしは死にたくなるのだ。きみが予感したことは本当にありそうなことだ。

ハンノ　ですから家に帰りなさい，そしてきみの奥さんに勝利のことを話しなさい。

トラシュマコス　彼女は無一文で帰ると，もうとても賛辞などさえずったりしないのだ。

ハンノ　〔戦争に参加して〕奪われたものをきみはどのように取り戻すつもりか。

トラシュマコス　ずっと以前にもう取り戻しているんだ。

ハンノ　誰に対してなのか。

---

3)　「軍神」の意味。

トラシュマコス　娼婦たちに，飲み屋の主人に，骰子賭博でわたしに勝った奴らにさ。

ハンノ　まことに軍人らしいやり方だね。悪辣なやり方で入手したものはもっとひどい悪辣な仕方で失うというのは当然なことだ。だが聖物窃盗は慎んだほうがよいと想うな。

トラシュマコス　戦争では神聖なものは何もなかった。世俗的なものも神聖なものも容赦されなかったのだ。

ハンノ　どういう仕方できみはそれを修復するつもりか。

トラシュマコス　戦争で犯してしまったものを償う必要はないと人々は言う。つまり，そこで起こることは合法的に起こっているのだ。

ハンノ　おそらく戦争法によってそうなんだ。

トラシュマコス　それは当たっている。

ハンノ　だがこの法はもっとも不当なやつなのだ。戦争にきみを誘い出したのは，祖国愛ではなく，戦利品への期待だったのだ。

トラシュマコス　わたしもそれを認める。高潔な意図を懐いてそこに出かける人はわずかだと思うのだ。

ハンノ　多くの人たちが正気を失っているのは重大な事態だよ。

トラシュマコス　説教者が，戦争は正しいと説教壇から告知いておったわ。

ハンノ　あの説教壇はいつも嘘をついているのではない。だが，政治家にとって正当なことがお前にとっていつも正しいとは限らないのだ。

トラシュマコス　ラビ[4]からわたしは聞いている，それぞれの仕方で生きることが赦されている，と。

ハンノ　家に放火し，教会を略奪し，神聖な処女を陵辱

---

　4)　「ユダヤ教の学者」の意味。

3 兵士の懺悔

し,貧者から剥奪し,罪のない人々を殺すことは優れた行状だと言うのだ。

トラシュマコス　屠殺者は牛を殺すために雇われる。わたしたちは人間を殺すために雇われたんだから,どうしてわたしたちの行状は非難されるのか。

ハンノ　戦争に行くような運命が降りかかったなら,お前の魂が〔死んだとき〕どこへ移住するのかと心配しなかったのか。

トラシュマコス　そんなこと少しも感じない。わたしの心はよい希望に溢れていたから。ともかく聖女バルバラ[5]にとても気にいられていたから。

ハンノ　彼女がきみの守護神を引き受けてくれたのか。

トラシュマコス　ちょとだけ頭でうなずいて,そのように合図しているとわたしには思われた。

ハンノ　いつそのように思われたのか。朝にか。

トラシュマコス　いえ,夕食の後でだ。

ハンノ　だが,その頃,きみには樹木も歩き出したように思われたか。

トラシュマコス　それがすべてを言い当てている。こうなったら,わたしはその像を毎日拝んでいる聖クリストフォルス[6]に最高の希望をかけていたのだ。

ハンノ　天幕においてなのか。どんな理由で神聖な方々はあそこにいるのか。

トラシュマコス　わたしたちは〔毛むくじゃらの〕彼を炭を使って亜麻布に描いていたのだった。

---

[5]　バルバラ(Barbara, 240没)キリスト教の伝説的な聖女,小アジアのニコメディアで信仰のゆえに父に斬首されたという。14救難聖人の一人。

[6]　クリストフォルス(Christophorus) 3世紀頃の殉教者で聖人,14救難聖人の一人。美術や民衆の宗教生活で愛されている巨人の姿を有するキリストの信奉者。

ハンノ　そのような炭で書いたクリストフォルスは人々が言うように決してイチジクの木で造った盾〔守護神〕でさえなかったのだ。でも冗談はやめにして，ローマに赴く以外には，そんなに多くの恥ずべき行為の罪滅ぼしをすることはできないと，わたしには思われる。

トラシュマコス　それどころか，わたしはもっと簡単な方法を知っている。

ハンノ　どんな方法ですか。

トラシュマコス　わたしはドミニコ会修道士のところに行くんだ。そこでわたしは少しだけ聴罪師と時を過ごすのだ。

ハンノ　聖物窃盗のためにそこへ行くのか。

トラシュマコス　たとえキリストご自身を強奪したとしても，また首をはねたとしても，人々は気前よく赦してくれる免罪符をもっており，〔悪行の〕影響力を和らげることができるのさ。

ハンノ　きみの罪をあがなう代金を神が有効と認めるならば，よいのだが。

トラシュマコス　それどころか，わたしはむしろ悪魔にも有効だと認められはしないかと，恐れているのだ。というのも神はその本性からして宥(なだ)やすいからな。

ハンノ　どんな司祭をきみは選ぶつもりか。

トラシュマコス　できるだけ恥知らずで，やましさがないのを確認できる司祭がよいのだ。

ハンノ　それはただ似たもの同士であることを確認するためか[7]。そこで清められて，きみは真っ直ぐに主の祭壇に向かうのか。

トラシュマコス　どうしてそうであってはならないのか。

---

7)　原文を直訳すると「口が芥子アザミに似てくるために」となる（エラスムス『格言集』1, 10, 71 を参照）。

3　兵士の懺悔

罪のあかを彼の頭巾の中に一度に流し込んでしまえば，わたしは重荷から解放されるだろう。わたしの罪を赦した人がきっと配慮してくれるだろう。

ハンノ　彼がきみを赦したかどうかをどのように知るのか。

トラシュマコス　わたしは知っているよ。

ハンノ　どんなしるしによってなのか。

トラシュマコス　司祭が手をわたしの頭に置き，何か訳の分からないことをつぶやくから。

ハンノ　彼がその手をきみの頭に置き，善い行いのすべて――それをわたしはきみの中に見いださない――からきみを解放し，きみを再びきみのもとの習慣に戻し，わたしがあなたをお引き受けしたのと同じように，あなたをわたしから引き離します，とつぶやいて，きみのすべての罪をきみに返すとしたら，どうなるんだろう。

トラシュマコス　自分が赦されたと信じるだけで，わたしには十分である，とあの司祭が言ったことに彼は責任を負うべきだ。

ハンノ　そうはいっても，きみは危険を承知でそのことを信じたのだ。きみが罪責を負う神には，それでは恐らく十分な償いとならなかったのだろう。

トラシュマコス　どうしてわたしはお前なんかと出会ってしまったのか。わたしの晴れやかな良心を憂鬱な良心に引き戻すようなお前なんかと。

ハンノ　幸いな出会いでした。〔偶然出会った〕友人が時宜を得た忠告をしてくれるのはよい兆しです。

トラシュマコス　どうしてそれがよい兆しなのかわたしには分からない。あまり快適でないことだけは確かだがな。

4
敬虔な午餐会

――エウセビウス，ティモテウス，テオフィリウス，
クリソグロットゥス，ウラニウス，その他に影武者として
ソフロニウス，エウラリウス，ネファリウス，
テオディダクトゥス，および給仕のボーイ――

解　題

　この作品は 1522 年版の『対話集』にはじめて加えられた。そのときはこの対話の一部分に過ぎなかったが，その後にかなり改訂が加えられて同年の夏頃に完成版が出版された。

　この対話編の魅力は少なからずそのセッティングにあるように思われる。この対話では多くの友人たちが都市の郊外にある，よく設計された美しい庭のある家に集まったことが述べられている。ルネサンス時代にはこうした家と庭園での生活が対話的な作品の背景として一般に設定されていた。古典的な例としてはホラティウスのサピーネの農場とかキケロのトゥスクルムにあった別荘などが有名である。こうした文学における事例をエラスムスはよく知っていたが，現実にもそういう庭園を知っており，イギリスの友人たちもそうした庭園を建設する計画をもっていたようである。たとえばチェルシーにあったトマス・モアの家は 1523 年になってから購入されたし，コレットは引退後

にリッチモンド近郊のシェーンのカルトジオ会修道院に山小屋を立てる計画を進めていた。実際の別荘と庭園に関しては，エラスムスがよく逗留したバーゼルには，印刷業者フローベンの庭園があって，そこではバーゼルとその近郊に住む何人かの人たちが常に集っていたと考えられる。というのは1522年にはバーゼルにおける人文主義者たちは未だ分裂していなかったからである。この対話編で描かれているエウセビウスの家の内部は，ある点で，エラスムスの友人でコンスタンツの大聖堂付き参事会員ボッツハイムのヨーハンのものとよく似ている。エラスムスはそこを1522年の10月に訪ねて客となっている（Allen, Ep. 1343, 336-354;CWE, Ep.1342,392-390)。

　この対話でエラスムスの芸術的な力量と卓越した才能や説得力をさらに訴える力は発揮されている。対話の巨匠はここで対話によって多様な思想を表現し，登場人物の性格によって諸々の意見を示唆し，展開させる。その冒頭の部分は客人とともに読者を気楽にくつろがせている。心から歓迎を受けた後，客人たちは家や庭を見て回る。それから昼食のご馳走のもてなしを受け，その間に暇に任せて重要で，ときには深遠な主題について討論する。その後，彼らは意味深いおみやげをもらい，お屋敷の他のところを見せてもらってから，解散する。

　対話の全体をとおして真に迫った統一性と一貫性が見られ，そこには他の対話に見られるような揶揄・冗談・諷刺といったエラスムス的なルネサンスに特有な叙述は見あたらない。対話にはプラトンやキケロの対話編を偲ばせるような文学的な卓越性が認められるばかりか，古典文化とキリスト教との統合というヨーロッパ的な主題が見事に展開する。それこそエラスムスにおいて開花したキリスト教人文主義の真髄である。しかもその統一は単なる二文化を折衷するような混合ではない。宗教こそ彼の主たる関心事で

あって，キリストが目には見えないが主賓となっている。こうしてこの午餐会はキリストの聖なる晩餐を想起させるものとなった。

　この長大な対話編においては古典文化とキリスト教信仰の関係が追求され，世俗の作家と聖書の間に絶対的な対立はなく，人間的な言葉とキリストの言葉との間には根本的な相違はない。たとえば客人の一人が聖パウロの言葉の意味について語った後，死に赴かんとする大カトーの次の言葉を引用する。「わしは，わが家からではなく旅の宿から立ち去るようにこの世を去る。自然は……仮の宿りのために旅寓を下さったのだから。彼の神聖な集まりへと旅立つ日の何と晴れやかなことか」。これに対し「これよりも敬虔なことをキリスト教徒から何を聞くことができるでしょうか」と付言される。これに他の客人がソクラテスの言葉を加える。「人間の魂は身体の中に陣営にいるように置かれており，最高指揮官の命令なしにはそこを立ち去るべきではないし，その部署につかせたお方によしと思われるよりも長くそこに滞在すべきではない」と。このことはこの身体を幕屋と呼んだパウロやペトロの言葉と完全に一致するので，次のように語られる。「キリストがわたしたちに求めていることは，他でもないすぐにでも死ぬかのようにわたしたちが生き，かつ，目覚め，いつまでも生きるかのように善きわざに励まねばならないということではないでしょうか」と。これに対しソクラテスの死別の言葉が引かれ，それよりもキリスト教的な人間にふさわしく一致するものはないと付言される。すると客人の一人が即座に次のように応答する。「それは確かにキリストも聖書も知らなかった人における賛嘆すべき精神です。ですから，わたしはそのような人についてそうしたことを読むときには，聖なるソクラテスよ，わたしたちのために祈ってください（Sancte Socrate, ora pro nobis）と，どうしても言わざるを

えません」(本書69頁)と。

　この箇所はエラスムスのキリスト教的人文主義の特質を遺憾なく表現している。そこには古典的な古代とキリスト教との総合が説かれており、その点はすでに『エンキリディオン』では明瞭に「どこであなたが出会うにせよ、真なるものはすべて、キリストのものであると考えたまえ」とキリスト教の立場から語られていた(『エラスムス　神学著作集』金子晴勇訳, 教文館, 2016年, 32頁)。ソクラテスが体現する異教の叡智は、キリスト教徒の狂信よりもキリスト教的だと、思われたからである。エラスムスは異教徒をキリスト教徒にすることなしに、神に関する何かが人間の言葉を通して到来すると考える。そこにある強調点はむしろ神の霊の普遍的な活動にあって、それは一般に理解されるよりも広く捉えられている。このことこそ「聖なるソクラテスよ、わたしたちのために祈ってください」と語られている真意であって、それは「聖母マリアよ、われらがために祈りたまえ」という祈祷をもじったものであると邪推され、当時の人々はそこに異教時代の哲学者ソクラテスに祈りを捧げるエラスムスの無信仰や古代への心酔を見て、彼を非難した。しかしエラスムスの真意は、キリスト教の精神からする当時の知識人への宣教であったと思われる。

　この対話編にはエラスムスの宗教改革における聖書を重んじる基本的姿勢、それに伴われた論争の実体、平信徒の役割、キリスト教的な敬虔の内実、古典文化とキリスト教の総合などが見事に説かれていると思われる。

＊　＊　＊

エウセビウス　いま田園はことごとく若葉にみち、ほほえみかけているのに、すすけた都会を好む人々がいると

は，全く驚いてしまう。

ティモテウス　すべての人が花々や青々と繁る草原や泉や小川の光景を見て魅せられるわけではない。たとえ彼らが魅せられるとしても，何か別のものが彼らをもっと喜ばすにちがいない。こうして針が釘によって押し出されるように[1]，快楽が快楽により押し出されて取って替わるのです。

エウセビウス　君は恐らくわたしに高利貸しか[2]，あるいはそれと同類の貪欲な商人のことを話しているのでしょう。

ティモテウス　確かにそういう人たちのことです。しかし，よき友よ，彼らだけではない。否，彼らのほかに無数の人たちがいて，その中には司祭らや修道士たちまで入っているのです。彼らはたいてい利得のために都会に滞在する方を選びます。しかももっとも大勢の人が集まっている都会を選びます。彼らはピュタゴラスやプラトンの教説に従うのではなく，群がる人々に囲まれるのが好きだった目の見えない乞食のような人の教説に従っています。というのはその人は，民衆の集まっているところには利得もある，ときっと言うでしょうから。

エウセビウス　盲人たちはその利得ともども立ち去るがよい。わたしたちは哲学者なのだ。

ティモテウス　哲学者ソクラテスもまた田園よりも都会を好みました。というのは彼は学ぶことに熱心で，都会は彼に学ぶ機会を与えていたからです。実際，田園には樹木や庭園，泉や小川があって，目を楽しませてくれますが，そのほかには何も語ってくれないし，同じく何も教

---

1)　よく使われる警句，『格言集』I, 2, 4
2)　エラスムスは高利貸を好まなかったが，貪欲な商人よりはましだと考えている。『格言集』I, 9, 12

えてくれない〔と彼は言うでしょう〕[3]。

エウセビウス　君がただひとり田園を歩き回っているならば，ソクラテスの言ったことも，多少意味がある。しかしながら，わたしの意見をいわせてもらえば，事物の存在というものは黙しているわけではなく，至るところでわたしたちに語りかけ，注意深くかつ聞く耳のある人に出会うときには，観察している者に多くのことを教えてくれます。若葉に燃えているあの自然のこんなにも魅力的な表情は，自然の創造者なる神の知恵が彼の善良さに等しいということ以外の何を告げているでしょうか[4]。だが，ソクラテスはあの憩の場〔木蔭〕にしりぞいて弟子のパイドロスに何んと多くのことを教え，さらにまた彼から何んと多くのことを学んでいることか。

ティモテウス　もしそのような人たちが二，三人でも集まっていたとしたら，田舎の生活よりも魅力的なものはあり得ないでしょう。

エウセビウス　それでは，それを試してみる気はありませんか。わたしは市の郊外に大きくはないが，よく手入れしてある農園をもっています。そこへ明日あなたがたを食事にご招待いたしましょう。

ティモテウス　わたしたちは大勢いますよ。ですから，あなたの農場をみな食いつくしてしまうでしょう。

エウセビウス　いいえ，食事として出されるものはことごとく野菜でして，ホラティウスの言うように，「買い求められたのではないのです」[5]。土地そのものがワインを

---

3)　プラトン『パイドロス』230D 参照。

4)　エラスムスの『エピクロス派』1084: 30-1085:9 参照。同じ考えをウイリアム・ペンは次のように言う，「田園は哲学者の庭園にして図書室である。そこで彼は読書し，神の力・知恵・善良さを熟考する」（『孤独がもたらす実り』1693, no.223）と。

5)　Horatius, Epodos, 2, 48

供給してくれます。樹々が自分でトウナス，メロン，イチジク，ナラ，リンゴ，クルミのほとんどを与えてくれます。それはあたかも，もしわたしたちがルキアノスの言うことを信じるなら，幸福の島で起こっているかのようです[6]。おそらくわたしたちは家畜を飼っているところからニワトリ（メンドリ）を一羽おまけに与えられるでしょう。

ティモテウス　それでしたら，お断りすることもありません。

エウセビウス　なおまた，各自自分の欲する招かれていないお客を連れてきてください。そうすればあなたがたは現在四人いるのですから，ムーサの女神たちと同じ数になるでしょう[7]。

ティモテウス　そういたしましょう。

エウセビウス　あなたがたに前もって注意申し上げておきたいことが一つあります。それは各自が自分の薬味をご持参下さることです。わたしの方ではただ食物を準備するだけです。

ティモテウス　どのような薬味のことを言っておられるのですか。コショウですか，それとも砂糖でしょうか。

エウセビウス　いいえ，もっとつまらないものですが，もっとおいしいものです。

ティモテウス　いったい何なのでしょうか。

エウセビウス　食欲（空腹）です[8]。今日の食事を軽くとっておきさえすれば，それはかなえられます。明日すこし散策するとお腹がすいてきます。またこのような散策の便宜をわたしの田舎の生活が提供するでしょう。ところ

---

6)　ルキアノス『本当の話』2, 13-14
7)　その数は 9 を指す。
8)　『格言集』II, 7, 69 参照。これはソクラテスの発言とされている。

で食事は何時ごろがよろしいのですか。
ティモテウス　十時頃，太陽が昇ってあまり暑くならないうちがいいです。
エウセビウス　そのように準備いたしましょう。

〈ボーイ　ご主人さま，お客さまがたが門のところにお着きです〉
エウセビウス　ほんとうによくお出で下さいました（約束どおりこられましたね）。すこし早めに，それぞれ一番お気に入りのたいへんすてきなお客様をお連れになっておいで下さったことに二重に感謝いたします。遅れてやって来て食事会の主催者をいらだたせるような不作法なお客もおりますから。
ティモテウス　わたしたちはこのあなたの王様のような荘宅を訪ねて検分するひまをもちたいと思って，すこし早めにやってきました。この王宮がすばらしい装飾によっていたるところ多彩に凝っており，ご主人の才能を示していないところは全くないと聞いております。
エウセビウス　あなたがたはそのような王様にふさわしい王宮を見ることでしょう。わたしにとってはそれはどんな王宮よりも大切な小さな巣であることは確かです。自分の心の考えのままに自由に暮らしている人が王であるとすれば，わたしはここで明らかに王なのです。しかし，台所の女主人（料理長）が野菜の用意をしており，太陽の熱もまだ穏やかなうちにわたしたちの庭園を見て回られたほうがよいと思います。
ティモテウス　それに優るものがほかにあるでしょうか。というのは，こちらの全く驚くほど手入がしてある土地が，入って行く人たちにきわめて魅力的な光景をもって，直ちに挨拶し，愛想よく受け入れているからです。
エウセビウス　ですから，みなさんはここで花や葉をいく

らか摘んでください。それは部屋のむさ苦しさが不快感を与えないためです。同じ香はすべての人に等しく喜ばれたりしないものなのです。ですから各自で好きなように摘みましょう。惜しんだりしてはいけません。というのは，ここで生え育つものは何でもほとんど共有の財であることをわたしは許しているからです。その証拠にこの前庭の戸は夜でもなければ決して閉じることはありません。

ティモテウス　まあなんと戸口のところにペトロが立っているではありませんか。

エウセビウス　わたしとしては彼を門番にしておきたいのです。メルクリウスのような者やケンタウルスのような者，またその他の，ある人たちが戸口に描く怪物よりも好きなのです。

ティモテウス　それはキリスト教徒にはとてもふさわしいことです。

エウセビウス　わたしの門番は黙ってはおりません。彼は入ってくる人に三つの言語でもって語りかけています。

ティモテウス　何を語りかけているのですか。

エウセビウス　どうしてご自分でお読みにならないのですか。

ティモテウス　目で見てとるには，すこし距離が遠すぎるのですよ。

エウセビウス　あなたを助けて〔鋭い視力の〕リンケウスのようにする望遠鏡をお使いになってみては[9]。

ティモテウス　ラテン語で「もし生命に入りたいと思うなら，戒めを守りなさい——マタイ19章（17節）」とあるのが見えます。

---

9)　リンケウスは伝説上の人物でアルゴー船の一行であって，岩や木を通して見ることができたとされる。『格言集』Ⅱ，1, 54 参照。

4 敬虔な午餐会

エウセビウス　今度はギリシア語で読んで下さい。

ティモテウス　確かにギリシア語が見えますが，わたしには通じません。ですからこの松明をテオピルスに渡します。彼はいつもギリシア語を口ずさんでいます。

テオピルス　「悔い改めて，本心に立ち返りなさい」(使徒言行録 3・19)。

クリュソグロットゥス　ヘブライ語はわたしが引き受けましょう。「義人はその信仰によって生きる」(ハバクク書 2・4〔ローマ 1・17 に引用〕)。

エウセビウス　入るとすぐ悪徳から離れ，敬虔の探求に向かうようにわたしたちに警告する門番は，あなたがたには不躾に思われますか。次に生命にいたるのはモーセの律法によるのではなく，福音的な信仰によるとすすめ，最後に，永遠の生命にいたる道は福音の戒めを遵守することによると，彼は警告しています。

ティモテウス　そして見てください。すぐ右手に入ると，とても上品な礼拝堂が見えます。祭壇にはイエス・キリストがいて天を仰ぎ見ています[10]。天から御父と聖霊とが前方を眺めておられ，イエスは右手を天の方に差し出し，左手はあたかも通行人を招き，引き寄せているようです。

エウセビウス　彼もまた黙ったままわたしたちを迎え入れているわけではありません。ラテン語で次のようにあります。「わたしは道であり，真理であり，生命である」(ヨハネ 14・16)。ギリシア語では「わたしはアルファであり，オメガである」(黙示 21・6)，ヘブライ語では「子らよ，来てわたしに聞け，わたしは主の恐るべきことをあなたがたに教えよう」(詩 34・11)とあります[11]。

---

10) マルコ 7・34 参照。
11) 本文ではギリシア語とヘブライ語の原典から引用されてい

ティモテウス　たしかに主イエスは喜ばしいお告げでもってわたしたちに挨拶してくださいました。

エウセビウス　しかし，不作法と思われないためにわたしたちが彼に挨拶を返し，次のように祈願するのは多分適切なことでしょう。わたしたちは自分自身から何もできないのですから，主がその測り知れない恵みによってわたしたちが救いの道から迷い出ることを決して許されませんように。そうではなくユダヤの影と現世の幻影とが投げ捨てられたのち，福音の真理によってわたしたちを永遠の生命に導いてくださるように，つまり，ご自身によってご自身のもとにわたしたちを引き寄せてくださるように，と祈願するのです。

ティモテウス　全くもって至当なことです。この場所の美観そのものが祈りへと人を招いております。

エウセビウス　この庭園の魅力によって多くの客が誘われております。しかしイエスに挨拶しないで誰も通り過ぎることができないほど，万人にとって〔敬虔の〕習俗というものは一般に強力となっているのです。わたしがこのお方をとても汚らわしいプレアプス[12]の代わり置いたのは，このわたしの庭園のためばかりではなく，わたしが所有しているすべてのもの，つまり身体と同じく心の見張りとしてなのです。

　　ここにはあなたが見ておられるように小さな泉があり，健康にとてもよい水が心地よく湧き出しております。それはいつでもあの唯一の泉のことを表しています

る。

　　12）　プレアプスはローマの肥沃を司る神にして，その像が置かれている，ぶどう園と庭園の神である。「とても汚らわしい」と形容されているのはこの神が男根と一緒に描かれているからである。『格言集』3，63参照。この神の代わりにイエスを置いたことにルターは怒りを発している。

(ヨハネ 4・14)。その泉は天からの水によって労苦し重荷を負うているすべての人に力を与えますし,この世の災によって疲労困憊した魂があえぎ求めているのはこの泉なのです。その有様は詩編の作者によるなら,ヘビの肉を味わったので,渇きをおぼえた牡鹿は,ここから無償で飲むことがゆるされています(詩編 42・1, 2)。ある人たちは宗教的敬虔のため自分に水を振りかけ〔て浄めを行っ〕ています。なかには渇きのためではなく,信心のゆえに水を飲む人たちもいます。

　見うけたところ,あなたがたはこの場所から離れたくないようですが,そうするうちにも,わたしの王宮の壁が四角に取り囲んでいる,もっとよく手入れされている庭園を見に行くように,時が促しています。家の中に見る価値のあるものが何かあるとしたら,食事の後にでもあなたがたは見られるでしょう。そのときには太陽が昇って暑くなり,カタツムリのようにわたしたちを家の中に数時間も閉じこめるでしょう。

ティモテウス　おやまあ,エピクロスの園を見ているようです[13]。

エウセビウス　このところはすべて快楽のためにもっぱらあります。しかし快楽といっても高尚なもので,目を楽しませ,鼻を芳香で回復させ,心を生き返らすためなのです。ここには香しいハーブだけが生えています。また何でもよいというわけではなく,選り抜きのものだけです。そして草木の種類ごとに自分の区画をもっています。

ティモテウス　わたしの見たところでは,あなたのところ

---

13)　エピクロスはアテネの庭でしばしば教えたので,彼の信奉者たちには庭の哲学者たちとして知られていた。ディオゲネス・ラエルティウス『哲学者列伝』10・10・57 参照。

の草木も黙っていないようですね。
エウセビウス　まことにその通りです。豪盛な家をもっている人たちがほかにあっても，このわたしはとてもよく語る家をもっているのです。それはわたしが一人ぼっちだと思われているためなのです。あなたがすべてをご覧になれば，そのことをもっとよくお分かりになります。草木が集団となって分けられているように，それぞれの群れは，銘の付いた旗を各自もっています。たとえば，このマヨラナですが，「近づいてはならない，豚。お前のために匂っているのではない」と語っています。というのはマヨラナはとても甘い香りをもっていますが，豚はこの匂いによってひどく不快になるからです。同じようにそれぞれの種類のものは自分の肩書きをもっていて，その草木の特性に関わる何かを示しています。
ティモテウス　わたしはこれまでこの小さな泉より心地よいものは何も見たことがありません。この泉は庭の中央にあってすべての草木にほほえみかけているようです。また〔太陽の〕熱から草木を守って涼しくすると約束しています。しかしこの泉の池は，人の目に水をすべて大きな喜びにあふれているものとして示し，庭の両面を等しい空間に分けており，その池の中にはちょうど鏡に映すように草木が両側から眺められるようにうまく作ってありますが，この小さな河床は大理石でできているのでしょうか。
エウセビウス　うまいことをおっしゃります。どこからここへと大理石をもってこられましょうか。これは砕かれた切石で造られた模造の大理石でして，白い色を塗り付けた化粧張りなのです。
ティモテウス　こんなに愛らしい流れは，いったいどこへ行ってしまうのでしょうか。
エウセビウス　人間が不作法なのをご覧ください。この流

4　敬虔な午餐会

れは人間の目を十分に楽しませたのちに，台所を洗い流し，そのごみをたずさえて下水道にまで運ぶのです。

ティモテウス　何とひどいことを。神よわたしをそんな目に会わせないで下さい。

エウセビウス　ひどいことです。もしも永遠なる神の慈愛がこのように用いるようにと備えて下さったのではないとしたら。この泉よりももっと喜びを与えてくれる聖書という泉，わたしたちの精神を再生させると同時に洗い清めるために与えられた泉を，わたしたちが悪徳と邪悪な欲望によって汚し，こんなにも言い表しがたい神の賜物を誤用するときには，わたしたちはひどいことをしているのです。人が使用するようにと豊かに与えて下さらないことはない方が，水を与えて下さっているさまざまな用途に従ってわたしたちが使い分けるならば，この水をわたしたちは誤用していないのです。

ティモテウス　あなたの言われることはまことにもっともです。ですが庭園の棚も緑なのは何故ですか。

エウセビウス　ここでは緑でないものは何もないようにしています。赤色を好む人たちもおりますが，それは，この色が加わると緑色をしたものがいっそう引き立つからです。わたしはこのほうが好きです。庭園に関しても，それぞれ自分の考えをもっています[14]。

ティモテウス　しかし，三つの開廊[15]が，それ自体できわめて優雅な庭園の快適さの邪魔となっているようですね。

エウセビウス　これらの開廊でわたしは一人でか，または親しい友と語り合いながら，勉強したり，散策したり，

---

14)　テレンティウス『フォルミオ』454,『格言集』I, 3, 7 参照。

15)　「開廊」ambulacra は元来は「散歩道」の意味であるが，この庭園には散策できる涼み廊下があって，その上にはギャラリーが設置されている。後にお客はここに案内される。

あるいは気に入れば食事をとったりします。

ティモテウス　建物を支えている柱がありますね。それは建物を等間隔で支えており、驚くほど多様な色彩で魅了していますが、大理石でできているのですか。

エウセビウス　この泉の池が造られたのと同じ〔人造〕大理石からできています。

ティモテウス　全くもって優雅なあざむきですね。わたしはあやうく大理石だと断言してしまうところでした。

エウセビウス　ですから、何かをわけもなく信じたり、断言しないほうがよいでしょう。外見というものはよく人を欺くものです。わたしたちは財力に欠けているものを技術で補うのです。

ティモテウス　あなたがさらに別の庭を絵に描かなかったとしたら、こんなに美しくこんなにも手入れされた庭でもあなたは満足しなかったのでしょうか。

エウセビウス　一つの庭だけですべての種類の草木を採り入れるには十分ではありません。さらに生花と〔美しさを〕競い合っている花の絵を見ますと、喜びは二倍になります。つまり一方で自然の手ぎわに賛嘆し、他方において画家の才能に驚きます。そして両者において神の恵み深さに驚嘆するのです。神はわたしたちの益のためにこれらすべてを惜しみなく与えたまうのです。その恵みはすべてを貫いて等しく驚嘆すべきであり、かつ愛すべきものなのです。総じて庭はいつも青々としているわけではなく、小さな花々がいつも咲いているわけでもないからです。けれども、この庭は冬至のころでも青々としており、楽しませてくれます。

ティモテウス　しかし、絵では薫りはしませんね。

エウセビウス　でも、一方で手入れの必要がありません。

ティモテウス　ただ目を楽しませるだけではありませんか。

4　敬虔な午餐会

エウセビウス　そのとおりですが，そのことをいつまでも提供してくれます。

ティモテウス　絵画も古くなっていきます。

エウセビウス　古くはなりましても，わたしたちよりも長生きし，年と共に優美さが一般に増し加わりましょうが，この優美さというものはわたしからは奪われてしまいます。

ティモテウス　あなたのおっしゃっていることが間違っていればよいのに。

エウセビウス　西に向かう開廊でわたしは朝日が昇るのを楽しみます。東をのぞむこの開廊で時折日向ぼっこをします。南に向いていても北に伸びているこちらの道でわたしは太陽の熱で元気を回復します。もしよろしければ散歩して，もっと近くから観察してみましょう。

　ご覧なさい。土そのものも青々としているでしょ。舗装の石も優美な色彩がほどこされていて，小さな花がそこに描かれていて楽しませています。この壁全体に描かれているご覧のこの木立は多種多様な光景をわたしに提供してくれます。まず，あなたが見ている樹木と同じ数だけ，樹木の種類があります。その一つ一つは自然のままのイメージにもとづいていて巧みに描写されています。あなたが認められる鳥の数だけ，鳥類の種類があります。とりわけ，どちらかというと珍しく，何かある目立った特徴で人目をひく鳥の場合がそうです。というのは，鷲鳥やメンドリやあひるを描いたからといって何になるというのです。下の方には四足動物の姿があります。または地上で四足動物のように生きている鳥類の姿が描いてあります。

ティモテウス　驚くほど多様なものがおりますね。暇をもてあそんでいるものは何もありません。何かをしたり話したりしていないものはないのです。葉陰に隠れがちな

フクロウはわたしたちに何を語っているのですか。

エウセビウス　アテナイのフクロウはアッチカ語で話します[16]。「用心しなさい。わたしは皆のために飛んでいるのではない」と語っています[17]。それはわたしたちが思慮深く行動するように命じています。思慮を欠いた軽率さはすべての人に不幸をもたらすからです。ここでは鷲がウサギを引き裂き，他方ではカブト虫が救いを切願しても無益なのです[18]。カブト虫のところにミソサザイが居合わせておりますが，それはそれで鷲の不倶戴天の敵なのです。

ティモテウス　このツバメはくちばしに何を運んでいるのですか。

エウセビウス　（ツバメのすきな）くさむらの草です。つまり，これによって目の見えないひな鳥が再び見えるようにしてやるのです[19]。あなたはこの草の比喩がお分かりでしょうか。

ティモテウス　トカゲの中でこの新種は一体何んというものですか。

エウセビウス　トカゲではなくて，カメレオンですよ[20]。

ティモテウス　これが長い呼び名で有名なあのカメレオンですか。わたしはライオンよりも大きな獣とばっかり思っていました。カメレオンは名前によってもライオンに勝っています。

---

16)　「アテナイのフクロウ」とあるのは，アテナイ人にとって夜のフクロウは神聖なものであったからである。それが飛ぶのは幸運な前兆であり，勝利のシンボルであった。『格言集』I, 1, 76 参照。

17)　原文はギリシア語である。

18)　『格言集』III, 7, 1 参照。

19)　「ツバメのひな鳥」についてはプリニウス『博物誌』25, 89 参照。

20)　「カメレオン」は気まぐれ，移り気，貪欲のシンボルである。『格言集』III, 4, 1 参照。

エウセビウス　これはいつも口をあけていて,終始飢えているカメレオンです[21]。この樹は野生のイチジクです[22]。カメレオンはこの樹のところにいるときだけ荒々しくなります。ほかのときには害を加えません。それは毒をもっておりますから,小さな動物が口をあけているからといって侮ってはいけません。

ティモテウス　しかし,色が変わりませんね。

エウセビウス　そのとおり。場所が変わっておりませんから。場所を変えれば他の色が見られるでしょう。

ティモテウス　この笛吹きはどうしたんですか。

エウセビウス　すぐ近くでラクダが踊っているのが見えませんか[23]。

ティモテウス　奇妙な光景ですね。ラクダが浮かれて踊り,猿が曲を伴奏しているのですから。

エウセビウス　しかし,これらを一つ一つを暇にまかせて観照なさるためには別の時が,すくなくともおそらくまる三日間もかかるでしょう。今は格子ごしに見た[24]というだけで十分だとしておきましょう。

　この区域には草木の特徴となっているものならすべて実物の姿のままに描かれております。あなたがたはきっとそれに驚かれるでしょう。ここのところの毒はとても

---

21)　このカメレオンは空気で養われており,追従のシンボルとなっている。プルタルコス『道徳論集』53D およびプリニウス『博物誌』8, 122. 参照。

22)　プリニウス『博物誌』によるとカメレオンはいつも野生のイチジクの木の辺りにいる。

23)　何かが滑稽なほど当たっていないことに使う言葉。『格言集』II, 7, 66 参照。

24)　「格子ごしに見た」というのは I コリ 13・12 の言い換えで,これが格言であるかどうかは疑わしい。エラスムスは『格言集』III, 1, 49 でこれを格言とみなしているが,キケロ『雄弁家』I, 162 からの単なる引用である。

速効性のものですが，安全に眺められますし，触ること
　もできます。
ティモテウス　見てください。サソリです。この地方では
　あまり見られない害虫ですが，イタリアにはたくさんい
　ます。ですが絵に描いてある色があまり適切でないとわ
　たしには思われるのですが。
エウセビウス　どうしてですか。
ティモテウス　イタリアにいるサソリはもっと色が黒いの
　ですが，これはだいぶ青白いからです。
エウセビウス　しかし，サソリがその葉の中に落ち込んで
　いる草木に気がつきませんか。
ティモテウス　それだけではわかりません。
エウセビウス　わけのわからないことを言っているのでは
　ないのです。もちろんサソリはわたしたちの地方の庭園
　では育ちません。トリカブトがここにあります。この毒
　の力は大変なもので，サソリがこれに触れると，急に動
　かなくなり，青ざめ，捕獲されてしまうのです。ところ
　が毒によって害を受けたサソリは毒によって救われたい
　と願うことでしょう。すぐ近くに二種類のヘレボルスが
　あるのが見えるでしょう[25]。もしもサソリがトリカブト
　の葉から脱出して，ヘレボルスの白色に触れることがで
　きるとしたら，麻痺を取りのぞく別種の毒との接触に
　よって以前の活力を取り戻すでしょう。
ティモテウス　そうするとあのサソリの身に青ざめている
　ことが起こっているということですね。というのはトリ
　カブトの葉から脱出することはないでしょうから。ここ
　ではサソリでも話すのですか。
エウセビウス　サソリもギリシア語を話します。

---

　25)　「ヘレボルス」について『格言集』I, 8, 51 とプリニウス『博
物誌』25, 48-61 参照。

4　敬虔な午餐会

ティモテウス　何と言っているのですか。

エウセビウス　「神は罪を見いだされている」[26]と。ここでは草木の外にあらゆる種類の蛇をあなたがたは見るでしょう。見てください。バシリスクトカゲです。激怒した目をして，猛毒をもっている恐ろしいトカゲです[27]。

ティモテウス　それもまた何か話しているのですか。

エウセビウス　「ただ恐れているだけでは〔我を〕憎むもやむなし」[28]と言っています。

ティモテウス　まったく王様のような発言ですね。

エウセビウス　いいえ，これほど王らしくない発言はなく，かえって暴君の言葉です。ここではトカゲがマムシと争っています。ここでは毒蛇がダチョウの卵の殻に隠れて待ち伏せています。ここには蟻の国家のすべてが見られます。蟻を模倣するようにヘブライのあの賢人がわたしたちに呼びかけていますし[29]，わたしたちのホラティウスもまたそうしています[30]。ここには金を持ち出し貯えているインドの蟻が見られます[31]。

ティモテウス　おや，まあ，誓ってもよいのですが，この光景を観て回っている人たちに倦怠感が入り込む余地な

---

26)　原文はギリシア語で，テェオクリトゥス 10, 17 からの引用。『格言集』II, 6, 11 参照。

27)　これににらまれると命取りになると思われていた。その吐く息は岩をも砕く。プリニウス『博物誌』8, 78; 29, 66 参照。「バシリスク」というのはギリシア語のバシレウス＝王に由来する。それゆえ，続く文章で「王のような」という発言が出てくる。

28)　キケロ『義務について』I, 28, 97.『格言集』1862(LB. II, 676D). 暴君について著作家が好んで使った言葉である。『格言集』参照。この格言はキケロ『義務について』I, 97; 2, 23 さらにセネカ『寛容について』I, 12, 4 にも使われている。

29)　箴言 6・6「なまけ者よ，蟻のところへ行き　そのなすことを見て，知恵を得よ」。

30)　ホラティウス『風刺詩』I, 1, 32-4.

31)　プリニウス『博物誌』11, 111 参照。

どありうるでしょうか。

エウセビウス　また別の機会に飽き足りるまで眺めることがおできになります，と申し添えたいです。いまはただ遠くにあります三番目の壁をご覧下さい。それには湖と海とが描かれていて，そこには珍しい魚なら何でもそろっています。これはナイル川で，この川の中には人間の味方のイルカがおりまして，人間にとってこれ以上不倶戴天の敵はないワニと戦っているのをご覧になられるでしょう。河岸や海岸にはカニやアザラシ，ビーバーといった両棲動物の類が見られます。ここには貝によって捕えられた罠を仕掛ける猟師のポリプがおります[32]。

ティモテウス　何と言っているのですか。その「捕われた捕え人」とは[33]。画家は驚くほど上手に海の水を透明に書いていますね。

エウセビウス　いや，彼はこうしなければならなかったのです。さもないとわたしたちは別の目をもたねばならなかったでしょうから。すぐ隣にもう一つのポリプのオーム貝がいて海面のすれすれのところを帆走しており，リブルニヤ船にでもなった気分で楽しんでいます[34]。ご覧ください，シビレエイが自分と同色の砂の上に横たわっておりますよ[35]。ここでは手で触っても安全です。でも，次のところに急がねばなりません。

　これらのものは目を楽しませてくれますが，お腹のほうは満たしてくれません。まだ見ていない残りの場所に

---

　32)　ポリプはイソギンチャクやヒドラなどを指す。

　33)　原文はギリシア語。プリニウスは貝が蛸に勝つさまを描いている（『博物誌』9, 90）。

　34)　「リブルニヤ船」とはアドリア海で使用された高速の船を言う。プリニウス『博物誌』10, 63 参照。

　35)　シビレエイは体板両側に発電器官があって電気を発する魚。プリニウス『博物誌』9, 144 参照。

4 敬虔な午餐会

急ぎましょう。

ティモテウス　もっとあるのですか。

エウセビウス　あなたがたは裏戸から見えるものを直ぐにもご覧になるでしょう[36]。ここには二つの部分にわけられたとても広い庭が見えます。一方は食用の草木がすべて揃っていて、妻とメイドがここの主人です。もう一方は薬草ならなんでもあって、とりわけ珍種が揃っています。左手には緑の草だけがはえている広々とした草原があります。柵はいばらで編んでつなげた長持ちのする生垣でできています。そこのところでわたしは時々散歩したり、仲間とよく遊んだりします。右手には果樹園があります。そこには外国産の数多くの樹木がありますので、お暇の折に見てください。わたしはこれらの樹木がこちらの天候に慣れるように徐々に育てております。

ティモテウス　なんとまあ、本当にあなたという方はアルキノウス王にさえ立ち優っているのですね[37]。

エウセビウス　ここの境には鳥小屋があって、上の開廊につながっています。それは食事のあとでご覧になられるでしょう。鳥のいろいろな形や、さまざまなおしゃべりが聞かれるでしょう。また少なからず性質も色々と異なっています。あるものらの間では性質が似通っていて互いに愛情をとり交わし、あるものたちの間では和解できないような敵意を燃やし合っているのがかなりいます。とはいえ、みんなとても馴れておとなしく、わたしが食事をしているとき、そこの窓が開いていようものなら、食卓のところへ降りて来て手からでも食物をついばむほどです。わたしが友人とおしゃべりしながら、ご覧

---

36) 「裏戸」(posticum) については『格言集』IV, 6, 52 参照。

37) 「アルキノウス王」はフェニキアの王で素晴らしい宮殿と庭をもっていた。オデュセウスは彼のもてなしを受けた（ホメロス『オデュセウス』巻 6-7 参照）。

のあの小さな橋を渡るようなときがあると,近くにとまって,耳をそば立て,肩や腕にとまったりします。鳥たちはだれも害しないのを知っているので,恐れることを忘れてしまっているほどです。果樹園のずっと端の方に蜜蜂の国があります。それはたしかに,見て面白くなくはないような光景ですが,今はもうこれ以上あなたがたに見ていただこうとは思いません。あなたがたをあたかも新しい光景へ向かうようにと呼びもどすものがなおあるのです。昼食をとってから残っているものをお見せしましょう。

ボーイ　奥様とメイドさんが昼食が台なしになってしまうとさわいでいます。

エウセビウス　彼女たちに静かにしているように言いなさい。さあ,わたしたちはすぐ行きましょう。──みなさん,手を洗いましょう。手と心とを清めて食卓に向かいましょう。実際,異邦人にとって食卓というのは宗教的なものであったとしたら[38],キリスト教徒にとってそれはどれほど多く神聖なものでなければならないことでしょう。というのは主なるイエスがその弟子たちと最後に催したもうた,あのもっとも神聖な晩餐の面影を食卓は宿しているからです。またそのためにも手を洗うことが習わしとなっています。それは心のなかに憎悪,嫉妬,不品行といった類のものが,ことによると残っている場合には,食事をとろうと食卓に近づくに先だって,それを取り除くためなのです。こうして心が洗われて食事をとるなら,食物は身体にいっそう益となるとわたしは思っています。

ティモテウス　それは誠にもっともなことと思います。

---

[38] 『格言集』I, 6, 27 にあるように食卓とそこで饗される食事は神聖なものであった。プルタルコス『道徳論集』279E 参照。

4　敬虔な午餐会

エウセビウス　讃美歌を唱って食事を開始するというこの手本はキリストご自身からわたしたちに伝えられております。それはキリストがパンを裂くに先立って祝福し，父なる神に感謝したということをわたしたちは福音書の中で読んでいると信じているからなのです（マタイ 14・19：15・36：26・26 参照）。そしてまた讃美歌をもって食事を終えるという手本も伝えられています。もしよろしければ讃美歌をあなたがたのために朗読してあげましょう。その讃美歌というのは聖クリュソストモスがある説教の中で驚くほどの賛辞をもって称賛し，解説しようと欲しているものです。

ティモテウス　お考えのように是非なさってください。「幼い頃よりわたしを養って下さり，すべての被造物に食物を与えたもう御神に祝福あれ。わたしたちの心を歓喜でもって満たしたまえ。それは満ち足らすものをわたしたちが豊かにもつことによってすべての善いわざに向かってわたしたち自身を溢れんばかりに注ぎだすためです。それはわたしたちの主イエス・キリストにあって可能なことです。キリストとともにあなたに栄光・名誉・支配が，聖霊とともにとこしなえにあらんことを」[39]。

ティモテウス　アーメン

エウセビウス　さあ，食卓にお付きください。また各人のお連れとご一緒にどうぞ席についてください。ティモテウス，あなたの白髪には最上の席がふさわしいです。

ティモテウス　あなたはひとことでもってわたしの価値のすべてを言い尽くされています。わたしが他の人たちに優っているのは，ただこの理由によってだけなのです。

エウセビウス　その他の天賦の才の判定者は神です。わた

39）　クリュソストモス「マタイ福音書」16, 24 による説教（第55），ミーニュ編『ギリシア語著作集』第 58 巻 ,545 頁。

したちとしては目に見えるものに従っているのです。ソフロニウス，あなたはいまおいでのところに座ってください。テオフィルスとエウラリウス，あなたがたは食卓の右側に席をお取りください。クリソグロトゥスは左側にしましょう。ウラニウスとネファリウスは残っているところに坐って下さい。わたしはこの隅っこに陣取りましょう。

ティモテウス　それはいけません。ご主人は上席にふさわしいです。

エウセビウス　この家はわたしのものですが，同時にあなたがたのものでもあります。しかし，もしわたしの国でわたしに特権がゆるされますなら，主人が自分に指定する席が彼にふさわしいのです。今はあのすべてのものに喜びを与え，その方なしには真実に心地よいものは何もない，キリストが，かたじけなくもこのわたしたちの午餐会の只中にいたまい，その現臨によってわたしたちの心を生き生きとさせて下さいますように。

ティモテウス　キリストがそのようにして下さるようわたしも望んでおります。しかし，もう席がみなふさがっているのですから，キリストはどこにお坐りになるのでしょう。

エウセビウス　キリストがすべての血と杯のうちにご自身をみたし，ご自身の味わいのないものがないようにしたまいますように。しかし，とりわけわたしたちの心に入って来て下さいますように。キリストがそのようにますますなしたまい，わたしたちがこんなにも偉大な主人にますます受け入れてもらうためにも，もしおいやでないなら，聖書を朗読しますので，しばらく傾聴なさってください。でもお聴きになっているあいだにも，もし望まれるのでしたら，卵やレタスに手をおつけになってもかまいません。

ティモテウス 喜んでそうさせてもらいますが，拝聴する
 ほうがもっと快適です。
エウセビウス こういう習慣は多くの理由から尊重されな
 ければならないように思われます。というのはそれに
 よって馬鹿げた物語を避け，豊かな会話の素材が与え
 られるからです。無益で浮かれた物語で満たされていない
 と，また嫌悪すべき小唄が大声で歌われていないと，食
 事会は愉快でないと考える人たちとは，わたしは意見を
 全く異にしていますから。真の快活さは純粋で真実な良
 心から生まれますし，語ったり聞いたりしたことが喜び
 をもたらし，その想起もいつも楽しみであるような会話
 こそ真に愉快なものなのです。会話でもすぐに恥ずかし
 くなったり，後悔の念によって良心を苛責するようなも
 のではいけません。
ティモテウス これらの言葉が真実であるかぎり，どこま
 でもわたしたちはみな吟味したいものです。
エウセビウス それらは確かにして著しく役立つものであ
 る点はよいとして，あなたが一か月でもそれらに慣れさ
 えすれば，喜ばしいものとなります。
ティモテウス 要するに最善のものに慣れ親しむことより
 も賢明なことはないのです。
エウセビウス ボーイさん，はっきりと明瞭に朗読しなさ
 い。
ボーイ 「水の分流のように，王の心は主なる神の手のう
 ちにあり，主が欲するところへこれを向けたもう。人の
 歩む道はすべて自分には正しいと思われる。しかし，主
 は人の心を吟味したもう。あわれみを施し，正しい判決
 をなすことは犠牲を捧げることよりも主に嘉せられる」
 (箴言 21・1-3)[40]。

---

40) この箇所から83頁5行までが本対話編の主要部分をなして

エウセビウス　もうよろしい。多くの言葉をいやいやながら飲み込むよりも，僅かの言葉を熱心に学ぶ方が優っているからです。

ティモテウス　まことに然りです。しかし，この聖書だけそうだというわけではありません。プリニウスはキケロの『義務について』を決して手離してはならないと記しております[41]。またわたしの意見では，この書物はすべての人によって，とりわけ国政にたずさわるよう定められている人々によって一語一語暗記するほど価値がありますね。とはいえ，この箴言という小冊子はいつもわたしたちが身につけて持ち運ぶほど価値があるとわたしは常に考えております。

エウセビウス　わたしがこの調味料を調達しておいたのは，昼食が水っぽく味気ないものになってしまったのを知っていたからです。

ティモテウス　ここに並んでいるものはすばらしいものばかりです。それにもかかわらず，もしもここに胡椒やワインや酢がなくて，フダンソー（不断草）しかないとしても，このような朗読はすべてのものをおいしくしますよ。

エウセビウス　だが，もしわたしが聞いたことを深く理解できるとしたら，喜びはいっそう増大するはずです。ですから，それらの聖書の言葉を理解するだけでなく，まことに深く味わっているような神学者が本当に誰かいるとよいのですが。わたしたちはこのような事柄を平信徒が論じあったりしてもよいかどうか知りません[42]。

いる。

41）　プリニウス『博物誌』序文 22-3 参照。エラスムス自身も散歩のときにキケロの『義務について』『友情について』『老年について』を携えていたという記述がある（手紙 1013，26-31 参照）。

42）　エラスムスによると学問は少数の人に許されているが，敬

ティモテウス　わたしの考えでは，判断を下すときに思慮が欠けていなければ，水夫たちですら許されています。多分，二人の者がその名を求めて集まって（キリストについて論じて）いるところならどこでもご自身が一緒にいると約束されたキリストは，こんなにも多勢いる〔のですから〕，わたしたちのところに来て助けて下さることでしょう（マタイ 18・20）。

エウセビウス　では，三つの聖句をわたしたち九人で分担してはどうでしょうか。

客一同　いいですとも，ただし順番の方はご主人から開始して下さえしたら。

エウセビウス　ご指命を退けるわけにはいきませんが，これですと食事でもてなすほどにはあなたがたをおもてなしできないかと心配なのです。それでは，気むずかしい主人だと思われないためにも，注釈者たちがこの箇所に積み上げた多種多様な解釈はわきにおいといて，道徳的意味は次のようであるとわたしには思われます。

　〔王以外の〕他の人々は警告・譴責・法・脅迫によって方向転換させることはできます。しかし王の心は，だれをも恐れていないのですから[43]，もし君が刃向かうなら，いっそう激怒させてしまうでしょう。ですから君主らが何かをひどく熱心に求めるなら，その都度，その気のむくままに放っておくべきです。というのは君主らが

虔な信徒になることはすべての人に許されている。「この種の哲学は三段論法の中よりも心情の中にあり，論争ではなく生活であり，博識ではなく霊感であり，理性よりも生の変革です。学者になることは少数の者にとって辛うじて成功しますが，キリスト者であることや敬虔であることは誰にでもできるのです。わたしはあえて付言したい，神学者であることは誰にでも可能なことです，と」（エラスムス「敬虔なる読者への呼びかけ」『エラスムス神学的著作集』（前出）235 頁）。

43）　エラスムスの『手紙の書き方について』ではこれを格言として引用している（ASD I-2, 339:CWE25, 88.）。

いつも最善のことを欲しているからではなく，神が彼らの愚かさと悪意とを罪を犯した人々を矯正するために利用したもうからです。こうして主はネブカドネツァルに抵抗するのを禁じられたのですが（エレミヤ 27・28），彼の職務を用いて主がその民を罰しようとされたからです。おそらくヨブの次の言葉がそれを示しています。「主は民の罪のゆえに偽善者に民を治めさせる」（ヨブ 34・30）。また恐らく自分の罪を嘆き悲しんでいるダビデの言葉もこれに属します。「わたしはあなたに対してだけ罪を犯し，御前に悪を行いました」（詩 51・4）。このことは，王たちが民衆の蒙るとても大きな災難に対して罪を犯していないと言っているのではなく，権威でもって〔彼らに〕有罪の判決を下しうる人を彼らがもっていないと言っているのです。というのは神の判決を，どんなに権勢のある人であろうと，だれも免れることができないからです。

ティモテウス　あなたの解釈は好ましいものですが，「水の分流」というのはどういう意味でしょうか。

エウセビウス　事柄を説明するための比喩が付け加えられているのです。立腹している王の心は激しいものでして，抑えようがありません。それをあちらやこちらに導くことは不可能です。彼は自分の衝動によって，あたかも神的狂気にかり立てられているように[44]，動かされています。それと同じように海の水も陸地に向かって飛び散ったり，時には進路を変えて，畠や建物，また行く手をはばむものは何でも物ともしないで向かって行きます。陸地のどこかに消えて行くのですが，その突進を妨げたり，他の方向へそらそうと試みても，どうすること

---

44)　「神的狂気」についてプラトン『国家』9,577E，および『格言集』II, 8, 54 参照。

4　敬虔な午餐会　　　　47

もできません。アケロウス川について伝説も言い伝えておりますように，大河にも同じことが起こりました[45]。しかし，あなたが激しく対抗しないで，上手に従うならば，損害を受けることがずっと少なくなります。

ティモテウス　それでは悪しき王たちの横暴に対する特効薬はないのですか。

エウセビウス　おそらく第一にライオンを町の中に迎え入れないようにすべきでしょう[46]。次に，専制政治にたやすく陥らないように，元老院・諸官職・市民等の権威によって彼の権力を規制しなければならないでしょう。だが，いちばん有効なのは，彼がまだ少年で，自分が君主であるのを知らないうちに，神聖な戒めによって彼の精神を形成することです。懇願や忠告も役立ちますが，丁寧にかつ時宜を得たものでなければなりません。最後の手段は，王の心をキリスト教的な王にふさわしいものへ傾けて下さるように祈願によって神に迫ることです。

ティモテウス　あなたはどうして「平信徒」（本書44頁25行）とおっしゃるのでしょう。もしわたしが神学の得業士であったとしても，この解釈をすこしも恥しく思わないでしょう。

エウセビウス　それが正しいかどうか知りません，その意見が不敬虔でも異端的でもないなら，わたしには十分です。わたしはあなたがたのご希望どおりに行いました。それでは食事会にふさわしく，わたしは交替して聴き役にまわりたいと思います。

ティモテウス　この白髪の老人にも何か言うことを許してくださるのでしたら，この句はもっと秘められた意味に

---

45)　「アケロウス川」はギリシアの最長の川。オヴィディウス『変身物語』8, 547-61 参照。

46)　格言のように用いられている言葉で，出典はアイスキュロス『アガメムノン』717-36,『格言集』II, 3, 77 参照。

も適応できるとわたしには思われます。

エウセビウス　わたしもそう思います。どうぞお聞かせ下さい。

ティモテウス　そこに「王」とあるのは完全な人間とみなされることができ，その人は肉の情念を抑制して，ただ神の御霊の力によってのみ導かれています。さらに，このような人を人間の法によって規制しようと強いることは不適当なことであり，彼は自分の主――その御霊によって彼は動かされているのですが――に委ねるべきです。彼は，それによって不完全な人々の弱さがともかくも真の敬虔へと前進していくようなものによって，判断されるべきではありません。しかし，もし彼が悪しきやり方で事を為す場合，パウロとともに次のように言わなければなりません。「主は彼を受け入れて下さった。彼が立つのも倒れるのもその主による」（ローマ14・3-4）と。また同様に「霊の人はすべてのことを判断するが，自分自身は誰によっても判断されない」（Ⅰコリント2・15）。したがって誰もこのような人に命令することはできませんが，海と川の行き先を定められた主は御自身の王の心をその手のうちに収めておられ，望むところへはどこへでもそれを向けます。そこで，人間の法が果たすよりもより良きことを自発的に為す人に命令したりすることが必要でしょうか。あるいはまた，神の御霊の息によって支配されていることが確かな証拠によって明らかであるような人を，規則によって拘束することはどれほど無思慮なことでしょうか。

エウセビウス　ティモテウスよ，あなたは真に，ただ年をとって白髪であるばかりではなく，老人にふさわしい博識という尊ぶべき心をももっていらっしゃいます。またキリスト者たちのなかで――彼らは皆王にならなければならなかったのですが――この名にふさわしいこのよう

4 敬虔な午餐会

な人々がもっと多く見いだされればよいのですが。しかし，もう卵から始めた食事と前菜の野菜は十分です。これらのものを取り除いて残りのものを食卓に運ぶようにさせましょう。

ティモテウス　わたしたちはこの手始めの食事でもう満足です[47]。たとえこれに続いて感謝祭や戦勝式といったものが何もなくてもです。

エウセビウス　しかしわたしの考えによると，キリストが助けたもうて，最初の節は事がうまくはかどったのですから，あなたの従者がわたしたちに次の節について詳しく語ってくれればよいのです。それはわたしには前のよりも少しばかり不明瞭だと思われます。

ソフロニウス　あなたがわたしの言うことに何でも同意してくれるおつもりでしたら，わたしは自分の考えることを熱心に話しましょう。そうでなければ影が闇に光をもたらすなどということがどうして可能でしょうか[48]。

エウセビウス　確かにわたしは皆に代わって，あなたのご提案を受け入れます。またこのような影はわたしの目にいっそうふさわしい自分の光をもっているものです。

ソフロニウス　〔これは〕パウロが教えているのと同じことを教えているように思われます。つまりさまざまな生活様式によって敬虔へと引き寄せられるということです。ある人には司祭職が気に入り，独身がよい人もいれば，結婚がよい人もおり，隠遁生活が好きな人もいれば，国家が好きな人もいますが，それらは多種多様な体質や気質に従ったものです。また何でも食べる人もいれ

---

47)　「手始めの食事」(ova) と訳したのは「卵」(ovum) から食事がはじまるからであるが，それは「凱旋式」「喝采」をも意味する。

48)　「影」は招かれざるお客のことを指す。それは影武者のような存在であるが，招かれないのに宴会に出かけるのは英雄にふさわしいとプラトンが言った故事に倣っている（『饗宴』174C 参照）。

ば（ローマ 14・2-3），食物に区別をつける人もおり，食べる日を決めている人もいれば（ローマ 14・5），いつでも食べる人もいます。これらのことに関してパウロは各人が自分の好みを享受して，他人のことはとやかく言わないように望んでいます。誰もこのようなことにもとづいて判断してはならず，心をはかられる神に判断をゆだねなければなりません（Ⅰコリント 4・3-5）。というのも，しばしば次のようなことが起こるからです。つまり食べる者が食べない者より気に入るものであったり，祝日をけがす者がそれを尊んでいるように見える人よりも神に受け入れられる者であったりするということです。ある者の結婚が多くの人の独身生活よりも神の目に気に入るものであったりします。影はこのように語りました。

エウセビウス　願わくはそのような影（武者）たちと話すという幸運がときどきわたしに訪れますように。わたしが間違っていなければ，あなたは，人びとがよく言うように[49]，針でもってではなく，弁舌でもって問題点に触れました。しかし，ここには独身者として生きた人でも，神の国のために自ら虚勢した（マタイ 19・12）福者たちの数には入っておりません。〔ところで〕こちらの生き物は，神がお腹と食べ物とを滅ぼしてしまうまで（Ⅰコリント 6・13），お腹をさらに喜ばすために強力に去勢されています。それはわたしたちの飼育場から連れてきた〔去勢された〕食用鶏です。わたしはよくゆでた料理が好きです。その上にかけられている煮出し汁がまずくはないし，レタスはずば抜けてうまい。各々は自分に気に入ったものを選んで食べましょう。しかし，わた

---

49)　『格言集』II, iv, 93 参照。「問題に適中する」とか「正確に要点をつく」「図星をさす」などを言う。

しはあなたがたをだましたくないです。わたしたちはこの後で焼き肉を食べます。それからすぐにデザートをとります。そうするとついに話しが終りとなります。

ティモティウス　ところで，わたしたちはこれまでのところ，あなたの奥方を閉め出しています。

エウセビウス　あなたがたがそれぞれのお連れとご一緒に来られるならば，わたしの妻も同席するでしょう。彼女はいま沈黙の人であるほか何を願うでしょうか[50]。また彼女は婦人として婦人たち同志でおしゃべりするのが好きですし，わたしたちはもっと自由に哲学するのです[51]。そうでないと，ソクラテスに起こったことがわたしたちにも起こる危険が生じるでしょう。彼が哲学者たちを食客として招きまして——この人たちには食事よりも談話のほうが好きです——，討論がとても長びいたとき，クサンティッペは怒ってテーブルをひっくり返しました[52]。

ティモティウス　わたしたちはあなたの奥さんを怖がる必要は全くないと思います。なぜなら，奥さんはとても穏和な性格のお方ですから。

エウセビウス　彼女はわたしにはそのようですから，たとえ妻を代えることが許されていても，代えたくないです。この点でわたしはとりわけ幸運であるように思われます。なぜなら，妻を一度ももったことのない人は幸いだ[53]と考える人たちの意見にわたしは賛成しません

50）「沈黙の人」『格言集』I, x, 78　「世俗の宴席」に出席した婦人は沈黙するのと同じである。

51）philosophor という用語が使われている。カントの先駆といえよう。

52）「クサンティッペ」はソクラテスの妻，彼女についてはプラトン『ソクラテスの弁明』を参照。

53）テレンティウス Adelphi 43-4,『格言集』IV, ii, 35 参照。

から。むしろわたしは「よい妻をもつ人は幸運を手に入れている」とヘブライ人の知者が言ったことが好きです[54]。

ティモティウス　妻たちが良くないのは，時折わたしたち自身の落ち度に由来します。その理由はわたしたちが悪い妻を選んだからか，悪い妻にしたからか，それとも当然すべきであるように訓練し教えないからです[55]。

エウセビウス　真にそのとおりです。しかし，わたしは同時に第三の意見が述べられることを期待します。テオフィリルスが神から霊感を授けられて[56]もう発言する準備ができているように思われます。

テオフィリルス　いいえ，わたしの心はお皿のほうにのみ向かっていました。しかし，お叱りを受けずに発言できるのでしたら，そう致しましょう。

エウセビウス　わたしたちの許可を受けてあなたは誤ることが許されています。そういうようにして，あなたは真理を発見する機会をわたしたちに与えてくださるでしょう。

テオフィリルス　それはわたしには預言者ホセヤがその第6章で「わたしが喜ぶのは愛であっていけにえではなく，神を知ることであって，焼き尽くす捧げものではない」（6・6）と言って提示した見解と同じように思われます[57]。この見解の生ける有益な解説者はマタイによる

---

54)　箴言18・22；19・14
55)　「結婚生活」という対話ではある婦人が，夫が悪いとその妻に通常欠陥があるという（本書127頁）。そのところでトマス・モアがその妻をどのように訓育したかが語られる（本書117頁参照）。
56)　IIテモテ3・16からの引用。「神から霊感を授けられて」はギリシア語で書かれている。
57)　神は霊であるから，霊的なささげものを喜ばれるという意味である。De concordia LB V 486F 参照。

福音書第9章の主イエスです[58]。徴税人であったレビの家で主が食事をとっていたとき，レビは自分と同じ身分と職業の多くの人たちを食事に招待しておりました。律法による敬虔を誇っていたが，律法と預言者の全体がそれに依存していた戒め[59]を無視していたパリサイ人たちは，弟子たちの心をイエスから引き離そうとして，どうして主が罪人たちと食事を一緒にしているのかと弟子たちに尋ねました。ユダヤ人たちは，いっそう聖なる者であろうと欲したので，この罪人たちの仲間となることから遠ざかっていたのです。そしてもしこういう人とたまたま出会ったときには，彼らは家に帰るとすぐに身体を洗っていました[60]。そして弟子たちがまだ未経験のゆえに答えに窮していると，主は自分と弟子たちのために次のように語ってお答えになりました。「医者を必要とするのは丈夫な人でなく病人である。〈わたしが求めているのは憐れみであって，いけにえではない〉とはどういう意味か，行って学びなさい。わたしが来たのは正しい人を招くためではなく，罪人を招くためである」(マタイ9・12, 13)と。

エウセビウス　あなたは聖書の出典を比較して問題を見事に説明されました。それは聖書研究のすぐれた方法です[61]。しかし，わたしは犠牲とは何であるか，憐れみとは何であるかを学びたいです。実際，そのさいに，神がこのように多くの戒めでもって捧げるように命じていた

---

58)　マタイ 9・10-13
59)　マタイ 22・37-40
60)　マルコ 7・1-4
61)　『真の神学方法論』(『エラスムス神学著作集』金子晴勇訳, 教文館, 438 頁) でエラスムスはオリゲネスとアウグスティヌスの例を挙げて，不明瞭な聖書のテキストは他のテキストとの比較によって明らかにするのが最良の方法であるという。

犠牲を退けているのを，誰が支持するでしょうか。

テオフィリウス　どのように神が犠牲を退けたかをイザヤ書第1章において神はご自身で教えています[62]。律法の中にはユダヤ人たちに教示したものがあります。それは聖性〔の実体〕を証明するよりも示唆しています。この種のものには祝祭日，安息日，断食，犠牲があります。また絶えず守るように命じられているものがあります。それらは本性上善なるものであって，命じられたから善なのではありません[63]。神はユダヤ人を退けられたのは，彼らが律法の典礼を守ったからではなく，律法によって愚かにも高慢になり，神がとくに彼らから求めているものをなおざりにしたからです。彼らは貪欲・傲慢・強奪・憎しみ・嫉妬その他の悪徳に満たされて，祝祭日には神殿の中に滞在し，焼き尽くす犠牲を捧げ，禁じられた食物を抑制し，時折断食するならば，神がそれに報いる義務が大いにあると考えました。彼らは諸々の影を抱擁し，実質をなおざりにしました[64]。「わたしが求めているのは憐れみであって，いけにえではない」と言われていることに関しては，「わたしが求めているのはいけにえよりも憐れみである」ことに対するヘブライ的な慣用的表現であると思われます。それは「憐れみと正しい裁きを行なうことはいけにえを捧げることよりも主に喜ばれる」（箴言21・3）とソロモンが言うときに解釈されたのと同じである。さらに聖書は隣人を助けるためになされる親切のすべてを憐れみと施しと呼んでいます。この施しという語はその名称を憐れむことに由来していま

---

[62]　イザヤ1・11-17

[63]　自然法によって守るように命じられているものについてロマ2・14-15参照。

[64]　コロサイ2・16-17　ヘブライ10・1-10

す[65]。「いけにえ」(犠牲)という語は形態的な儀式に関係しているすべてとユダヤ的な習慣と関連のあることを呼んでいると思われます。たとえば食物の選択・衣服の規定・断食・いけにえ・任務として果たされる〔うわべだけの〕祈祷・祝祭日の安息がそれです[66]。これらのことは時に応じて全くゆるがせにすべきではないのですが、この種のことを遵守していると告白する人が、困窮した兄弟が親切な愛を求めているときに、いつも憐れみをゆるがせにするならば、神に対し忘恩となります。悪人との会話を避けることは聖性の外観を呈しますが、隣人に対する愛が何か別のことを促すたびに、それは終わらざるをえません。祝祭日に休むことは義務でありますが、日毎の勤行のために兄弟が破滅するのを放置するのは不敬虔でしょう。したがって主日を守るのは犠牲的な行為であると言いたいのですが、兄弟と和解することは憐れみの行為です。さらに弱い人びとを力でもってしばしば抑圧する支配者たちに正義が適応されうるけれども、それでも「また神を知ることは焼き尽く献さげ物に優る」(ホセヤ6・6)とホセヤ書で言われている言葉でもって応答することは無意味ではないようにわたしには思われます。神の御心にしたがって律法を守らない人は律法を守っていません。ユダヤ人たちは陥穽に落ちた驢馬を引き上げていたのに、安息日にある人の全身を救ったキリストを罵りました。これは転倒した判断でした。そして神の知識から離れていました。なぜなら彼らは、

---

65) 「施し」eleemosyna はギリシア語の ελεημοσύη であり、それは ελεέω「憐れみを示す」に由来する。

66) パリの神学者たちはこの文章がルターの主張と一致するがゆえに反対した。それに対しエラスムスはそれが真理であるから、万人の見解に一致すると回答した (LB IX 933C-D)。つづく発言はルターとの相違を示している。

これらの戒めが人間のために定められたのに，人間が戒めのためにはないということを知らなかったからです。
　しかし，あなたのご命令によって言うのでないとしたら，このように語るのは厚かましいと思われるかも知れません。わたしは他の人たちからいっそう正しいことをむしろ学びたいのです[67]。

エウセビウス　わたしには主イエスがあなたのお口をとおして語っていると信じるように語るほうが，かえって厚かましいと思われます。しかし，そんな風にしてわたしたちが自分たちの精神をとても豊かに養っている間に，〔精神の〕仲間が軽視されてはなりません。

テオフィリルス　いったい誰のことですか。

エウセビウス　わたしたちの身体です。身体は精神の仲間ではないのですか。わたしは，実際，道具や住まい，または墓よりも仲間を選びたいです[68]。

ティモテウス　人間の全体が活気づけられるとき，それは確かに豊かに活気づけられると言われます。

エウセビウス　お見受けするところ，皆様は食事に手を付けられるのに怠っておられます。ですから，お許しをえて，焼き肉を差し上げましょう。それは立派なご馳走の代わりに長びいた馳走を提供しないためなのです。これがわたしたちのささやかな午餐会の主な品です。小さいがえり抜きの羊の肩肉と去勢雄鶏と四つのヤマウズラの肉です。このヤマウズラの肉だけをわたしは市場で買いますが，そのほかはわたしの小農場が提供します。

ティモテウス　エピクロス的な午餐ですね。シバリス的な

---

　67)　これは「人間の道は自分の目に正しく見える。主は心の中を測られる」（箴言 21・2）という言葉の解釈であると思われる。
　68)　身体を精神の宿る墓であるという考えはオルフィックの影響を受けたプラトンに由来する。

4　敬虔な午餐会

奢侈な食事とは言わないまでも[69]。

エウセビウス　そうではありません。とてもカルメル会的ではありません[70]。ですが、それが何であれ、あなたがたは良いものと認めてくださるでしょう。食事のほうは少しも豪華ではございませんが、わたしの意向は確かに飾らないものです。

ティモテウス　あなたの家はとても黙っておりませんので、壁だけでなく、手元の盃もお話ししています。

エウセビウス　何をあなたに話していますか。

ティモテウス　誰も自分による以外に傷つけられない[71]。

エウセビウス　盃がぶどう酒を弁護して語っているのです。というのは民衆はお酒を飲んで熱が出たり頭痛を引き起こすと、過度に飲むことによって災難を引き寄せているのに、ぶどう酒をよく非難しますから。

ソフロニウス　わたしの盃はギリシア語で「酒中真あり」と語っています[72]。

エウセビウス　それは司祭たちや王に仕える者たちがぶどう酒に耽ることは危険であると警告しています。というのは、ぶどう酒が心の中に秘めていることをすべて通常は口に出してしまうからです。

ソフロニウス　エジプト人のところでは、人びとがいまだその秘密を司祭たちに打ち明ける習慣をもっていなかったのですが、司祭がぶどう酒を飲むことは許されていませんでした[73]。

---

69)　『格言集』II, 2, 65 参照。

70)　カルメル会はカトリック教会の托鉢修道士の厳格な会派の一つである。

71)　ラテン語の格言『格言集』III, 6, 34.

72)　ギリシア語の格言『格言集』I, 7, 17.

73)　プルタルコス『道徳論集』353A-C 『エジプト神イシスとオシリスの伝説について』柳沼重剛訳、岩波文庫、20-21 頁。

エウセビウス　今日ではぶどう酒を飲むことが万人に許されています。これが好都合か否か分かりません。エウラリウス，あなたが小袋の中から取り出した小さな本は何ですか。とても上品な本のようですね。その外装がすべて金箔ですから。

エウラリウス　しかし中身は宝石に優って輝いています。それはパウロの手紙です。わたしはそれを唯一のお気に入りとしていつも持ち歩いています。あなたのお話しが，以前から永らく苦しめられ，未だ心に満足がえられない聖書のある箇所を思い起こさせたので，それを今取り出します。それは第1コリントの6章にあります。「〈わたしには，すべてのことが許されている〉。しかし，すべてのことが益になるわけではない。〈わたしには，すべてのことが許されている〉。しかし，わたしは何事にも支配されはしない」(6・12-13)。第一に，もしわたしたちがストア派の人たちを信じるなら，それが同時に品行方正でないと，何も役立たない。それではパウロは許されていることと役立つこととをどのように区別しているのでしょうか。娼婦を買うことや酩酊することは確かに許されておりません。そうすると，どうしてすべてのことが許されているのでしょう。そのすべてが許されるべきだと願っている，ある種の事柄についてパウロが語っているなら，その種類が何であるのか，わたしはこの聖句の趣旨から正しく予想することができません。この聖句に直属する箇所からは彼が食物の選択について語っていると推測することができます。というのはある人たちは偶像に献さげられた肉から遠ざかっていましたし，ある人たちはモーセによって禁じられた食物から遠ざかっていましたから。そしてパウロは偶像に献さ

げられた肉について8章と10章とで語っています[74]。彼はこの聖句の意味を説明するかのように次のように言います。「わたしには，すべてのことが許されている。しかし，すべてのことが益になるわけではない。わたしには，すべてのことが許されている。しかし，すべてが徳を建てるわけではない。誰も自分のものを求めるべきではなく，他人の善を求めるべきである。食品市場で売られている物はすべて食べなさい」[75]と。パウロがここで勧めていることはすべて彼が前に「食物は腹のため，腹は食物のためにあるが，神はそのいずれをも滅ぼされます」（同6・13）と言ったことと一致します。彼がここでユダヤ人の食物選択のことを考慮していたことは第10章の終りの部分が示しています。「ユダヤ人にも，異邦人にも，神の教会にも，あなたがたは人の感情を損なわないようにしなさい。わたしも，人びとを救うために，自分の益ではなく，多くの人びとの益を求めて，すべての点ですべての人を喜ばそうとしています」（同10・32-33）。「異邦人に」と言われていることは偶像に献さげられた肉と関係していると思われます。「ユダヤ人に」と言われたことは食物選択と関連すると思われます。「神の教会に」と言われていることは両方の種族から集められた弱い人たちと関係しています。したがってどんな食物でも食べることが許されています。「清い人にはすべてが清いのです」（テトス1・15）。しかし，これが役立たないような場合が起こってきます。すべてのことが許されているというのは福音の自由に属していますが，愛は隣人の救いに役立つことを至るところで希望し，そのために許されていることをしばしば遠ざけ，自

---

74) Ⅰコリント8・1-13,10・27-33
75) Ⅰコリント10・32-33

分の自由を行使するよりも隣人の益となることに同意するのを好みます[76]。

　しかし、ここで二つの難問がわたしを悩まします。第一に、これまでのお話しの関連からすると、この意味と密接に関連しているものが何ものも先行したり、後続していないことです。実際、パウロはコリントの人たちを彼らが反抗的であり、放蕩・姦淫・淫乱によって汚れており、また不敬虔な裁判官のところで訴訟を起こしていると非難しておりました[77]。これらの言葉と「わたしには、すべてのことが許されている。しかし、すべてのことが益になるわけではない」とは、どのように密接に関係しているのですか。またこれに続く発言で使徒は訴訟問題を中断して、以前にも考察していたのですが、恥ずべきことの原因に戻っています。彼は言う、身体は姦淫のためではなく主のためにあり、主は身体のためにあります、と[78]。

　しかし彼が少し前に「間違ってはいけません。みだらな者、偶像を礼拝する者、姦淫する者……」（同6・9）と言って、悪徳のカタログの中に偶像礼拝をもあげていましたので、わたしはこの問題をともかくも解決することができません。さらに偶像に献さげたものを食することは偶像礼拝に傾いていました。ですから彼は直ちに「食物は腹のため、腹は食物のためにある」（同6・13）と続けています。その意味は隣人に対する愛が他のことを勧告しないなら、身体の必要のために時に応じて何でも食することが許されているということです。しかしみだらなことは、いつでもどこでも、嫌悪されるべき

---

　76) パリ大学の神学部はこれに反対した。これに対するエラスムスの返事は LB, IX, 935B-D 参照。
　77) Ⅰコリント6・1-10「教会で疎んじられた人びと……」
　78) 同6・13

4 敬虔な午餐会

です。わたしたちが食することは必要なことですが，この必要は死人の復活のときには取り去られます。わたしたちが放蕩に耽ることは邪悪なことです。

　だが，わたしはそのことが「しかし，わたしは誰の力にも支配されないであろう」（同 6・13）とある聖句とどのように関係しているのかという第二の難問を解くことができません。なぜなら彼はすべての権力が自分に属しているが，それでも誰の力にも支配されないであろうと言うからです。他人の感情を損なわないように節制する人が他人の力に支配されていると言われるならば，それはパウロが 9 章で自分自身について「わたしはすべての人に対して自由ですが，すべての人をうるために，すべての人の奴隷となりました」（同 9・19）と言っていることと同じです。わたしが思うに，このことが聖アンブロシウスの躓いた難問です。彼は次のように考えました。使徒の本来的な意図は，——使徒たちであろうと偽の使徒たちであろうと，彼らは福音を説教していた人たちから生活に必要なものをえていたのであるが——使徒が他の人たちが行なっていたことを自分も行なう力をもっていると 9 章で言うために道を準備しているということである，と。しかしながら，このようなことが許されていようと彼がそれを差し控えたのは，あれほど多くの著しい悪徳を非難していたコリントの人たちに役立つためでした。さらに何かを受け取る人はだれでも，それを受け取った人に多少は拘束されますし，権威の力を何かしら失います。まことに受け取る人は批判する自由を減少させているのです。そして事実，授与した人は受益者から非難されることに同じく我慢できません。したがって，この点で使徒は使徒的な自由を考慮して許されていたことを差し控えました。この自由を彼はもっと自由に，かつ，もっと大きな権威をもって，彼らの悪徳を

非難するために誰にも拘束されるのを欲しなかったのです。

　アンブロシウスの意見がわたしに魅力がなくはないことは確かです。それにもかかわらず、だれかがこの聖句を食物に適用するのを選ぶなら、わたしの意見はこうです。「しかし、わたしは誰の力にも支配されないであろう」とパウロが言っていることは次のように理解できます。「隣人の救いや福音の前進を考慮して、犠牲に献さげられた、あるいはモーセ律法によって禁じられた、食物をわたしがときどき遠ざけているとしても、それでも純粋に身体の必要のためなら、どのような食物を食べることも許されている、と知っているがゆえに、わたしの精神は自由です、と」。しかし偽使徒は、ある種の食物がそれ自身で汚れており、ときには遠ざけるべきではなく、わたしたちが殺人や姦淫を遠ざけるのと同様に、本性において邪悪であるかのように、絶えず抑制すべきであると、説得するように試みようとしました。このように説得された人たちは他なる権力のもとに引き入れられており、福音の自由から転落してしまっていました。

　わたしが想起するかぎり、テオフィラクトゥスだけがみんなとは相違した意見をそこから引き出しました。つまり、「人はすべてを食することが許されているにしても、放縦であっては役に立たない。なぜなら過度であることはみだらなことを産み出すからです」。この解釈は不敬虔ではないけれども、この聖句の真正な意味ではないようにわたしには想われます。わたしを苦しめていたものをあなたがたに示しました。あなたがたの愛がわたしをこの難問から解き放つことでしょう。

エウセビウス　あなたはご自身の名前に適切にも応じてお

4　敬虔な午餐会　　63

られます[79]。そのように質問を提示することをご存じの人は，それを解答する他の人を必要としません。なぜなら，パウロがその手紙の中で同時に多くのことを論じようと決めたがゆえに，一つの主題から他の主題へしばしば移っていったり，中止していたものを再び考察しているにもかかわらず，あなたはご自分の疑問点を，わたし自身がもはや疑わないような仕方でもって提示されましたから。

クリソグロットゥス　わたしがお喋りによってあなたがたのお食事の邪魔となるのを恐れないなら，またそのように信仰的な会話に世俗の著作家から何かを付加することが許されて良いと考えるなら，今日それを読んでわたしを苦しめるどころかとても喜ばせたものをわたしも提供したいです。

エウセビウス　とんでもない。敬虔であって良い道徳に役立つものはすべて世俗的であると呼ばれるべきではありません。もちろん聖書はどんな場合でも第一の権威にふさわしい。しかし，わたしはときどき古典の作家たちによって語られたものに，あるいは異邦人の書物に，また詩人たちの書物にさえ出会います。それらがとても高潔で，信心深く，素晴らしいので，彼らがそれらを書くときに，何か善い神性が彼らの心を突き動かしていると信じないわけにはいきません[80]。恐らくわたしたちが認めるよりも広範囲にキリストの霊が注がれているのでしょう。わたしたちの名簿には含まれていない多くの人たちが聖徒の仲間にはいるのです。友人たちの中でわたしの好みを告白しましょう。何度も書物に口づけしないで

---

79)　Eulalius という言葉は「よく話す」つまり「適切に，説得的に語る人」を含意する。

80)　「何か善い神性」は numen aliquid bonum の訳語。

は，また天上界の神性によって吹き込まれた気高い心に敬意を表しないでは，読むことができないものに，キケロの『老年について』，『友情について』，『義務について』，『トゥスクルム荘対談集』があります。それに対してわたしが国家について，経済について，倫理について教えを説いている最近の著作家のいくつかを読んでみますと，不滅の神よ，それらと比較すると何と味わいのないことでしょう。否，彼らは自分が書いていることを信じていないように思われます。ですからキケロやプルタルコスの一つの書物よりもスコトゥスの全部が彼に類似するいくつかの書物と一緒に滅んでしまうほうが，わたしには耐えやすいです。それはわたしが後者をことごとく断罪するためではなく，前者によってわたしが善良な者とされると感じるからです。後者を読んでいると，どうしてか分かりませんが，真実な徳に対する冷え冷えとした気分が起こって来るし，論争に挑発されるのです。ですから，それを提供なさるのをためらわないでください。

クリソグロットゥス　哲学について書かれたキケロの大概の書物は何か神的な霊感を受けているように思われますが，彼が老人として『老年について』書いたものは，ギリシア人のもとで格言にあるように，全く白鳥の歌[81]のようにわたしには想われます。それをわたしは今日再読し，次の言葉を他に優って気に入りましたので暗記しました。

　「またもしどなたか神様が，この歳から赤子に返り，揺り籠で泣くことを許して下さるとしても，きっぱりと断るだろう。言うならば，折角コースを走り終えた

---

81)　原文はギリシア語。白鳥が死に際して歌うという考えはアイスキュロスの『アガメムロン』1445にすでに見いだされる。

のに，ゴールから出発点へと呼び戻されるようなことはまっぴらだ。人生にはどんな利点があるか。というより，どんな苦労がないであろうか。確かに利点があるにしても，必ずや飽和か限度がある。多くの，それも学識ある人たちが繰り返し行ったことだが，生を嘆くのはわしの気に染まぬ。また，生きてきたことに不満を覚えるものでもない。無駄に生まれてきたと考えずに済むような生き方をしてきたからな。そしてわしは，わが家からではなく旅の宿から立ち去るようにこの世を去る。自然はわれわれに，住みつくためではなく仮の宿りのために旅籠を下さったのだから。魂たちの寄り集う彼の神聖な集まりへと旅立つ日の，そしてこの喧騒と汚濁の世から立ち去る日の，何と晴れやかなことか」[82]。

　カトーはこれまでにしよう[83]。もっと敬虔にキリスト教徒から何を聞くことができるでしょうか。すべての修道士の対話も，あるいは修道士と修道女との対話も異教徒の老人と異教徒の若者とのこの対話のようであってほしい。

エウセビウス　しかし，だれかが対話はキケロによって作成されたと抗弁するでしょう。

クリソグロットゥス　そのように考えて語ったことに対する称賛がカトーに帰せられようと，キケロに帰せられようと，わたしにはたいした問題ではありません。キケロの心がそんなにも神聖な考えを想像力によって表現し，彼の筆が誉めるに値する主題をそれに匹敵する弁舌の才

---

82)　キケロ『老年について』中務哲郎訳,「キケロ著作集　9」岩波書店, 57-58頁。

83)　マルクス・ポリキウス・カトーはローマの監察官であった。彼は『老年について』の中で語っている人物であり，そこでは83歳とある。話し相手の若者はププリウス・アフリカヌスとガイウス・アエリウスである。

をもって描き出したのです．実際，カトーがそれと同じ言葉を語らなかったとはいえ，それでも彼はそれと似た言葉を会話の中で語る習慣であったと，わたしには思われます．というのはマルクス・トリウス〔・キケロ〕は彼が実際あったとは別のカトーを捏造するほど，またはこの種類の著作においては真っ先に考慮すべきことであり，とりわけ著者の同時代人の心にその人物の記憶がまだ新しく残っているときに考慮すべきである，対話の中で礼節[84]をわきまえなかったほど，恥知らずではなかったからです[85]．

テオフィルス　真にあなたの仰ることは本当です．だが，あなたがキケロを朗唱している間にわたしに思い浮かんだことをお話し致しましょう．すべての人は長く生きることを望んでおり，死を恐れているのに，老人とは言わなくとも，かなりの年配の人が，人生においてすでに彼に生じたのと同じ善と悪のすべてを経験しながら，もしできることなら再び子どもに戻りたいか否かという質問に対し，カトーが述べたことに同意しないほどの幸福を確かに見つけている人がいない事実に，わたしは驚嘆しました．とりわけ，過ぎ去った歳月に悲しくも，あるいは喜ばしくも遭遇したことは何でも心に想起する場合にはそうです．というのは楽しかったことの回想にはしばしば恥や良心の苦悩が付きまとっているので，心は悲しいことと同じくそれらを想起するのを嫌がりますから．このことをもっとも賢明な詩人たちがわたしたちに告げていると思われます．彼らは書いています，魂がレーテ

---

84)　ラテン語の decorum（デコールム）は「適正，均整美」と訳される徳性である．ここでは文脈上「礼節」と訳した．この徳性に関しては『義務について』第 1 巻 27 章を参照．

85)　カトーは 149BC に亡くなっており，キケロの『老年について』は 44BC に書き上げられている．

4　敬虔な午餐会

の川から忘却の水をたくさん飲んだ後に，やっと，あとに残した身体に対する願望に捕らわれると。

ウルアニウス　それは全くおかしなことです。わたしもその例をいくつか聞き及んでおります。しかし，わたしを魅了したのは「わたしは生きてきたことを後悔しません」という言葉です。とはいえ，いかに少数のキリスト教徒たちが，この老人の言葉を自分に適用できるほど自分の生活を節度をもって整えているでしょうか。民衆は，死に際して何とかして築き上げた豊かな財産を遺産として残せるなら，自分らが無益に生きてきたのではないと考えます。しかしカトーは，自分が共和国の健全で崇高な市民であって，後生の人びとに徳と勤勉からなる不朽の業績を残すような，清廉潔白な政務官であることを示すなら，自分が生まれてきたのは無益ではなかったと考えるでしょう。「わしは，わが家からではなく旅の宿から立ち去るようにこの世を去る」という言葉に優ってすばらしい何を言うことができたでしょうか。さしあたって主人が立ち去るように命じるまでは，宿屋を使うことが許されます。自分の家からは人は容易に追い立てられません。それでも倒壊とか火災とかそのほかの出来事がしばしば人を家から追い出します。これらのことが起こらなくとも，歳月とともに建物が老朽化するがゆえに，引っ越すように警告されます。

ネファリウス　それに劣らず急所をついているのはソクラテスがプラトンの著作で語っている発言です。「人間の魂は身体の中の陣営にいるように置かれており，最高指揮官の命令なしにはそこを立ち去るべきではないし，その部署につかせたお方によしと思われるよりも長くそこに滞在すべきではない」[86]。プラトンが「家」の代わりに

---

86)　「陣営」(praesidium) はキケロの『老年について』20.73 でも

「陣営」と語ったことはいっそう意味が深いです。実際，わたしたちは家では単に滞在するだけなのですが，陣営ではわたしたちの指揮官がわたしたちに指示した課題を遂行するように任命されているからです。このことは人間の生活があるときは兵役であり，あるときは戦闘であると語っている，わたしたちの聖書と一致しております[87]。

ウラニウス　しかし，わたしにはカトーの演説がパウロのそれと見事に一致していると思われます。パウロはコリントの信徒たちに，わたしたちは死後に望んでいる天上の住まいをオイキアまたオイケーテリオン，つまり家もしくは居所と呼んでいます。その他では彼はこの小さな身体を幕屋，ギリシア語のスクエーノスと呼んでいます。そして言います，「というのはこの幕屋にいるわたしたちは重荷を負って呻いているから」（Ⅱコリント5・1以下）と。

ネファリウス　それはペトロの説教と一致しなくもありません。彼は次のように言っています。「わたしはこの幕屋にいる間はあなたがたにこれを思い出させて，奮起させたいと思います。わたしが自分の幕屋を速やかに去ることは確かです」（Ⅱペトロ1・13，14）。キリストがわたしたちに求めていることは，他でもないすぐにでも死ぬかのようにわたしたちが生き，かつ，目覚め，いつまでも生きるかのように善きわざに励まねばならないということではないでしょうか。あの栄光に輝く日よ，という声を聞くときには，もうパウロ自身が「この世を去ってキリストとともにいたいと熱望する」（フィリピ1・

使われている。「牢獄」と同じ意味でも内容が異なる。

　87）「兵役」についてヨブ7・1：Ⅰテモ1・18また「戦闘」について同6・12：Ⅱテモ4・7参照。

23）と語っているのを聞くように思われないでしょうか。

クリソグロットゥス　そのような気持ちを懐いて死を待ち望む人は何と幸いなことでしょう。とはいえカトーの演説に対して，それはとても素晴らしいのですが，人はそれをキリスト教的な人間からは，当然，遥かにかけ離れている高慢に起因すると確信して非難することができます。ですからソクラテスが毒人参の飲む少し前にクリトンに語ったことにまして，正しいキリスト教的な人間にいっそうふさわしく一致するものを，異教徒の間ではかつて読んだことがないと，わたしには思われます。彼は言う，「神がわたしたちのわざを承認してくださるであろうか，わたしには分からない。確かにわたしたちは神に喜ばれようと熱心に努めてきた。だが，わたしたちは神がわたしたちの努力によく配慮してくださるという良い希望を懐いている」[88]。こういう人は自分のわざに疑念を懐いていますが，それでも神の御心に服従しようと傾く心の意志のゆえに，善く生きようと志したので，神がまさしくその慈しみをもってよく配慮してくださるであろうという素晴らしい希望を心に描くことでしょう。

ネファリウス　それは確かにキリストも聖書も知らなかった人における賛嘆すべき精神です。ですから，わたしはそのような人についてそうしたことを読むときには，聖なるソクラテスよ，わたしたちのために祈ってください，と，どうしても言わざるをえません。

クリソグロットゥス　しかし，わたしはウィリギリウスとホラティウスの神聖なる魂を素晴らしいと称えることをしばしば抑制できなくなります。

88）　プラトンの著作に該当する箇所はないが，それを示唆するものとして『パイドン』またクセノフォンの著作がある。

ネファリウス　それでも、このわたしはどれほど多くのキリスト教徒が寒々とした気持ちになって死んでいったのを見たことか。ある人たちは信頼すべきでないものに信頼しています。他の人たちは、無学な人たちが死にゆく人たちを苦しめる、悪行に対する良心と疑惑のゆえに、絶望して息絶えています。

クリソグロットゥス　全生涯をとおして宗教的儀礼について頭を悩ませてきた人がそのように死ぬのは少しも不思議ではありません。

ネファリウス　その儀礼という言葉で何が意味されるのですか。

クリソグロットゥス　お話ししましょう。ですが、わたしが教会のサクラメントと典礼を断罪するのではなく、むしろ熱烈に是認していることを前もって申し上げておきます。わたしが断罪するのは、ある種の不信仰で迷信的な人たち、できるかぎり穏やかに言いますと、単純で無学な人たちなのでして、彼らは人びとがこういったものに信頼するように教えていますが、わたしたちを真にキリスト教徒にするものをなおざりにしています。

ネファリウス　どういう方向に行かれるのか、まだ十分に理解できません。

クリソグロットゥス　あなたが理解されますように試みてみましょう。あなたがキリスト教徒の群衆を観察すると、彼らにとって儀礼が人生の初めと終りではないでしょうか[89]。洗礼式において執行された教会の古くて尊い典礼は、何と細心な配慮をもってなされたことでしょう。幼い子どもは教会の戸口の外に待たされ、悪魔払い

　89）　「初めと終り」は直訳すると「船首と船尾」であって、儀式の濫用について用いられた慣用句である。これに関しては『格言集』I, 1, 8 を参照。

4 敬虔な午餐会

が行われ，信仰問答がなされ，誓願が果たされ，サタンがその華美と娯楽ともども誓いをもって否認されます。ついに子どもの教育が配慮されるために，塗油が施され，〔十字架でもって〕しるしづけられ，塩をふりかけられ，水に浸され〔洗礼され〕，保護者らに面倒を見るように依頼されます。彼らにはお金が支払われるので負担はかかりません。そこで，もう子どもはキリスト教徒と呼ばれますが，一応はそういうことになります。すぐにも彼は再び塗油が施され，ついに信仰告白することを学び[90]，聖体を拝領し，祝祭日には安息をとるように習熟し，聖祭に出席し，時どき断食し，肉食を控えます。そしてこれらのことを行なえば，必ずやキリスト教徒とみなされます。もし妻を娶るならば，別のサクラメントがそれに付与されます。聖職者となるならば，再び塗油が施され，聖別され，衣服が変えられ，祈祷が唱えられます。わたしは執行されているこれらすべてをもちろん承認しますが，それらが確信よりも習慣によって執行されていることは是認できません。キリスト教にはそのほか何も加える必要がないという考えにわたしは断固反対します。というのは人びとの大部分が，こういうものに信頼している間に，それにもかかわらず，その間にも何とかして富を築くのに夢中になり，怒り・快楽・嫉妬・野望の奴隷となって，ついには死の戸口にやって来るからです。ここでも再び儀式が用意されてます。一度もしくは二度の告白が適用され，終油が加えられ，聖体の秘跡が授けられ，神聖なローソクが手元に置かれ，十字架と聖水が準備されて，罪の赦しが告げられる。法王の証書が死に赴く者に示されるか，取得されます。豪華な葬

---

[90] このように幼児洗礼を受けた者が信仰告白する儀式は堅信礼と呼ばれている。

儀が催されるように指定されます。厳粛な誓約が再度なされます。一人の者が死にゆく者の耳に大声で呼びかけます。いいえ，ときには，よく起こることですが，声がもっと大きな人やかなり酒に酔った人がけしかけるならば，そのときが来る前に，人は死にます。これらのもの，とりわけ教会の慣習としてわたしたちに伝えられているものは，確かに役立っていますが，それとは別に深く隠されたものがあって，それは溌剌とした霊とキリスト教的な確信をもってわたしたちがこの世から移住するように助けています。

エウセビウス　あなたは敬虔に，かつ，適切にお話しになりましたが，その間に誰も食事に手を付けられておりません。それぞれ自分をごまかさないようにいたしましょう。わたしはデザートのほか何も期待しませんようにと，あらかじめ申し上げました。それも田舎風のものでして，キジやヤマシギもしくはアッティカ風のデザートを誰もあてにしないためです。ボーイさん，これらを片づけ，残りの料理を食卓に運んでください。あなたがごらんになるのは豊饒の角[91]ではなくて，わたしたちの欠乏の角です。これはあなたがたがご覧になった小さな庭でできたものです。お好きなものがございましたら，ご遠慮なさらないでください。

ティモテウス　とても多種多様なものですから，拝見しただけでも元気づけられます。

エウセビウス　しかし，わたしが質素なのをあなたがたがすっかり軽蔑なさらないために，〔わたしは主張します〕この盛り皿が福音に生きた修道士ヒラリオンとあの時代

---

91)　「豊饒の角」とおうのは花や果物を盛ったヤギの角，雌アギマルティアの角から富が無尽蔵に湧出するというギリシア神話に由来する。

4　敬虔な午餐会

に属する修道士仲間の百人を満足させていたことでしょう。それはまたパウロとアントニウスには一か月間の糧食たりえたことでしょう。

ティモテウス　使徒たちの第一人者であるペトロも革なめし職人シモンのところに滞在していたとき，それを拒否しなかったであろう，とわたしは思います[92]。

エウセビウス　わたしの考えでは，パウロも貧窮に迫られテント製造人として夜じゅう絶えず働かされたとき，そのようでした[93]。

ティモテウス　わたしたちはこのことを神の慈悲に負っています。しかし身体における栄養の欠けが心の楽しみによって豊かに埋め合わされるなら，わたしはペトロとパウロと一緒になって空腹でいるほうを選びたいです。

エウセビウス　むしろ，わたしたちは豊かに暮らすことと貧困に苦しむこととをパウロから学びましょう[94]。欠乏しているときには，節約と忍耐の蓄えをわたしたちに供給してくださるイエス・キリストに感謝しましょう。有り余るほどあるときには，その寛大さによってわたしたちを招き寄せ，ご自身を愛するように促したもうお方の気前の良さに感謝しましょう。また，神の慈悲が惜しみなく授けたもうものをわたしたちが控え目に，かつ，節約して享受するとき，わたしたちは貧しい人たちを忘れてはなりません。わたしたちに有り余るほどあるものが彼らには欠けるようにと，神はお考えなのです。それは両者のいずれも他に対して徳を実行する機会となるためなのです。実際わたしたちは豊かに与えられていますか

---

92)　使徒言行録 9・43 参照。
93)　「テント製造人」とあるのは原文では「靴直し人」(sutor) であって「靴直し専門人」という軽蔑された表現であるが，使徒言行録 18・3 に従ってそう訳した。
94)　フィリピ 4・12 参照。

ら，それでもって兄弟に欠けているものを助け，神のあわれみを獲ることができます。またわたしたちの施しによって元気を回復した貧しい人たちは，わたしたちのよい心情のゆえに神に感謝し，その祈りによってわたしたちを神に推挙するでしょう。

　ちょうどよいときに思い出したことがあります。ボーイさん，ローストの残りをわたしたちのグドゥラのところに持っていくように，わたしの妻に言ってください。彼女は隣人でして，妊娠しています。財布の中は乏しいが，心は至福です。彼女の夫は浪費家にして怠惰な人でしたが，少し前に亡くなりました。彼は多数の子どものほかは何も残しておりません。

ティモテウス　キリストは乞い求めるすべての者に与えるように命じました。わたしがそうするならば，わたし自身が一か月のうちに乞食となるに相違ありません。

エウセビウス　キリストは必要なものを乞い求めている人たちのことを考えているとわたしには思われます。なぜなら乞い求める人たち，否，華麗な食堂を建築したり，もっと悪いことには，浪費や快楽を増大するために，多額の金銭をしつこくせがんだり奪い取る人たちには，その乞い求めるものを拒絶することが施しというものだからです。そればかりか，隣人のさし迫った困窮にあてるべきものを悪用しようとする者どもに施すことは強奪です。ですからキリストの生ける神殿の全体が，飢えによって危険な状態に陥り，裸のゆえに身震いし，必要なものの欠乏によって苦痛をなめているのに，過大な費用を投じて修道院や教会堂を建てたり飾ったりする人たちは，重い罪からほとんど解放されないとわたしには思われます。わたしがイギリスにいたとき，聖トマスの墓が，信じられないほど豪華なのに加えて，無数の高価な

4　敬虔な午餐会

宝石でもって飾られているのを見ました[95]。わたしはこの有り余るほどの富をいつの日か一度にすべてをひったくる役人たちのために保存しておくよりも，むしろ貧しい人たちのために使うほうを選びます。わたしは墓を葉の多い枝と花でもって飾りたいです。このほうがあの至聖のお方に喜ばれるとわたしは思います。ロンバルディアにいたとき，わたしはパヴィアからそう遠くないところで，あるカルトゥジア会の修道院を見ました。その中には教会があって，内部も外部も，下から上まで，白い大理石でもって建築されており，祭壇・柱・墓のような内にあるものはすべて殆ど大理石で造られています。少数の孤独な修道士たちが大理石の教会で〔聖歌を〕歌うためにこんなにも多くのお金が費やされるとはどういうことなのか。あの大理石の教会を単に眺めるためにだけ当地を訪れる他国の人たちによって絶えず脅かされていますから，この教会は彼ら自身にも重荷であって，役立っていません。

　それに加えて，わたしはもっと愚かなことを当地で知りました。修道院を建設するために毎年 3000 ダカットのお金が遺産として贈られています。また遺言者の意志に逆らって神意に適った使用にそれを転用することはできないと考える人たちがおります。彼らは企てることを建設しないよりも打ち壊す方を選ぶでしょう。これらの事実が際立っておりますので，わたしは記憶に留めるべきだと考えました。とはいえ，わたしたちの教会でもそれと似た多くの実例があちこちにあります。このようなことは，わたしには施しではなく，名誉心に思われま

---

95)　カンタベリーの大聖堂の中には聖遺物を納めた筐があって，そこには聖トマスの遺物が保存されている。中世には多くの巡礼者が遠隔の地から訪れた。

す。富める者たちは教会の中に自分たちの記念碑を建てようと努めますが、教会の中には以前は聖者のための場所はなかったのです。彼らは〔石の中に自分の姿が〕刻まれ、描かれるように、それに彼らの名前と功労の記録が書き加えられるように配慮します。そしてこういったものでもって彼らは教会の大部分を占領します。彼らの屍が祭壇に設置されるように要請されるときが来ると思われます。

　彼らの気前よさは退けられるべきでしょうか、とだれかが言うかもしれません。彼らが提供しているものが神の教会にふさわしいなら、決してそうではありません。しかし、もしわたしが司祭か司教でしたら、わたしはあの頭の鈍い廷臣たちや商人たちに、彼らが自分たちの罪が神の前で赦されるのを願うなら、本当に貧しい人たちを援助するために秘かに喜捨するように促すことでしょう。この人たちの考えでは、お金が細分されて秘かに卑賤な人たちのさし迫った困窮を支援すべく分散されるならば、その記念碑が子孫に残らないので、お金は失われてしまうのです。わたしが思うに、キリストご自身がもっとも信頼のおける債務者として自分に請求されることを欲しておられることよりも良い出資先はないのです。

ティモテウス　修道院に授けられているものは正しく役立てられていると思いませんか。

エウセビウス　わたしが金持ちであるならば、修道院に多少は与えますが、それも奢侈のためでなく、必要なもののために与えたいです。わたしは彼らの中で真の宗教の研究を活発にしていると想われる人たちに与えたいです。

ティモテウス　大抵の人たちは、普通の乞食にお金を与えることは、少なくともそれがよく運用されているとは思

4　敬虔な午餐会

いません。

エウセビウス　彼らにもときには多少は与えられるべきですが、それもよく選んですべきです。国はそれぞれその民を養っても、あちこちと放浪している者どもを黙認しないほうが賢明であると思われます。とくに健康な人たちはそうであって、彼らにはお金よりも労働を与えるべきだと思います。

ティモテウス　それでは主として誰に、どの程度、また何回ぐらい、与えられるべきだとお考えですか。

エウセビウス　それをきわめて正確に規定することはわたしにとって困難でしょう。まず第一にすべての人を助けようと欲する気持ちが備わっていなければなりません。次に、その機会が訪れるたびに、とりわけその人の貧しさと誠実さをわたしがよく知っている人たちには、わたしの貧弱な財産に応じて、できるかぎり寄付します。わたしに蓄えがないときには、他の人たちに慈善を勧めます。

ティモテウス　しかし、あなたはわたしたちがこのあなたの所有地で何も隠さないで語ることをお許しになりますか。

エウセビウス　そうですとも、あなたがたがお宅におられるときよりも開放的にお話しください。

ティモテウス　あなたは教会において過度に出費することを認めておられません。それですから、あなたはこの住宅をずっと小さく建てることがおできになりました。

エウセビウス　確かにこれは中くらいの程度にはきれいにできていると思います。もしお望みなら、優雅とも言えましょう。わたしが欺かれていなければ、贅沢ではないことは確かです。物乞いして生きる人たちももっと豪華に建築します。とは言っても、このわたしの庭園はどうあっても、困窮してる人たちに使用料を支払わねばなり

ません。そしてわたしは自分と家族に対してはさらに倹約を守り，毎日の費用からいくらかを引き出して，貧しい人たちにいっそう施すことができるようにしています。

ティモテウス　すべての人があなたのような精神をもつならば，現在不当な困窮に苦しんでいる非常に多くの人たちは暮らしがよくなるでしょう。他方，困窮が教えるであろう節制と控え目を学ぶようになると，太った多くの人たちは減少するでしょう。

エウセビウス　おそらくそうでしょう。だが，あなたがたはわたしたちがこの味のないデザートに何か甘味料を加えるのを願っていますか。

ティモテウス　わたしたちは美味の点で十分に満足しています。

エウセビウス　でも，わたしはお腹が一杯になっていても，あなたがたがお断りにならないものをここにもってきます。

ティモテウス　それは何ですか。

エウセビウス　福音書の写本です。食事の終りにわたしが所有しているもっとも高貴なものをあなたがたにもってきましょう。ボーイさん，あなたが前の食事のとき読み終わった箇所の続きを朗読してください。

ボーイ　「だれも，二人の主人に仕えることはできない。一方を憎んで他方を愛するか，一方を支持して他方を軽んじるか，どちらかであるから。あなたは神と富とに仕えることはできない。だから，わたしはあなたがたに言っておく。自分の命のことで何を食べようか，また自分の体に何を着ようかと思い悩むな。命は食べ物に優り，体は衣服に優るではないか」（マタイ6・24-25）。

エウセビウス　書物をお返しください。この箇所でイエス・キリストはわたしに二度同じことを語ったように思

4　敬虔な午餐会

われます。というのは最初にイエスが語ったこと「憎むでしょう」の代わりに，彼はすぐに「軽んじるでしょう」を置いており，最初に要請したこと「愛するでしょう」の代わりに，すぐに「支持するでしょう」を当てているからです。人物が入れ替わっても意味は同じままです。

ティモテウス　あなたの仰りたいことをわたしは十分には理解できません。

エウセビウス　それでは，お望みとあれば，数学的方法によってそれを明らかにしましょう。初めの部分ではあることの代わりにAを，他のことの代わりにBを置きます。それに対し第二の部分では逆の順序でもってあることの代わりにBを，他のことの代わりにAを置きます。実際，彼はAを憎み，Bを愛するか，それともBを支持し，Aを軽んじるかのどちらかになるでしょう。Aは二度憎まれ，Bは二度愛されるということが，これでもって明らかではないですか。

ティモテウス　全く明瞭です。

エウセビウス　「それとも」という接続詞は，とくに反復されると，対立した意味や相違した意味を強調します。もしそうでないと，「ペトロはわたしに勝つでしょう，そしてわたしは譲歩するでしょう。それともわたしは譲歩するでしょう，そしてペトロはわたしに勝つでしょう」と言うのは無意味ではないでしょうか。

ティモテウス　愉快なこじつけです。神よわたしを助けたまえ。

エウセビウス　このことをわたしがあなたから学べるなら，わたしにもそれが愉快に思われるでしょう。

ティモテウス　わたしの精神は夢を見ており，わたしの知らないものによって産みの苦しみをしています。あなたが命じられるなら，それが何であれ，あなたに知らせま

しょう。そうすれば，あなたは夢を解く人か，助産婦になることでしょう。

エウセビウス　食事のときに夢を想起することは，一般には不吉なこととみなされておりますし，こんなにも多くの人びとの前で子を産むことは上品なことではありませんが，それでもわたしたちは，あなたの夢を解くか，あるいはあなたが欲せられるなら，あなたの精神が孕んだものを喜んで採りあげましょう。

ティモテウス　この発言の中では人物よりも行動のほうが変化しているようにわたしには思われます。「一方を……他方を……」という表現は〔人物としての〕AとBに関係しません。そうではなく表現の両方の部分は双方の任意ものと関係しています。ですから，あなたが両方の中から撰ぶものは，今や，他方によって指示されるものに対立させられます。そのさい「あなたは〔任意の事柄〕Aを排斥してBを許容するか，Aを許容してBを排斥するかです」とあなたは主張しているかのようです。ここでは人物がそのままで，行動が変化していることがあなたにはお分かりです。またAについてあなたは「同じことをBについても次のような仕方で述べても何ら差し障りがない。つまり〈あなたがBを排斥し，Aを許容するか，Bを許容し，Aを排斥するかでしょう〉と」言われます。

エウセビウス　確かにあなたは問題点をわたしたちに巧みに説明してくださいました。どんな数学者でもそれより上手に砂の上に描いて説明しなかったことでしょう[96]。

ソフロニウス　パウロ自身が生活の資を獲るためにその手

---

[96]　プラトンが『メノン』においてメノンの奴隷に数学を想起によって解答させた情景がここにはあって，数学者が杖を使って砂の上に図形を描きながら証明させている。

4　敬虔な午餐会

でもって労働に励んだし，同じく仕事に従事しない閑人たちや他人に頼って生きるのを喜んでいる人たちを厳しく非難したのですから，明日のことを思い煩うなと命じられていることにわたしはむしろ困惑しております。彼は人びとが労働するように，また手を動かして何か良いものを造るように忠告しています。それは彼らが貧しい人たちに必要なものをそこから分かち与えるものを獲るためなのです[97]。貧弱な夫が最愛の妻とかわいい子どもたちを養う労働は，敬虔にして神聖なものではないでしょうか。

ティモテウス　わたしの意見では，この問題はさまざまな仕方でもって答えられます。第一に，とくにその時代と関連して解くことができます。福音の宣教のために遠く出かけていった使徒たちは，どこから供給されようと，生活に必要なものに対する心配（不安）から解放されなければなりませんでした。彼らには手仕事によって食物を獲る時間の余裕がありませんでした。とくに漁業のほかには生きる手段を何も知らなかったときには，そうでした。だが，今や，時代は変わりました。そしてわたしたちは暇な時間を十分にもっており，労働をまぬがれています。

　第二の解決策はこうです。キリストは勤勉ではなくて心配することを禁じています。彼は心配することのもとで，人びとの通常の感情を理解しています。彼らは生活に必要なことを調達することのほかには何も心配を感じないで，万事を棄ててこれだけに関わり，この一つの心配事のみを追求しています。わたしたちの主ご自身は，同じ人が二人の主人に仕えることができるということを否定されたとき，そのことをほぼ主張されています。と

---

97)　Ⅱテサロニケ 3・8, 11-12 参照。

言うのは全身をもって献身している人が仕えているからです。したがって主は福音を広めることへの配慮がもっとも大切であると願われていますが、それが唯一の配慮ではありません。実際、主は「何よりもまず、神の国を求めなさい。そうすれば、これらのものはみな加えてあなたがたに与えられる」（マタイ6・33）と言われます。単に「求めなさい」とだけ彼は言われるのではなく、「何よりもまず、求めなさい」と言われます。そのほかに「明日のこと」とあるのは、それが遠い未来を意味していますから、誇張法であると思います。この世のことを渇望する習わしの人は未来のことを思い煩い、〔それに備えて〕探し求めています。

エウセビウス　あなたの解釈をわたしたちは受け入れますが、「何を食べようと、魂のことを思い煩うな」（マタイ6・25）と主が語ったのはどうしてなのですか。身体は衣服をまとっていますが、魂は食べたりしません。

ティモテウス　わたしが思うに魂という語はここでは命のことを指しています。命は食物が取り去られると、危険な状態に陥ります。しかし衣服が取り去られても危険ではありません。衣服は必要よりも恥のために与えられています。だれかが裸によって害を受けても、すぐには死にませんが、食を断つことは確実に死となります。

エウセビウス　わたしにはこの文章とそれに続く「魂は食べ物よりも大切であり、体は衣服よりも大切である」（同）と語られていることとがどのように関連しているのか全く分かりません。もし命に大いなる価値があるなら、それが失われないようにますます警戒すべきです。

ティモテウス　このように論証する議論はわたしたちの心配を取り除かないで、むしろ増大させます。

エウセビウス　しかし、あなたの解釈はキリストの考えではありません。この議論によってキリストはわたしたち

4 敬虔な午餐会

の御父に対する信頼を増加させています。もし慈しみ深い御父が無償で，かつ，自発的にいっそう高価なものを与えてくださったならば，もっと安価なものをそれに付け加えてくださるでしょう。魂を与えてくださったお方は，食物を与えるのを拒絶なさらにでしょう。体を与えたお方は，衣服をもどこからか付け加えてくださるでしょう。したがって彼の親切に信頼するわたしたちは，些細なことに対する心配や配慮によって苦しめられる理由がないです。それゆえ，わたしたちの配慮と熱意との全体を天上の事物に対する愛へと転換し，サタンとその策略と一緒に地上の富をことごとく退け，心を尽くし溌剌とした精神でもって，その子らを見捨てることのない神にのみ仕えるならば，わたしたちがこの世を用いないかのように使用することのほかに何が残るのでしょうか。

　ところでこの間にだれもデザートに触れられておりません。とにかくそれを味わってみてください。それは家でわたしたちのために作られたものですから。

ティモテウス　わたしたちのひ弱な体のことを言うともう十分に満足しております。

エウセビウス　あなたがたの精神のほうもそうであることを願っています。

ティモテウス　しかも，わたしたちの精神はいっそう豊かに満たされております。

エウセビウス　それでは，ボーイさん，これを下げてください。ボウルをもってきてください。友よ，この食事で犯したかも知れない落ち度があるなら，清められて，神への讃歌を唱えるために，手を洗いましょう。もしよろしければ，クリュソストモスから始めたものを完成させたいのです。

ティモテウス　どうぞそうなさってください。

エウセビウス 「主よ，あなたに栄光がありますように。聖なるあなたに，あなたに栄光がありますように。王よ，あなたに栄光がありますように。あなたはわたしたちに食物を与えてくださいましたから。聖霊によってわたしたちに歓喜と楽しみを満たしてください。それは，わたしたちが御目の前に受納される者として見いだされ，あなたが各々にそのわざにしたがって報いたもうとき，恥を受けないためなのです」[98]。

ボーイ　アーメン。

ティモテウス　この讃歌は全く敬虔で，完全無欠なものです。

エウセビウス　聖クリュソストモスはこの讃歌が解釈されることも拒絶されないでしょう。

ティモテウス　どの箇所ですか。

エウセビウス　マタイ福音書の説教 56 です。

ティモテウス　わたしは今しがた読んだ箇所も省略したくありません。ところで，あなたから学びたいことが一つあります。どうして三度，しかも「主」・「聖なるお方」・「王」という三重の名称でもってキリストの栄光のために祈るのでしょうか。

エウセビウス　それはすべての栄光がキリストに帰せられなければならず，とくにわたしたちは三重の名称によって彼を誉め讃えなければならないからです。まず，彼のとても神聖な血潮によってわたしたちが悪魔の暴政から贖い出され，彼に属するものとしてくださったからです。それゆえにわたしたちは彼を「主」と呼んでいます。次に，彼はわたしたちのすべての罪に対する赦しを無償で与えたことで満足しないで，その聖なる霊によってわたしたちに彼の義をも授けてくださったからです。

---

98)　ミーニュ版『ギリシア教父全集』58, 545.

4　敬虔な午餐会

それはわたしたちが彼の神聖さを追求するためなのです。また，このゆえにわたしたちは彼のことを「聖なるお方」と呼んでいます。それは彼がすべてのものを聖化させるお方であるからです。最後に，わたしたちは同じお方から天国の報奨を期待するからです。彼は，今，天国で御父の右に座しておられます。ですから，わたしたちは彼を「王」と呼ぶのです。そして，わたしたちはこれらのすべての至福をわたしたちに対する彼の無償の恩恵に負っています。こうして悪魔を主人や暴君としてもつ代わりに，わたしたちはイエス・キリストを主人としてもっていますし，諸々の罪の不潔や汚れの代わりに潔白と至聖を，ゲヘナ〔地獄〕の代わりに天上的生命の喜びをもっています。

ティモテウス　確かに敬虔なお考えです。

エウセビウス　今回はあなたがたをお食事に招待した最初のことですから，わたしは贈り物なしにあなたがたを去らせたくありません。それも饗応にふさわしいような贈り物をしたいです。——おーい，ボーイさん，お客様に差し上げる贈り物をもってきなさい。——籤を引くか，好きなものを選ぶか，お好きなようにしてください。何の違いもありません。すべては同じくらいの価値ですから。つまり何の価値もないのです。ある人に百頭の馬が当たったり，他の人には同数の蝿が当たるような，ヘリオガバルスの籤ではありません。ここには四冊の書物と二つの時計と小さなランプとメンフィティクスのペンの入った箱があります[99]。これらのものはバルサム樹液や歯磨き粉や鏡よりもあなたがたに適合していると思います。

99）「メンフィティクスのペン」とはエジプトのペンまたは葦のペンを言う。

ティモテウス　それはすべて全く素晴らしいものですから，わたしたちが選ぶのに難しいです。むしろ，あなたご自身のお考えにしたがってそれらを割り当ててください。そうすれば，どんなものを受け取っても，感謝を深めることでしょう。

エウセビウス　この羊革の小さな本にはソロモンの箴言が入っています。それは知恵を教えますが，金箔が施されています。金は知恵のシンボルだからです。これはわたしたちの白髪の友に贈られる。こうして知恵が福音的な教えにもとづいて知恵をもっているお方に授けられて，それは豊かに溢れることでしょう[100]。

ティモテウス　わたしはきっと知恵に欠けることがなくなるように努めるでしょう。

エウセビウス　とても遠隔の地ダルマティアから輸入されたこの時計は，わたしはこのように言ってささやかな贈り物を推奨しているのですが，ソフロニウスにふさわしいでしょう。というのは，わたしは彼がどんなに時を惜しんでいるかを，このもっとも高価な宝のどんな小さな部分も，実りをもたらさないでは，決して過ぎ去るのを許さないのを，知っているからです。

ソフロニウス　いいえ，そうではありません。あなたこそ怠惰な者が勤勉であるように忠告しておられるのです。

エウセビウス　この羊革の小さな本にはマタイによる福音書が入っています。この本にとって人間の心胸よりも大切な箱やカバーがないとしたら，それは宝石でおおわれるに値していたでしょう。テオフィルスよ，心にこれを保管しておきなさい。それによってあなたの名前にますます似るようになってください[101]。

---

100)　箴言 1・5; 9・9 参照。

101)　「テオフィルス」という名前は「神に恵まれた者」を意味

4　敬虔な午餐会

テオフィルス　あなたが全く無駄な贈り物をして損をしたと思われないように励みましょう。

エウセビウス　ここにはパウロの手紙があります。エウラリウスよ、あなたはいつもパウロを引用しておりますから、喜んでこれを携えて歩かれるでしょう。パウロがあなたの心中にないならば、〔その言葉を〕口にもしませんように。そうすれば、彼はあなたの手と目においてももっと役立つようになるでしょう。

エウラリウス　これでは贈り物を与えるのではなく、忠告を授けることになります。ところが良い忠告よりも高価な贈り物はございません。

エウセビウス　小さなランプは飽くことのない読書家にしてキケロが言うように書物の大食漢であるクリュソグロットゥスにふさわしいでしょう。

クリュソグロットゥス　二重に感謝します。第一に、並はずれた上品な贈り物に対して、第二に、怠惰な者が眠らないようにご注意くださったことに対して感謝します。

エウセビウス　筆箱はとても恵まれた多作家[102]であるテオディダックトゥスがふさわしい。また、わたしが思うに、これらの筆は、それによってわたしたちの主イエス・キリストの栄光が、とりわけこのような巨匠によって、誉め讃えられるなら、もっとも祝福されたものとなります。

テオディダックトゥス　あなたが筆記具に与えてくださったように、心をも助けてくださいますように。

エウセビウス　この書物はプルタルコスの『道徳論集』の中からいくつかの短い作品を集めたもので、選集となっており、ギリシア文学に熟練した人によって巧みに写し

する。

102)　「多作家」はギリシア語 πολυγραφω が使われている。

取られています。その中にとても大いなる聖性が見いだされますので，異教徒の精神の中にそのような福音的な思想が入ってきていることは，わたしには奇跡のように感じられるのです。これは若いヘレネス（ギリシア主義者）のウラニウスに贈られるでしょう。時計が残っていますが，これはネファリウスに譲渡します。彼はとても節約して時間を使っていますから。

ネファリウス　わたしたちは贈り物に感謝するばかりか，〔人物を鑑定した〕諸々の証明書にも感謝します。というのは，それはお世辞ほどには贈り物を分け与えてくれませんから。

エウセビウス　むしろわたしはあなたがたに二つの理由で感謝します。第一に，あなたがたがわたしの質素な生き方によく対処してくださったことに対し，第二に，教養があり，同時に敬虔な会話をとおしてわたしの精神を活気づけてくださったことに対し感謝します。わたしはあなたがたがどのようにこのときをお過ごしになったかを知らないままにお別れしますが，わたし自身は少なくともより良く，かつ，いっそう賢明になってあなたがたとお別れするでしょう。わたしはあなたがたにとって笛や道化師が好ましかったり，ましてや骰子(さいころ)遊びが好きでないのを知っています。ですから，よろしければ，わが王宮の他の不思議なものを見ることで少し時間を伸いましょう。

ティモテウス　わたしたちも丁度あなたにそれをお願いしようとしていたところです。

エウセビウス　誠実に約束を果たす人に対ししつこく求める必要はありません。あなたがたはこの夏向きの庭をもう十分ご覧になったと思います。これは三つの眺望をもっておりまして，どちらを向かれましても，庭のとても気持ちよい緑に出会います。霧とか風が不快ですと，

4 敬虔な午餐会

動かすことができるガラス窓によって，もしよろしければ，空気が入ってくるのを防ぐことができます。暑熱のようなものがあなたがたを不快にすると，外から厚いシャッターを，内部から薄いカーテンを引くことによって，太陽を閉め出すことができます。ここで昼食をとっていると，家ではなく，庭で食事をしているように思われます。というのは庭の緑の壁が花を散りばめており，良い絵もありますから。〔見てください〕ここでキリストは選ばれた弟子たちとともに最後の晩餐をとられます。ここではヘロデが不吉な酒盛りでもって誕生日の祝いを挙行しています[103]。ここでは，すぐにも地獄に堕ちる，あの福音書にある金持ちが華やかに食事をしています[104]。すぐにアブラハムの懐に受け入れられるラザロが門から追い出されています[105]。

ティモテウス わたしたちはこの題材を十分には理解していません。

エウセビウス それはクレオパトラがアントニウスと一緒に放蕩に競い合っているところです。彼女はもう真珠を呑み込んでおり，もう一つ取ろうと手を差し出しています。ここではラピタエ族が戦っています。ここではアレキサンドロス大王が槍でもってクリトスを突き刺しています。これらの実例は食事における節制を勧め，酩酊と奢侈を撃退しております。では，図書室に行きましょう。それは多くの書物ではなく，より抜きの書物を備えております。

ティモテウス この場所には何か神的なものがありありと示されております。ですからすべてが輝いています。

---

103) マタイ 14・6
104) ルカ 16・1ff.
105) ルカ 16・20ff.

エウセビウス　ここにはわたしの財産の優れた部分があります。テーブルの上にはガラスと錫の食器しかありません。家のどこにも，金箔をかぶせた一つの杯のほかには，銀製の器もございません。この杯は贈り物としてわたしにくださった方への愛から恭しく保存しております。ここに掛かっている球体は全世界をあなたがたの目の前に示しています。壁のここにはすべての地域が拡大されて描かれています。壁の他のところには重要な著者たちの肖像が見られます。彼らのすべてを描くことはきりがないのですから。山上に座して手を前に出しているキリストが第一位の場所を占めています。頭上には御父がおられて，「これに聞け」と語っています。翼を広げた聖霊は光をたくさん注いで彼を抱擁しています。

ティモテウス　アペレに相応しい作品です[106]。そのように神がわたしをお助けくださいますように。

エウセビウス　図書室に隣接しているのは書斎で狭いのですが素敵です。何か寒いと感じられる場合，この板を動かすと，中から炉が出てきます。夏には頑丈な壁に見えます。

ティモテウス　ここのすべては宝石でできているように思われますし，とても快適な香りもしています。

エウセビウス　家がきれいで良い香りがするようにとくに努めています。両方を行なっても費用はかかりません。図書室には庭を見わたせる，バルコニーが付いています。庭には礼拝堂が隣接しています。

ティモテウス　神性に適した場所ですね。

エウセビウス　では，家の中庭に面している回廊の上にある三つの画廊に行きましょう。これらの画廊からは両サ

---

106)　紀元前4世紀に活躍した古代最大の画家。Parabolae, CWE23, 220 ;228; 244; 276 参照。

イドが見わたせますが，閉めることができる窓によって，とりわけ中庭に面していない壁によって家はいっそう安全に保たれています。ここの右手には，ずっと明るくなっていて，壁も窓によって切り離されていないので，イエスの生涯が，四福音書の物語からはじめて聖霊の派遣と使徒言行録にある使徒たちの最初の宣教に至るまで，順序にしたがって描かれています。どのような池の傍らで，あるいはどんな山の上で出来事が起こったかを見る人に分かるように，場所を示すしるしも付けられています。さらに物語の全体を要約する短い説明文，たとえば「よろしい，清くなれ」（マタイ8・3）といったイエスの言葉が付けられています。反対側にはそれに対応する旧約聖書の人物や預言が，とくに預言者たちと詩編から取られて並んでいます。それらはイエスと使徒たちの生涯を別の言葉で述べたものにほかなりません。ここをわたしはしばしば逍遥し，自分と語らい，その御子によって人類を回復なさろうとした，言い表しがたい神の計画について黙想します。時には妻や信心深い事柄を喜ぶような友人がわたしに付き合ってくれます。

ティモテウス　この家の中でだれが飽きるでしょうか。

エウセビウス　自分とともに生きることを学んだ人はだれもそうはならないでしょう[107]。絵の最上位には，系列の外にあるかのように，ローマ教皇の胸像が名前と一緒に加えられています。その反対側には皇帝たちの胸像が歴史を憶えるために並んでいます。〔画廊の〕両方の隅には張り出した小部屋が付いています。そこで人は休んだり，そこから果樹園やわたしの小鳥たちを眺めることが

---

107)　エラスムス『格言集』I, 6, 87　キケロ『老年について』14, 49 参照。

できます[108]。牧場の遠くの辺鄙なところに小さな建物が見えます。そこでわたしたちは時折夏の食卓を囲みますし，家族のだれかが恐ろしい感染病にかかると，そこで看病します。

ティモテウス　ある人たちはこのような病気は〔隔離して〕避けるべきであるということを否定しています。

エウセビウス　それではどうして彼らは落とし穴や毒を避けるのですか。それとも，彼らはそれを見ないがゆえに，恐れることが少ないのでしょうか。目から放射されるバシリクスの毒は目に見えません[109]。状況が全く変わって必要とあれば，わたしは生命に危険を冒すことを躊躇しません。理由なしに生命の危険を冒すことは無謀というものです。他人の生命を危険に引き込むのは残忍というものです。

　その他にも見る価値があるものがございます。妻に命じてそれらをお見せするようにしましょう。これから三日間ここに滞在してください。そしてこの家をご自身のものとお考えください。目を喜ばせ，心を楽しませてください。というのはわたしは他のところで仕事がありますから。いくつかの隣村に馬で行かなければならないのです。

ティモテウス　金銭問題のためですか。

エウセビウス　わたしは金銭のためにそうした友人たちを見殺しにすべきではありません。

ティモテウス　多分どこかで狩猟が準備されているでしょう。

エウセビウス　確かに狩猟はありますが，わたしは猪や牝

---

108)　したがって一つの小部屋からは果樹園と鶏小屋が，他方からは牧場と小さな建物とが見える。

109)　バシリクスとは鶏の鶏冠と体，蛇の尾をもつ伝説中の動物で，吐く息またはひとにらみで人を殺したというものをいう。

4　敬虔な午餐会

鹿とは違うものを狩りにいくでしょう。

ティモテウス　それは何ですか。

エウセビウス　お話ししましょう。ある村では友人が危険な状態で臥せっています。医者は体のことを怖れていますが，わたしは彼の魂のことが心配です。というのは彼はキリスト教徒にふさわしくこの世を去っていく準備がほとんどできていませんから。彼が死ぬにせよ，回復するにせよ，彼の善となるように激励すべく彼を訪ねるでしょう。別の村では二人の人の間で不和が生じています。彼らは悪い人たちではないのですが，強情な質(たち)の人たちなのです。紛争がひどくなると仲間の多くが激しい反目に引き込まれるのではないかと心配です。わたしはこの人たちを和解させるように全力を尽くして努めるでしょう。なぜなら，わたしは両者と昔から友好関係を結んでいたからです。こういったことを獲ようとわたしは狩りをしています。もしこの狩りがわたしの望みどおりに成功するなら，直ちにここでめでたしめでたしと祝いしましょう[110]。

ティモテウス　実に信仰的な狩りです。デリアではなく[111]，キリストがあなたに恵みを授けたもうように祈りましょう。

エウセビウス　2000 ダカットの遺産が与えられるよりもそのほうびを取りたいです。

ティモテウス　すぐにここにお帰りになりますか。

エウセビウス　すべてを試みてみるまでは帰りません。ですから，そのときをはっきり決めることができません。あなたがたはその間にわたしのものをあなたがたのもの

---

110)　ギリシア語 ἐπινία（戦勝祝い）が使われている。

111)　デリアというのはデロスの女の意味で，イタリアの古い女神にして狩りの女神であるダイアナを指す。

と同じように享受してください。ごきげんよう。
ティモテウス　主イエスがあなたを豊かに導きたまい，連れ戻してくださいますように。

5

ロイヒリンの神格化

——比類なき人物ヨハンネス・ロイヒリンが
神々の仲間に入れられたことについて
ポンピリウスとブラシカヌス[1)]の対話——

———————

解　題

　この対話は 1522 年に初めて印刷され，フローベン社から『対話集』に加えられて出版された。原題が「比類なき人物ヨハンネス・ロイヒリンが神々の仲間に入れられたことについてポンピリウスとブラシカヌスの対話」となっている。ブラシカヌスのもとではインゴルシュタット大学におけるロイヒリンの後継者 J.A. ブラッシカヌスのことが考えられていると思われる。ポンピリウスの背後には P. スミスによるとエッペンドルフのハインリヒが想定されている。だが後の版では Apotheosis Capnionis と呼ばれた。それはローマで高い教養を身につけた「コーポーニウスの神格化」を意味するが，フッテンの詩からヒントをえたもので，これによってロイヒリンが含意されていた。この作品に表明されているは，エラスムスがロイヒリンのことを

———————

1)　ブラシカヌスのもとではインゴルシュタット大学におけるロイヒリンの後継者 J.A. ブラッシカヌスのことが考えられていると思われる。ポンピリウスの背後には P. スミスによるとエッペンドルフのハインリヒが想定されている。

死んでも新しい存在となる「不死鳥」と呼んでおり，それはキリスト教の象徴的な文学形式では再生のシンボルとなったことである。そこでこの対話編は一般には「ロイヒリンの神格化」と呼ばれるようになった。というのもこの対話でエラスムスが人文主義者ロイヒリンの訃報に接し，このヘブライ語学者をその言語学的貢献のゆえに最高の賛辞を比喩的手法をもって描出したからである。この神格化はキリスト教の学者を祝うために行われているが，後にはこうした形式によって組織的活動が実行されるようになった。ここにはエラスムスの人文学に対する関係が見事に叙述されている。

ロイヒリン（1455-1522）はこの時代の先駆者となった三言語を修得した学者であり，とくに『ヘブライ語初歩』の作者として有名であった。彼の死をエラスムスに告げた者はもう一人のヘブライ語研究家であるコンラッド・ペリカンであって，この人がこの対話を書くように促したと思われる。しかし，この作品の中ではその死を知らせたのはテュービンゲンのあるフランシスコ派の敬虔な人からの伝聞として物語られる。

物語はブラシカヌスがロイヒリンの死とその光景を伝えられたことからはじまる。それは実に夢物語のようであって，その出来事の核心はロイヒリンの昇天の記事である。それは次のような叙述からはじまる。「わたしは遠くの，あるとても魅力的な草原に通じる，小さな橋の傍らに立っていたように思われます。そのうえ草と葉の緑がエメラルドのそれよりも目を楽しませ，小さな花の群落が……」と続く美しい叙述をもって始まり，「この光景にまったく惹き付けられているとき，ちょうどそのときにロイヒリンは死去したのですが，過ぎ去りながらヘブライ語で〈平和〉を唱えていました」とある。ここに「平和」とあるのはヘブライ語のヘセドであって，ヘブライ人たちの間で交わさ

れる挨拶の言葉である。ところで白衣を着た彼の背後には「信じられないほど美しい少年が翼のある天使として付き従っていました。それは彼の良い守護霊であるように思われました」。ところがカササギのような悪い守護霊がそこに伴われていて，彼らは遠くから偉人ロイヒリンに激しく抗議し，できることなら攻撃しようとしていたとき，ロイヒリンが手を挙げて十字架のしるしを切ってそれを退けた。そのとき聖ヒエロニュムスが橋の近くにもうやって来ており，ロイヒリンに話しかけ，服をもってきて，それをロイヒリンに着せた。ヒエロニュムスも透明な水晶のような衣装を足首までも下げて着ていた。「それは至るところ三つの相違する色彩の言語でもってすべてが飾られていました」と物語られる。これこそ三言語による新しい教養の時代を象徴する。

　だがフランシスコ会派の修道院における同僚の長老たちはその出来事が夢物語ではないことに気づいた。というのも，あの聖なるお方のビジョンが現れたのと同じ時間には，ロイヒリンはもうこの地を立ち去っていたことが確かめられたからである。そこでみんなは心を一つにして，信じる者たちの良いわざに対しこんなにも豊かな褒賞でもって報いてくださることに対し，神に感謝し，「この聖なるお方の名前が聖人の名簿に登録されること」になったとみなされる。それは列聖されることではなく，その良い行為によって自らの不滅の名前を聖別したことを意味する。なぜなら神が彼を通して世界に言語の賜物を更新したからである。それゆえ終りにロイヒリンに授けられた言語の賜物を通して世界に福音の宣教がなされるようになったことでもって，三言語を修得した高名な人文主義者ロイヒリンに対する賛歌が表明されている。

＊　　＊　　＊

ポンピリウス　君は旅行服を着てどこから来たのですか。
ブラシカヌス　テュービンゲンからです。
ポンピリウス　そこでは何か新しいことがないのですか。
ブラシカヌス　本当にわたしは，すべての人が何か新奇なものに捕えられたがるほどまで飢えているのをとても驚いています。あるラクダ[2]が新奇なものは何であれ避けるべきだと説教しているのを，わたしはルーヴァンで聞いたことがあります。
ポンピリウス　ラクダにぴったりの発言ですね。この人には，もし彼が人間であったとしたら，決して古い靴や臭い下着を変えないこと，いつも腐った卵を食べ，気の抜けたビールを飲むことがふさわしいです。
ブラシカヌス　しかしながらあなたにもっと明瞭に知ってもらうために言いますと，この人は新しいスープよりも前日の食べ残しのものを選ぶほどまでに古いことを喜んでいるのです。
ポンピリウス　ラクダのことはさておいて，何か新しいことをご存知でしたら，言ってください。
ブラシカヌス　確かに知っていますが，あの人が言っていたように，何か悪い知らせです。
ポンピリウス　しかし，このこと自身もいつかは古くなるでしょう。古いものがすべて良いものであり，新しいものがすべて悪くあっても，今良いものは何であれ，かつては悪かったし，今悪いものもいつかは良いもに必然的にならざるをえないのです。
ポンピリウス　ラクダの教えにしたがえば，そのように思

　　2）　ルーヴァンのカルメル会修道院長ニコラウス・エグモンダスはエラスムスにとってもっとも執拗な論敵であった。彼は『対話集』における異端的な見解についての抗告人であった。ラクダというのはエラスムスが彼に対して軽蔑して繰り返し述べた表現であった。

5 ロイヒリンの神格化

われます。いやむしろ，かつて青年のときに悪いファートゥウス〔愚か者〕[3]であった人が，今でも若いのでしたら，年とったがゆえに，今や良いファートゥウスであるということになります。

ポンピリウス　だが，どうぞあなたの知らせを仰ってください。

ブラシカヌス　あの有名な三言語を修得したフェニックスであるヨハンネス・ロイヒリンが亡くなりました。

ポンピリウス　あなたは確かなことをお話しですか。

ブラシカヌス　わたしが願っているよりも確かなことです。

ポンピリウス　だが，もっとも声望の高い名前が不滅な記憶に留められて後世に残され，現世の諸々の悪から聖者の交わりに移住するのでしたら，何か不幸なことでもあるのでしょうか。

ブラシカヌス　どなたがこのことをあなたに知らせたのですか。

ポンピリウス　それは自明なことです。これまで生きてきたのと違った仕方で死ぬことはできませんから。

ブラシカヌス　しかしあなたは，わたしが知っていることが分かると，もっと確かにそういえると仰いました。

ポンピリウス　何でしたっけ，教えてください。

ブラシカヌス　申し上げるべきではありません。

ポンピリウス　なぜですか。

ブラシカヌス　それを打ち明けた方が秘密を守るように約束させましたから。

ポンピリウス　同じ条件でわたしにもそれを打ち明けてく

---

3)　ファートゥウスというのは「愚かなことを言う人」の意味で，ファウヌスの別名であって，パーン（森と牧人と家畜の神で，山羊の角と足をもち笛を吹く者）と同一視された。

ださい。一言も言わないと約束しますから。

ブラシカヌス　そのような約束はわたしをしばしば裏切りましたが，それでもそうですね，あなたに打ち明けましょう。とりわけすべて善良な人々によってそれが知られるのは有益な種類の事柄なのですから。テュービンゲンにはあるフランシスコ会の人がおり，彼は自分を除いて万人によってことのほか聖なる人であると見なされています。

ポンピリウス　あなたは真の聖性の強力な証拠のことを言っているのですね。

ブラシカヌス　わたしがその方の名前を言いさえすれば，あなたはその人を認め，それが真実であることを容認なさるでしょう。

ポンピリウス　わたしがそれを言い当てたらどうでしょう。

ブラシカヌス　どうぞなさってください。

ポンピリウス　耳を近づけてください。

ブラシカヌス　わたしたちだけしかいないのに，どうしてですか。

ポンピリウス　そうするのが習慣です。

ブラシカヌス　いいでしょう。

ポンピリウス　それはとても信頼できる人でしょう。その人が何と言おうとも，わたしにはシュビュッラ預言書[4]となるでしょう。

ブラシカヌス　それでは話し合ったことのすべてを誠意をもって聞いてください。わたしたちのロイヒリン――この人は歳を取ったり，病気にかかったり，死んでしまうような人では決してありません――は病んでおりまし

───────
　4)　ローマ市のユピテル神殿に保管され，非常時に神官団がこれによって神意をうかがった書物を言う。

5　ロイヒリンの神格化

た。しかもかなり危険な状態でした。ですが彼がことによると回復することを望みうる状態でした。翌朝にわたしは先ほど申し上げたフランシスコ会の人を，わたしの心の痛みを彼の祈りによって鎮めるために，訪ねました。というのも父のように愛していた病気の友人と一緒にわたしも病んでいましたから。

ポンピリウス　ふん，最悪の人でないなら，彼をこれまで愛さなかった人が誰かいるでしょうか。

ブラシカヌス　わたしのフランシスコ会の友人は「ブラシカヌスよ，あなたは運命の女神モエラの嘆きをすべて心から完全に取り除きなさい。わたしたちのロイヒリンはもう病から遠ざかりました」と言いました。「何ですって，彼は突然快復したのですか。2日前には医者たちは必ずしも良くなると約束していませんでした」とわたしは尋ねますと，彼はそれに答えて言いなした。「彼は健康を快復しましたが，これからは不健康になる懼れはいらないのです。（彼は〔わたしから〕涙が噴出すると予見していたので）わたしが申し上げるすべてを聞く前にあなたは泣いたりしてはいけません。6日間わたしはその方を訪ねませんでしたが，わたしは彼の健康を毎日神に祈っていました。昨夜わたしは寝床で朝課〔聖務日課の第一時〕を済ませてから就寝したとき，とても快適で，少しも深刻でない夢を見ました」。

ポンピリウス　わたしの心は何か喜ばしいことを予感しています。

ブラシカヌス　あなたの予感は正しいです。彼は言いました，「わたしは遠くの，あるとても魅力的な草原に通じる，小さな橋の傍らに立っていたように思われます。そのうえ草と葉の緑がエメラルドのそれよりも目を楽しませ，小さな花の群落が信じられないほどの多様な色彩でもってほほえみかけて，すべてが芳香を放っておりまし

たので，小川によってその至福の牧場から切り離された，このこちら側の草原は生きていないし，元気がなくて，そのすべてが死んでおり，不快であり，腐っているように思われました。この光景にまったく惹き付けられているとき，ちょうどそのときにロイヒリンは死去したのですが，過ぎ去りながらヘブライ語で〈平和〉[5]を唱えていました。わたしが彼に気づく前に彼は橋の半ばを通過しておりました。わたしが彼を追跡しようとすると，彼は振り返ってわたしを制して次のように言いました。〈今はいけません。今から5年後にあなたはわたしに従うでしょう。それまでの間はここで起こったことの証人もしくは目撃者として力になってください〉と。この機会にわたしは〈ロイヒリンあなたは衣服を着ていますか，それとも裸ですか，お一人ですか，それともお連れはいますか〉とわたしは尋ねました。彼は言いました，〈驚くほど輝かしい一つの白衣，あなたがダマスクと言っていた衣服のほかには何も着ていません〉。この後ろには信じられないほど美しい少年が翼のある天使として付き従っていました。それは彼の良い守護霊であるように思われました」。

ポンピリウス　では悪い守護霊は一緒ではなかったのでしょうか。

ブラシカヌス　そうではなく，フランシスコ会の人が思ったように，若干いたようです。はるか遠くからですが，翼を拡げたときには白いよりももっと薄黄色の羽を見せていたのですから，きっと黒い翼をもった幾つかの鳥がその背後に付いて行ったと彼は言っています。色と声で判断すると，それはカササギのように思われたと彼は

---

[5]　「平和」とあるのはヘブライ語のヘセドであって，挨拶の言葉である。

言っています。彼が言うにはその一つ一つは 16 のカササギに等しい身体の大きさであって，禿鷲よりも小さくはなく，頭にはトサカが付いており，爪のように曲がった嘴，突き出た腹をもっていた。そいつらが三匹だけでも揃っていたら，人はハルピュイア[6]と思ったに違いありません。

ポンピリウス　このフリアエ[7]たちは何を企んでいたのですか。

ブラシカヌス　彼らは遠くからわたしたちの偉人のロイヒリンに激しく抗議し，できることなら攻撃しようとしていたように見えたと彼は言いました。

ポンピリウス　誰がそうするのを許さないのですか。

ブラシカヌス　それはロイヒリンが自分の方にぐるりと向きを変え，手を挙げて十字架のしるしを切って，次のように言ったからでしょう。「厄介者らよ，自分らにふさわしいところに，立ち去れ。死すべき者らにお前が面倒なことを仕掛けるのはもう十分とせよ。もう不死なる者に指定されているわたしに対してお前の狂気は何ら支配力をもっていない」と。彼がこのように言い放つや，直ちに忌まわしい鳥どもは立ち去ったと，フランシスコ会の人は言いました。しかし，それと比べると人間の糞を甘美なマヨラナ（香味料）や甘松の葉で作った香油とするように思われる悪臭がそこには残っていました[8]。そのような香りをもう一度吹き込まれるよりも速く地獄に

---

[6] 「ハルピュイア」というのは上半身が女で鳥の翼と爪をもつ貪欲な怪物を言う。

[7] 「フリアエ」はローマの復讐の女神たちで，ギリシア神話のエリーニュエスに当たる。

[8] 悪が発する悪臭，したがって悪魔のそれも 17 世紀でも使われた表現であった。グリンメルスハウゼン（1610-76）の『プロキシムスとリンピダ』参照。

堕ちていきたいと彼は厳かに誓っていました。
ポンピリウス　あの厄介者らに禍がありますように。
ブラシカヌス　ですが，あのフランシスコ会の人がわたしに物語ったことをさらに聞いてください。これらのことを思いめぐらしていたときに彼は言いました，聖ヒエロニュムスが橋の近くにもうやってきており，ロイヒリンに話しかけて次のように語りました。「もっとも聖なる同僚よ，こんにちは，あなたの至聖なるお仕事に対して神が親切にも定めてくださった天上の交わりにあなたを受け入れ，かつ，導くことがわたしに与えられたのです」。同時に彼は衣服をもってきて，それをロイヒリンに着せました。そのときわたしは言いました，「ヒエロニュムスはどんな身なりでしたか，その姿はどのように見えましたか。彼は絵にあるような老人でしたか。頭巾や帽子または枢機卿の肩衣を着けていましたか。あるいはライオンを供としていましたか」と。これに対して彼は次のように答えました。「そんな様子ではない。見たところ彼は楽しそうでしたし，その年齢にふさわしい感じですが，不潔なところはなく，威厳に満ちておりました。ですが，あの画家たちが彼に付き添わせたライオンを供にする必要など何のためにあったのですか[9]。彼は足首までも下がった衣服を着ていました。あなたはその衣服を透明な水晶のようだと言いたいでしょう。ヒエロニュムスがロイヒリンに与えたものはそれと同じように美しかった。それは至るところ三つの相違する色彩の言語でもってすべてが飾られていました。あるものはブロンズに，他のものはエメラルドに，さらに他のものはサファイアに見えました。すべては輝いており，その配列

---

9)　ヒエロニュムスは長い白ひげの老人として画家によって描かれ，デューラーの1514年作の絵のようにライオンを侍らせていた。

は尋常でない優雅さを付け加えておりました」と。
ポンピリウス　わたしはそれが二人が精通している三言語[10]を意味するように推測します。
ブラシカヌス　疑いなくそうです。彼が言うには，よく見ると服の裾には三色で区別されていた三つの言語の文字が書き込まれていたようでした。
ポンピリウス　ヒエロニュムスには従者がいませんでしたか。
ブラシカヌス　従者はいなかったと，あなたは仰いましたか。草原のすべてにわたって守護霊の群れが取り囲んでおりました。その群れは，ごくありふれたものと比較してよければ，わたしたちが太陽光線の中を飛んでいるのを見る，アトムと呼ばれる小物体のように，大気の全体に満ちていました。すべてが透明でなかったなら，天も草原も見えなかったことでしょう。
ポンピリウス　でかした。わたしはロイヒリンにとても感謝します。
ブラシカヌス　彼が言うには，「ヒエロニュムスもロイヒリンに敬意を表して，その右を抱きしめ，草原の中央に導いた。そこには丘が突き出ていた。その頂で両者は互いに抱擁し好ましい口づけを交わした。またその間に途方もなく大きな炸裂音でもって至高の天が開け，言葉で言い表せない何か荘厳なるものが見えてきました。それ以前には素晴らしく思われた他のすべてのものは，この美しさの前にはほとんどつまらないものに思われました」。
ポンピリウス　あなたは何かそれについて言い表すことが

---

10)　ロイヒリンはヒエロニュムスと同じく三言語（ラテン語・ギリシア語・ヘブライ語）のゆえに有名であった。それゆえ別名「三言語に通じる奇跡」(miraculum trilingue) と呼ばれた。

できないのですか。
ブラシカヌス　それを見ていなかったこのわたしが，どうしてそれを言い表すことができますか。それを見た人でも，幻想的なものを言葉で叙述することを否定していました。その人は，「ほんの一瞬でも再びこの光景を享受することが許されるとしたら，千回も死を覚悟しなければならない」とだけ言いました。
ポンピリウス　それからどうなりましたか。
ブラシカヌス　天の裂け目から巨大な鳩が白熱の，とはいえ心地よい光を放ちながら降りてきました。この光を通して二人の至聖の魂は，すべてのものをうっとりさせる天使の合唱に伴われて互いに抱擁しながら天に運ばれていったのです。そのためフランシスコ会の人は涙を流すことなしにはその喜びを思い出せないほどですと断言していました。素晴らしい芳香がそれに続きました。眠りから人が目覚めたとき，だがもしわたしたちが彼は眠っていたと言いうるなら，正気ではないようです。彼は自分の〔修道院の〕小部屋にいることが信じられなかったのです。彼は自分が見た橋と草原を捜していました。だが何か他のことを語ることも，何か他のことを考えることもできませんでした。修道院における同僚の長老たちはその出来事が夢物語ではないことに気づいたので（なぜなら，あの聖なるお方の視像が現れたのと同じ時間には，ロイヒリンはもうこの地を立ち去っていたことが確かめられたからです），みんなは心を一つにして信じる者たちの良いわざに対しこんなにも豊かな褒賞でもって報いてくださる，神に感謝しました。
ポンピリウス　そうするとこの聖なるお方の名前が聖人の名簿に登録されることのほかに何か残っていますか。
ブラシカヌス　わたしはあのフランシスコ会の人がそのようなものは何も見なかったとしても，そうするつもりで

5 ロイヒリンの神格化

した。しかも黄金の文字でもってヒエロニュムスの直ぐ近くに。

ポンピリウス　わたしの書物にそれと同じことを記入されていないようなことがあったら，わたしは首を差し出すでしょう。

ブラシカヌス　彼はわたしの礼拝堂では選ばれた聖人たちに間に黄金の像として立つでしょう。

ポンピリウス　わたしの礼拝堂でも彼は立つでしょう。しかも，わたしの願いが資力において叶えられるなら，宝石をちりばめた像として立つでしょう。

ブラシカヌス　彼はわたしの図書室でもヒエロニュムスと並んで置かれるでしょう。

ポンピリウス　彼はわたしのところでもそうなるでしょう。

ブラシカヌス　いや，言語と人文学とを，とりわけ聖書を，尊重し，かつ，愛好するすべての人は，彼らの感謝の気持ちを表したいなら，同じことをするでしょう。

ポンピリウス　明らかに彼はそれに値します。ローマ教皇の権威によって彼が聖人の数に入れられていないという頭痛のたねが，あなたを苦しめませんか。

ブラシカヌス　誰が聖ヒエロニュムスを（人々がそう呼んでいるように）列聖しましたか。誰がパウロや処女なる母を列聖しましたか。すべての敬虔な人たちの間でお二人のうちのどちらの記憶がいっそう神聖でしょうか。それは神に対する大いなる畏怖によって，その精神と生活との記録によって万人の情意に推奨されたものの記憶でしょうか。それともピウス2世が教団とか都市とかを喜ばすために聖人の数に入れたと言いふらされているシエナのカタリナの記憶なのでしょうか。

ポンピリウス　あなたの仰ることは正しいです。真の崇拝というものは死者たちの中で天国にふさわしい功績に対

して自発的に示される人にこそ結局は向けられます。そういう人たちの善行はいつも人々によって感じられるものです。

ブラシカヌス　そうするとどうでしょう。あなたはこのような人の死を嘆くべきだとお考えでしょうか。彼は長生きしました。そのことが人間の幸福に何か寄与するかぎりでは。彼はその徳行が有する決して消滅しない記念碑を残しました。彼はその良い行為によって自らの不滅の名前を聖別したのです。今や不幸から解き放たれて、天国を享受し、ヒエロニュムスと話し合っています。

ポンピリウス　だが彼は生きている間には多くの災難を受けました。

ブラシカヌス　しかし聖ヒエロニュムスはもっと多くそれに耐えました。善人のゆえに悪人どもから苦しみを受けることは幸せなのです。

ポンピリウス　確かにそうだと認めます。ヒエロニュムスもきわめて善人であったので、極悪人どもから多くの苦しみを蒙りました。

ブラシカヌス　その昔サタンが律法学者やファリサイ派の人たちを通して主イエスに行ったことを、彼は今ではあるファリサイ的な人たちを通して最善の人たちに行っています。それどころか、この人たちは徹宵(てっしょう)のわざのゆえに人類から褒賞を受けるに値しています。今やあの人は彼が種を蒔いたことから最善の収穫を刈り取っています。さしあたってわたしたちの役目は彼の思い出を不可侵のものとなし、彼の名前を称賛するように提案し、次のような言葉で彼に繰り返し挨拶を送ることです。「おお、聖なる魂よ、言語を栄えさせてください。言語を敬愛する人たちに恵みを与えてください。敬虔な発言を後援してください。地獄の毒に感染した邪悪な発言を滅してください」と。

5 ロイヒリンの神格化

ポンピリウス　わたしもそうして欲しいです。また同じことをするように他の人たちに熱心に告げましょう。ですが，習慣となっていることですが，それによって至聖な英雄の思い出を称賛する，何か短い祈りをして欲しいと多くの人が願っているのをわたしは疑いません。

ブラシカヌス　ミサの「集祷文」と呼ばれているもののことですか。

ポンピリウス　そうです。

ブラシカヌス　彼が亡くなる前にもこれをしたことがあります。

ポンピリウス　唱えてくださるようにお願いします。

ブラシカヌス　人類を愛したもう神よ，あなたは，あなたの選ばれた僕であるヨハンネス・ロイヒリンを通して世界に対し言語の賜物を更新してくださいました。この言語でもってあなたはその聖なる御霊によって天から備えたもうていた使徒たちを福音の宣教のために教えたまい，すべての人が至るところであらゆる言語でもってあなたの御子イエスの栄光を説教するようにしてくださいました。こうしてあなたは不敬虔なバベルの塔を建てようと共謀し，自分らの栄光を高めようと努めて，あなたの栄光を曇らせようと試みる，偽使徒たちの言語を混乱させられます。なぜなら，すべての栄光があなたにのみ，あなたの御子であるわれらの主と聖霊とともに，永遠にあるべきですから。アーメン。

ポンピリウス　本当に美しい敬虔な祈りです。この祈りがわたしに日々に祈られないなら，わたしはきっと滅んでしまいます。そして今，わたしはあなたと出会えてとても幸福です。わたしはあなたからとても大きな喜ばしいことを学びました。

ブラシカヌス　この喜びを永く享受しましょう。お元気で。

ポンピリウス　あなたもお元気で。
ブラシカヌス　お別れしましょう，だがわたしたちは一つであって，別々ではありません。

6
結 婚 生 活
——エウラリア，クサンティッペ——

解　題

　最初の版は 1523 年フローベン社である。表題は Coniugium であるが，その後 Uxor μεμψίγαμος が（がみがみ女房）追加された。この対話に登場するクサンティッペは悪妻の代表とされるソクラテスの妻の名をもって，悪妻ぶりを発揮するが，その対話の相手のエウラリアは，トーマス・モアの妻であると考えられる。というのもモアがとても辛抱強い夫であったことは，エラスムスの手になるモアの伝記と一致するからである（書簡 IV,18.167-71 参照）。モアは妻のジェイン・コルトと 1505 年に結婚し，エラスムスは 1505-06 年に彼の家に何か月も滞在している。彼女の友人に対する二番目の忠告「夫を侮辱すると，あなた自身の名誉を傷つけますよ」（本書 113 頁）は確信をもって語られているが，古典古代以来の結婚手引き書にはよく掲載されている警句である。プルタルコスや，クセノホン，ヒエロニュムスなど多くの人たちがこの対話に貢献している。それはエラスムスの読者たちには親しまれた人たちであった。だが，ときには彼は言い間違えて「夫たちが悪いのはほとんどわたしたち〔妻〕の責任なのよ」

(同128頁) とあるが,「敬虔な午餐会」では「妻たちが良くないのは, 時折わたしたち自身の落ち度に由来します」(同52頁) と言われる。

　なお, クサンティッペによって象徴される女性は, 中世ヨーロッパ物語のヒロインであるグリゼルダがモデルとして考えられる。彼女についての物語はよく知られており, 彼女はおとなしく忍耐強い妻としてその夫の不実を忍耐して堪え忍んだばかりか, 模範的な忍耐でもって夫の愛情を回復させたという。

　　　　　　　　　＊　　＊　　＊

エウラリア　こんにちわ, クサンティッペさん, とてもお会いしたかったの。

クサンティッペ　こんにちわ, 大好きなエウラリア。いつもより美しく見えるわ。

エウラリア　あなたっていつもわたしをそんな風にからかって歓迎してくれるの。

クサンティッペ　そんなことありません。でも, そのように見えるのですもの。

エウラリア　多分, 新調の服が美しく見せるのよ。

クサンティッペ　あなたの推測は当たっているわ。それよりも優雅なものをこれまで見たことがないわ。生地はブリタニアのものかしら。

エウラリア　生地はブリタニアでも, ベネチアで染めたものよ。

クサンティッペ　上質の亜麻よりも柔らかさで勝っているよ。でも何と好ましい紫色でしょう。どこからこんなにすばらしい贈り物をいただいたの。

エウラリア　立派な奥様でしたら, その夫以外の人からもらったりするのはふさわしいかしら。

クサンティッペ　そのようなご主人をもったあなたは幸せですよ。だが，わたしはニコラウスと結婚するとしたら，キノコと結婚したほうがよかったわ。

エウラリア　どうしてそうなのかお聞きしたいわ。そんなに速くあなたたちの間は仲が悪くなったの。

クサンティッペ　あんな男と絶対に仲良くやっていけるわけがないの。どんなにわたしが見すぼらしいかごらんになって。わたしがこんなにさ迷っているのをあの人は放っておくのですから。わたしの夫よりももっと貧しい人と結婚した人たちが小綺麗にしているのを見ると，人々の中に出るなど本当に恥ずかしくなってしまうわ。

エウラリア　聖なる使徒ペトロが教えているように，妻たちの飾りは衣装やその他の身体の装飾にあるのではないようよ（というのもわたしはそのことを最近説教で聞きましたから）。そうではなく貞潔で慎み深い道徳，および心の飾りにあるようよ。娼婦たちは大勢の人の目を惹きつけるように飾っているわ。わたしたちは一人の夫によろこばれたら，満足するように着飾っているのです。

クサンティッペ　でも，こうしている間に，あの立派に見える男も，妻にはケチのくせに，わたしからせしめたかなりの持参金を大いにばらまいているんです。

エウラリア　どんなことに。

クサンティッペ　自分の気に入ったことにですよ。酒，娼婦，博打(ばくち)に。

エウラリア　言葉を慎んで。

クサンティッペ　でも，実際，そうなんです。わたしが長いこと待たされてしまう深夜になってから彼は家に帰ってくると，今度は一晩中いびきをかいて，時にはベットに吐いてたりしてしまうの。その他のことは言わないとしてもよ。

エウラリア　夫を侮辱すると，あなた自身の名誉を傷つけ

ますよ。

クサンティッペ　あんな夫と寝るのなら，豚と寝たほうがましだわ。そうでも思わないとしたら，死んだほうがましよ。

エウラリア　そんなときあなたは彼にけんか腰になって襲いかからないの。

クサンティッペ　それに相当するだけはするわよ。彼もわたしが聾唖ではないと思っているんだから。

エウラリア　そうすると彼はどうするの。

クサンティッペ　初めのうちはひどく暴れ狂って声高に逆らっていたが，きっとひどい言葉でわたしを踏みにじれるとでも思っていたようだわ。

エウラリア　喧嘩が殴り合いにまで行ったことはないの。

クサンティッペ　たった一度だけ両方の側で争いが危うく殴り合いになるほどまで燃えあがったことがあったわ。

エウラリア　何と言うことでしょう。

クサンティッペ　夫は荒々しい叫び声を上げながら，棍棒をふりまわし，呪って脅しつけたのよ。

エウラリア　そのときあなたは恐くなかった。

クサンティッペ　いいえ，逆に，わたしも脚立をぐっと摑んだわ。指にでも触ろうとしたら，わたしに打つ手だってあることを思い知ったことでしょう。

エウラリア　新しい種類の盾ですよね。槍の代わりに糸巻き棒はなかったの。

クサンティッペ　戦う力をもった女性を相手にしていることには気づいたでしょうね。

エウラリア　ああ，クサンティッペさんそれはあなたにふさわしくないわ。

クサンティッペ　どうしてふさわしくないの。彼がわたしを妻として扱わないなら，わたしだって彼を夫として扱ったりしないわ。

エウラリア しかし，パウロは，妻たるものは畏敬の念を
もって夫に従わねばならないと教えていますよ（エフェ
ソ5・22）。またペトロも自分の夫アブラハムを主人と
呼んでいたサラの模範をわたしたちに提示しています
（Ⅰペトロ3・6）。
クサンティッペ 聞いたことあるわ。でも同じパウロは夫
たちはその妻たちを，キリストがその花嫁である教会を
愛したように愛すべきだと教えているわ（エフェソ5・
25）。あの人が自分の義務を思い出したら，わたしもわ
たしの義務を思い出しますよ。
エウラリア どちらかが譲らなければならない状態に陥っ
た場合には，妻が夫に譲るのが当然よ。
クサンティッペ わたしを女奴隷のように扱うあの人が，
もしも夫と呼ばれるべきだと，もしあなたが言うならば
ね。
エウラリア ですが，言ってください。クサンティッペさ
ん。そうした後でご主人は鞭で打つぞと言って脅すのを
止めるでしょうか。
クサンティッペ 止めてしまったわ。彼は賢かったから
よ。そうしないと鞭で打たれてしまったでしょうよ。
エウラリア それであなたも彼と喧嘩するのを止めない
の。
クサンティッペ わたしだって止めたりしないわ。
エウラリア その間に彼は何をしているの。
クサンティッペ 何をしてるですって。ときどき眠ってい
るの。夢見る人なのよ。時折は笑ってばかりいる。とき
どきは三つの弦しか残っていないリュートをひったくっ
て，絶叫しているわたしの声を打ち消そうと，できるだ
け引きまくるの。
エウラリア そのことはあなたを激怒させるの。
クサンティッペ とても口では言えないくらいにね。ある

ときには手を挙げないようにするのがやっとなのよ。

エウラリア　クサンティッペさん，遠慮なくあなたのこと言っていいかしら。

クサンティッペ　もちろんよ。

エウラリア　あなたもわたしと同様にしてくださいね。わたしたちの親しい関係がそれを求めているのは確かよ。おおよそわたしたちの間では幼いころからそうでしたからね。

クサンティッペ　本当にそうですよ。仲間の中であなたより大切な人はわたしにはいないわ。

エウラリア　あなたのご主人がどんな人でも，取り替える権利がないことは確かよ。癒すことができない対立には離婚が以前は最終的な対策でしたが，現在ではそれは全く禁じられているのよ。人生の終りの日まで彼はあなたの夫であり，あなたは彼の妻でなければなりませんのよ。

クサンティッペ　離婚の権利をわたしから奪った人に天罰が下りますように。

エウラリア　落ち着いて。実はキリストがそのようにお考えなのよ。

クサンティッペ　とても信じられないわ。

エウラリア　だが，そうなの。今はもう，二人とも相手の生き方や気質に自分を合わせ，あなたたちが和合するように努めることしか残っていないのよ。

クサンティッペ　このわたしが彼を別人にすることができるかしら。

エウラリア　どんな夫たちであっても，妻たちには少なからぬ影響力があるものよ。

クサンティッペ　あなたは夫とうまくいっているの。

エウラリア　今では万事が穏やかになっています。

クサンティッペ　そうすると初めは騒動が多少はあった

の。
エウラリア　嵐は一度もなかったわ。でも，人々の間に起こるように，時には何か曇り空が現れたことがあるの。そのときうまく対処しなかったなら，嵐を生んだかもしれないの。だれでも生活の習慣を身につけているし，自分の意見もあるし，本当のことを自状すれば，各自には欠陥もありますのよ。それどころか結婚生活では確かに知ることにならざるを得なくとも，相手を憎んだりしてはいけないの。

クサンティッペ　正しいご忠告ですわ。

エウラリア　でも夫と妻との良い関係がお互いに知り合う前に壊れてしまうことがよく起こるのよ。それを先ず用心しなくてはね。ひとたび不和になってしまうと，愛情はなかなか回復されないし，とくにものすごく罵倒するようなことが起こってしまったら，そうなるわね。接着剤でつないだものは，ゆすると，すぐに引き離されるわ。それと同じで妻と夫との間の愛情も強固に確立するためには，最初から何でもしなければいけないのよ。それには〔相手の〕要求に応じることと，ちょっとした親切なわざがもっとも必要ですよ。外見の美しさだけで生じる愛情は，大抵の場合，一時的なものですから。

クサンティッペ　夫をどうやってあなたの生き方におびき寄せたのか，お願いだから教えてください。

エウラリア　あなたが真似するために言いましょう。

クサンティッペ　わたしにもできるとよいのですが。

エウラリア　その気になれば，とても簡単ですよ。それにまだ間に合うわ。というのも彼は若いし，あなたもお若いから。それに結婚してから，まだ一年も経っていないと思うから。

クサンティッペ　そのとおりよ。

エウラリア　では，お話ししましょう。でも〔他の人に

は〕黙っていてね。

クサンティッペ　もちろんですよ。

エウラリア　わたしが心がけたのは何事にも夫を喜ばせ，何事でも彼の気持ちを損なわないようにすることでした。どういうときに，どういうことが喜ばれ，何にいらつき，象とかライオンの調教師，または力でもって強制できない動物の調教師がするのと同じ仕方でいつもやっているの。

クサンティッペ　そんな動物がわたしの家にもいるわよ。

エウラリア　象のところに行く人は白い衣を着ないし，牡牛に近寄る人は赤い服を着ません。そのような色がそういう動物を怒らせるのは確かですから。同じように虎はタンバリンの音でも狂暴になって，自分をずたずたに裂いてしまいます。馬を扱う人は声をかけ，唇で音を出し，手のひらなどを使って暴れ回っているのをおとなしくさせているのよ。わたしたちがこういう仕方を夫たちに対して取ってもよいのでは〔ないですか〕。好きでも嫌いでも，わたしたちはこの夫と一生涯にわたって家とベットとを共有するのですから。

クサンティッペ　あなたが話し始めたことをもっと続けてよ。

エウラリア　こういうことが分かったので，夫に気に入らないことが起こらないように用心して，わたしを彼に合わせるようにしたの。

クサンティッペ　いったいどうしたらそれができるの。

エウラリア　まず，妻の特別な職分である家事に対する配慮では，とても注意して何一つ落ち度がないようにした上で，どんな些細なことでも彼の考えにすべて合うように心がけたわ。

クサンティッペ　どれくらい，どんな風に。

エウラリア　たとえば，夫がこの料理が好きなのか，それ

ともあの料理をとりわけ好きなのか，このような仕方でか，あのような仕方で料理した食事が気に入るのか，ベッドはこの仕方か，それともあの仕方で準備したほうが喜ばれるのか，と。

クサンティッペ　でも，家にはいないし，いても酔っぱらっている人にあなたはどんな仕方で合わせたりするの。

エウラリア　すこし待って，〔今すぐ〕その話しに行くんだから。夫がとても意気消沈していて，話しかける余裕もないように思われるときには，よく女たちがやるように，決して笑ったり，ふざけたりしないのよ。そうではなく，わたしもいくらか気がかりで，悩んでいるような顔を作ったのよ。鏡が良質のものだったら，いつも見る人の姿を反映させるように，一家の主婦は夫の気分に合わせるほうがよいのよ。彼がふさいでいたらはしゃいだり，彼がいらついていたら，陽気になどならないの。もし彼がもっといらついたら，わたしは機嫌をとる言葉で宥めたり，黙って怒りが治まるまで待ったの。それも彼が怒りを治めて自分を取り戻したり，〔自分の非に〕気づいたりするときが来るまではね。彼がいつもよりも酒を飲んで帰宅したときでも，同じことをしました。そのときには楽しいことだけを彼に語って，とても優しくしてベッドへ連れて行ったわ。

クサンティッペ　怒ったり，酔っぱらったり，好き勝手なことをする夫たちにただひたすら従うとしたら，妻の立場は本当に不幸なものですね。

エウラリア　しかし，これは大抵お互いに対応すべきことではないの。夫たちのほうもわたしたちのやり方にとても忍耐しなければならないのよ。重大な事柄では妻が夫を戒めるのが正しいときもあるけれども，それは何か重要なことがある場合なの。というのも些細なことは見て

見ぬふりをするほうが望ましいわ。
クサンティッペ　いったいそれって何なの。
エウラリア　彼がいらいらしたり，悩んだり，酔ったりしていないで，ゆったりした気分のときですよ。そんなときには証拠など挙げないで，言葉巧みに忠告するの。あるいはこれこれの場合には自分の名誉とか健康にもう少し気を配ってくださいとか言ってお願いするのよ。そのうえで，この忠告も機知や巧妙で和らげなくちゃね。ときには話しをする前に彼に約束してもらっているの。彼の名誉，健康，安全に関わると思われることでわたしのような愚かな妻が何か言っても，腹を立てたりしないと。わたしが願った忠告をし終わったら，その話しを切り上げて別のもっと楽しいことに移ったのよ。ねえ，クサンティッペさん，いったん話し始めると止めることができないというのは，ほとんどわたしたちの欠点ですから。
クサンティッペ　そういうことね。
エウラリア　他人がいるところで夫を非難したり，何か苦情を家の外に持ちだしたりしないようにとくに用心しましたわ。二人の間の諍いであったら，仲直りもらくなのよ。もうとても我慢できないような類のことが起こってしまい，妻の忠告ではどうにもならない場合には，自分の両親や親類に苦情を告げるよりも，夫の両親や親類に知らせたほうが礼儀に適っているわ。そうすることで夫を憎んでいるのではなく，夫の欠点を憎んでいることが分かって，苦情も和らげられますから。しかし，すべてを喋ってはいけないの。それは夫が何も言わないでも気がついて，妻の礼儀正しさに気に入るようになるためなの。
クサンティッペ　それを実行するには哲学者でなければなりません。

6　結婚生活

エウラリア　むしろそうすることでわたしたちは夫らを同じ礼儀正しさに導き寄せるのです。

クサンティッペ　礼儀正しさによってあなたが直せない人たちがいるのよ。

エウラリア　わたしはそうは思われないわ。でも，そうだとしてみましょう。まず，こう考えてください。わたしたちはどんな人でも夫に耐えねばなりません。ですから，わたしたちが彼を厳しく扱って日ごとに悪化するよりも，わたしたちの礼儀正しさで，そのままか，あるいは少しはよくなった夫のほうがましです。同じような礼儀正しさでその嫁さんを改善した夫たちをわたしが示すとしたらどうする。ましてや，わたしたちが夫たちに同じように実行するのはもっとふさわしくはないのかしら。

クサンティッペ　それならわたしの夫と全く似ていないような例をお話しください。

エウラリア　わたしが親しくしている人の中に博学でとても機転の利く貴族がいます[1]。彼は17歳の少女と結婚しておりました。彼女は田舎のご両親の家で育てられました。狩猟や捕鳥のために貴族たちは大抵田舎に住みたがります。彼は自分の生活の仕方にいっそうたやすく仕込むことができる未熟な彼女を望んでいたのです。彼は彼女に文学や音楽を教えはじめ，説教壇で聞いたことを報告するように徐々に習慣づけ，他方で，その後いつか役立つものを教えました。ところがこの花嫁はというと，それまで自分の家で全くのんびりと召使いたちのおしゃべりと遊びごとで育ってきたので，このやり方にうんざりしはじめたの。彼女はその要求に従うことを拒絶しま

---

1) この挿話はトマス・モアとその最初の妻ジェーン・コルトとの間に実際あったことと推定されている。

した。ご主人が説き伏せようとすると、いつまでも泣き続け、ときには地面に身を投げ出し、後頭部を床にぶっつけ、死にたいと思ったりしたんです。そのようなことがいつまでも続いたので、彼女の夫は苛立ちを隠して、妻の心を和らげようと田舎の舅の家に行こうと誘ったの。それには奥さんは喜んで付いていったのです。そこに到着すると夫は妻を彼女の母と妹のところに残して、自分は義父と一緒に狩りに出かけたんです。誰にも目撃されないところで、わたしは妻と楽しい生活を望んでいましたが、今では妻がいつも泣いてばかりで、その身を苦しめており、どんな忠告にも耳を貸さないのですと、詳しく語り、あなたの娘の欠点が改造されるように助けてくださいと嘆願しました。すると義父は次のように答えたようよ。わたしは娘を一度あなたに委ねたのだから、あなたの言うことに従わないなら、ご自分の権利を行使して、鞭で打って娘を懲らしめなさい、と。すると婿殿は「わたしは自分の権利のことは分かっています。しかし、このような極端な矯正手段に訴えるよりも、あなたの技巧とか権威でもって救ってください」と申し出たのです。義父は自分が引き受けましょうと約束しました。それから一日か二日して自分の娘と二人だけで話す時と所をもつと、恐い顔をしてどんなに彼女が見栄えがよくなく、どんなに愛らしい仕草がなく、夫となるような人は見つからないかもしれないと、いつも心配していたのだ、と語りはじめたの。「だが、このわたしはとても努力して、どんな幸せな娘でも望むことができないほどよい人をお前のために見つけたのだ。それなのにお前は、わたしがお前のために尽くしたことを認めようともしないし、お前がそんなによい夫をもっていることをも理解していない。彼がとても優しい人でなかったら、お前は女中とみなされてもやむを得ないのに、お前は彼に

6 結婚生活

反抗しているのだ」。切り詰めてお話しすると，父親の話しは今にも手を挙げてしまうほど熱が入っていたのです。というのもこの方の天性は絶妙なものでして，仮面を付けずにどんな喜劇でも演じることができるからです。そこで，彼女は一方では恐くなり，他方では本当なのだと当惑して，父親の膝に駆け寄り，これまでのことをお忘れになり，今後は自分の為すべきことを決して忘れませんから，と懇願したそうよ。そこで父親は彼女を赦し，彼女が約束したことを守るならば，もっとも愛情深い父親になる，と約束したのです。

クサンティッペ それからどうなったの。

エウラリア 娘は父親との話しが終わって，部屋に戻ってみると，夫は一人でいるのに出くわしたの。彼女は夫の膝元にひれ伏して言ったのよ。「あなた，わたしはこれまであなたのことも，自分自身のこともよく分かっていませんでした。これからは別人となりますから，これまでのことをどうかお忘れになってください」と。ご主人はこの声を口づけでもって聞き入れ，その気持ちを続けるなら，何でもするよと約束したそうよ。

クサンティッペ 何，彼女はその約束を守り続けたの。

エウラリア 死ぬまで守りましたわ。どんなつまらないことでもご主人が望むことでしたら熱心に，かつ，喜んで行いましたわ。この人たちの間に生まれた愛はこんなにも強固なものでした。何年か経った後に娘はこのような夫に嫁ぐことになったことを自分は感謝している，とよく言っていました。もしこのことが起こらなかったら，わたしは女の中で全く不幸な人でした，と彼女は言ってたわ。

クサンティッペ そのような夫がいる見込みなんて白いカラスよりも珍しいでしょうよ。

エウラリア おいやでないなら妻の親切によって正常な状

態に戻った夫についてお話ししましょう。それはまさにこの町で少し前に起こったことです。
クサンティッペ　わたし今しなければならないこともないし、あなたのお話しはとっても魅力的よ。
エウラリア　その男の方はとても高い貴族の家柄の人で、この種の人たちがよくやるようにしばしば狩りに出かけていたそうです。この人が田舎に行ったとき、あるとても貧しい女性の家の娘さんと出会ったの[2]。もうかなり年取った人なのにその娘に恋い焦がれてしまったのよ。そんなわけで、しばしば外泊していたの。狩りを口実にしていたのよ。その方の奥さんはとても誠実な女性ですが、何かおかしいと気づくと、夫のひそかな恋を突き止めてみたのです。どうやってかは知りませんが、それがうまくいって、あの田舎の小屋を訪ねたのです。そして全力を尽くして夫がどこで眠ったか、どんな場所で酒を飲んだか、どんな食器を使ったかを探りだそうとしたの。ところがそこには家具など一つもなく、ただ貧しいだけでした。

　奥さんは一度家に帰ってから、快適で豪華なベッドといくつかの食器を運んできて、すぐに引き帰って来たの。それにお金も添えて、夫が戻ってきたらもっと丁寧にもてなすように勧めたんです。そのあいだ自分が彼の妻であるのを隠して、妹であるかのように装ってね。それから何日かして夫が密かにそこに再び現れ、家具が多くなり、みごとな食器を見たの。彼はどうしてこの珍しい調度が用意されたのかと尋ねます。彼の親戚だという立派な奥さんがこれを運んできて、これからはもっと礼

　2）　この挿話は当時流布した民話『エプタメロン』第38話から採用したものとあるが、『エプタメロン』平野威馬雄訳、ちくま文庫にはその話しは見当たらない。

儀に適った接待をするように命じたそうよ。すると，夫はすぐにこのことが妻の仕業でないかという疑念をもったそうよ。彼は家に引き返すと，あそこに行ったのかと尋ねます。彼女は行かなかったとは言わないの。彼はいったい何を考えてあそこに家具を送ったのかと尋ねました。彼女は言ったの，「あなたはもっと満ち足りた生活に慣れているでしょ。あなたがあそこで粗末にされているのが分かったの。あなたにとって〔そこでの生活が〕そんなに大事でしたら，もっと豪華にもてなされるようにするのが，わたしの務めなのと考えたのよ」と。

クサンティッペ　まあ何というお人好しの奥様ですこと。わたしならベッドの代わりにイラクサとアザミの束を敷いてやったでしょう。

エウラリア　でも終りまで聞いてよ。その人は奥様のこれほどの誠実さ，これほどの大きな寛大な心に気づいたので，それからは秘密の浮気など止めてしまって，家にいて奥様と楽しく過ごされたそうよ。あなたはオランダ人のギルベルトゥスを知っておられるはね。

クサンティッペ　知っています。

エウラリア　ごぞんじのように彼は青年時代にもう年をとった，それも更年期に入った人と結婚しました。

クサンティッペ　妻ではなくて，持参金が目当てだったのだわ。

エウラリア　そのとおりよ。彼は奥さんにすぐ嫌気がさして，その後はよそで楽しく過ごすために〔別の〕女に夢中になっていたのよ。家で食事するのはごく稀でした。こんな場合，あなただったらどうしますか。

クサンティッペ　何をですって。わたしだったら，すいている女の毛髪を引っこ抜いてやったわ。夫が女の所に出かけていくなら，〔溲瓶(しびん)の〕小便をひっかけてやったわよ。そのようにしたって，それは二人の食事にはお誂え

向きの香水ですよ。
エウラリア　ですが彼女はもっと賢明でしたわ。その愚かな女を自分の家に招待して，愛想よく歓待したのよ。こうして夫に魔法をかけないで家におびき寄せたのよ。また夫が外で彼女と食事するときには何か上等のお料理を彼の所に届けて，楽しく過ごすように指図したのよ。
クサンティッペ　夫に女を取り持つのでしたら，死んだほうがましだわ。
エウラリア　でも，ちょっとの間でいいから事柄そのものを考えてくださいね。夫が冷酷になって彼女を遠ざけ，一生のあいだあなたと喧嘩しながら過ごすよりも，そのほうがずっとよかったのではないですか。
クサンティッペ　そのほうが不幸ではないことを認めるわ。でも，わたしにはできません。
エウラリア　例をもう一つ加えましょう。実例はこれでおしまいです。わたしの隣人のご主人は正直で高潔な人ですが，少し怒りっぽいの。ある日のこと，とっても立派な奥さんを殴ってしまったの。彼女は奥の部屋に閉じこもって，涙を流し，しゃくり上げて悲嘆に暮れていました。このことがあった少し後に，同じところに夫が入ってきて，涙を流している妻を見いだしたの。彼は言いました「どうしてここで子どもらのように涙を流し，すすり泣いているのか」と。そこで彼女は賢明にも「どうしてですって，他の奥さんたちがいつもしているように，通りに出て行って，わたしの不幸を嘆くよりも，ここで嘆いているほうがずっとよいのではないの」と答えたのよ。夫の心はこのような妻の言葉にとても感動し，圧倒されて，妻に右手を差し伸べて，今後は決して殴ったりしないと約束し，また，それを実行したのだそうよ。
クサンティッペ　わたしはね，同じものを別の方法でもって手に入れているのよ。

6 結婚生活

エウラリア　しかし,あなたがたの間ではその期間はいつも戦争状態なんでしょ。

クサンティッペ　それでは,あなたはわたしに何をしろと言うのよ。

エウラリア　第一に,あなたに対する夫の不当行為をすべてあなたは沈黙すべきです。そしてあなたは奉仕する態度,愛想のよさ,寛大さでもって次第に彼の心を味方に引き入れなければなりません。そうするとあなたは遂に勝利するか,あるいは少なくとも今よりはもっと快適に彼と付き合うようになります。

クサンティッペ　あの人はどんなに力を尽くして穏やかにさせようとしても,どうしようもなく狂暴なのです。

エウラリア　まあ,そんなこと言ってはだめよ。親切にすれば飼い慣らされないような粗暴な人はいないのです。人間に絶望してはだめ。何か月か試してみて。この忠告があなたに役立たないと思ったときには,わたしを責めてください。見逃すべき欠陥だってあるのよ。何よりもまず寝室やベッドで喧嘩などはじめないように用心してください。そこでは万事が素敵で楽しいように配慮すべきです。不快感を洗い去って埋め合わせをするために聖別された場所が何かの口論や悲嘆によって汚されるとしたら,相互の好意をとりもどすための救助策がすべてもう取り去られてしまったことになりますのよ。というのも夫婦の営みの最中にも不平を言ったり,口論したりするほど気むずかしい女性がいるからです。悩みの種を抱えている男たちの心から大抵は洗い流してしまう快楽を,気むずかしいやり方で不愉快なものとなし,病を癒すことを約束する薬そのものを無効にしてしまうのです。

クサンティッペ　それってわたしによく起こっていることです。

エウラリア　妻は夫の悩みの種にならないようにいつも注意すべきですが，それでも妻は，とりわけ夫と一緒にいるときには，あらゆる点で愛想よく魅力的であることを示すように熱心に努めねばならないのよ。

クサンティッペ　それを夫にしなければいけないの。わたしは畜生と関わっているのよ。

エウラリア　悪く言うのは止めて。夫たちが悪いのはほとんどわたしたちの責任なのよ。それより問題に戻りましょう。古代の詩人たちの物語に詳しい人が話しているところによると，（詩人たちはウェヌスを婚姻の女神として君臨させている）ウェヌス〔ビーナス〕はウルカヌス[3]が作った〔愛情を起こさせる飾り〕帯をもっていたそうよ。そこには何か愛の秘薬が織り込まれているんですって。彼女は夫と同衾するときにはいつもその帯を締めるんですって。

クサンティッペ　作り話しを聞いているようだわ。

エウラリア　ほんとにそうね。しかし，その作り話しが何を言おうとしているか聞いてよ。

クサンティッペ　言ってみて。

エウラリア　それが教えていることはこうです。あの夫婦の愛がよみがえったり，再開したりする夫婦の交わりの間，妻は夫を喜ばすために，また憤懣や倦怠が何かあったなら，それを心から追い払うために，あらゆる配慮を傾注しなければならないということです。

クサンティッペ　でも，その帯をどこから手に入れるの。

エウラリア　魔法も呪文も必要ありません。誠実な行いと美しい姿とが結びついたら，これに優って効果がある呪文はないわよ。

クサンティッペ　わたしはあんな夫のご機嫌を取るなんて

---

[3]　ギリシア神話の鍛冶の神ヘパイストスに相当する。

できないわ。

エウラリア　でも，ご主人の現在の様子が止むのは，あなた次第なのよ。もしキルケの秘術でもってご主人を豚か熊に変えることができるとしたら，あなたはどうするの。

クサンティッペ　知らないわ。

エウラリア　あなたが知らないですって。あなたは人間よりも豚を夫にもちたいの。

クサンティッペ　もちろん人間をもちたいわよ。

エウラリア　そうでしょ。もしもあなたがキルケ[4]の秘術を使って酔っぱらいからしらふに，浪費家を節約家に，怠け者を勤勉な人に引き戻すとしたら，あなたはそうしないかしら。

クサンティッペ　もちろんそうするわ。でもどこからその技術を入手するの。

エウラリア　あなたはその技術をもうちゃんと持っていますよ。ただそれを使ってみようとするだけでいいのよ。あなたが欲しても欲しなくても彼はあなたの夫でしょ。彼をよりよい人にすればするほど，あなたの益になるのよ。あなたは彼の欠点ばかりに目を向けるから，嫌悪が膨らんでくるの。あなたはご主人を捉えることができないような手がかりによってのみ彼を捕らえているのよ。それよりむしろ彼の善いところを熟視しなさいよ。また，これを手がかりにしてご主人を捉える勘所を把握するのよ。あなたは結婚する前に彼がどんな欠点をもっているかを調べておくべきだったのよ。目だけではなく，耳を使って夫を選ぶべきだったのよ。現在は改善のときであって，非難するときではないのですよ。

クサンティッペ　どんなご婦人がかつて耳でもって夫を理

---

4)　ホメロスの『オデュッセイア』に登場する魔法使いの女神。

解したりしたの。

エウラリア　身体の形のほか何も注目しない人は目でもって選ぶし，相手の評判がどうであるかを熱心に調べる人は，耳で選んでいますのよ。

クサンティッペ　あなたのご忠告はすばらしいが，もう遅すぎたわ。

エウラリア　夫をしつけようと努めるのに遅すぎるということはないわ。もしあなたから夫に愛の証として子どもを贈ることができたら，それに役立つのですが。

クサンティッペ　もう生まれているのよ。

エウラリア　いつなの。

クサンティッペ　ずっと前よ。

エウラリア　何か月ぐらいなの。

クサンティッペ　ほぼ七か月ね。

エウラリア　えっ，何と言ったの。あなたは「妊娠三か月で生まれた子ども」[5]の冗談を再び持ち出すのですか。

クサンティッペ　決してそんなことないわ。

エウラリア　結婚した日から計算すると，どうしてもそうなるわ。

クサンティッペ　とんでもない，結婚前に二人で話し合ったのさ。

エウラリア　子どもって話し合いから生まれるの。

クサンティッペ　偶然わたしが一人でいたときに，あの人はわたしを笑わせようとして脇の下や脇腹をくすぐって，からかいはじめたの。わたしはくすぐったさに耐えられなくなって寝台に仰向けに倒れたの。すると彼はのしかかってきてキスをしたの。その後何が起こったかよ

---

5)　スエトニウス「クラウディウス」によると皇帝クラウディウスの父ドルススは後にネロと呼ばれたが，両親の結婚後 3 か月で誕生したと記されている（『ローマ皇帝伝』（下）国原吉之助訳，岩波文庫，78 頁参照）。

6 結婚生活

く知らないけれど，確かなのは数日経つとお腹がふくれてきたことよ。

エウラリア　おや，そうなの。それでもあなたはご主人を軽蔑するの。遊び半分に子どもを作った人が真剣にことをはじめたら，何をするでしょうね。

クサンティッペ　わたしはまたも妊娠したかもしれないの。

エウラリア　でかしたわ，有能の耕作者が肥沃な畑を見つけたわけね。

クサンティッペ　この分野では彼はわたしが望んでいるよりもずば抜けているの。

エウラリア　それについてはわずかな婦人しか苦情を言っていないようよ。しかし，あなたがたはすでに婚約を交わしていたのでしょうね。

クサンティッペ　婚約を交わしていました。

エウラリア　そんなら罪はいっそう軽いわ。

クサンティッペ　そうよ。

エウラリア　その子は男子なの。

クサンティッペ　そうよ。

エウラリア　あなたがほんの少し彼に合わせたら，その子があなたがたを和解させてくれるわ。あなたのご主人の友だちや外での仕事仲間の方々は彼のことをどう言っているの。

クサンティッペ　みんな言っていますよ。彼はとても愛想が良くて，親切で，寛大で，友情に厚いと。

エウラリア　そうすると彼がわたしたちの願っているような人になる希望がわいてきますよ。

クサンティッペ　でも，わたしだけには，そうではないのよ。

エウラリア　しかしあなたはわたしが言ったとおりに，彼にご自分を示しなさい。彼があなたに対しそのようにな

り始めないなら,わたしのことをエウラリア[6]と呼ばないで,プセウドラリア[7]と呼びなさい。それどころか,彼がまだ若いのだということを考えてみてね。まだ24歳を過ぎていないと思いますわ。一家の主人であるとはどういうことか彼はまだ分かっていません。離婚などまだ考えたりしてはいけませんよ。

クサンティッペ　だが,わたしはそのことをしばしば考えてみたわ。

エウラリア　しかしそういう想念が心に襲ってきたなら,夫と別れた女性がどんなに無価値なものか先ずもってよく考えてみることですよ。結婚した婦人の最高の栄誉はその夫の意に従うことです。そのように自然は調達しているし,神も妻のすべてが夫にかかっていることを望んでおられます。事柄がどうなっているかを考えてみてください。彼がわたしの夫であって,他の人はその地位を獲得できません。それからあなたがた二人が共有している子どものことを考えるべきです。あなたはこの子をどうしようって言うの。あなたと一緒に連れて行くのですか。あなたは夫をだましてその所有を横領するのですか。それともあなたは自分にとって何よりも大切なものを手放し,夫の所に残していくのですか。最後にあなたのことを悪く思っている人がいるのか,わたしに言ってください。

クサンティッペ　正真正銘な継母がいるし,これにそっくりの小姑がいるのよ。

エウラリア　その人たちはあなたのことをそんなに悪く思っているの。

クサンティッペ　あの人たちはわたしなど早く死んでしま

---

6) 「雄弁な女」という意味。
7) 「嘘つき女」という意味。

えと願っていますよ。

エウラリア　それではこの人たちのことを念頭に置いてみてください。あなたが夫から引き離されて未亡人となるのを，それどころか，未亡人なら再婚できるのでそれよりもっと悲惨になるのを，見るのに優って，この人たちを喜ばせることができるものがあるでしょうか。

クサンティッペ　確かにあなたのご助言を認めるわよ，だがね長く続く苦労を思うとうんざりするわ。

エウラリア　だけど，よく考えてみて。まず，このオウムに人間らしい言葉を語らせるのに，あなたがどんなに無駄な時間を費やしたかを。

クサンティッペ　本当に大変なものよ。

エウラリア　それなのに，いつまでも楽しく一生をともに暮らせる，ご主人を作りかえるのに取りかかるのが嫌なんですか。馬を自分に役立つように調教するために，人々はとても苦労しているでしょう。それなのに，わたしたちは夫をもっと都合よく使うために尽力するのが嫌なんですか。

クサンティッペ　どうしたらよいのでしょう。

エウラリア　もう言ったわよ。夫が不愉快になって家から出て行かせないように，家のすべてを手際よくきれいに手入れするのです。その間にいつも妻が夫に払うべき何らかの敬意は忘れないで，あなたは彼に愛想の良さを示しなさい。悲しい様子をしてはなりません。また図々しさもいけません。恥ずかしがったり，ふざけてもいけません。家の家具は豪華にするのよ。あなたはご主人の味覚を知っていますよね，彼がもっとも好むものを料理しなさい。夫の仲良しの友達にも愛想よく親切にするのです。この人たちをときどき食事に招いて，食事のときにはすべてが陽気で快活に満たされているように心がけるの。さらにもし夫がお酒で陽気になって堅琴を弾くとい

うときには，あなたは声を合わせて歌うのよ。このようにご主人は家に留まるように習慣づければ，出費も少なくなりますよ。というのも夫もついにこう考えますよ。「俺もとんでもなく正気を失っていたぞ，家にははるかに魅力的で愛情深い妻がいて，もっと洗練された仕方で，もっと気前よくもてなしてくれるのに，娼婦と外で暮らし，大きな富と名声とを浪費していたとは」。

クサンティッペ　わたしがやってみたら，うまくいくと思いますか。

エウラリア　わたしを見て，約束しますよ。わたしもあなたのご主人に話しかけてみて，彼の義務を果たすように勧めてみましょう。

クサンティッペ　その忠告ってすばらしいわ。だが，このことが彼に気づかれないように注意してね。彼は仰天するでしょうからね。

エウラリア　怖がることはないわ。どんな暴風があなたたちの間で起こっているかを彼がわたしに話すように，回り道して話しをうまくもっていきますから。このようにしてから，わたしのやり方でご機嫌を取りながら，彼に働きかけてみましょう。そして願わくは，あなたにもっと好意的になったご主人を手渡すようにいたしましょう。チャンスがあったら，あなたについて嘘をつくかもしれないよ。あなたがご主人のことをどんなに愛情をこめてお話しになったか，と。

クサンティッペ　キリストがわたしたちの計画をどうか祝福してくださいますように。

エウラリア　きっと引き受けてくださるわ。あなたがご自分の役割を演じさえすれば。

7
兵士とカルトゥジオ会修道士
―― 兵士と修道士 ――

解　題

　1523年8月のフローベン版に最初印刷された。エラスムスには兵士と修道士との対話に見られるように異なった職業間の比較や対照を好む傾向がある。その際，彼は兵士たちの悪い点を皮肉ったり，攻撃する機会を逸したことがない。修道士に関しては彼の意見は変化するが，大抵は多くの頁を使って彼らの有徳さよりも欠陥を指摘する。また彼は修道制度についての正統的な観念と職務上の要求を問題視する。しかし彼は善良な修道士についてあまり言及しないが，この対話編「兵士とカルトゥジオ会修道士」でもって読者のファースト・インプレッションを修正しようと試みている。並の程度の修道士でも兵士と比べると聖なる人に思われるが，エラスムスはこのような修道士の生活における好ましい姿をとらえて，誠実で，知的で，有徳なカルトゥジオ会の修道士を提示する。修道士の中でも所属する修道会を信じていない場合がよくあるが，このことはよい種類の修道士をわたしたちがうっかり見落とす言い訳にはならない。エラスムスはここで人が階層や職業のすべてについて悪口を言うことができない点を想起させる。実

際にお目にかかることがなくとも,善良な兵士たちが確実にいることはありうるからである。

　　　　　　　　＊　　　＊　　　＊

兵士　兄弟よ,お元気ですか。

修道士　最愛の兄弟よ,あなたもお元気ですか。

兵士　あなたとはあまりお会いしませんね。

修道士　〔前にお会いしたときから〕二年間が経過していますが,わたしはひどく老け込んでしまいましたか。

兵士　いいえ,でも剃髪した頭や新しい衣装を見ると,あなたが何か別人のように思わせますよ。

修道士　新しい衣装を着た奥さんに出会ったなら,あなただってそれがあなたの奥さんだと〔直ぐには〕分からないでしょう。

兵士　そのような姿でしたら,分からないでしょう。

修道士　衣装ばかりか,お顔とお身体の様子の全部が変わっても,それでもこのわたしはあなたを正しく見分けますよ。あなたがどんな色彩でもって飾られていてもね。それと同じようにはどんな鳥だってその羽を変えられません。すべてがどんなに切り取られても,どんなに不自然となり,奇妙となっても,そうなのです。髪型を変えても,〔逃亡奴隷のしるしのように〕顎髭を半分剃っても,あなたの上唇にもつれた灌木が,長い猫髭のように,あちこち突き出ていても,そうなのです。一つだけではない傷跡がお顔を醜くしていてもです。こうして人々はあなたを格言が揶揄する,あのサモスに住む教養人[1])とみなすことができるのです。

---

　1)　エーゲ海に浮かぶサモス島の教養人と言えばピュタゴラスを指している(エラスムス『格言集』IV, 6, 4. 参照)。

兵士　帰還兵のスタイルとそっくりですよ。だが，教えてください，ここではよい医者がそんなにも少なかったのですか。

修道士　どうしてそのように質問するのですか。

兵士　このような〔修道士という〕奴隷状態にあなたが飛び込む前に，あなたは誰にもあなたの頭脳を癒すように任せることができなかったからなのです。

修道士　わたしがそんなにも愚かに見えますか。

兵士　確かにそう思われます。あなたが快適にこの世で生きることができたとき，それに先だってあなたがここで〔死んだ人のように〕埋葬される，どんな必要かあったのですか。

修道士　すると，あなたにはわたしがこの世に生きていないように思われるのですか。

兵士　神に誓って言いますが，生きていません。

修道士　どうしてですか，言ってください。

兵士　あなたは自分が好きなように出歩くことが許されていないからです。この場所に鳥籠のように閉じ込められているからなのです。それに加えて剃髪した頭，奇異な衣装，孤独，魚の常食ですよ。そんなわけで，あなたがどうして魚に変身していないのかと，わたしには不思議に思われます。

修道士　人間がその食べるものにすべて変身するとしたら，あなたはずっと前に豚になっていたはずです。というのも，あなたはいつも豚肉を喜んで食べていましたから。

兵士　疑いなくあなたはずっと以前から修道会に入る試みを〔失敗だったと〕後悔していましたから。というのも後悔に襲われない人なんか僅かしかいないのを知っていますから。

修道士　井戸に飛び込むようにこの種の生活に入った人た

ちには，後悔することがよく起こります。わたしは，まず初めに自分自身をよく調査し，次にこの〔修道会の〕生活の規則全体を入念に調べてみてから，用心深く学び，かつ，熟考したうえで入会しました。そのとき，わたしはすでに誰でも自分自身を知ることができる28歳になっていました。場所に関するかぎりで言いますと，全世界の広大さをお考えになれば，あなたも狭い空間に閉じ込められています。生活の便宜さが欠けていなければ，場所の広さは問題ではございません。多くの人たちがその生まれた町を出て行くのは稀なことであるか，それともそうしたことは決して起こったりしません。〔ところが〕町を出て行くことが禁止されでもすると，〔今度は〕町を見捨ようとする不思議な願望が起こってきて，とても不機嫌になり，また〔町を出て行けないことを〕非難するでしょう。これが一般大衆の心の状態であって，わたしにはそうしたことが起こらないのです。ここに〔わたしの面前に〕全世界が存在しており，この地図はわたしに全世界を再現していると思われます。わたしはこの世界を想像力によって，新しい島に航海した人よりもいっそう快適に，かつ，いっそう安全に歩き回るのです。

兵士　そのようにお考えでしたら，あなたは真理に目を閉ざしています。

修道士　とりわけ快適になるためにすすんで髪の毛を切ったのですから，あなたはわたしの剃髪を非難できません。剃髪はわたしにとってその他に何も意味がないとしても，それは確かにわたしの頭脳を明晰にし，多分もっと健康にします。何と多くのヴェニスの貴族たちが頭を全部そっていることでしょう。

　わたしの衣装が何か奇異なものでしょうか。わたしの身体を覆っているだけではないですか。衣服は悪天候か

らわたしたちを守るし，恥ずかしくて覆いたくなる部分を隠すという二重の目的で役立ちます。この衣服はこうした有益なことを提供しています。でも衣服の色が嫌になりませんか。すべてのキリスト教徒にとって洗礼のときにみんなに与えられている色のほかにどんな色がふさわしいでしょうか。〔洗礼のとき〕あなたにも「白衣を受けなさい」と言われていますよ。そういうわけでこの衣服は洗礼のときにわたしが約束したことを，つまり罪がないように間断なく努めることを，気づかせてくれます。

　さらに群衆から逃れるのを孤独と呼ぶなら，この模範はわたしたちによってではなく昔の預言者たちによって示されています。また異教の哲学者たちと精神的な善に関心を寄せていた人たちもそうです。それどころか詩人，占星術師，それと類似の技能に専念する人たちは，何か偉大で一般の人を凌駕した仕事に取りかかるたびに，いつも隠遁を求めています。だが，どうしてあなたはこれを孤独というのですか。親友の一人との会話は孤独の退屈さを追い払ってしまいます。そのときわたしは 16 人よりも多くの仲間をあらゆる点でもっています。このために友人たちは，わたしが願っていたり，好都合であったりするよりも頻繁にわたしを訪れてくれます。それでもあなたは，わたしが孤独に生きていると思いますか。

兵士　でも，あなたはいつでもこの友人とおしゃべりすることが許されていません。

修道士　でも，いつでもというのはあなたにも役立ちません。また，この会話というものは，ときどき中断されることによって，いっそう楽しくなります。

兵士　あなたのお考えはひどく悪いものではありません。というのも断食の期間が終わった復活節には食肉はわた

しにとってまたいっそう美味だからです。

修道士　わたしがとりわけ一人でいるように思われるときでも、いつものおしゃべり仲間よりも遙かに素敵で快適な会話の相手がわたしにいないのではありません。

兵士　その人たちはどこにいるのですか。

修道士　ここに福音書があるのが分かりますね。エマオへの途上にあった二人の弟子たちに雄弁な仲間としてかつて加わったお方が、この書物の中でわたしとお話ししてくださいます。二人の弟子たちは旅の苦労を忘れて、その方の密のように甘美な話しを聞き、心が燃えてとても好ましくなったと感じるようになりました。この書物の中でパウロがわたしに語ります、この書物の中でイザヤと他の預言者たちがわたしに語ります。ここであの最愛のクリュソストモスがわたしと語り合います。ここでバシレイオスやアウグスティヌス、またヒエロニュムスやキプリアヌス、その他に雄弁であると同様に教養のある教師たちがわたしと語り合います。あなたが互いの意見を交わす話し相手の中に、もしかして、こんなにも魅力的な人たちがいるか知っていますか。それとも、わたしをいつも取り巻いているそのような仲間とわたしが一緒にいて、孤独の退屈さがわたしに忍び寄ることができるとでもお考えでしょうか。

兵士　わたしにそういう人たちが語りかけても無駄です。わたしは彼らを理解したくないのです。

修道士　このあわれな身体がどのように養われるかはもう問題ではないのです。わたしたちが自然にしたがって生きるなら、それはわずかなもので事足ります。山ウズラ、キジ、雄鳥を食べているあなたと、魚で生きているわたしとでは、どちらが肉付きがよいでしょうか。

兵士　もしあなたがわたしのように結婚していたら、あなたの活力は減少するでしょう。

修道士　したがってどんな食物でも，それがどんなにわずかであっても，十分なのです。

兵士　時折，あなたはユダヤ人の生活をしておりますね。

修道士　まあ落ち着いてください。わたしたちはキリスト教的な生活に到達していないとしても，それでもわたしがそれを追求していることは確かです。

兵士　あなたは衣装・食事・祈祷その他の儀式に信頼を寄せていて福音的な敬虔を追求するのを怠っています。

修道士　他の人たちが何を行っているかを裁くのは，わたしのなすべきことではないのです。このわたしはそうした儀式に決して信頼など寄せていないし，少しも重んじていません。そうではなく，わたしは心の純潔とキリストとに信頼を寄せています。

兵士　では，どうしてあなたはそのような〔儀式の〕習慣を遵守しているのですか。

修道士　それはわたしの兄弟たちと平和を保ち，また誰に対してもすこしも躓の石とならないためです。わたしはたやすく実行できる，この種の些細なことのために，誰の感情をも害したくないのです。わたしたちはどんな衣装を着ようとも，それを問題にしない人間なのです。だが全く些細なことの類似や非類似が和合をもたらしたり，和合を終わらせたりします。剃髪した頭や衣服の色彩は，それ自体によっては，わたしを神に気に入られるように致しません。だが，もしわたしが頭髪をのばしたり，あなたの衣服を着たりしたら，民衆は何と言うでしょうか。

　わたしはあなたにわたしの考えを説明しました。今度はわたしと交代してあなたのお考えを説明してください。そしてどんなときに良い医者たちがみんな姿を消しているのか説明してください。それはあなたが若い奥さんと子どもたちを家に残して，出かけて軍務に服し，わ

ずかな給金で，それも生命の危険を冒して人々を虐殺するように雇われたときではないですか。というのもあなたの手柄は武装した人々との戦いであって，毒キノコやケシの実との戦いではないからです。さらにあなたがわずかな賃金をもらってキリスト教徒——彼らはあなたを決して傷つけたりしない——を虐殺するのと，あなた自身を身体も魂も同時に永遠の破滅に送るのと，どちらがより不幸だと思いますか。

兵士　敵を殺すことは許されています。

修道士　人があなたの国を攻撃するなら，恐らくそうでしょう。子どもたちや妻のために，両親や友人のために，祭壇と暖炉〔家屋敷〕のために，市民的平和のために戦うとき，神意に適っていると見なされることができます。だが，このことはあなたの報酬めあての従軍と何の関わりがありますか。もしあなたがこのような戦争で死んでしまったなら，あなたの魂を贖い出すために，わたしは一銭も遣わなかったでしょう[2]。

兵士　一銭も遣わないのですか。

修道士　致しません。キリスト様のご加護がありますように。さて，次の二つのうちどちらが困難であるとお考えですか。わたしたちが修道院長と呼んでおります誠実なお方——その方はわたしたちを祈祷，聖書朗読，救いの教え，神に対する讃美に招いてくださる——に服従するのと，だれか野蛮な百人隊長に服従するのとでは。この隊長はしばしばあなたが夜間に行われる大行軍に参加せよと好きなだけ呼び出します。彼はあなたを砲撃の銃弾にさらしたり，あなたが殺すか，それとも殺されるかする場所にとどまるように命じたりします。

[2)]　「一銭も遣わなかった」とは原文では「空っぽのクルミも与えない」となっている。

兵士　あなたは悪事が現に行われているよりも少なめに語っています。
修道士　もしわたしがこの教団が定めた何らかの規律から外れたりしますと，罰は警告であるか，それとも何か他の軽微なものです。しかし，あなたが最高司令官の命令に逆らって何かの罪を犯すと，絞首刑になるか，裸にされ軍隊の私刑[3]を受けねばなりません。もちろん絞首刑のほうがそれよりも好まれています。
兵士　わたしは真理に反対することはできません。
修道士　あなたが多くのお金を家に持ち帰らなかったことをあなたの服装がすでに示しています。
兵士　ずっと前からお金は毛ほども手もとにありませんでした。それどころか，わたしはとても多くの借金をしています。ですから路銀をあなたから支給してもらうように，わたしはここへと回り道をしてきたのです。
修道士　そのように呪われた軍務に就こうと急いでいたとき，あなたはここへ回り道をしてきましたか。それにしても，どうしてそんなにも無一文となったのですか。
兵士　どうしてそうなったかをお尋ねですか。わたしは給金から獲たすべて，また略奪・聖物窃盗・強奪・盗みで獲得した〔戦利品の〕すべてを飲酒・娼婦・賭博で浪費してしまいました。
修道士　あなたはなんて惨めな人でなのでしょう。その間にあなたの若い奥さん——この人のために神は父と母を後に残してあなたが立ち去るように命じられたのです——は，悲しんで，子どもたちを連れて立ち去ったのです。またその間あなたは，こんなにもひどく悲惨に，かつ，こんなにもひどい犯罪を行って生きてきたのです

---

3)　「軍隊の私刑」というのは槍でもって突き刺す二列の兵士の間を走り抜けさせる刑罰を言う。

か。

兵士　悪い仲間を無数にもっていたので，悪に対する感覚をゆがめてしまいました。

修道士　奥さんがあなたのことを気づいていないのではないか心配です。

兵士　どうしてですか。

修道士　傷跡があなたに新しい顔を刻みつけていますから。額になんという凹みをおもちのことか。角〔突起物〕が切り取られているように見えます。

兵士　とんでもありません。事情をあなたがお知りになると，この傷跡のゆえにわたしを祝福してくださるでしょう。

修道士　なぜですか。

兵士　すんでのことで死ぬところでした。

修道士　どんな災難でしたか。

兵士　鋼鉄性の石弓が野営している人を襲ったのです。その破片がわたしの額に飛び込んで来たのです。

修道士　頬にも手のひらより少し大きい傷痕があります。

兵士　これは戦闘中に受けた傷です。

修道士　戦争の傷ですか。

兵士　そうではありません。賭博をしているときに喧嘩が起こったのです。

修道士　あなたのあごに何か宝石のようなものが附いていますね。

兵士　何でもありません。

修道士　スペイン疥癬と呼ばれるかさぶたが付いているように思われます。

兵士　わたしの兄弟よ，よくぞ推測なされました。それで三度も命の危機にまで陥りました。

修道士　何か90歳の老人のように，あるいは何か死神のように，または杖に縋って腰が立たない人のように，前

7　兵士とカルトゥジオ会修道士

かがみに歩くこの禍は，どこからあなたに起こったのですか。

兵士　病がこのように腱を痛めているのです。

修道士　あなたはこんな状況ではとても素晴らしい変身を成し遂げることができません。前にはあなたは騎士でしたが，今では〔半身半馬の怪獣〕ケンタウロスによって半ば這って歩く動物になっています。

兵士　これは確かに軍神の骰子遊びですわ。

修道士　それどころかこれはあなたの精神が狂っているから起こったのです。あなたはどのような戦利品を家の奥さんと子どもたちにもたらすでしょうか。重い皮膚病〔ライ病〕でしょうか。というのも，そんなかさぶたは重い皮膚病としか見えませんから。それが多くの人たちに，とくに貴族の間に広まっていますから，とても避けられないでしょう。でも，このことのゆえにむしろあらかじめ〔それに罹らないように〕避けるべきだったのです。今ではあなたはこの病気をあなたにとってもっとも大切な人たちに塗りつけ〔感染させ〕ており，ご自身は悪臭を放つ生ける屍として全生涯をあちこちさ迷っています。

兵士　兄弟よ，お願いだから，もう止めてください。あなたの不愉快な非難が加えられないでも，わたしはもう十分に不幸を経験しています。

修道士　悪事のどれほど多くの部分をわたしはあなたに思い出させましたか。それはせいぜい身体にのみ関係しています。だが，あなたはどんな種類の魂を家に持ち帰るのですか。それはひどく疥癬にかかっており，とても多くの傷で負傷しているのです。

兵士　わたしはそれ〔自分の魂〕をパリの下水道くらいにきれいにして持ち帰ります。それは一般にはマーベル通り，もしくは公衆便所と呼ばれている街道にあります。

修道士　わたしはそれが神とその天使にはもっとひどい悪臭を放つのではないかと畏れます。

兵士　だが，もう十分に口論しました。病者の受ける聖体拝領をいただけるようにしてください。

修道士　わたしが授けるものなどありません。上長がそれについて何というか聞いてみましょう。

兵士　寄付が授けられると，あなたはそれを直ぐに受け取るでしょう。だが，今や何かを支払わねばならない場合には，それを阻む多くの障害が妨げることでしょう。

修道士　他の人たちのなすべきことは，彼らが考えることでしょう。わたしには何かを与えるためにも，受け取るためにも手〔段〕がないのです。これらのことについて食事の後で考えましょう。今は食事を取るために身を横たえるように[4]，時が告げています。

---

[4]　ヨーロッパでは古代から食事は身を横たえて摂る習慣になっていた。

8
青年と娼婦
―― ルクレティアとソフロニウス ――

　　　　　　解　題

　1523年8月のフローベン版に初めて掲載される。悔い改めた娼婦の物語は『教父の生涯』，『黄金伝説』，『砂漠の師父』などに収録された長い文学的系譜があって，エラスムスがどれに依拠したかは確定できない。もちろん往昔の原典は当然のことながらエラスムスによって芸術的に新しくされている。ドラマティックな光景としてこの対話は全体として近代風に設定されている。この対話編では青年は年齢において婦人に近く，古くからの知り合いである。お得意さんと言うところか。ソフロニウスがエラスムスの新約聖書の翻訳のことを述べたとき，ルクレティアも「敬うべき人たち」からその評判を聞いたことがあるという。この返事はエラスムスの役割に対する冷笑的な言及とはいえない。エラスムスの『マタイ福音書注解』の序文には注解の仕事が「娼婦や女衒」をも含むすべての読者に聖書の知識をもたらす試みとして語られる。わたしたちはここにエラスムスが娼婦に対しても熱心に伝道している姿を見逃してはならない。したがって対話する青年と遊女がふしだらであるとの批判に対して，エラスムスは繰り返しこの対話

を弁護し，それが青年に対する純潔の予防措置であることを主張したことを忘れてはならない。このことはエラスムス『対話の有用性について』（トンプソン訳『エラスムスの対話集』に所収）を参照すると判明する。

　　　　　　　　＊　　＊　　＊

ルクレティア　まあ，素敵，わたしのとっても魅力的なソフロニウス。とうとうわたしのところに帰って来てくれたのね。百年もいらっしゃらなかったように思われるのよ。最初見たとき，あなただとほとんど分からなかったわ。
ソフロニウス　どうしたというのだ，わたしのルクレティア。
ルクレティア　髭などなかったのに，少し髭を生やしてあなたはわたしのところに帰って来たからよ。わたしの愛しい人，どうしたのよ。いつもより憂鬱そうに見えるから。
ソフロニウス　他の人から離れて，君とだけいつもより親しく話したいのだが。
ルクレティア　ああ，ああ。わたしたち二人だけではないの。わたしのソーセージさん。
ソフロニウス　もっと人目のつかないところに引きこもろう。
ルクレティア　さあ，もしよかったら奥の寝室に引きこもりましょう。
ソフロニウス　この場所でも秘密が十分に得られるとは思わないな。
ルクレティア　どうしてそんなに恥ずかしがるの。わたしには人が滅多に来ない聖域があるの。そこにはわたしの

装身具があるの[1]。そこはとても暗いので，わたしはあなたの顔が見えないし，あなたもわたしが見えないの。

ソフロニウス　隙間をすべてよく見て。

ルクレティア　隙間はないわ。

ソフロニウス　近くにわたしたちを立ち聞きする人はいないだろうな。

ルクレティア　蠅一ついないわ。素敵な人，何をためらっているの。

ソフロニウス　わたしたちはここで神の目から隠れることができるか。

ルクレティア　それはできないわ。神様はすべてをお見通しよ。

ソフロニウス　天使たちの目はどうだろう。

ルクレティア　天使たちの目だって逃れられないわ。

ソフロニウス　人が見ているところでは恥ずかしくてできないことを，神の目の前と聖天使の証人の前で行うことを人が恥ずかしがらないというのは，どうしてなのだろう。

ルクレティア　この新事態は何なの。あなたは説教をしようとして，ここにやって来たの。

　フランシスコ会の頭巾を身につけて，説教壇にのぼってよ。そうしたら，偉そうな髭を生やしたあなたに聴いてあげましょう。

ソフロニウス　もっとも恥ずべきであるばかりか，きわめて悲惨でもある，この種の生活から君を呼び戻すことがわたしにできるなら，そうするのも煩わしくないな。

ルクレティア　どうしてなのさ，わたしの好きな人。食物

───────
　1)　「聖域」と訳した言葉には「神殿」の意味があり，「装身具」と訳した言葉には「世界」の意味があって，しかも光が照らない暗い世界は，神が語り，人が聞く神殿を暗示する。

をだれかから手に入れなければならないの。だれでも自分のやり方で生計を立てているの。これがわたしたちの仕事よ。ここが耕地なのよ。
ソフロニウス　わたしのルクレティア。お願いだから，この心の酩酊がしばらくして修まったら，この問題をわたしと一緒に考えてくれない。
ルクレティア　あなたのお説教は次のときにしまっておいてよ。今は生活を楽しみましょ。わたしの愛するソフロニウス。
ソフロニウス　君は何をするにしても，報酬のためにするのだから。
ルクレティア　あなたは標的からそんなには外れていないわ。
ソフロニウス　君は自分の利益から逸れたりしない。耳を傾けてくれるだけで，四倍も払うよ。
ルクレティア　言いたいことを言ったらどう。
ソフロニウス　まず初めに，このことに答えてくれ。君に悪意を懐いている女の人はいますか。
ルクレティア　一人だけではないわ。
ソフロニウス　反対に君が憎んでいる女の人はいるかい。
ルクレティア　憎むに値するくらいの数はね。
ソフロニウス　それでは，もし君がそう言う女の人たちを喜ばせることができるなら，それを行っていたかい。
ルクレティア　それより先に彼女らに毒をもってやるわ。
ソフロニウス　それでも，さあ，考えてみてくれ。このように恥ずべき悲惨な生活を君が送っているのを彼女たちが見ることに優って魅力的なことを君はなしうるかどうかを。そして君の好意をもっている人たちをこれよりも悩ますことができる何かあるかね。
ルクレティア　そういうのがわたしの運命であったのよ。
ソフロニウス　島に追放された流刑人や地の果ての野蛮

国に追い払われた人たちにとってふつう何よりも辛いことを，君はもう君にふさわしく自発的に選んでいるのだよ。
ルクレティア　それって何なの。
ソフロニウス　それは君が自らすべての愛情を放棄したことではないか。父の，母の，姉妹の，父方の叔母，母方の伯母，その他自然が君を結びつけていた，すべての人たちの愛情をね。というのも彼らは君のことを恥じているし，君はこの人たちの前に姿を見せないから。
ルクレティア　とんでもない。わたしは自分の愛情を変えたのよ。わずかな人の代わりに今では多くの人たちをもっているわ。あなたもそのうちの一人なのよ。あなたはわたしにとっていつも兄弟の立場を占めているのよ。
ソフロニウス　冗談は止めなさい。事柄をあるがままに真剣に判断するのだ。そんなに多くの友人をもっている女は一人も友人をもってはいないのだ。ルクレティアよ，わたしの言うことを信じなさい。彼らは君をむしろ溲瓶(しびん)の代わりにしているのだ。見なさい。あなたは自分自身をどこへ突き落としているのか。可哀想に。キリストは君をとても愛し，自分の血を流して，君を贖いだし，君が天国の遺産相続人となるように望まれていたことでしょう。それなのに君は自分を公共の排水溝となし，そこに向かってあらゆる汚れた，不潔な疥癬にかかった人たちがやって来て，その汚物をあなたの中へぶちまけて片付けるのだ。スペインの疥癬と呼ばれている重い皮膚病の感染に君がまだかかっていなくても，長くそれを追い払うことはできないだろう。あれにいったんかかると，たとえ他のどこが順調であっても，たとえば財産のある人や有名人であっても，君より不幸な者があろうか。君は生ける屍のほか何者であろうか。君は母のいいなりになるのを煩わしく感じていた。今では君はとって

も恥ずべき売春宿の女将に仕えている。両親の忠告を聞くのはうんざりだ。ここでは君は酔っぱらって気が狂った女郎買いどもから打たれていなければならない。食物を入手するちょっとした家事をするのが嫌だった。また何という大騒ぎを，何という徹夜のお祭りに耐えていることか。

ルクレティア　どこからわたしのところへおしゃべりさんがやって来たのかしら。

ソフロニウス　もしよければこのことも考えてくれ。この美しい青春，好色漢どもを君に惹きつける，美しい青春も短い間に萎んでしまうことでしょう。そうしたら，惨めな君はどうするのか。君よりも卑しい肥やしの山が何かあろうか。君は娼婦から売春宿の女将になる。そんな地位だってみんなに届くものではないし，届いても，それより極悪な何があるというのだ。それよりも悪魔的な悪徳に近いものが何かあろうか。

ルクレティア　わたしのソフロニウス。あなたの言っていることはみな，ほとんどあたっているのよ。でも，どこからそんな新しい神聖な教えはあなたのところに到達したの。いつでも全く無能なほら吹きであったのに。だれもあなたよりも繁く，もしくは時ならぬ時にやって来る人など一人もいなかったのよ。あなたはローマに行ったって聞いたわ。

ソフロニウス　行っていたさ。

ルクレティア　しかし，もっと卑しくなって帰ってくるのが習わしよ。どういうわけであなたにはその反対が起こったの。

ソフロニウス　いいかね，わたしはみんなと同じ考えとやり方でそこを訪れたのではないからだ。他の連中は大抵もっと堕落しようとローマに行くんだ。またローマにはそのための機会がいっぱい備わっている。わたしは高潔

8　青年と娼婦

　な人と一緒に出かけたのだが，その人の勧めでぶどう酒の瓶の代わりにエラスムスが訳した新約聖書という一冊の本をもっていったんだ。

ルクレティア　エラスムスの訳ですって。その人は相当の異端だそうよ。

ソフロニウス　え，まさかあの男の名前がここまで届いているのか。

ルクレティア　わたしたちのところではもっと有名な人はいないよ。

ソフロニウス　その人に会いたいのか。

ルクレティア　一度も会っていないわ，でも会ってみたかったわ。その人の悪口をとても多く聞いたから。

ソフロニウス　多分，悪い奴らがそう言っているのだ。

ルクレティア　それどころか敬うべき人たちからですよ。

ソフロニウス　だれからです。

ルクレティア　それを言うのはまずいわ。

ソフロニウス　どうしてそうなのか。

ルクレティア　なぜって，もしあなたがおしゃべりして，その問題があの人たちにまで届いたら，わたしの儲けが少なからず消えてしまうでしょうから。

ソフロニウス　恐れることはない。お前は石に語っているようなものだ。

ルクレティア　耳を貸してください。

ソフロニウス　馬鹿だな，耳を近づける必要があるのか。ここには二人しかいない。それとも神は聞き届けてくださるのか。おお，不滅の神よ。お前は乞食坊主どもに施しを与えている敬虔な娼婦のようにわたしには思われる。

ルクレティア　でも，あなたがたの金持ちよりも，この乞食のような人たちからのほうがもっと利益が上がるのよ。

ソフロニウス　彼らは善良なる婦人たちから奪いとって, 悪い娼婦たちに注ぎ込んでいる。

ルクレティア　それはさておき, さっきの本について続けて話してよ。

ソフロニウス　そうしよう。そのほうがよい。その本では嘘をつくことを知らないパウロは, わたしに教えてくれたのだ。女郎も女郎買いをする人たちも, 天国の遺産を獲得できない, と。このことを読んだとき, わたしは次のようなことを考えはじめたんだ。父の遺産から期待するもの, つまり財産は取るに足りないものなんだが, それでも父からの相続権を奪われるよりも, 娼婦のすべてを捨てたほうがむしろ好ましい。ましてや天の父から廃嫡されないようにするには, どれほど用心しなければならないのか。父親の廃嫡や勘当に関しては人間が作った法律が何らかの援助をさしのべてくれるが, 神からの廃嫡に対しては援助してくれるものが何もない。そんなわけで, わたしは娼婦との付き合いを禁じることにしたのさ。

ルクレティア　そうであっても, あなたは禁欲できるでしょうか。

ソフロニウス　禁欲の大部分は, 心から禁欲する者であろうと欲することにかかっている。最後には最後の手段として病気の治療薬である妻が残っている。ローマでもわたしはアウゲイアス[2]の家畜小屋にたまったすべてを聴罪師の懐に注ぎ込んでしまった。この聴罪師は多くの言葉で賢明にも心と身体を浄め, 聖書を朗読し, 絶えず祈り, 酒を断って生きるように勧めてくれた。また罰として両膝をついて至高の祭壇に「主よ, あわれみたまえ」

---

　2)　アウゲイアスはギリシア神話にあるエリスの王で, ヘラクレスに牛舎の掃除を命じた。

の詩編を唱えることだけを通告しました。またわたしにお金の貯えがあるなら,だれか困っている人に1フロン金貨を与えるように通告しました。あんなにひどい女遊びにたいしてごく僅かな罰が与えられたのを不思議に思っていると,彼は実にみごとにこう答えた。「わが子よ,もし本当に悔い改め,生活を変えるならば,罰などどうでもよい。そのままの生活を続けると,司祭が告げなくとも,目がただれ,体が震え,腰が曲がっとるわたしを見なさい。あなたがこれまで続けてきたような生活をわたしもかつては送っていたのだ」と。こうしてわたしは正気に返ったのだ。

ルクレティア　そうすると,わたしが見ているように,わたしは大好きなソフロニウスを失ったのね。

ソフロニウス　そうではない,君は彼を獲得したのだ。というのも以前の彼は滅んでしまったが,彼は自分の友でもなければ,君の友でもなかった。彼は今になって君を本当に愛し,君の救いをしきりに求めている。

ルクレティア　それではあなたは何を忠告するの,わたしのソフロニウス。

ソフロニウス　まず君はできるだけ早くこういう生活を止めるのだ。まだ君は若い。君が身に招いた汚れを洗い流すことができる。夫と結婚しなさい。わたしたちは持参金として何ほどかを寄付しよう。それとも転落した者を受け入れる何か聖なる集いに献身しなさい。それとも住む場所を変えて,何か立派のご婦人の家庭に受け入れてもらうがよい。どれを選んでも,わたしは助けを提供しよう。

ルクレティア　わたしのソフロニウス,あなたが好きよ。よく考えてね。わたしはあなたの忠告に従うわ。

ソフロニウス　だが,さし当たって,ここから離れてしまおう。

ルクレティア　え,そんなに急いで。

ソフロニウス　延期が損失に,遅れが危険に繋がるとしたら,明日よりもむしろ今日のほうがよくはないのか。

ルクレティア　どこへ行ったらよいのでしょう。

ソフロニウス　君の身の回りのものをすべて集めておきなさい。それを夕方までにわたしにわたしなさい。信用できる婦人のところに召使いにこっそりと運んでもらおう。その後少し経ってわたしが君を連れ出そう。散歩するためであるかのようにね。その婦人の下に,わたしは費用を出すから,目途がつくまで隠れているのです。それはすぐに実現します。

ルクレティア　わたしのためなのね。ソフロニウス。わたしはすべてあなたの信実にゆだねます。

ソフロニウス　いつか,そうしてよかったと喜びますよ。

9
老人の会話
――エウセビウス，パンピルス，ポリガムス，
グリシオン――

解　題

　初版は 1524 年 3 月のフローベン版に収録される。老人が多彩な人生経験と価値とを想起しながら語り合う計画は，昔からよく試みられてきたのであるが，ここでの歓談は一緒に大学で学んだ者たちが馬車に同乗しながらその後の人生経験を語り合うことで同窓会をしている。どのようにパリで学校生活を送ったかはここでは知らされていない。そうしたことは一般にどの社会にも見いだされるからである。エラスムスのパリにおける大学生活のことは「魚の料理」でも想起されている（本書 307-311 頁参照）。卒業後の生活は善いものも悪いものもあるが，いずれも参考にすべき内容である。もちろん，うまくいかなかったものも，浪費されたものもあって，悔やまれる。だが道徳的にはこの対話はとても役立つと言えよう。それは当時の人々の人生経験を具体的に示しており，興味津々たるものが見だされるからである。それは同時に若い後輩に模範や典型として歩むべき道を示している。

　四人の語り手の特徴は，個人として，また類型として，道徳的な徳と悪徳が具体的な経験を通して輪郭が明瞭に描

き出されている点にある。なかでもグリシオン（愛想はよい：愉しい）は慎み深く，キリスト教徒らしくありながらも，ホラティウス風の中庸を守り，常識の実例をしめし，エラスムス自身の生き方を表現する。エウセビウス（敬虔な）は教会人であって，その生活は正しいが，宗教的感情によっては心が動かされない。ポリガムス（何度も結婚した）とパンピルス（すべてを商う職人）は純真な若者に対する警告として意図されている。ある点ではパンピルスが四人の友人の中でもっとも興味深い。その有様は宗教の組織を次々に変えたり，機転を使って生き長らえたりするので，ティル・オイゲンシュピールと似ており，優れた叙述となっている。終りに登場する荷馬車の運搬人たちは，予想を超えた結末を巧みに告げる。それはドラマチックな筆致となっている。

＊　　＊　　＊

エウセビウス　わたしはこのところにどんなに風変わりな鳥たちがお集まりなのかをよう分かっています。もしわたしの判断に誤りがなければ，わたしの目が見誤っていなければ，わたしの三人の昔からの遊び仲間であるパンピルス，ポリガムス，グリシオンがお座りになっているのが見えます。そういう人たちに相違ありません。
パンピルス　魔法使いさん，あなたのガラスのような目で，何を思い付いたのですか。エウセビウスさん，こちらにおいでください。
ポリガムス　こんにちは。とてもお会いしたかったですよ，エウセビウスさん。
グリシオン　これはようこそ。最善なお方。
エウセビウス　皆さんに，ひっくるめてご挨拶いたします。わたしにはみんな同じようにとっても敬愛する人た

ちです。どんな神が，神よりもっと幸いな偶然が，わたしたちをここに一緒にならせたのでしょうか。というのも，わたしが思うに，わたしたちのうち誰も他の人と，もう40年間も会っていないからなのです。メルクリウス〔商業の神〕はその杖でもってしても，わたしたちを一つの場所にこれ以上に申し分ない仕方で集めることはできなかったでしょう。あなたがたはここで何をなさっているのですか。

パンピルス　坐っています。

エウセビウス　それは分かっています。だが，何のためにですか。

ポリガムス　わたしたちをアントワープに運んでくれる馬車を待っているのです。

エウセビウス　市場へ行くのですか。

ポリガムス　もちろんです，しかし商人としてよりも，むしろ観察者として行くのですが，それでも各自には異なる用向きがあります。

エウセビウス　さらに，わたしたちは行く道が同じなのです。だが，何があなたがたの出発を妨げているのですか。

ポリガムス　御者たちのことでまだ合意に至っていないのです。

エウセビウス　手に負えない人間どもですな。あなたは彼らを欺こうとするのですか。

ポリガムス　そうできれば，ありがたい。

エウセビウス　わたしたちがみんな一緒に歩いてゆきたいかのように装ってみましょう。

ポリガムス　わたしたちのような老人がこの道を歩いて行くよりも，ザリガニがとんでゆくほうが速い，と彼らはきっと考えるでしょう。

グリシオン　あなたがたはこれより正しく，かつ，理に

適った助言を求めたいですか。

ポリガムス　もちろん，ありません。

グリシオン　この人たちは酔っぱらっているんです。こんなことを何時までも続けていたら，御者たちがわたしたちをどこにもないような泥沼の中に投げ落とす危険が増してきますよ。

ポリガムス　あなたが酔っていない御者を求めるなら，もっと朝早くここにやって来なければならなかったのです。

グリシオン　ちょうど良い頃にアントワープに到着するように，わたしたち四人だけのために馬車を雇いましょう。少しお金がかかってもよいとしましょう。その損失は多くの利点で埋め合わせが付くでしょう。わたしたちはいっそう快適に坐っていけますし，この旅をお互いに物語を交換しながらいっそう快適に過ごせるでしょう。

ポリガムス　グリシオンの助言は正しいです。車内に集うよい仲間は馬車そのものと同じく重要なのです。いやそれどころか，またギリシアの格言にしたがって「荷馬車〔旅の一座〕についてではなく，荷馬車の中で」[1]いっそう率直に語り合いたいのです。

グリシオン　それに決めた。馬車に乗りましょう。おお，わたしには今や生きていることが楽しくなった。こんなにも長い間隔をおいた後で以前の最愛の仲間と会うことができたのだから。

エウセビウス　わたしにも若返ったように感じられます。

ポリガムス　ルテッチア〔今のパリ〕で一緒に生活していたときから数えてみると，何年ぐらい経ったかしら。

---

1)　「荷馬車について語る」という格言は，ギリシア詩人テスピスが車で各地を巡業したという伝説から「旅の一座」を意味する。エラスムス『格言集』I, VII, 73 を参照。

9　老人の会話

エウセビウス　たぶん 42 年より少なくないと思う。

パンピルス　当時はみんな同じ歳であると思っていたね。

エウセビウス　おおよそそうでしたな。何か違いがあっても，それはとっても小さいものに過ぎなかった。

パンピルス　だが，今は何という〔大きな〕違いがあることだろう。というのもグリシオンは全然老人らしくないのに，ポリガムスはグリシオンの祖父のように考えることができるから。

エウセビウス　本当にそう思うよ。そのわけはいったい何だろう。

パンピルス　それは何でしょうね。一方がぐずぐずして，進路の途中に立ちとどまっていたか，それとも他方が彼を追い越してしまったのか。

エウセビウス　ほう，人々がどんなに怠っていても，歳月のほうは休んだりしないのですな。

ポリガムス　グリシオンさん，誠意をもって答えなさい。あなたは何歳ですか。

グリシオン　ダカット〔イタリアの貨幣〕よりも多いです。

ポリガムス　では，それはどれくらいの数なのか。

グリシオン　66 歳です。

エウセビウス　おお，これは本当に人々が言う「ティトノスの高齢」[2]です。

ポリガムス　あなたはどんな方法で老年期を遅らせたのですか。というのも，あなたには白髪も見られないし，しわだらけの皮膚も見あたらないから。目は生き生きとし，上下の歯並びも輝いている。顔色は健康そのもので

---

　2)　ティトノスはトロイの王ラオメドンの息子で，彼を愛した暁の女神の願いで不死となったが，不老を請うのを忘れたため，老いてしまい，ついにセミに変えられた。

すし，身体はたくましい。
グリシオン　わたしの方法をあなたに申し上げましょう，もしあなたがその代わりに老年期を早める方法をわたしたちにお話しくださるなら。
ポリガムス　わたしはそうすると約束します。ですから話してください。パリを去ってから，あんたはどこへ行ったのですか。

(1) グリシオンの生涯

グリシオン　故郷に真っ直ぐ帰りました。そこに約1年間滞在したのち，どんな生活を選んだらよいのかと考えはじめました。このことは〔人間の〕幸福にとって少なからず重要であると信じています。何が各人に成功をもたらすのか，何がそれをもたらさないかを，よく考えてみました。
ポリガムス　きみがそんなによい考えをもっていたなんて，わたしには驚きです。パリにいたとき，きみよりも駄目な人はいなかったのですから。
グリシオン　当時は年齢がそれをやらかしていたのです。でもね，良き友よ，わたしは自分自身の力でこのことをすべて行ったのではないのです。
ポリガムス　驚いたなあ。
グリシオン　それに何かの仕事に取りかかる前に，その町で生まれた高齢な人のところに相談に行きました。この人は長い経験によってとても賢明であり，全都市の証言によるときわめて有能であって，わたしの判断でもまたとても恵まれた人でした。
エウセビウス　それは賢かったですね。
グリシオン　その方の忠告に従ってわたしは妻を娶りました。
ポリガムス　持参金は沢山ありましたか。

グリシオン　中位の持参金でした。格言にあるように「わたしにぴったり合っている」ものでした[3]。というのもわたしの資産も中位でしたから。この問題はわたしの心からの願いに適うものでした。

ポリガムス　そのとき何歳でしたか。

グリシオン　ほぼ22歳でした。

ポリガムス　何とも幸運でしたね。

グリシオン　あなたが誤解しないために言っておきますけど，わたしはこのすべてを幸運のおかげであるとは考えていません。

ポリガムス　どうしてですか。

グリシオン　わたしは申し上げたいです。他の人たちは選ぶ前に何かを愛しています。わたしは愛するよりも前に思慮深く選んだのです。しかもこの結婚を快楽に耽るためよりも，むしろ子孫のために取り決めました。わたしは彼女と8年以上越えなかったが，とても快適に暮らしました。

ポリガムス　彼女は〔先だってあなたに〕孤児を残したのですか。

グリシオン　はい，四頭立ての子どもの馬車を残しました。二人の息子と同数の娘がおります。

ポリガムス　あなたは私人としてお暮らしですか，それとも公職の務めについておいでですか。

グリシオン　わたしには公職があります。より高い地位に就くこともできましたが，軽蔑から自分を守ってくれるくらいの威厳のある地位を選びました。それに加えて不愉快な仕事に少しもわずらわされないものを選びました。このようにすると誰もわたしが自分のために生きていても非難しません。また時には友人に奉仕することも

---

3)　エラスムス『格言集』 I, 8, 1. 参照。

できます。これで十分だったので，それ以上のことは決して追求しませんでした。わたしは自分の威信が高まるように職務に携わりました。わたしはこのことを，華やかな地位から威厳を借用するよりも，もっと見事に実行しました。

エウセビウス　それに優る誠実さはありません。

グリシオン　このように同じ市民の間にあってみんなに守られて一緒に老いてきました。

エウセビウス　このことは本当にもっとも困難なことです。というのも「敵をもたない者は友人をだれ一人としてもたない」また「嫉妬はつねに幸福の従者である」と言われているのも根拠がないわけではないのですから。

グリシオン　とくに大きな幸福には嫉妬が随伴しているのが習わしです。中位の幸福が安全ですね。そしてわたしは何らかの利益が他の人たちの不利益と結びつかないように，いつも努めてきました。わたしはギリシア人たちがアプラクシア（超然）と呼んでいることをできるだけ重んじてきました。わたしはどんな〔厄介な〕活動にも参加しませんでした。とりわけ多くの人たちの恨みをかわないではすまされない活動にかかわるのを抑制しました。もしわたしが友人を助けねばならないときには，このことが原因となって敵がわたしに立ち上がらないように親切にします。何か敵対行為のようなものがどこからか起こったときには，疑いを晴らして宥めるか，丁重な心使いでもって止めさせるか，知らぬふりしてなくなるように放っておきます。争いをわたしはいつも避けています。争いに巻き込まれたときには，友情よりもお金を失うほうを選びます。その他の点ではわたしは何かミティオ[4]の役を演じます。つまり，わたしは誰をも傷つ

---

4) テレンティウスの『兄弟』に出てくる人物。

けません。すべての人に微笑みかけます。わたしは親切に挨拶し、また挨拶を返します。誰にも反対しません。他の人が企てたものや行ったことを非難したりしません。誰よりも自分を高く評価したりなどしません。みんなが自分を素晴らしいと思うようにさせます。わたしが黙っていたいことを誰にも打ち明けません。他の人たちの秘密を穿鑿したりしません。何かを偶然知ってしまっても、決して喋ったりしません。居合わせていない人について、わたしは黙っているか、友情を込めてか、それとも、礼儀正しく語ります。人々の間に起こる不和の大部分は節度を欠いた言葉から起こってきます。他の人たちの反目をわたしはかき立てないし、刺激したりしません。そうではなく、わたしはそれを、その機会があるたびに、消し去ったり、鎮めています。こういう方法でわたしはこれまで嫉妬を避けてきたし、同胞に対する好意を育成してきました。

パンピルス　独身生活は重荷に感じられませんでしたか。

グリシオン　妻の死よりも過酷なことはわたしの生涯では決して起こっておりません。わたしはできるなら彼女と一緒に年を取り、わたしたちの子どもたちの成長をともに喜びたいと熱烈に願っていました。それとは違って、天上〔にいます神〕が思し召すなら、そのほうがわたしたち双方にとってより良いことである、とわたしは判断しました。また愚かな悲嘆によって自分を苦しめる理由などない、とわたしは考えました。とりわけ、こうしたことが死んだ者に何も役立たないときには、そうだと考えました。

ポリガムス　あなたは再婚したい願望に一度も襲われなかったですか。

グリシオン　襲われました。しかし、わたしが妻を娶ったのは、子どもたちのためでした。わたしは子どもたちの

ために再婚したりしませんでした。

ポリガムス　だが，夜ごと一人で床につくのは嘆かわしいことです。

グリシオン　そのように願っているわたしにとって，そのことは困難ではありません。そこで独身生活にはどんな利点がまたあるのか，考えてみてください。多くの人たちは物事から損失だけを拾い集めます。生活上の災難を収集した短詩の著者である，あのクラテス[5]は，そのような人であるとわたしには思われます。そのような人たちには疑いの余地なく「生まれてこなかったことが最善である」[6]という文章が気に入ります。何か善いものが含まれているならどこからでも収集するメトロドルス[7]のほうがわたしは好きです。そうすれば人生は確かにいっそう快適になります。またわたしは何ものも激しく憎んだり，切望したりしないように決心しました。こうして何か善いことがわたしに降りかかってきても，うぬぼれたりしないし，不遜にもならないようになりました。また何かを失ってもひどく落胆しないようになりました。

パンピルス　あなたは全く哲学者です。もしあなたがそれを実行できるなら，あるいはタレスよりも賢い。

グリシオン　人間の生活にこの種の多くのものが惹き起こるように，もし何か心痛のようなものが心に起こってくるなら，侮辱に対する怒りであれ，その他のことが不当になされたのであれ，わたしはそれを直ちに心から追い出します。

---

　　5)　クラテスは古代都市テーバイの人で，諷刺詩の著者である。
　　6)　ソポクレス『コロノスのオイディプス』高津春繁訳，岩波文庫，72頁。
　　7)　メトロドルスはラァムプサコス出身の人でエピクロスの門弟にして友人である。

9 老人の会話

ポリガムス だが，とても穏やかな人をもいら立たせる何かしら不当行為〔不愉快なこと〕があります。召使いの無礼がその種のものとしてしばしば起こります。

グリシオン わたしは心中で何かを思いわずらいたくないのです。それを改善できれば，改善する。それができなければ，こう考える。その事態がそれでもって改善されなければ，そのことに苛立っても無意味である，と。それ以上に何か言うことがありますか。少し経てば時が実現するであろうことを理性がわたしのうちで直ぐにも実現するのを許容します。どんな場合でも心痛というものは，確かに，わたしがそれを抱えて寝床に赴かせるほど大きくはないのです。

エウセビウス そういうお考えでしたら，年を取らないのも，おかしくない。

グリシオン いや，むしろ，わたしの友人を全く黙らせないために，わたしはとりわけわたしとわたしの家族に恥辱となるような，何か恥ずべき行為を犯さないように警戒しておりました。というのも，やましい良心ほど不安に陥れるものはないからです。何か不品行を犯してしまうと，まず神に赦しを乞うて和解しないではわたしは寝床に行きません。真の平穏の源泉，あるいはギリシア語で言うなら，エウトゥミア〔歓喜〕の源泉は，神と完全に一致することにあります。なぜなら，そのように生きる人は，とくに人々を害することができないからです。

エウセビウス 死の恐怖がときどきあなたを苦しめることがありますか。

グリシオン 誕生日が苦しめるほどひどくはありません。人は死ななければならないことをわたしは知っています。こうした憂慮は恐らく数日間人を悩ませたことでしょう。ですが，それ以上何も付言することはありません。このような心配はすべて神にゆだねています。良

く，かつ，楽しく生きることだけを望んでいます。良く生きないでは，楽しく生きることはできません。

パンピルス　しかし，このわたしはもし同じ都市に全生涯にわたって暮らして年を取っていくなら，たとえローマに生きる幸運に恵まれても，もううんざりです。

グリシオン　もちろん場所を変えると少なからず楽しみを味わうことができます。しかし，長い旅をすることでことによると知恵が増し加わるように，より多くの危険にも遭うことでしょう。わたしには地図の上でもっと安全に旅することができると思われます。また歴史をひもとけば，オデュセウスの例に倣って，20年にわたって全地と海を徘徊するよりも多くのことを観察できます。わたしは町から2マイルは離れていないところに，小さな農場をもっています。わたしはそこにときどき町から出て行って農夫となります。そこでわたしは元気を回復させて，新しい客人のように町に帰ります。そのときわたしは，あたかも最近発見された島から船で帰還したかのように，〔人々に〕挨拶したり，挨拶されたりします。

エウセビウス　あなたは健康を回復するために薬剤を使っていませんか。

グリシオン　わたしは医者に診てもらっていません。わたしは一度も血を流したり，丸薬を呑み込んだり，毒薬を飲み干したりしたことがありません。何か倦怠が起こったときには，そうした苦境を節制によって打ち勝つか，田園生活によって駆逐します。

エウセビウス　学問に取り組むことはないのですか。

グリシオン　はい，取り組んでいます。そこにこそ人生の特別な楽しみがありますから。本当にわたしは学問に喜びを見いだしており，苦しんだりしていません。たとえ生活の喜びや改善〔便益〕のために学んでおり，学問を自慢するためではないとしても，そうなのです。食事の

後にわたしは学識に富んだ会話〔物語〕を楽しむか，それとも朗読してくれる人を招きます。わたしは一時間より長く読書することは決してしません。それからわたしは立ち上がり，リュートを手にとって，しばらくの間部屋の中を歩き廻っては，今しがた読んだものを小声で歌うか，反復します。もしも親しい仲間がそこに居合わせると，それを彼に話します。それからわたしは書物のところに戻るのです。

エウセビウス　老人の不利な境遇がとてもひどいと聞いていますが，あなたはそれを感じておられますか，正直にわたしに仰ってください。

グリシオン　時折よく眠れません。同様に何かを心に刻み込まないと，記憶がまえより信用できなくなりました。
　わたしが約束したことを履行しました。わたしが若さを保っている魔術をあなたがたに説明いたしました。ポリガムスさん，どのように老齢の重荷をお考えになっておられるか，今度は同じく誠実に，わたしたちに報告してください。

(2) ポリガムスの生涯

ポリガムス　もちろんわたしはこんなに誠実な仲間に何も隠したりしませんよ。

エウセビウス　あなたはこれから秘密をちゃんと守る人たちにお話しするのです。

ポリガムス　パリをほっつき歩いていた頃，ご存知のように，わたしは〔快楽主義者の〕エピクロスを嫌っていなかった。

エウセビウス　むろんよく覚えております。だが，わたしたちはあなたがそういう生き方をパリでの青春と一緒に放棄したであろうと思っていました。

ポリガムス　あそこで好きになった多くの女たちの中から

一人を連れて家に帰りました。彼女は直ぐに妊娠しました。

グリシオン　ご両親の家でなのですか。

ポリガムス　その通りです。わたしは嘘をついて，彼女は直ぐにもやってくるわたしの友人の奥さんなのだ，と言いました。

グリシオン　あなたのお父さんはそれを信じましたか。

ポリガムス　とんでもない，四日間もすると，彼は真相をかぎつけました。直ぐに猛烈な喧嘩となりました。だが，そんなときにもわたしは宴会，賭博，その他の悪い行状をやめませんでした。はしょって言いましょうか。父がわたしを叱責するのをやめようとしないで，そのような雌鳥を家で飼育させるのを許さないで，わたしを直ちに廃嫡すると脅したとき，わたしは立ち去って，雄鳥が雌鳥と一緒に他所に移住しました。この雌鳥はわたしのために何匹かのひよこを産みました。

パンピルス　生計をどのように立てていたのですか。

ポリガムス　母がこっそりと少なからず助けてくれました。そのうえ必要よりも多くの借金をしてしまいました。

エウセビウス　あなたを信用してお金を貸すなんて，とても愚かであることに，人々は気づいていましたか。

ポリガムス　快く信じてくれる人なんていません。

パンピルス　その結果どうなりましたか。

ポリガムス　とうとうわたしの父が真剣に廃嫡の準備をしていたとき，友人たちが介入してきて，わたしがわたしの国の婦人と結婚し，フランスの女性と離婚するという条件でもってこの争いを解決してくれました。

エウセビウス　彼女はあなたの妻でしたか。

ポリガムス　互いに交わされた言葉は未来形でしたが，交際〔性交〕のほうは現在形でした。

9 老人の会話

エウセビウス　では、どのように彼女と別れることができたのですか。

ポリガムス　後になって気がついたのですが、わたしのフランス女はフランス人と結婚していました。その人とはずっと以前に彼女は密かに遠ざかっていました。

エウセビウス　するとあなたは今、妻をもっているのですか。

ポリガムス　そうです、ただ今の妻は八番目ですが。

エウセビウス　八番目ですって。あなたがポリガムス〔一夫多妻〕と呼ばれているのもそうなる徴候がなかったのではないのだ。恐らくみんな子どもがなくて死んだのでしょう。

ポリガムス　とんでもない、みんなわたしの家にともかく子犬を残していきました。

エウセビウス　わたしはむしろ卵をわたしに産むために同じくらいの数の雌鳥をもちたいです。多数の妻にうんざりしていませんか。

ポリガムス　とてもうんざりしているので、この八番目が今日死んだなら、明後日には九番目を妻にするでしょう。一匹の家禽の雄鳥がこれほど沢山の雌鳥をもっているのに、二人か三人の妻をもつことが許されていないなんて不愉快ですよ。

エウセビウス　なるほど、あなたという家禽が少しも肥えておらず、年を取っていても全く不思議ではない。というのも過度にして時宜を得ない酒宴、放縦な情事、節度のない欲情にまして老化を早めるものはないからです。だが誰が家族を養っていますか。

ポリガムス　両親が亡くなった後、ささやかな財産が手に入りました。また熱心に手仕事はしています。

エウセビウス　学問から遠ざかっているのですか。

ポリガムス　ええ、すっかり。人々が言うように馬からロ

バに遠ざかっています。七つの自由学科の学生から一芸の職人となりました。
エウセビウス　きみは可哀想なお人だ。しばしば悲嘆に暮れなければならなかったし，何度も独身を守らねばならなかったのですか。
ポリガムス　わたしは十日以上独身でいたことがなかった。新しい妻が古い悲嘆を追い払ってくれました。
　あなたはわたしの生涯を誠意をもってまとめてくださいました。今度はパンピルスがわたしたちにその生活の歴史を物語ってくださるようにお願いします。彼は真に立派に老齢を迎えております。というのも間違っていなければ，彼はわたしより二つ三つ年上ですから。

(3)　パンピルスの話し

パンピルス　あなたがたがこんなたわごとをお聞き下さるお暇がございましたら，わたしは進んでお話ししますよ。
エウセビウス　とんでもございません。喜んでお聞きしますよ。
パンピルス　わたしが家に帰ると，年老いた父が直ぐに暮らし方を考えるように迫りはじめました。それは家族の財産を少なからずねん出するためでした。長く熟考してから商売をすることにしました。
ポリガムス　そのような暮らし方が気に入ったとは驚いたな。
パンピルス　わたしは生まれつき新しいこと，さまざまな地方，都市，言葉，人の習慣を学んだりするのがとても好きでした。それには商売がもっとも適切であると，わたしには思われました。そこから実践的な知恵が生まれてきます。
ポリガムス　だがそれ〔商売〕は悲惨なものだ。そこから

多くの不幸をしばしばあがなわねばならない。
パンピルス　そのようです。したがってわたしの父は元金〔資本金〕をたっぷり供与してくれました。それはヘラクレスの援助を得て、またメルクリウス〔商人の守護神〕に助けられて、商売をはじめるためです。それと同時にとても沢山の持参金付きの妻、だが持参金がなくとも気に入ることができる器量よしの妻を獲ようと努めました。
エウセビウス　うまくいきましたか。
パンピルス　全く駄目でした。その前にわたしは家に帰らねばならなくなり、元金と利息を失ってしまいました。
エウセビウス　きっと船が難破したのでしょう。
パンピルス　そうです、難船です。マレアの岬[8]よりもっと危険な岩礁に乗り上げたのですから。
エウセビウス　その岩礁は何という海にあるのですか。あるいはその名前は何でしたっけ。
パンピルス　海と呼ぶことはできませんが、それは岩礁でして、多くの人の忌まわしい破滅のゆえに岩礁と呼ばれ、ラテン語ではアレア（骰子・賽）と言います[9]。あなたがたギリシア人が何と呼んでいるか知りませんが。
エウセビウス　あなたは何と愚かであったことか。
パンピルス　だが若い人にそんなに多額の金を貸し与えた、わたしの父は、もっと愚かでした。
グリシオン　それからどうなりましたか。
パンピルス　何もしませんでした。わたしは首を吊ろうと考えはじめました。
グリシオン　お父さんはとても非情でしたか。失われた財

　8）　マレアというのはギリシアのペレポネソス半島の最南端にある岬を言う。

　9）　カエサルが軍を引き連れたルビコン川を渡ったときにこの言葉を使って「賽は投げられた」と言った。

産は償われることができます。初心者にはどこででも赦しが与えられます。パンピルスにはもっと多くそうせねばならなかったのです。

パンピルス　あなたの言われることは多分正しいでしょう。しかしその間に哀れなわたしは妻を失いました。というのは生娘の両親がこの徴候を確認するや否や，親族関係を破棄してしまったからです。それでもわたしは彼女をぞっこん惚れ込んでいました。

グリシオン　お可愛そうに。ところでそうしている間にどんな結論になりましたか。

パンピルス　絶望的な状況にいていつも起こるようなものです。父はわたしを廃嫡にしました。財産はなくなりました。妻は居なくなりました。至るところで浪費家，道楽者，放蕩者と呼ばれました。それに優るどんな言葉が必要であったでしょうか。わたしは首を吊るか，それともどこかの修道院に身を投じるか，真剣になって熟考しました。

エウセビウス　残酷な決断だ。きみがどっちを選んだのか分かっている。いっそう楽な死に方でしょう。

パンピルス　その反対です。そのときいっそう残酷と思われた方を選びました。それほどわたしは自分自身に全く愛想をつかしていたのです。

グリシオン　しかし，多くの人たちはより快適に暮らすためにそこに身を投じるのです。

パンピルス　わたしは旅費をかき集めると，ひそかに祖国から離れて遠ざかりました。

グリシオン　いったいどこへですか。

パンピルス　ヒベルニア〔アイルランド〕にです。そこでわたしは外側には亜麻布を付け，内側に羊毛を着た聖職者となりました。

グリシオン　そうするとアイルランド人の間で冬を過ごし

9 老人の会話

たのですか。
パンピルス いいえ，二か月の間彼らのもとに滞在した後，スコットランドに船で渡りました。
グリシオン 彼らの間では何があなたを害しましたか。
パンピルス あそこで決められた生活の仕方は，一人で首を吊るに値していた男が受ける当然の報いよりも軽いとわたしには思われましたことのほかには何もなかったです。
エウセビウス スコットランドでは何をなされていましたか。
パンピルス あそこのカルトゥジオ会の修道院では亜麻布から毛皮の服に変わりました。
エウセビウス あそこの人たちはこの世に対してすっかり死んでおります。
パンピルス 彼らが歌っているのを聞いたとき，わたしにはそのように思われました。
グリシオン 何ですって，死人も歌うのですか。何か月の間スコットランドの人たちと過ごされたのですか。
パンピルス およそ6か月間です。
グリシオン 何という我慢強さでしょう。
エウセビウス その地で何か間違いを犯しましたか。
パンピルス そこでの生活はわたしには怠惰であり，享楽的であると思われました。それから，わたしが思うに，そこでは孤独なために多くの人が必ずしも健全な理解力をもっていないのに気づきました。わたしには理解力が少なかったのですが，その全部が失われているのではないかと心配でした。
ポリガムス それからどこへきみは飛び去ったのですか。
パンピルス フランスへです。その地では聖なるベネディクト派の規則にもとづいて黒ずんだ衣服の人たちに出会いました。この人たちは衣の色によってこの世では悲し

んでいることを証するのです。彼らの中には外套の代わりに〔下等動物の〕繊毛からできた網のような衣服を着ています。

グリシオン　それは何とも困難な身体的な苦行であったでしょう。

パンピルス　ここでわたしは 11 か月過ごしました。

エウセビウス　いつまでもきみがそこに留まらないようにと何が邪魔をしたのですか。

パンピルス　真の敬虔の他にもっと多くの儀式をそこに見いだしたからです。その他にこれよりもっと神聖なものがあると聞いたからです。それはベルナールがさらに厳しい規則として復活させたものであって，黒い衣服を白いのと取り替えさせたことです。この人たちのもとにわたしは 10 か月生活しました。

エウセビウス　そこで何があなたの生活感情を損ないましたか。

パンピルス　全く何もありませんでした。わたしは彼らが全く親切な仲間であると気づきました。しかし次のギリシアの格言がわたしを動揺させました。「人は自分の責務を全部果たすか，それとも全く果たさないか」[10]。したがって，わたしは修道士にならないか，それとも立派な修道士になるかということを決断しました。わたしはいわゆる聖ブリギッア修道会[11]があることを聞きました。その人たちは確かに天上的な人たちです。その人たちのところへ赴きました。

エウセビウス　何か月そこで過ごしましたか。

---

　　10)　直訳すると「人は亀をちゃんと食べるか，それとも全く食べないか」となる。その意味は「人は」ということで，「亀を習慣どおりに食べても，暫くすると胃痙攣を起こす」ことを言う。

　　11)　聖女ブリギッタによって創始された修道会を指していると思われる。そこには修道僧たちも所属していた。

9　老人の会話

パンピルス　二日間ですが，それも全部ではない。
グリシオン　こういう生き方が気に入りましたか。
パンピルス　彼らは誓願でもって直ちに自分を拘束する人でなければ，だれも受け入れませんでした。だが，わたしは振るい落とせないような軛をたやすく架けるほど愚かではなかったのです。修道女たちが歌っているのを聞くたびに，引き離された妻のことでわたしの心は苦しめられました。
グリシオン　それからどうなりました。
パンピルス　わたしの心は信心に対する愛で燃えあがりましたが，どこにおいても心は満たされませんでした。そのようなところをさ迷っていると，遂にわたしは十字架の徴をもち運んでいる人たちに出会いました。この徴がすぐにわたしに気に入りました。ですが，さまざまなことが決断の邪魔をしました。ある人たちは白い十字架を，ある人たちは赤い十字架を，ある人たちは緑の十字架を，雑色の十字架を，多彩な十字架を，一つの十字架を，二つの十字架を，四重の十字架を，ある人は代わる代わる十字架をそれぞれ持ち運んでいました。どんな十字架をも試さないことがないように，わたしはほとんどの像を持ち運んでみました。しかし，わたしは〔大司教の〕肩衣や〔ローマ人が用いた〕トゥニカで十字架を担うことが，心でそれを担うこととは全く違うということを，実行してみて知りました。終いにはそのような探索に疲れてしまったので，わたしはすべての神聖さを一挙に獲得するために，聖地を訪れ，聖性を積んで家に帰ろう，と考えました。
ポリガムス　あなたは実際にはそこへ旅立ったりしなかったでしょう。
パンピルス　もちろん行きましたよ。
ポリガムス　どこから旅費を調達したのですか。

パンピルス　あなたが遂に今になって，そのような質問をしてみようという考えがどうして思い付いたのですか，また，どうしてもっと前に質問しなかったかということが全く分からないです。だが，あなたは「すべての芸はその人を扶養する」という格言をご存知ですよね。

グリシオン　どんな芸をして家々を廻っていましたか。

パンピルス　手相占いです。

グリシオン　どこできみはそれを学んだのですか

パンピルス　それが何が問題ですか。

グリシオン　どんな指導者からですか

パンピルス　すべてを教えてくれた方からです。つまりわたしのお腹からです。わたしは過去，現在，未来を予言しておりました。

グリシオン　するときみはその芸を知っていたのですか。

パンピルス　とんでもない。それでも大胆に，しかも安全に，予言していたのです。つまり初めに報酬を受け取っていましたから。

ポリガムス　そんなにも馬鹿げた芸がどうしてあなたを養うことができたのですか。

パンピルス　できましたとも。またそれに加えて二人の召使いも一緒でした。そんなにも多くの愚かな男と愚かな女が至るところにおりました。ところでわたしがエルサレムに到着したとき，ある重要人物でとても裕福な人がわたしの仲間に加わりました。この人は 70 歳でして，エルサレムを訪ねないでは心に平安を懐いて死ぬことができないと言っていました。

エウセビウス　その人は奥さんを家に残してきたのですか

パンピルス　そうです，そればかりか六人の子どもたちも残してきました。

エウセビウス　おお，その老人はひどく人の道に背いた信心家なのでしょう。そしてそこからあなたは聖人として

お帰りでしたか。
パンピルス　本当のことをわたしが告白するのをお望みですか。わたしは出かけたときよりかなり悪くなって帰って来ました。
エウセビウス　そうすると，わたしが聞いていたように，宗教〔敬虔〕に対する愛が失われてしまったのですか。
パンピルス　とんでもない。それはもっと燃えていました。ですからイタリアに戻るとわたしは軍隊に加わりました。
エウセビウス　そうすると，あなたは宗教の後で戦争に自分を売り渡したのですか。そこにはそれに優る極悪なものはありえますか。
パンピルス　それは聖戦でした。
エウセビウス　ことによるとトルコに対する戦争ですか。
パンピルス　そうではありません。当時確か布告されていたように，何かもっと神聖なものです。
エウセビウス　いったいそれは何ですか。
パンピルス　ユリウス2世がフランスと戦争していました[12]。ところで軍務に服すると多くのことを経験できるので，そうするようにとわたしに勧められていたのです。
エウセビウス　多くのことをと言っても，悪いことなのですよ。
パンピルス　そのことは後になってから初めて学びました。それでも，わたしはここで修道院でするよりももっと厳格な生活をしました。
エウセビウス　それから後何をしましたか。

12）　ユリウス2世はエラスムスの考えではヨーロッパに戦争の動揺をもたらした罪責がある。エラスムスの作と言われる『ユリウス天国から閉め出される』参照。

パンピルス　中断していた商売にかえろうか，それとも途中で止めてしまった宗教を追求しようか，ともうわたしの心が動揺しはじめました。その間にわたしは両者〔商売と宗教〕を互いに結びつけようと考えるようになりました。

エウセビウス　何ですって，あなたは商人であって同時に修道士になるのですか。

パンピルス　どうしていけないのですか。托鉢修道会より敬虔なものがありません。それでも商売よりもそれによく似ているものはありません。彼らは全地とすべての海をあちこち飛び回って，多くを見たり，多くのことを聞き出したりしています。庶民や貴族や王の家のすべてに入り込みます。

エウセビウス　しかし彼らは暴利を貪ってはいません。

パンピルス　わたしたちより時折もっと上手に成功していますよ。

エウセビウス　どんな修道会をあなたは選びましたか。

パンピルス　わたしはすべての種類〔の修道会〕を体験してみました。

エウセビウス　気に入ったのはなかったですか。

パンピルス　とんでもありません，直ぐに商いを許してくれたなら，すべてはわたしに気にいったことでしょう。しかしわたしは，商いが許される前に，どれだけ努力しなければならないか，を吟味しなければなりませんでした。そのときすでに大修道院を買収することを考えはじめておりました。しかし，まず第一に，ディアーナ[13]はこの点ですべてのもを支持してくれないので，この狩猟はしばしば時間がかかります。こういう仕方で8年間も費やした後，父の死が告げられたとき，家に帰りまし

---

13)　ディアーナはローマ神話における月と狩猟の女神である。

た。母の忠告に従って妻を携えて以前の商売に帰りました。

グリシオン　そんなにも繰り返して新しい衣装に着替え，何か違った生きものに変身するとき，あなたはどのように礼節〔品位〕を保つことができましたか。

パンピルス　同じ芝居の中であるときはこの役割を，他のときはあの役割を演じる人よりも下品ではありません。

エウセビウス　率直にわたしたちにお話し下さい。あらゆる種類の生き方を経験された人は，すべてのうちで何を推薦するでしょうか。

パンピルス　すべてがすべての人にふさわしいのではありません。わたしが従事してきたこのことに優ってわたしに気に入っているものはないのです。

エウセビウス　しかし商売には損失が多くありますね。

パンピルス　その通りです。だが，全く損失のないような類の生活形態はありませんから，自分が関わることになったこのご主人の面目を立てるようにするのです[14]。

　だが，今のところエウセビウスだけがまだ話さないで残っています。彼はその生活のあらましをその友人らに何か話すことを煩わしく思ったりしないでしょう。

(4) エウセビウスの生涯

エウセビウス　それどころか，もしよろしければ物語を全部を語りましょう。というのもそれは多くの活動から成り立ってはおりませんから。

グリシオン　それはとても有り難い。

エウセビウス　わたしは祖国に帰ったところ，1年間，

---

14) 原文は「自分が関わることになったスパルタに敬意を表する」の意味であって，エラスムスがここにほのめかしているラテン語の格言は，キケロの『アッティクス書簡集』(I, 20; IV, 6) にあるラテン語の格言「あなたが生まれたスパルタのために祈りなさい」である。

いったいどんな生活を営んでいきたいのか，よく考えてみました。また同時にどんな種類の生活の姿が好きであり，あるいは適しているか，と自分自身を調べてみました。人々が言うよい収入のある教会録を伴った職がわたしに提供されました。わたしはそれを受け取りました。
グリシオン　一般にはこの種の生活の仕方は好ましくないと聞いています。
エウセビウス　人事に関するかぎり，この職業が願わしいものであるとわたしには思われます。ちょうどよいときに天から突如としてすべて便宜・尊厳・立派でよく整理された住居・十分に豊かな年収・名誉を与える団体さらに人が欲すれば祈りを捧げるゆとりのある教会堂が与えられたときに，あなたはそれが中程度の幸福であるとお考えでしょうか。
パンピルス　そこでの贅沢と妾たちの悪評がわたしには気に入らないし，さらにそのような種類の人たちは大抵学問を憎んでいます。
エウセビウス　わたしは他の人たちが行っていることに注目しないで，何をわたしがなすべきかを考えたのです。他の人たちをもっと善良にすることができないなら，より良い人たちに頼ってみたのです。
ポリガムス　あなたはそのような仕方でいつも生きてきたのですか。
エウセビウス　いつもです。ただしその間にまずパドゥアで４年間過ごしたことを除けばそうです。
ポリガムス　どうしてですか。
エウセビウス　その年月をわたしはその半分を医学の研究に，残りの時間を神学の研究に割り当てました。
ポリガムス　なぜ，そうしたのですか。
エウセビウス　そうすることでわたしの精神と身体とがより良く支配され，ときどきは友人たちに助言を求めるた

めです。つまり，わたしが得た知恵のゆえに時折説教も担当します。このようにしてわたしは唯一つの司祭職で満足し，これまで十分平穏のうちに暮らしてきました。その他に何も得ようと努めませんので，何かが提供されても，お断りするでしょう。

パンピルス　わたしたちがその当時仲良く一緒に暮らしていた他の仲間たちが行ってきたことを学べるとよいのだが。

エウセビウス　かなり多くのことを何かお伝えすることができます。だが，町からそんなに離れていないところに来ていると思う。ですから，もしよければ，同じ宿屋でお会いすることにしましょう。わたしたちはそこでくつろぎながら，他の人たちについて存分に語り合いましょう。

御者のフーゴー　どこから片目のきみはこんなにひどい馬車を手に入れたのか。

御者のヘンリクス　いや，それよりもむしろ，女郎屋に通っているお前はどこからこの売春宿を運んできたのか。

フーゴー　お前はこの冷たくなった老人どもを暖めるために，どこかで茨の茂みに投げ込まねばならないかもしれないぞ。

ヘンリクス　それどころか，お前はどこかでこの群れの世話をして，その熱を冷ますために深い沼地に彼らを投げ込むようになるぞ。というのも，この人たちはひどく興奮しているから。

フーゴー　いいえ，わたしは自分の荷物をいつも投げ捨てたりなんかしておりません。

ヘンリクス　駄目ですか。でもわたしは少し前にお前が六人のカルトゥジオ会修道士を泥沼に投げ込んだのを見ましたよ。それはこの白衣を着た人たち〔志願者たち〕が

真っ黒になって浮かび上がってくるためだ。その間に貴様は何か善いことをしたかのように笑っていましたね。

フーゴー　それは当然なことだ。彼らはみんな眠っており，わたしの馬車をとても重くしていたからだ。

ヘンリクス　それに対し，わたしの老人たちはわたしの荷馬車をとても軽快にしてくれました。馬車が走っている間中，彼らは絶えずおしゃべりしていましたから。これよりよい人たちを見たことがありません。

フーゴー　だが，あなたはこれまでそうした人たちを喜んだことがなかった。

ヘンリクス　でも，この老人たちは立派な人たちですよ。

フーゴー　どうしてそれが分かるのか。

ヘンリクス　それはな，道すがら彼らにはわたしに〔成功のあまり〕素晴らしいビールを三度も呷(あお)るようにしたからさ。

フーゴー　あはは。そんなわけで，彼らはきみにとってよい人たちだったのか。

10
修道院長と教養ある女性
―― アントロニウスとマグダリア ――

解　題

　1524年3月のフローベン版で『対話集』に加えられた。ここに登場する修道院長はフランチェスコ会の司教であったヘンリ・スタンディシュであると想定されている。この司教はヘンリ8世の宮廷説教者の一人であって、エラスムスをしつこく批判した意志の強い論争家であった。エラスムスも彼を嫌っていた。その名前「アントニウス」は「ロバ」を含意し、愚かさを象徴しているが（『格言集』LB, II, 571E-572A）、そういう人物は多数いたから、それが誰に当てはまるのかを特定するのは困難である。たとえば「魚料理」（307頁以下）に登場するスタンディシュもこれに当てはまるが、彼は保守的ではあっても、無知でも愚かでもない。それに対してマグダリアはトマス・モアの長女マーガレット・ローパーがモデルとなっていると言われる。というのも、その他にはエラスムスが知っている教養を身につけた女性はなさそうだからである。

　人文主義は古典語教育によって人間らしい教養を身につけることをめざしていた。したがって、それが言語と教養について問題にするのは当然の要求であって、その精神に

よって「修道院長と教養ある女性」が作成されたといえよう。この点を念頭に置いて初めてこの対話は理解される。まず、修道院長が女性の部屋に書物がいっぱいであるのに興味を覚え、しかもその書物がフランス語の本ではなく、ラテン語とギリシア語の本であることに気づいて、対話がはじまる。しかもこの対話の終りには、女性が神学校を支配し、教会で教え、司教の冠を付けるようになると修道院長を脅かしている。この対話に登場する修道院長は愚かさの典型で、狩りや宮廷生活、飲酒と下品な娯楽・お金・名誉を愛している。彼は女性が高貴で、洗練され、教養があって、家事を営み、子どもを育てることがその仕事であることをわきまえている。この二人の間に悲劇的な対決が生じやすくても、この危険をエラスムスは避けるように按配する。

　こうした会話は全編を通して展開し、いつも対立した仕方で双方から意見が提示される。よく生きるのはよい時間をもつことか、それともよい時間をもつことがよく生きることか。修道院長は快適な生活が最高善であると熱心に論証しようとする。それゆえ彼は所属する62人の修道士たちに学問することをゆるさない。どんな本も独房にもってきてはならない。それは彼らを反抗的にするからだ。それゆえ彼自身一冊の本ももっていない。女性たちは糸巻き棒に人生の終りまで関わるべきであって、それ以外は無意味である。書物は知恵をもたらさない。これに反して教養ある女性は、人がよく生きることによってのみよい時間をもちうると考える。こうしてこの対話は一つの大きな誤解を生むことになる。修道院長は女性の議論を少しも理解できないし、自分の答えがいかにナンセンスであるかも自覚していない。「あなたはそんなに鋭く論じるので、わたしを詭弁家のように撃っています」と彼は叫ぶだけである。男性としての自尊心が、両者の役割が転倒していることを理

解させようとしない。修道院長は、あらゆる点で女性に劣っている。『痴愚神礼讃』と同様に、女性が真実を明らかにするまでは外観と現実とが転倒している。

*　　*　　*

アントロニウス　ここには何とすばらしい家具がそろっていますな。

マグダリア　上品ではないのでしょうか。

アントロニウス　上品かどうか知りませんが。少女や奥さんがたには優雅でないのは確かです。

マグダリア　どうしてなんですか。

アントロニウス　すべてが書物で溢れているからです。

マグダリア　あなたはとてもお年寄で、修道院長にして宮廷人ですのに高名な婦人たちの家で書物を見たことがないのですか。

アントロニウス　見ましたが、それはフランス語で書かれたものでした。ここでわたしが見るのはギリシア語とラテン語のものです。

マグダリア　フランス語で書かれた書物だけが知恵を教えるのでしょうか。

アントロニウス　だが、余暇を楽しく過ごせる書物のほうが高名なご婦人方にはふさわしいのです。

マグダリア　高名な婦人がただけが賢くなって楽しく生きるのが許されているのですか。

アントロニウス　賢くなって楽しく生きることは間違った結びつきです。賢いのは婦人らしくない。楽しく生きることが高名なご婦人方の生き方です。

マグダリア　良く生きることはすべての人のすべきことではないのですか。

アントロニウス　わたしもそう思う。

マグダリア　良く生きない人がどうして楽しく生きることできますか。
アントロニウス　いや，そうではない。楽しく生きる人が良く生きているのです。
マグダリア　それでは，あなたは楽しく生きてさえいれば，悪く生きても良いと認めるのですか。
アントロニウス　わたしは楽しく生きている人が良く生きていると信じております。
マグダリア　でも，その楽しみはどこから生まれるのですか。外界のものからですか，それとも精神からですか。
アントロニウス　外界のものからです。
マグダリア　まあ何とすばらしい修道院長ですこと，愚かな哲学者ですこと。あなたは快適さを何で計っているのですか，仰ってください。
アントロニウス　それは眠り，宴会，好きなことをする自由，お金，名誉ですよ。
マグダリア　しかし，そういうものに神が知恵を加えてくださらなかったら，あなたは楽しく生きられないのではないですか。
アントロニウス　あなたは何を知恵だと呼ぶのですか。
マグダリア　それは心が良くなければ人は幸福ではない，とあなたが理解するときです。富も名誉も家柄も人を幸福にしないし，良い人にもしません。
アントロニウス　そんな知恵などどうでもよい。
マグダリア　あなたが狩りに行ったり，お酒を飲んだり，骰子遊びをしたりするよりも，良い作家のものを読むほうが，わたしには楽しいとしたら，どうでしょうか。
アントロニウス　わたしにはそのようには生きられない。
マグダリア　わたしは何があなたにもっとも楽しいかとお聞きしているのではなく，何があなたにとって楽しくあるべきかを伺っているのです。

10　修道院長と教養ある女性

アントロニウス　このわたしは修道士たちがいつも書物に没頭するのを願っていません。

マグダリア　でも，わたしの夫はそれをとりわけ認めております。それなのに，あなたは一体どうしてあなたの修道士たちにそれをお認めにならないのですか。

アントロニウス　彼らが従順でなくなるのを知っているからです。彼らは法令ではどうだ，回勅ではどうだ，ペトロではどうだ，パウロではどうだと返答するからです。

マグダリア　そうするとあなたはペトロとパウロに反することを命じているのですか。

アントロニウス　彼らが何を教えているかわたしは知りません。だが，反抗する修道士をわたしは好まぬのです。わたしに属するどんな人も，このわたしよりも賢いのを望んでいないのですよ。

マグダリア　あなたがもっと賢くなるようにお努めになれば，それは避けることができます。

アントロニウス　そうする暇がないのだ。

マグダリア　どうしてですか。

アントロニウス　暇がわたしにはないから。

マグダリア　賢くなる時間がないのですか。

アントロニウス　そうです。

マグダリア　何が妨げているのですか。

アントロニウス　長時間にわたる祈祷，家計の心配，狩猟，騎兵，宮廷奉仕。

マグダリア　そういったものがあなたには知恵よりも大切なのですか。

アントロニウス　わたしたちにはいつもそのようになっているのです

マグダリア　では，もう一度言ってみてください，もしユピテルのような神様が，あなたの修道士たちやあなたご自身をあなたの欲するどんな動物にも変身させうる力

を，あなたに与えてくださるとしたらどうでしょう。それとも彼らを豚に，あなたを馬に変身させたいのでしょうか。

アントロニウス　決してそんなことはない。

マグダリア　しかし，あなたは，そうすることで，誰かがあなたお一人よりも賢くなるのを避けられるでしょう。

アントロニウス　修道士たちがどんな動物になろうと，わたしが人間でありさえすれば，それはわたしにとって重大なことではない。

マグダリア　賢くもなく，賢くなろうともしない者が人間である，とでもお考えですか。

アントロニウス　わたしには知力がある。

マグダリア　豚も自分に知力を備えていますよ。

アントロニウス　わたしにはあなたが何か知恵の女教師のように思われます。そんな風に議論されますから。

マグダリア　あなたがわたしにどのように見えるかを申し上げません。ですが，どうしてこの家具がお気に召さないのですか。

アントロニウス　なぜなら，錘や糸巻き棒が女性の武器ですから。

マグダリア　家事を取り仕切り，子供を教育することも妻の義務ではないですか。

アントロニウス　そうです。

マグダリア　そんなに大事なことが知恵がなくとも引き受けられるとでもお考えでしょうか。

アントロニウス　そうは考えておりません。

マグダリア　ですが，そういう知恵を書物がわたしに教えてくれます。

アントロニウス　わたしは62人の修道士をもっていますが，あなたはわたしの部屋に1冊の書物も見いださないでしょう。

10　修道院長と教養ある女性

マグダリア　そうするとその修道士たちは予めよく配慮されておりますね。

アントロニウス　書物を読んでもいいですよ。だが，ラテン語のものはいけません。

マグダリア　どうしてでしょうか。

アントロニウス　あの言語は女性たちにふさわしくないからです。

マグダリア　そのわけを知りたいです。

アントロニウス　彼女たちが貞操を守るのに役立たないからなのです。

マグダリア　そうしますと全く役立たない作り話しだらけのフランス語の書物が貞操に役立つのですか。

アントロニウス　その他にも役立ちますぞ。

マグダリア　それを仰ってください。何であってもはっきりと。

アントロニウス　彼女たちがフランス語を知らなければ，司祭たちからいっそう安全なのじゃ。

マグダリア　それどころか，あなたがたのおかげで，その危険はとても少ないです。というのもラテン語を知らないように，あなたがたがとても熱心に励んでおられますから。

アントロニウス　世間ではみんなそう感じている。女性がラテン語を知っているなど稀であって，珍しいからじゃ。

マグダリア　どうして世間をわたしに引き合いに出されるのですか。それは良いことを実行する人には最悪の助言者です。どうしてわたしにすべての悪事の女教師である習わしを引き合いの出されるのですか。最善のものに親しむべきです。そうすることによって不慣れであったものに慣れ，不快であったものが快適になり，恥ずべきことだと思われていたことが上品となるでしょう。

アントロニウス　同感です。

マグダリア　ゲルマニアに生まれた女性がフランス語を学ぶことは上品なことではないですか。

アントロニウス　もちろんです。

マグダリア　どうしてですか。

アントロニウス　フランス語のできる人と話しができるからさ。

マグダリア　わたしがラテン語を学ぶと，とても雄弁な，とても教養のある，とても知恵が深い，とても信頼できる忠告者である，すべての著者たちと毎日のように話し合うことは，わたしにとって恥ずべきことだとあなたはお考えでしょうか。

アントロニウス　書物は女性たちの頭脳から多くを奪いますよ。ともかく彼女たちにはそれは少ししか残っていませんから。

マグダリア　どれくらい多くあなたがたにそれが残っているか知りませんが，わたしにどんなに少ししかなくても，無意味な祈祷，夜を徹しての宴会，大杯を飲み干すことよりも良い学問で時を過ごしたいです。

アントロニウス　書物に親しむと狂気を生みますよ。

マグダリア　飲み仲間，道化たち，おどけ者らとの会話はあなたに狂気を生まないのでしょうか。

アントロニウス　とんでもない，彼らは退屈を追い払ってくれます。

マグダリア　それでは，あんなにも楽しい〔書物との〕話し合いがわたしに狂気を生むなんて，どうして起こりうるのですか。

アントロニウス　そのように人々は言っています。

マグダリア　しかし，事実は別のことを語っていますよ。わたしたちは何と多くの人々が過度の飲酒，時ならぬ宴会，徹夜の酒宴，放縦な愛情で狂気を引き起こしたかを見ていることでしょう。

10　修道院長と教養ある女性

アントロニウス　わたしは教養のある妻など本当にほしくない。

マグダリア　でも，わたしの夫があなたのような人に似ていなくて，よかったです。といいますのも，教養が彼をわたしに，わたしを彼にいっそう大切にしておりますから。

アントロニウス　教養は無限な労苦で獲得されるが，その後，人は死ななければなりません。

マグダリア　まあすてきなお方ですこと。どうぞわたしに仰ってください。あなたが明日にでも死ななければならないのでしたら，あなたはより愚かになって死ぬのか，それともより賢くなって死ぬのかどちらを選びますか。

アントロニウス　知恵が努力なしに獲られるのでしたら。

マグダリア　しかし，この世では努力しないでは人間に何も与えられません。それでも手に入れたものはすべて，どんなに苦労して獲られたものでも，ここに残さなければなりません。わたしたちはすべてのものの中で，その成果が次の世にもわたしたちに付いてくるもっとも高価なものを少し苦労して手に入れるのを，どうして嫌がるのでしょうか。

アントロニウス　賢い女性は二倍に愚かである，と至るところで語られるのをしばしば聞いています。

マグダリア　確かにそのことはよく言われますが，愚かな人たちによってです。本当に賢い女は自分が賢いとは思いません。何にも賢明でない女は，実際二倍も愚かなのです。

アントロニウス　なぜかわからないが，馬の鞍が牛に合わないように，学問は女性に会っていません。

マグダリア　司教の冠がロバや豚に合うよりも，馬の鞍のほうが牛に合っているのを否定できないでしょう。聖女マリアについてどのようにお考えですか。

アントロニウス　最善のお方です。

マグダリア　彼女は書物に没頭されていなかったのですか。

アントロニウス　没頭されていましたが，このような書物ではありません。

マグダリア　では何を読まれていたのですか。

アントロニウス　時祷書です。

マグダリア　どの版でしょうか。

アントロニウス　ベネディクト修道会のものです。

マグダリア　それでいいとしましょう。パウラとエウストキウムはどうでしょうか[1]。彼女たちは聖書に没頭していたのでしょうか。

アントロニウス　だが，今日ではそれは稀なことです。

マグダリア　同様に昔は教養のない修道院長は珍しい鳥でしたが，いまではこれよりありふれたものはありません。昔の君主や帝王は権力に劣らず教養によって卓越しておりました。それでもあなたがお考えになるほど稀ではありません。イスパニアにもイタリアにもどんな男にも抵抗できないほどもっとも優れた著名な婦人たちが少なからずおります。イギリスにはモア家の令嬢たちが，ゲルマニアにはピルクハイマー家やブラウレル家の令嬢たちがおります[2]。あなたがたも用心しないと，わたしたちが神学校を統治し，わたしたちが教会で説教し，あなたがたの司教冠を全部占有してしまうようになりますよ。

---

　1)　紀元4世紀に活躍した聖女たちで，ヒエロニュムスとともにパレスチナで働いた。

　2)　モアはエラスムスと親しい関係にあったハインリヒ8世の最高法院長であったトマス・モアを指し，ピルクハイマーはドイツ人文主義で有名なニュールンベルクの都市貴族であり，ブラウレルはシュワーベンの宗教改革者である。

アントロニウス　神よ、それを防いでください。
マグダリア　それを防ぐのはあなたがたの義務でしょう。あなたがたが始めたものを続けていると、ガチョウたちがあなたがた物言わぬ説教家を我慢するよりも先に説教することでしょう。ごらんのように世界の舞台はもうひっくり返っています。役者が退場するか、それとも各自がその役割を遂行すべきです。
アントロニウス　どうしてこんな女性と出くわしたのだろう。あなたがたがわたしたちをお訪ねくだされば、もっと楽しくあなたを歓迎しますよ。
マグダリア　どんな仕方でしょうか。
アントロニウス　わたしたちは踊って、たくさん飲んで、狩りをし、遊んで、大笑いするでしょう。
マグダリア　〔まだお伺いしていない〕今でももう笑ってしまいたいです。

11
抜け目のない馬商人
――アウルス，ファエドルス――

解　題

　1524年の8-9月のフローベン版に初めて印刷された。その内容は，裏をかかれたずるい商人についての物語で，いつも人気を博したテーマが採用されている。商人の二枚舌を暴くことで，エラスムスは，知人で以前友人であったサクソン人であるエッペンドルフのハインリッヒを当てこすっていると考えた。二人は以前はよい関係にあったのに，エラスムスとフッテンの間に起こった喧嘩の際に，エッペンドルフがフッテンの側についたので，敵対的な関係となった。1523年のこの人宛の手紙でエラスムスは馬に関連する問題で中傷されたことか，冷遇されたことを仄めかしている。Hippoplanusという対話のタイトルは恐らくエッペンドルフの名前を装ったものであろう。エッペンドルフに関しては，この人が嘲笑されている対話「お恥ずかしい騎士」（本書333頁以下）を参照してもらいたい。

*　　*　　*

アウルス　おや，わたしたちのファエドルスが何と謹厳に

11 抜け目のない馬商人

見えることか。絶え間なく天を見上げているとは。近寄ってみよう。ファエドルス，何か新しいことが起こりましたか。

ファエドルス　アウルス，どうしてあなたはそんなことを聞くのですか。

アウルス　というのも，わたしにはファエドルスがカトー〔古代ローの政治家〕になったように思われるからです。とても謹厳な様子が顔つきに出ています。

ファエドルス　友よ，驚かないで下さい。ただ，わたしは自分の罪を告白しただけなのです。

アウルス　ほう，そうでしたか。では，もう驚くのを止めましょう。さあ，それでは言ってください，誠実にすべて〔の罪〕を告白したのですか。

ファエドルス　思い出したことはみんな告白しましたが，厳密に言うと一つだけは除いておきましたが。

アウルス　どうしてあなたはその一つ〔の罪〕を黙っていたのですか。

ファエドルス　それが心に平静さをもたらすことができないからです。

アウルス　きっと愉快な罪であるに違いない。

ファエドルス　罪であるかどうか分かりません。だが，お暇でしたら，あなたは聞いて下さいますか。

アウルス　わたしはとても喜んでお聞きします。

ファエドルス　あなたは馬を売ったり，貸し出したりすることが，わたしたちの間ではどんなにひどい詐欺のもとに実行されるのかご存知ですね。

アウルス　わたしはそのことを知りたいと思っているよりもよく知っています。そのことで一度ならず〔あの連中に〕欺されましたから。

ファエドルス　最近に起こったことですが，わたしはかなり長いばかりか，急がねばならない旅をすることになり

ました。わたしはあなたが悪い連中の中でも最善の人と言われた人たちの一人を訪ねました。そしてその人とわたしの間に何かしら友情のようなものが感じられました。わたしは彼に「わたしには差し迫った用件があります。それにはすばしっこい馬が必要なのです」と言いました。そしてあなたがいつかわたしに善意を示してくれるなら，今がそのときです，とわたしは言いました。すると，彼はわたしを大好きな兄弟とみなしますと，わたしに約束してくれました。

アウルス　恐らくそいつは自分の兄弟でも欺くだろう。

ファエドルス　彼はわたしを廐舎に連れて行き，すべての馬の中からわたしが欲しいものを選ぶように勧めました。ようやくわたしは他の馬よりも良い一頭の馬が気に入りました。彼はわたしの判断を誉め，その馬はしばしば多くのお客さんからこの馬を所望されましたと誓います。彼は知らない人にその馬を渡すよりも，特別の友人にとっておきたかったと言います。わたしたちは馬の値段について合意したので，現金で支払われました。わたしは馬に乗ります。出発するときは馬が驚くほどの活発なのに大喜びをしまが，あなたでしたらやや狂暴であるとお考えになったでしょう。というのもその馬はちょっと肥っていたが，とても機嫌がよかったからです。だが一時間半ほど走らせて見ると，ひどく疲れ果ててしまい，もう拍車をかけることができないことが分かりました。外見では優れているとあなたには感じられるでしょうが，でも，その他の労働にはとても耐えることができないような馬が，あの連中によってごまかすように育てられる，とわたしは聞いたことがありました。わたしは直ぐに欺かれたと思いました。わたしは同害復讐[1]を遂

---

1) これは所謂「目には目をという」復讐行為であって，旧約聖

11 抜け目のない馬商人

行しようと思って直ちに家に引き返しました。

アウルス　馬をもたない騎手であるのに，あなたはそのときどんな〔復讐〕計画を立てましたか。

ファエドルス　そのときの状況が許していたことです。わたしは近隣の村落に行ってみました。そこでわたしが知っているある人のところにこっそり馬を預け，他の馬を賃借りしました。そして旅の目標としてきめていたところに出かけて行きました。そこから帰って来たとき，賃借りした馬を返しました。そしてわたしのほら吹き〔馬〕が前よりも肥って，みごとに元気を回復しているのを見いだしました。そこで馬の背に乗って〔馬商人の〕詐欺師のもとに引き返します。わたしが再び馬を受け取りに来るまで，何日か彼の厩舎でその馬を飼育してくれるように彼に頼みます。彼は〔この馬に乗って〕どんなに快適に過ごしたかとたずねます。ところが，わたしはこれまで一度もこんなに素晴らしい馬の背に乗ったことがない，とあらゆる聖者に賭けて誓います。そんなわけで，もう歩くと言うよりも飛んでいくようです。わたしはとても長い旅をしましたが，何ら疲れを感じませんでした。〔馬のほうはと言うと〕駆使しても少しも痩せませんでした。これは本当なのだとわたしが彼を説得したとき，彼はその馬が今まで思っていたのとは違っていると黙って考え込んでしまいました。そんなわけで彼はわたしが立ち去る前に，その馬を自分に売ってくれと，わたしに懇願しました。最初，わたしは断りました。わたしは言いました，もう一度旅をしなければならなくなったとき，それと似た馬を手に入れるのは容易ではないから，と。そうは言っても，たっぷり高値をつけ

書には申命記 19・21 に記されている。しかし本来の意図は復讐がエスカレートしないように定められたものであった。

ても売らないほど高価なものはわたしには何もないのです。たとえ誰かがわたし自身を売りに出したい場合でもそうなのだ，とわたしは言いました。
アウルス　あなたは〔嘘つきだと知れた〕クレタ島の住民をものの見事にその巣穴に転落させたのですよ。
ファエドルス　話しの残りを速く申し上げましょう。彼はわたしが馬に値段を付けるまではわたしを去らせませんでした。わたしは自分が前に払ったよりもずっと高い値段を彼に告げました。その商人のもとから立ち去ると，直ぐわたしはこの物語でわたしに協力する人の買収に取りかかります。その人は見事に訓練され，徹底的に教え込まれていたので，彼は商人の家に入っていって，商人を呼び出し，抜群によい馬で，めざましく労働に耐える馬が必要であると言いました。〔その商人とは〕別の人が多くの馬を示し，なかでももっとも悪い馬をとても褒めそやしました。わたしに以前馬を売りつけた者〔例の商人〕だけは，わたしが知らせた通りだと思ったので，その悪い馬を誉めませんでした。しかし，〔わたしが送り込んだ〕もう一人が，即刻，その馬も売に出さないのかと尋ねます。というのもわたしは彼に馬の姿と形を告げて，その〔馬の特徴となる〕ところも知らせておいたからです。商人ははじめのうちは黙っていました。また他の馬をくどくどとほめました。ところが，あの〔先に商人のところ来た〕人は他の馬がどのように高く評価されても，いつもあの一つの馬に目が向かってしまいます。すると遂にあの馬商人は自分で次のように考えました。「確かにわたしはあの馬で判断を誤った。たとえあの旅人がすべての馬の中からこの馬を直ちに見分けたとしても」と。旅する人が彼を悩ましたとき，彼は遂に「売った方がいい。たぶん馬の価格は一般に下がってしまっているから」と思って，彼は〔内心に〕言う「価値

が物件〔もの〕と一致しているとき価格は高くはないのだから，売ることにしよう」と。このように儲けを狙って，その商人はわたしが彼に付けたよりもかなり高い値を付けます。とうとう商談が纏まり，売値はそうとう高くなりました。つまりドゥカーテン金貨[2]となったが，それ〔現金取引〕は偽装購入契約〔架空取引〕の嫌疑が生じないためであった。買い手は馬に糧秣(まぐさ)を与えるように命じた。彼は直ぐに戻ってきて，馬を連れて行くと言った。彼は厩番にもチップ〔ドラクマ銀貨[3]〕を与えたりします。

　わたしは契約が成立し，もう取り消すことができないことを認めるや否や，脛当てを付け，拍車をかけて商人のところへ引き返します。息を切らして彼に叫びます。彼はやって来て，わたしは彼が何を言いたいのかとを質問します。わたしは言います，「わたしの馬を即刻用意してもらいたい。というのも，とても重要なわけがあって直ちに出発しなければならないから」。それにもかかわらず彼は言う，「あなたはご自分の馬をわたしが幾日間か養うようにと，お命じになっただけです」と。わたしは言います「そうです，予想に反してわたしにある仕事が飛び込んできたのです。しかも猶予を許さない王様からのものなのです」。彼はこれに答えます「すべての馬の中からあなたの好きなのを選んでくだい。ですが，あなたはあの馬を自分のものとしてもつことができません」と。わたしは「どうしてなのですか」とたずねます。彼は答えます「もう売れてしまっているからです」と。それを聞いて，わたしはひどく動転したように

---

2)　ドゥカーテン金貨はヨーロッパで 13-19 世紀に使われた金貨のことを指している。
3)　ドラクマ銀貨はギリシアの銀貨で，ここではチップに相当する。

装います。わたしは言います「あなたが言ったことは天が禁じることですよ。わたしはだれかが四倍も高く売れると言っても，馬を売るつもりはないと言っておきました」と。わたしは喧嘩を始め，わたしは破滅すると叫びます。とうとう彼は激昂してしまいました。彼は言う，「この喧嘩をどうしてしなければならないのか。あなたが馬を〔高く〕評価したから，わたしは売ったのだ。その代金を支払えば，あなたはわたしを悩ますことはないのだ。この都市には法律があるのだぞ。つまり，あなたはわたしにその馬をあなたのところに連れてくるように強制することはできないのです」と。わたしが馬か，その買い手かをここに連れてくるようにと，長い間叫んだとき，彼はわたしに馬を再度連れて来なければならなくなりました。彼は遂に怒ってしまったが〔馬の〕代金は支払うことになった。わたしはその馬を 50 ドゥカーテン金貨で買い取ったとして，それに〔査定価値として〕26 金貨を上乗せした。彼は 32 ドゥカーテン金貨を〔査定価値として〕そのうえに上乗せした。彼は独り考えた，「馬を返すよりこれだけの利益を得た方がよい」と。わたしは悲しんでいるように装って帰って行き，獲得したお金ではほとんど満たされないかのよう振る舞った。彼はわたしがそれで満足するように懇願する。彼は他の方法でこの損失を埋め合わせるようにと言う。このよっに欺く者は欺かれるのです[4]。彼は何の価値もない馬を所有し，頭金を支払う人が金を支払いにやってくることを期待するのだが，誰もやって来ないし，これからも決して来ないだろう。

---

4) 「欺く者が欺かれる」というのは古来の格言であって，グノーシスでは「欺く者である悪魔は欺かれて，キリストを十字架に付け，救いを実現してしまった」と説かれるようになった。

11　抜け目のない馬商人

アウルス　そうこうするうちに彼はあなたに抗議しにやって来なかったですか。

ファエドルス　どの面下げて，またどんな権利をもって，彼はそうすることができますか。彼はもちろんやって来ました。確か彼は一度か二度わたしのところへやって来て，〔新しい〕買い手の信義について不平を漏らしていました。だが，わたしは逆にその人にそんなにも軽率に売ってしまったことで馬をわたしから奪い取ったことを抗議しました。

　わたしの考えではこれはとてもよく使われる犯罪です。だからそれを心から告白することができません。

アウルス　何かそのようなことを企むときには，わたしは自分のために〔模範となる〕立像を求めねばなりません。いわんや，わたしが悔悛の告白をしたいときには，そうしなければなりません。

ファエドルス　わたしはあなたが真剣にお話ししているのかどうか分からなくなりました。しかし，あなたはそのような悪人たちを欺く快感をわたしに与えてくださいました。

12
物語が豊富な食事会
――ポリミュトゥス,ゲラシヌス,エウトラペルス,
アスタエウス,フィリスルス,フィロゲロス,
エウグロットゥス,レロチャレス,アドレシェス――

解　題

　最初に発表されたのは1524年8-9月のフローベン版であった。この食事会にはエウトラペルスと8人のお客である9人の会食者が昔の一般的な規範にしたがって出席している。10番目の人物レウィヌス・パナグトゥス（すべて‐よい）は対話の終りに登場するだけである。この人は恐らく1519-25年にエラスムスと一緒に暮らしていたゲントのリウィヌス・アルゴエットと同一人物であろう。この人との交際はその後続いていたと思われる。他の登場人物はニックネイムが使われていたと思われる。たとえばポリミュトゥス＝多くの物語の語り手，ゲラシヌス＝笑う人，エウトラペルス＝機転が利く，アスタエウス＝洗練された，フィリスルス＝馬鹿げたことを愛する人，フィロゲロス＝笑いを愛好して，エウグロットゥス＝流暢な，レロチャレス＝冗談を言う人，アドレシェス＝無駄話をする人である。

　幾つかの挿話は君主の政治についての発言をあげて説明する。これらの物語や示唆はプルタルコスの『モラリ

ア（道徳論集）』やその他のよく読まれたルネサンス時代の本の中に出てくるものである。その他の物語の典拠はまだ見つかっていない。たとえば「わたしがまだ子供であった頃，それとよく似たことがデベンターで起こりました」（本書211-212頁）といった出来事は疑う余地も理由もないが，それでもよく分からない。そこにはルーヴァンで聞いたうわさ話しも含まれているかも知れない。皇帝マクシミリアンやルイ11世について，その他の皇帝・貴族・宮廷の官吏たちについてエラスムスは多くの知識をもっていたことが，このような多様な議論を引き合いに出すことができたと思われる。こうしたことを聞いたり読んだりすることでもって多数の物語を作りだすことができた。こうした手段によって彼はよく物語を作っている。もちろん彼は物語作家ではないが，『真の神学の方法』（1519）で詳論された福音書を物語として読む方法には今日の聖書の学問的研究を先取りしている傾向が認められる。

* * *

ポリミュトゥス　制度がよく整った国家に法律や君主が欠けるのがふさわしくないように，食事会にも指導者と法則がなければなりません。

ゲラシヌス　それはとても好ましい状態ですから，わたしが一人で，全国民の名において，そのように取りはかりますと，お答えします。

ポリミュトゥス　おーい，給仕さん。骰子をもってきてください。骰子の判断で王が決められるのです。ユピテルがその人を引き立ててくださいますように。でかしたぞ，エウトラペルス〔機転が利く人〕をユピテルが支持してくださっている。神託はあやふやではなかったのだ。三つの部族がそれぞれ個別的に一人ずつ投票を記し

て集めたとしても[1]，もっと適切な人を選出することはできなかった。民衆の間にはそれほど無意味ではないとしても，余りよくないラテン語で「新しい王のもとに新しい法律」という格言が行き渡っている。そこで王よ，あなたの法律をわたしたちにお告げください。

エウトラペルス　この食事会が幸先よく恵まれたものでありますように。わたしはまず次のように命じます。誰も滑稽な物語のほかにはこの席に持ちこんではいけません。物語をもっていない者は罰金を払わねばなりません。そのお金は酒代に使われます。また法令にふさわしい物語は，即席で作成されたと見なされねばならないし，信憑性があり適切なものと見なされるでしょう。みんなが物語をもっているとき，そこに二人がいるとして，その一人がもっともおもしろい物語を語り，もう一人がもっともつまらない物語を語った場合には，その二人は酒代を払わねばなりません。食事会の主人役には酒代が課せられません。彼は食事代だけを負担することにします。このことについて何か論争が起こるなら，ゲラシヌスが仲裁人か裁判官となるべきです。あなたがたがこのことを承認するなら，それが認可されたとします。法令に従いたくない者はこの席から立ち去るべきです。ただし翌日に飲み会に帰ってくることが許されるという条件付きではありますが。

ゲラシヌス　王がわたしたちに提案した法令をわたしたちの投票によって確定しましょう。だが，どこから〔連続して語られる〕物語の輪を出発させましょう。

エウトラペルス　宴会の主催者からはじめるだけでしょう。

---

[1]　このことは平民会における投票を暗示している。そのさい蠟板に候補者の名前を書き，その下に投票の都度点が記された。

12　物語が豊富な食事会

アスタエウス　王よ，言葉を二，三の言葉を言わせてくださいませんか。

エウトラペルス　どうぞ，それともあなたはこの宴会が禁じられている〔時宜に適っていない〕とでもお考えですか[2]。

アスタエウス　法律家は何か不公正なものは法律であり得ないと言っています。

エウトラペルス　同意します。

アスタエウス　ですがあなたの法律は最善の物語を最悪なものと同等に扱っています。

エウトラペルス　娯楽が追求されるところでは，もっとも下手な語り手でももっとも上手に語った人として少なからず称賛を獲得します。その理由は，彼も少なからず人々を喜ばすからです。それはちょうど歌い手の中でも，特別に上手に歌う人でないなら，あるいはとても下手な歌い手でないと，誰にも楽しみを与えないのと同じですから。人々が笑うのはナインチンゲールが歌うのを聞くときよりも，カッコウが歌うのを聞くときではないですか。平凡なのはここでは称賛されません。

アスタエウス　ですが，どうして称賛を獲得する人たちが罰を受けるのですか。

エウトラペルス　称賛と同時に〔支払いの義務の〕免除を得るとき，幸福が多くなりすぎて，ネメシス[3]をそういう人たちに呼び寄せないためです。

アスタエウス　バッカスでも，ミノス[4]自身もそれよりも

---

　2)　「宴会が禁じられている」(Nefastum convivum) とは dies nefasti, つまり宗教上の理由から公的義務が禁じられている日々を暗示する。その日には裁判が行われず，集会が開催されなかった。

　3)　ネメシスとは傲慢を罰する女神の意味。

　4)　ミノスはゼウスとエウロパの息子で，クレタ島の王にして立法者であったが，死後は冥界の審判者となった。

正当な法など決して提供しません。

フィリスルス　あなたは飲み方についての法を何も提出しないのですか。

エウトラペルス　そのことをよく考えてみてから，わたしはラケダイモン〔マケドニア〕王アギセラウスの模範に従います。

フィリスルス　彼は何をしたのですか。

エウトラペルス　あるとき食事会の主人公が骰子の判断で選ばれたとき，各人にどれくらい酒を給仕するようにお命じですかとの料理長の質問に対して，彼は酒が豊富に用意されているなら，求められるだけ各人に気前よく与えなさい，だが，わずかしか用意されていないなら，みんなに同じだけ分配しなさい，と答えました。

フィリスルス　このように彼が言ったとき，あのラケダイモン人は何と答えたでしょうか。

エウトラペルス　彼は食事が酒宴とならないように，また失望しないように，振る舞っていました。

フィリスルス　どのようにしてそうするのですか

エウトラペルス　たっぷり飲むことを喜ぶ人たちがいるし，少しだけ飲むことを喜ぶ人たちがいるからです。さらに，ロムルス[5]のように，禁酒している人たちも見いだされます。したがって酒を求めないなら，誰にも酒が与えられないとすると，最初は誰も飲むように強いられません。それでもたっぷり飲むことを好む人たちがいないのではありません。このようにしておけば誰も宴会で不機嫌になりません。他方では少しだけお酒が各人の等しい量だけ配分されると，少ししか飲まない人たちは満足するし，誰も同じ扱いを受けたことに不平を言いませんし，そのとき，たっぷり飲み干したかった人たちも，

---

5)　ローマの創建者の名前。

同じ心持ちで節制するようになります。この模範がお気に召せば，わたしはそれを使うことにしましょう。つまり，わたしたちはこの宴会を酒浸りではなく，多弁なものにしたいのです。

フィリスルス　そうするとロムルスは何を飲みたかったのですか。

エウトラペルス　犬が飲むのと同じものです。

フィリスルス　それは王にふさわしくないのでは。

エウトラペルス　王と犬が同じ空気を吸っているのと同じことです。ただしそこには区別があります。王は犬と同じ水を飲みます。王が吐く息を犬は吸います。反対に犬が吐く息を王が吸います。あのアレクサンドロス大王は犬と一緒に飲んだが，それに優る栄光を勝ち取りました。何千人ものあれほど多くの人々のために目を覚している王にとって酩酊よりも悪いものはありませんでしたから。しかしロムルスが禁酒していたことは，その他には，彼について物語っている逸話が好意的に示しています。ある人が酒を遠ざけている彼を見たとき，みんなが彼のように飲むなら酒は安くなると，その人が言ったそうである。それに対しロムルスは言ったのだ，みんながわたしのように酒を飲むなら，酒はとても高くなるであろう，と。というのもわたしは好きなだけ飲むから。

ゲラシヌス　わたしたちの友人コンスタンツの司教座教会参事会員であるヨハンネス・ボツハイムがここに出席してくれたらよいのだが。この人はわたしたちにとってロムルスに似た人であるかもしれない。というのも彼はとても禁酒を実行していたが，聞くところによると，それとは別に，彼は愛想の良い陽気な会食仲間であるそうだから。

第1話　ポリミュトゥスの物語

ポリミュトゥス　よし，わたしは〔酒を〕呑み込んだらすぐに歌いだすとは言われたくないのだ。それは難しいとプラウトゥスが言っていますから。しかし食べたり聞いたりすることはきわめて容易ですから，運を天に任せて第一の語り手の役目に着手しましょう。お話しが余り面白くなかったら，バタービア[6]に由来すると理解してもらいたい。あなたがたの誰かがマッカスという名前をお聞になっと思いますが，どうですか。

ゲラシヌス　それほど前ではないのですが，彼は死にました。

ポリミュトゥス　レイデンと呼ばれる町に彼は全く未知の人としてやって来たとき，またどこかでふざけて新客として注目してもらいたかったので（それはこの人のやり方でした），彼は靴屋の仕事場に入っていき，靴屋さんに挨拶しました。靴屋は商品を売りつけようとして何を求めておられますかと尋ねました。マッカスはそこにぶら下がっているゲートルに眼を向けました。靴屋はゲートルが欲しいのですかと尋ねます。マッカスがうなずくと，彼の脛に合ったものを探します。それを見つけると喜んでもってきました。そしていつものように着用させました。今やマッカスが脛宛を付けて伊達男になったとき，彼は言った，「何と二重底の靴がこの脛宛にうまくあっていることか」と。靴屋が靴も欲しくないですかと尋ねると，彼は同意してうなずきました。靴が見つけられ，足にはめられました。マッカスは脛宛を誉めたし，靴も誉めていました。靴屋は物静かに喜び，その称賛に同意しました。商品が買った人にそんなにまで喜ばれた

---

6)　バタービアとはバタヴィ族の国で現在はオランダの一部である。

12 物語が豊富な食事会

後でしたので，それにふさわしい報酬を得たいと思いました。そこには少なからぬ親密さがもう生じていました。このときマッカスが言いました，「率直に言ってください。脛宛と靴とが走るのにこのようにぴったり合うようにした人が支払いをしないで立ち去ったことが，あなたにこれまで起こらなかったですか」と。「一度もありません」と彼は応えた。「それでも，もしそのようなことが起こるとしたら，あなたはどうしますか」。靴屋は「わたしは逃げていく人を追跡します」と言った。それに対してマッカスは「あなたは真面目にそのように言っているのですか，それとも冗談でしょうか」と尋ねる。靴屋は「全く真剣に語っており，真面目に実行します」と答える。マッカスは言いました，「では，やってみよう。ほら，わたしは靴に向かって先に走ります。あなたはわたしを追跡します」と。このように言うと同時に彼は急いで逃げました。靴屋は彼を直ぐに追跡しました。彼はできるかぎり「泥棒を捕まえて，泥棒を捕まえて」と叫びました。この声を聞いて，市民たちが至るところの家から飛び出してきたとき，マッカスは笑いながら穏やかな顔をして「だれもわたしが走るのを止めてはなりません。一杯のビールをめぐる競技に過ぎません」との策略を使って，人々を抑えて，だれも彼を捕えないようにしました。こうしてすべての人はもう自分を競技の見物人と見なしてしまいました。だが，靴屋の叫びはこの機会に先手を打ち，策略でもって彼がでっち上げている行動ではないかと疑われました。とうとう靴屋は競技に負けて汗を流し，息切れして家に帰りました。マッカスは勝者に授けられる賞品を獲得しました。

ゲラシヌス　マッカスは靴屋からは逃亡したが，泥棒からは逃げることがなかった。

ポリミュトゥス　どうしてですか。

ゲラシヌス　彼は泥棒を自分と一緒に運び去ったから。
ポリミュトゥス　恐らく彼はそのとき金を持ち合わせていなかったので，あとでそれを返済したのでしょう。
ゲラシヌス　しかし，あれは窃盗行為でしたよ。
ポリミュトゥス　もちろんその点は後で訴えられたが，マッカスは裁判官たちによっていくらか知られるようになっていました。
ゲラシヌス　彼は何を申し立てたのですか。
ポリミュトゥス　何を申し立てたというのですか。とても容易に勝つことができる訴訟なのに。被告よりも原告のほうがむしろ危険に曝されています。
ゲラシヌス　どうしてそうなのですか。
ポリミュトゥス　なぜなら被告〔マッカス〕は原告〔靴屋〕を名誉毀損のゆえに訴え，レーミー部族の法で告訴するからです。その法というのは，誰かを立証できない犯罪で起訴するなら，それが有罪の宣告を受けたとき，被告が引き受けねばならなかった罰をその人は引き受けねばならない，と命じています。マッカスは所有者の意に反して他人のものを横領したことを否定していました。そうではなく，それは喜んで提供されたのであって，支払いについては何も話されなかったと言ったのです。彼は靴屋と競争しようと挑発したのでした。靴屋はその条件を受け入れたのです。彼はその競争に勝ったのですから，もう何も訴えられることはありません。
ゲラシヌス　この訴訟は〔愚かな〕ロバの〔内実を欠いた〕影からそう遠く離れていない。結局どうなりましたか。
ポリミュトゥス　人々が大笑いしたとき，裁判官の一人がマッカスを食事に招待しました。すると彼は靴屋に代金を支払いました。

　わたしがまだ子供であった頃，それとよく似たことが

12 物語が豊富な食事会

デベンターで起こりました。それは魚屋が繁盛し、肉屋がふるわない時でした。ある人が八百屋の窓辺に立っていました。あるいはもしギリシア語を好むのでしたらオポロポリスの窓辺に立っていました。八百屋はかなり太った女性でした。その人は彼女が売るために並べたものに目を向けていました。彼女はいつもの仕方で何か欲しいですかと彼に問いました。その人がイチジクを熱心に見つめていたので、彼女は「イチジクが欲しいのですか。それはとても素晴らしいものです」と言いました。彼がうなずいたので、どれくらい欲しいのですかと尋ねます。彼女は言います「五ポンド欲しいですか」と。彼がうなずいたので、それだけ多くのイチジクを上着のポケットへどさっとあけます。彼女が秤をもとのところに戻す間に、その人は急いでではなく、ゆっくりと姿を消します。彼女がお金を受け取ろうとして来てみると、買い手が立ち去ったのが分かりました。彼女は走るよりももっと大きな声を出して追いかけました。彼は知らぬふりをしてさらに進んでいきました。彼女の叫び声で多くの人たちが一緒に走り出したので、彼は遂に立ち止まりました。訴訟が人々が集まっているところで行われました。笑いが起こりました。買い手は買ったことを否定しました。そうではなく進んで提供されたものを受け取ったのだと言いました。彼女が裁判に訴えるなら、彼は出頭するでしょう。

第2話 ゲラシヌスの物語

ゲラシヌス　よし、あなたのとそれほど違っていない、恐らく劣ってもいない物語をわたしも話してみましょう。もしそれが〔先の話しの〕マッカスのような有名な人を原作者としているなら話しは別です。

　ピュタゴラスはすべて取引する人々を三つの種類に

分けていました[7]。第一は販売するために出向く人たちであり，第二は購入するために出向く人たちです。この両方の種類の人たちは絶えず気苦労があって，幸福ではないと言っていました。またその他の人たちは市場で何が提供され，何が行われているかを観察するためにだけやって来ており，この人たちだけが恵まれているのです。というのも彼らは何ら心配することなく，ただで楽しみを享受していたからです。また，彼らが市場に関わったと同じように哲学者はこの世において振る舞うことができる，と彼は言っていました。ですが，わたしたちの市場には第四の種類の人間がいつもうろついています。この人たちは買いもしないし売りもしないし，暇に任せて眺めてもいないで，何か盗むことができるかと用心深く観察しているのです。またこの種の人たちの中には何か驚くほど巧みな人たちが見だされます。彼らはメルクリウス[8]の恵みを受けて生まれて来たと言われます。

　この食事会での主人〔であるゲラシヌス〕は次のような結びの言葉をもって物語を終える。わたしは序奏を付けて自分の考えを申しあげましょう。近頃アントワープに起こったことを聞いて下さい。ある司祭がその地でちょっとした額のお金を受け取りました。でも，それは銀貨でした。ある詐欺師がそれを見ていました。彼は司祭のところに出かけていきました。司祭は腰にお金がいっぱい入った財布を携えておりました。この詐欺師は丁寧に挨拶し，礼拝を執行する司祭にとって最高の衣装である，新しいパリウム〔大司教の肩衣〕を買うように教区の主任司祭様からわたしに委託されるようにしてく

---

7) アポテグマータ, III, 356.
8) メルクリウスは商売の神を意味する。

12　物語が豊富な食事会

ださい，と話しかけました。その場合，ご一緒にこの種のパリウムを売っている人たちのところへ行くという，〔わたしの〕ごく僅かな仕事にもご好意を示して下さるように彼は懇願します。それは司祭自身の体格にあったものを選ぶためです。それはつまりパリウムが彼自身の体格にぴったりあっていることで，彼の地位が低いか高いかを明らかにするためです。というのも司祭の体格がその高い地位にふさわしいと彼には思われたからです。このサービスはたやすいように思われたので，司祭は直ちにそれを承諾しました。彼らは或る人の店に行きます。パリウムがもってこられました。司祭はそれを着ます。売る人はそれはびっくりするほど似合うと請け合います。詐欺師はあるときは前から，また，あるときは背後から司祭を眺めパリウムをとても似合うと推薦しました。しかし前から見ると似合っているよりも短いと彼は反論しました。その場で売り手は契約が促進されるように，それはパリウムの欠陥ではなくて，その部分が短く見えるのは，盛り上がった財布のためであると言いました。どれくらいだろうと思って，司祭は財布をはずします。もう一度パリウムを眺めてみます。そうした状況で詐欺師は司祭が彼に背を向けたとき財布をひったくり，同時に立ち去ります。司祭はその後を外套を着たまま追いかけます。司祭に売り手が続きます。司祭は「泥棒を捕まえて」と叫びます。売り手は「司祭を捕まえて」と叫びます。詐欺師は「血迷った司祭を拘束して」と叫びます。司祭がそのように盛装して公衆のなかを走っていくのを見たとき，人々は売り手の男を信じました。こうして一方が他方を捕まえるのに戸惑っている間に，詐欺師のほうは逃走します。

エウトラペルス　そのように熟練した泥棒には単なる絞首刑では済まされない。

ゲラシヌス　まだ彼が首を吊っていないならね。
エウトラペルス　彼だけでなく，彼と一緒に社会にとって有害な，そのような途方もない行為を支持するすべての人たちも，そうなってほしい。
ゲラシヌス　彼らはただで支持していません。大地にぶら下がって来ていて〔天上の〕ユピテルまで達している鎖があるのです。
エウトラペルス　物語に戻りましょう。
アスタエウス　もし王に規則正しくするように強いることが許されるなら，〔話しの〕順番はあなたのところに戻っています。

第3話　エウトラペルスの物語

エウトラペルス　わたしは強いたりしません。それどころかわたしは喜んで話しの順番に自分を合わせます。もしそうでなく，わたしが他の人たちに命じた法律を自ら拒否するなら，わたしは暴君となって，王ではなくなります。
アスタエウス　それでも人々は言います，君主は法律を超えている，と。
エウトラペルス　それは，人々が当時皇帝と呼んでいた最高の君主をあなたが君主と理解しているなら，全く誤ってはいません。次に「法律を超えている」という言葉が，他の人たちが強制されるのでいつでも守っていることを，君主は自分自身の自由意志で遥かに完全に遵守することを意味するなら，それは全く誤ってはいません。なぜなら魂が身体のためにあるように，善い君主は国家のためにあるからです。悪い君主が全く君主などではないならば，どうして「善い」を〔君主に〕加えなければならないのか。同様に人間の身体に襲いかかる不潔な霊は，魂などではありません。だが物語にかえりましょ

う。王は王らしい物語を提出するのが適切であると思います。

　その名をルイ11世と呼ばれるフランス王は，内乱が勃発したのでブルグンド人のもとに滞在していたとき，狩りに出かけ，ある正直で誠実な田舎の人，コノンと偶然に出会って知り合いとなりました。王は確かにこの種の人間をとても喜びます。王は狩りの後に彼の住居にしばしば立ち寄りました。そして庶民的なものがいつもお偉い君主に気に入られると，コノンのところで出された蕪(かぶ)をとても喜んで食べました。間もなくルイが復位してフランス人のもとで権力を握ると，王が前に歓迎されたことを王が想起するようにコノンの妻は秘かに促したのです。つまり王がコノンを訪ね，彼に贈り物としてとても素晴らしい蕪をもってくるようにと説得したのです。コノンは尻込みしてしまい，それは冗談に過ぎないと言い逃れをしました。なぜなら君主はそんな些細なことを覚えているはずがないからです。しかし彼の妻はその要求を勝ち取りました。コノンはとてもよい蕪をいくつか選び，旅の準備をしました。しかし彼は道すがら蕪を食べたいという誘惑に襲われ，ただ一つ特別に大きいのを除いて，次第に蕪をみんな食い尽くしてしまいました。王がそこからお出ましになる中庭に入って彼が王の前に進み出ると，彼は直ちに王の目にとまり，呼びとめられました。彼はとても喜んで贈り物を差し上げました。王はさらに喜んでそれを受け取ったのです。王は取り囲んでいる一人に，彼がもっとも大事にしているもののなかに入れて取っておくように，と指示しました。彼はコノンに一緒に昼食をとるように命じました。食事の後に彼はコノンに感謝し，彼が田舎に戻ろうとすると蕪のために千金クローネを支払うように命じました。よく起こることですが，この出来事の噂が王のすべての家臣の間に

知れ渡ったとき，廷臣の一人が王に真に可愛らしい馬を贈りました。彼がコノンに示した好意によって挑発されて利益を狙っていることを知ると，王はとても優しい顔をしてすぐに贈り物を受け取りました。そこで彼は主要な顧問官たちを呼び集め，こんなに見事で高価な馬にはどんな贈り物をして返礼したらよかろうか，と相談しはじめました。その間に馬を贈った人は，心にとても厚かましい望みを懐いて，王が農夫からの蕪の贈り物にあのように報いたからには，廷臣から提供された優れた馬にどんなに素晴らしく報いてくださるであろうか，と考えていました。あたかも重大なことを王が考えていたとき，顧問官たちは王に代わる代わる忠告を与えていました。また利益を狙った陰謀家は長いこと空しい希望に誘われておりました。とうとう王は「わたしが彼に与えるものを思い付いた」と言いました。彼は顧問官の中からある人を呼び出し，その耳にささやき，寝室に（彼は同時にその場所を指示しました）絹で入念に包まれているものを見つけてもってくるように言いました。蕪はもってこられました。王はそれが絹で包まれていたまま手ずから廷臣にわたしました。彼は付言しました，わたしにはこの千クローネに値する宝物でもって馬に十分報いました，と。あの〔馬を献上した〕廷臣が退いて，布切れをとってみると，宝物の代わりに，人々が言うクローネではなく，もう干からびてしまった蕪を見いだします。このようにあの利益を狙った陰謀家は捕らえられ，みんなにあざ笑われました。

第4話　アスタエウスの物語

アスタエウス　わたしが庶民として王家のことを話すのを王であるあなたがお許しくださるなら，同じルイ王についてのあなたの物語で気づいたことをお話致しましょ

う。というのも、チャンスがチャンスをもたらすように、ある物語は他の物語を引き出すからです。

　ある召使いがおりました。彼は、王の衣服のうえをシラミが這っているのを見たとき、跪き手を差し伸べて何かご奉仕を致したいのですがと申しあげました。ルイが彼のほうに向くと、彼はシラミを取り、こっそり投げ捨てました。何がいたのかと王が尋ねますと、彼は告げるのを恥じらいました。王がしつこく要求すると、彼はシラミがいましたと告げました。それは好ましい徴だ、と王は言いました。つまり、わたしが人間であることを証明している。この種の害虫は特別に人間を、とりわけ思春期に苦しめるものだ。この奉仕に対し40クローネ支払うように王は命じました。

　このことがあって暫くしてから、あのつましい奉仕が彼に幸福な結末となったことを知った他の召使いが、あなたが何かを心からするのと、わざと同じ振る舞いを王に企てるのとの間に、大きな違いがあるのに気がつかないで、再び王が彼のほうを向いたとき、王の衣服から何かを取って、すぐにそれを投げ捨てる仕草をしました。王はそのごまかしに気づくと、言いました、「どうしてお前はわたしを犬にしようとするのか」と。彼はその人を追い出し、狙われた40クローネの代わりに40回の殴打を与えるように命じました。

第5話　フィリスルスの物語

フィリスルス　わたしが聞いたところでは、機知に富む王たちとふざけることは危険なのです。というのもライオンが時折そっとなぜても穏やかにしているのに、気がつくと再びライオンとなっていて、遊び仲間を投げ捨てるように、同じく君主たちもそのように挑発するからです。

しかしその間に欲深いカラスを失墜させるために[9]ふざけたことをした，ルイの物語から遠ざからないために，わたしはあなたの物語と似ていなくはない物語を付け加えましょう。彼はどこからか1万クローネの贈与金を受けたことがありました。だが君主たちに予期しない金が降りかかるたびに，官吏たちは皆それを獲ようとし，儲けの分け前に与ろうと努めます。ルイはそれを見逃しませんでした。ですからその金が食卓に持ちだされたとき，みんなの望みはかき立てられ，彼はそばに立っていた人たちに次のように話しました。「どうしてわたしはお前たちに裕福な王だと思われないのか。わたしたちはこのような大金をどこにしまっておこうか。それは寄贈されたものである。もう一度〔誰かに〕寄贈されるのがふさわしい。その奉仕に対しわたしが報いねばならぬ友人たちは今どこにいるのか。この宝が消えてしまう前に，今すぐ出頭しなさい」と。この言葉に多くの人たちはせき立てられたのです。何かを期待しない者はだれもいませんでした。王がとてもほしがっており，眼でもってもうお金を呑み込んでいる人を見たとき，その人に向かって言いました，「友よ，何か言いたいのか」と。その人は自分が王の鷹を長いこと，かつ，もっとも誠実に，ひどい出費もかけないで，飼育していたことを思い出していました。他の人は他のことを申し立て，各々自分の奉仕をできるだけ大げさに見積もって，たわいない嘘をついておりました。王はみんなが言っているのを好意をもって聞いており，各人の話しにすっかり満足していました。このように尋ねていると長い時間が費やされてしまい，そのためすべて人は希望と恐れをこもごも懐いて苦しめられました。

9）ホラティウス，Sermones, II, 5, 56.

この人たちの中に一等書記官も同席しておりました。というのも彼は同席するように命じられていたからです。彼は他の人たちよりも賢明でして，自分の奉仕については述べないで，演劇での観客の役を演じました。王は遂に彼のほうを向いて言いました，「わたしの書記官は何を話したいですか。彼だけは何も頼まないし，自分の奉仕も申し立てないから」と。書記官は答えます，「わたしは自分が値するよりも多くを王の報奨金から受け取っています。わたしは値するよりももっと欲しいなどと望んだりしません。わたしに対して示された王の寛大さにお答えするよりももっといただこうとは思いません。もっと欲しいとしつこく要求したりするほどわたしには無縁なことはありません」と。そこで王は「そうすると，あなただけがみんなの中でお金を必要としていないのですか」と言った。その人は「あなたのご好意をもう受けておりますから，必要としません」と言った。そのとき王は他の人たちに向かって言った，「こんなに裕福な書記官をもっている，このわたしは，すべての王たちの中でもっとも素晴らしい王ではないのか」と。その場合，書記官が金を得ようと努めないのだから，金は他の人たちに分配されるようになるだろうとの希望がすべての人にますます激しく点火されたのです。こういう仕方で王は心ゆくまで楽しんだので，彼は書記官にすべての金を家に持ち帰るように強制しました。すると王は直ぐもう落胆してしまった他の人たちに言った，「あなたがたは次の機会を待たねばなりません」と。

第6話　フィロゲロスの物語
フィロゲロス　わたしがこれからお話しするものは面白みがないかもしれません。そのために何か悪巧みをしているとの嫌疑をひそかにかけないようにお願いします。そ

れはわたしが意図的に無罪になろうとしたと思われたくないためです。

　ある人が同じルイ王のところに，その人が住んでいた村にたまたま空席となった公職に自分が移れるようにお命じくださいと嘆願するためにやって来ました。王は嘆願を聞くと直ぐに「あなたはそれを実現できません」と答え，嘆願されたことを獲得する希望を明らかに全く断ち切りました。それと同じように嘆願者も直ぐに王に感謝し，立ち去りました。その様子から王はその人が全く邪な性質の持ち主でないと考え，また彼が答えたことを理解しなかったと推測して，彼が戻ってくるように命じました。その男は戻ってきました。王は言いました，「わたしがお前に言ったことを，お前は理解しなかったようだ」と。「わたしは理解しておりました」。「ではわたしは何と言ったのか」。「わたしがそれを獲得できないと言われました」。「それではなぜお前は感謝したのか」。彼は言いました，「それはわたしは家でなすべきことがありますから，不確かな希望をここで追求することは，わたしにはとても不利益となるからです。ご好意を〔わたしにおかけになるのを〕直ぐに拒絶なさったことは，今では有り難いことであると理解しています。空しい希望によって欺されていたならば，失ったかもしれないものをわたしは獲得したのです」と。この返答から王はこの人が少しも鈍重ではないと判断して，少しばかり質問してから，言った，「お前は嘆願したものを得るであろう。それによってお前は二度もわたしに感謝することになろう」と。それと同時に王は従者に向かって，「ここで彼がその罰で長らく途方に暮れないように，直ちに公文書を用意しなさい」と言いました。

第7話　エウグロットゥスの物語

エウグロットゥス　わたしもルイについてお話しできるとよいのですが，むしろわたしたちのマクシミリアン皇帝[10]について述べてみたいです。皇帝はお金を隠して貯めておくことがいつもできなかったので，ただ貴族の称号で立派に見えても，お金を浪費していた人たちにはとても寛大でした。この種の人である若者から助けを求められると，わたしの知らない口実でもってある都市から10万グルデンを引き出すために，彼はその人に使節の任務を委任しました。しかしその口実というのは，実は使節の機敏さでもって利益が獲得されうるような種類のものでした。使節は5万グルデンをもぎ取りました。彼は皇帝に3万グルデンを返しました。皇帝は予期していなかった獲得を喜び，その上に何も求めないで，その人を去らせました。それから暫くして，財務官と収入係は，彼が提示したのよりも多くを受け取ったことをかぎつけました。彼らは皇帝にその人を召喚するように提訴しました。彼は召喚されると，即刻出頭しました。そのときマクシミリアンは言いました，「わたしはお前が5万グルデンを受け取ったと聞いた」と。彼はそれを認めました。「お前は3万グルデンしか差し出さなかったではないか」。これも彼は認めました。「お前は支払うべきだ。これが勘定だ」と皇帝は言いました。彼はそうすると約束し，立ち去りました。それに対し何も返還されなかったので，役人たちの提訴によって彼は呼び戻されました。そのとき皇帝は「少し前にお前は勘定を済ますように命じられていた」と言いました。彼は「覚えております。わたしはそうするように努めています」と答えま

---

10) マクシミリアン皇帝（在位1459-1519年）はエラスムスの時代のドイツ皇帝である。

した。皇帝は支払いの帳尻がまだ合っていないと思ったが，それでも彼が立ち去るのを黙認したのです。このように彼が愚弄したとき，役人たちは激しく催促し，こんなにも公然と皇帝を馬鹿にすることにはもう我慢できないと叫んだ。彼らは彼が召喚されて，彼らが居合わせるその場所で勘定の支払いが行われるように命じられるように催促した。皇帝は同意してうなずいた。彼は呼び寄せられると，直ちにやって来て，何も言い逃れしなかった。そのとき皇帝は「お前は支払うと約束したではないか」と言った。彼は約束しましたと答えた。「今がそのときだ。さあ，受け取る人たちがお前の前にいる。もうこれ以上言い逃れする余地はない」と皇帝が言った。役人たちは勘定書を手にして監視していた。すると若者は真に巧に言った，「全く無敵な皇帝，わたしはこの勘定書を拒絶したりいたしません。しかし，わたしは，この種の支払いがこれまで一度として返還されたことがない事態に全く慣れておりません。そこに座っている人たちはこのような勘定に関してとっても習熟しておられます。彼らがこの種の勘定書をどのように扱っているのかを一度見てしまってからには，わたしもそれをたやすく模倣しているのです。あなたが彼らに模範を示すように命じてください。彼らはわたしが教えやすいことを見いだすでしょう」と。皇帝はこの人が言ったことを理解しました。だが，それを言われた当人たちは何が言われたのか理解していませんでした。そこで皇帝は微笑して言いました，「お前は真実を語っている。お前が要請していることは正当です」と。こうして皇帝は青年を放免しました。というのもこの青年が，彼が返済したのと同じ仕方で，この人たちもいつも皇帝に勘定を返済していることを暗に示していたからです。確かにお金の大部分は〔返済されないで〕彼らの手もとに残っていたのです。

第8話 レロチャレスの物語

レロチャレス 今や物語は，人々が言っているように[11]，馬からロバに下がっていくときが来ました。王からルーヴァンの司祭アントニウスへ移るのですが，この人は善良な王フィーリップの寵臣でした。この人について多くの楽しい言い伝えやふざけた行いが言いふらされていますが，その大部分はがさつなものです。というのも彼の悪ふざけは，必ずしも上品には聞こえずに悪臭のする香料のようなもので味付けるのが常であったから。わたしはあまり酷くない話しから一つを選んでみましょう。

　彼は道でたまたま出会った陽気な一人二人の若者を自分のところに招きました。家に帰ったとき，食べ物が冷たくなっているのに気づきました。財布には，いつものことであるが，一文もなかった。素早い決断が求められた。彼は何も言わないで立ち去り，しばしば取引したことのある質屋の台所に入っていった。下女が立ち去ると，すでによく調理された肉と一緒に銅製の壺の一つを取り，衣装の下に隠して家に運んでいった。彼はそれを料理女に渡し，直ぐに肉とスープを別の陶製の壺にぶちまけ，質屋の壺を光り輝くまで急ぎ磨くように命じた。それが終わると彼は独りの少年を質屋に使わした。それを担保にして質屋からお返しに2グルデン銀貨〔ドラクマ〕を獲得した。だが彼はそのような壺が彼に贈られていたことを証明する証文を受け取ることになった。質屋は壺が磨かれ，光り輝いていたので，それと気がつかないで担保を受け取り，証文を与え，お金を払った。少年はそのお金で酒を買います。こうしてパーティーの準備ができました。

　とうとう質屋が食事の準備をするときになり，壺がな

---

11) エラスムス『格言集』I, VII, 29. 参照。

くなっていた。そこで料理女が非難されました。その女はためらっていましたが，そに日にはアントニウス以外にはだれも台所に入ってこなかったと，きっぱりと誓いました。このことで司祭に嫌疑をかけるのは正しくないと思われました。遂に彼のところに人が使わされ，彼のところに壺があるかどうか探索されました。壺はその痕跡さえ見つかりませんでした。さらに言うことが何かありますか。真剣にあの壺についてアントニウスはその人から問いただされました。というのも彼だけが台所に入って来ていたし，そのときに壺が失われたからです。彼は壺を借りたことを認めました。しかし彼はそこから壺を借りたところに壺を返したと言いました。彼らが断固としてそれを拒絶し，論争が激烈となったとき，アントニウスは幾人かの証人を引き入れて言った，「見てください，今日では証文なしにこのような人たちと交渉することはどんなに危険であるかを。わたしが質屋の署名をもっていないとしたら，人々はほとんど泥棒の罪をわたしに着せようとするでしょう」と。彼は契約書〔受取証書〕差し出した。それが詐欺であることはもう明白であった。壺が所有者に〔金を借りた〕担保として残されていたという物語は，さらに嘲笑を込めて地域の全体に広く伝えられた。この種のたくらみは，嫌われている人たちに，とりわけ他人を欺くことを常とする人たちに向けられると，人々にはいっそう喜んで拍手喝采されます。

第9話　アドレシェスの物語

アドレシェス　あなたはアントニウスの名をあげることで物語の洪水を本当に開放してしまいました。だが少なくとも一つの，わたしがごく最近読んだ短編をお話しいたしましょう。人々が言う，おどけた二三の仲間らが，彼

らの生き甲斐は笑いにあるのだが、どんちゃん騒ぎの宴会に参加しました。この人たちの中にはアントニウスと他の人もいて、その人はこの種の功績で名高く、ちょうどアントニウスの競争者のようでした。ところで哲学者たちが集まるときにはいつも自然の事物についての問いが立てられるように、ここでも直ちにいったい人間のもっとも立派な部分は何であるかという問いが立てられました。ある人は眼、他の人は心、また別の人は脳、同様に他の人は他のものであると推測し、各自は自分の推測の根拠を提出しました。アントニウスはその見解を言うように命じられると、わたしには口がもっとも立派な〔重要な〕部分であると思われると言い、その根拠が何であるかをわたしは知らないと付け加えました。そのとき他の人がアントニウスと一致しないように、自分が座っている部署がもっとも重要であるように思われると答えた。それがみんなに馬鹿げていると思われたので、彼は、最初に着席する人〔の座席〕が一般にはもっとも立派なもの〔最高の地位〕と言われているという根拠を提示しました。この名誉は彼が言った部署に当然与えられるべきであります。この見解は拍手喝采されたし、大いに笑いを誘った。その人は自分の発言にとても満足した。そしてアントニウスがこの口論で負けたと思った。アントニウスは、他の人が彼の評判への嫉妬から〔身体の〕別の部分を指名するであろうことを知っていたので、〔この身体の〕もっとも立派な部分に対する第一の称賛を他ならない口に譲ったことに気づかないふりをした。何日か過ぎてから両者は同じ宴会に再度招待されたとき、アントニウスが〔宴席に〕入っていくと、例の嫉妬深い男が食事が準備されるあいだ他の人たちと何か話しているのに遭遇した。彼に背を向けると他の人たちに面と向かって大きなおならを放ちました。その人は怒っ

て「この愚か者，出て行け。どこでそんな行儀を学んだのだ」と言った。そのときアントニウスは「お前も怒っているのか。わたしがお前に口の言葉〔おなら〕で挨拶したんだから，お前も同じように挨拶を返したらよかろう。今わたしは身体の部署でもってあなたに挨拶します。それはあなたの判断によると，もっとも立派なものなのだ。それなのにわたしは愚か者と呼ばれたのです」と言った。このようにしてアントニウスは失われた評判を回復したのです。

　わたしたちは皆話し終えました。今や裁判官が判定を下すことだけが残っています。

ゲラシヌス　そうしましょう。しかし，各人が自分の杯を飲み干してからにしましょう。さあ，始めましょう。だが，見てください，物語の中に狼がはいっています。

ポリミュトゥス　狼というのはレウィヌス・パナガトゥス[12]でしょうが，彼は全く縁起の悪い知らせなどもたらしません。

レウィヌス　こんなに魅力的な遊び仲間のあいだで何が起こっていたのですか。

ポリミュトゥス　他の何でしょうか。狼さんあなたが介入するまでは物語が競われていたのです。

レウィヌス　ですから，わたしがここにおりますのは，物語を完了させるためなのです。皆さんはすべて明日わたしのところにお出でくださって神学的な食事を取ってください。

ゲラシヌス　あなたはスキュティアー人の〔貧弱な〕宴会に招待してくださるのですか。

---

　12)　レウィヌス・パナガトゥスはレウィヌス・アルゴエットをギリシア語化したもので，彼は1519年以後エラスムスの弟子であり，召使いであった。

レウィヌス　それは直ぐに分かります。物語の多い食事会よりも楽しいものがあるとあなたがたが告白しないならば，わたしは食事会で罰を与えることに異議を唱えません。空しい事柄が真剣に論じられるときに優って，愉快なことはありません。

13

魚　料　理
——肉屋と魚売り[1]——

解　題

　この対話は 1526 年の改訂版にはじめて『対話集』に加えられ，全体を通じてもっとも長い作品であり，扱っている内容も多岐にわたって重要なものであって，それだけもっとも多くの非難を浴びた作品でもある。この対話のドラマティックな性質と真剣さは，魚売りと肉屋のどちらにエラスムスが立っているかは慎重に考察すべきであることを警告する。この対話の主題のひとつは，カトリック教会のレント（復活祭前日までの 46 日間から日曜日を除いた 40 日間の心身を清める斎戒期間）の断食の掟をめぐって，宗教改革とともに白熱化した論争にある。そこでは大斎と小斎の規定があって，大斎は一日一回の食事，ほかに一定の軽食が許されるが，地方により特に厳格な断食を課する場合は，パンと水と塩と干した果物のみという例もある。小斎も肉と肉の加工品の食用を禁じるが，卵や乳製品（バターなど）は許される。一年を通じて毎金曜日は小斎を守

---

[1]　ラテン語の Salsamentarius は正しくは「塩漬け魚の商人」を言う。

るべき日とされ,復活祭に先だつ四旬節中は大斎を守るべく定められていた。そのほか大小斎をとくに守るべき一定の日が指定されている。なお,肉とは混血動物の肉をさし,魚や貝は含まれないが,ドイツの諸都市においては宗教改革成立後にいたるまで金曜日に鮮魚の販売が禁じられていたところが多い。この魚売りは塩漬けの魚売りである(二宮敬『エラスムス,トマス・モア』「世界の名著17」281頁参照)。

　対話は魚売りと肉屋の間で交わされる。魚を食べてからあまり経たないうちに全体で九人が死んだことを肉屋が責めても,魚売りは商売に不慮の出来事は付き物とばかりに,全く無頓着な様子でその袖で鼻をぬぐいながら肉屋の前に立っている。肉屋は教会がいつか魚を食べるのを禁じるであろう,それだけが彼の商売を助けることができるのだ,と希望するほどに抜け目がない。肉屋は対話をリードするが魚売りは馬鹿ではないから,二人と対話するときにも,また一般人について論じるときでも,鋭い主張を提示する。そこから双方の議論は円滑に展開する。主題はもちろんレントの断食とそれに関連した魚の食事である。この食事はエラスムスの確信によれば毎年死の際にいたるまで彼のところにもたらされる。会話は当然教会の命令に関わっている。神学の議論が一般に分かるような言語に翻訳され,日常生活の中に議論の出発点が求められた。どうしてキリスト教徒は昔のユダヤ人よりもさらに厳格な律法でもって悲しまねばならないのか,といったように,エラスムスはやさしく説き明かすように努める。登場人物は普通の人で,生活程度が低い階級のように思われるが,聖書をよく読んでいたり,ドミニコ会修道会と交渉があったりする。魚売りがエラスムス自身のパリでの大学生活を論じ,健康のために肉や卵を断食の日に食すことが許されているのに,きらいな魚を食べるのを嫌がる場面が出てきたりす

るので，魚売りのほうが彼自身の意見に近いのではないかと思わせる。ここに展開するエラスムスの議論は新しく，世界も新しく，古めかしいものではない。対話する二人の知的な富は教会からもたらされているが，キリスト教をその地に導入する布教の試みは見いだされない。ここで強調されるのは，キリスト者であるとは信仰と愛を意味しており，寄せ集めの規則ではないということである。ある箇所で肉屋は教会における教皇と司教の法律のすべては結び付いているのではないかと尋ねる。答えは然りである。しかしこれはあまりにせっかちな主張であるように思われる。というのは，ある法王の決定はその後継者によって廃止されたことがあるから。エラスムスは『エンキリディオン』や『真の神学方法論』で総じて「儀式」を厳しく攻撃しているが，儀式の中でも断食の規定が具体的にこの書では論じられているのできわめて興味深い内容となっている。またフライブルクでの経験が言及されているのも重要な伝記的叙述であるし，イギリスとイタリアのレント（四旬節）の習慣が叙述されたり，パリのモンテーギュ学寮や学寮長のジャン・スタンドンクに対する批判など貴重な資料となっている。

　この対話では大胆な会話が継続され，法王の法と司教の法との間に権威に関する区別があるかどうかについて探求が続けられる。そのとき当時としては驚くべき質問が突然肉屋の口から飛び出し，泡沫のような議論を撃破してしまう。彼は言う，「高位聖職者の統制がそんなにも高い価値があるなら，どうして主は申命記にある律法にだれも何かを加えたり，取り除いたりしてはいけないと厳格に禁じられたのか」と。魚売りはこれによって窮地に追い込まれることなく，それは律法の手直しの問題ではなく，ときの状況にもとづいていっそう広くかついっそう厳格に説明すべき問題なのだ，と言う。しかし，肉屋は自分の考えに固執

する。それでは新しい解釈のほうが律法よりも権威があるのか，と彼は反論する。魚売りがこれを理解できなかったので，彼はそれをさらに明らかにする。「もっとはっきり言おう，神の法は両親を助けるようにわたしたちに命じている。ファリサイ派の解釈によると神に捧げられるものはすべてこれ，おのが父に与えられるものなり，ということになる。なぜなら神はすべての人の父であるから。神の律法はこの解釈を認めないのか」。それに対して魚売りが「それは確かに間違った解釈です」と答えたが，肉屋は「しかし彼らに解釈する権利をいったん与えてしまうと，だれの解釈が正しいか，どうしてわたしに分かるでしょうか。とりわけ彼らの意見が一致しない場合にはそうなります」（本書263頁）と主張する。肉屋は司教たちの言葉に耳を傾けるように忠告されるが，それでもって満足しない。神学博士らに従うようにとの忠告も歓迎されない。彼らは時折有名人たちより愚かであり，教養ある人たちは決して彼らに同意しない。終りに魚売りは次のようなソロモンの意見を述べる。「最善の解釈を選んで，説明できない問題は他の人に任せ，大家たちや多くの人たちが一致して正当と認める解釈をいつも受け入れるべきです」（本書264頁）と。わたしたちは今日でも，こういう話題に直接関係している人々がどんなに熱心にこのような議論を読んでいるかを想像できる。それも理由がないわけではない。研究者は中世後期時代に行われた議論がここに反響していることを容易に見いだすに違いない。たとえばヴェッセル・ガンフォートの教会の権威に関する論文がこの対話集の作品の後しばらくして出版されている。

　エラスムスは1526年に出版された『対話集』の新版に弁明を付加しなければならないと感じた。その中で彼はこの作品の性格について次のように言う，「ソクラテスは哲学を天上界から地上にもたらしたが，わたしはそれをゲー

ム・非公開の会話・酒飲み仲間にまでもたらした。というのはキリスト教徒の真の楽しみには哲学的な香味料が添えられていなければならないからです」(Erasmus, Colloquia ASD I-3 746: 179-81 Thompson Colloquies 680) と。後代の多くの人たちは彼に感謝するであろう。このような「真の楽しみ」についてとくに解明したのが『対話集』の最後に書き加えられた「エピクロス派」である。

* * *

（1）教皇の勅令が断食規定の廃止を告げる

肉屋　おい！　全く馬鹿げた塩漬け魚の商人さん，あなたはまだ縄を買ってないのか。わたしに言いなさい。

魚売り　肉屋さん，縄ですか。

肉屋　そうです，縄ですよ。

魚売り　一体，何のためですか。

肉屋　あなたが首を吊るためでないなら，何のためだよ。

魚売り　他の人がそれを買ったほうがいいでしょう。わたしはまだこの世にうんざりしていませんから。

肉屋　だが，直ぐにうんざりするよ。

魚売り　何かの神さまがそのような予言をむしろ予言している人自身に向けてくださるとよいのです。だが，悪いことって何ですか。

肉屋　あなたが知らないなら，教えてあげよう。人々が言うサグントス[2]の飢饉があなたやあなたの仲間らに確かに差し迫っている。そんなわけで首でもくくるほか打つ手は全くなかろう。

魚売り　肉屋さん，どうぞそうなさってください。それは

---

2) サグントスはスペインの地中海沿いの沿岸の町で，大飢饉に見舞われて有名となった。

わたしたちの敵に起こってもらいたいですね。どうしてあなたはそんなに大きな不幸を予言するために肉屋から突然ピュティア[3]になったのですか。

肉屋 それは〔遠い未来の〕占いではない。思い違いをしてはいけない。それがもう戸口に迫っているのだ。

魚売り あなたはわたしを殺そうというのですか。もし何か知っているなら，言ったらどうです。

肉屋 言いますよ。そしたらあなたには大損害となりますよ。ローマの上院〔教皇庁〕が今後はだれでも好きなものを食べてもよいとの勅令を出したのだ[4]。あなたやあなたの同業組合にとっては，腐った塩漬け魚ばかり食べ過ぎて，餓死するほかなかろう。

魚売り わたしにとってはカタツムリでもクラゲでも食べたい人は食べたらよいのです。だが，魚を食べるなと誰かに禁じられているのではないでしょうね。

肉屋 そうではない，だが，好きな人たちには肉を食べる機会が与えられているのだ。

魚売り あなたが言っていることが偽りであったら，あなたは縛り首になるし，それが本当なら，わたしは縄を用意しなければならない。これからわたしはもっと利益が上がるのを望んでいるのさ。

肉屋 それどころかそれはとっても大きな収穫だが，それも空腹の収穫であって，全くの飢餓となるだろう。もっと喜ばしい知らせを聞きたいなら，これからはもっと優

---

3) デルポイのアポロ神殿の巫女を指す。

4) 断食の規定の解除を指す。カトリック教会は毎週金曜日（小斎）と復活祭前の四旬節に行われていたもの（大斎）の掟が解除したと想定されている。ここには儀礼を廃止する宗教改革の時代を反映する出来事が示唆されている。断食が定められた日には肉と鮮魚の販売が禁止されていた。しかしここに登場する魚屋は鮮魚ではない「塩漬け魚」を商う商人である。

雅な生活ができるし，お前がいつもしているように，汚くてかゆい鼻面を服の袖で拭いたりしなくなるのさ。

(2) レント期間における肉屋と魚売りとの相互批判

魚売り　ほう！　わたしたちは最高の山場に来たってわけですか[5]。それは盲人が片目を罵倒するってことです。いくら洗ってもままならぬ身体のあの部分〔つまり肛門〕よりもきれいなところが肉屋さんにはあるみたいですね。あなたが知らせてくれたことが本当だとよいのですが。ですが，あなたがわたしを一時の糠喜びに終わらせなければよいのですが。

肉屋　わたしはあなたにとても真実なことをお話ししているのです。だが，どういう根拠からあなたはもっと儲かると約束するのですか。

魚売り　それは，禁じられると抑制できないほど欲しくなるのが，人間の習性となっていることを，わたしは理解しているからなのです。

肉屋　それで何を約束するのか。

魚売り　肉を食べてもよいと許可されると，多くの人たちは肉食を止めてしまうからです。古代人の間で習慣となっていたように，魚なしの豪華な料理などなくなるでしょう。だから，わたしは肉食の許可を喜んでいる。〔同時に〕魚を食べることも禁止されたらよいのだが。そうすれば人々はもっと貪欲に魚を食べるでしょう。

肉屋　全くもって信心深い願いだ。

魚売り　わたしはあなたが行っているように，金儲けしかめざさないのだとしたら，そのように願うでしょう。あなたは金儲けのために濃厚な肉食好きな魂を悪魔に献さ

---

5)　ホラティウス『手紙』II, 1, 32 をほのめかすラテン語的な表現である。

げてしまっています。

肉屋　あなたは全身塩漬けになっているが，あなたのお話しは面白みがないよ。

魚売り　どんな理由でローマの人たちは随分と長い間にわたって守られてきた肉食禁止の掟をやめるようになったのですか。

肉屋　そのこと事態は，すでにずっと前からそうなるように，もちろん説得されていたのだ。あの人たちは現にあることを考慮しているのです。つまり塩漬けの魚売りたちによって町が汚くされ，土地も河川も，空気も火も，その他の〔世界の〕構成要素も汚染されている。人間の健康までも破壊されている。というのも魚を食べることによって身体は悪臭を放つ体液で満たされているからだ。そこから発熱，病気，痛風，癲癇，ハンセン病，そのほかの病気以外のものが起こってくるからだ。

魚売り　それではヒポクラテス[6]であるあなたから教えていただきたい。どうしてよく管理されている諸都市では城壁内で牛や豚の屠殺が禁止されているのですか。小動物などは殺されないほうが市民の健康にとっていっそう正しい処置でしょう。どうして肉屋たちには決まった場所が割り当てられているのですか。それはあちこちに肉屋たちが住んで，町全体が悪臭で満たされないためです。腐った動物の生血や膿ほど何かひどい悪臭の種類があるでしょうか。

肉屋　魚の臭さと比較すると，〔肉の臭いは〕純然たる芳香のようです。

魚売り　おそらくあなたには純然たる芳香であると思われるでしょうが，あなたがたを町から遠ざける役人たちに

6）　ヒポクラテスは古代ギリシアの医学者で，「医学の父」と呼ばれた。

は異なるように見えるのです。さらに，あなたがたの肉売り台がどんなに悪臭をかぐわしく放っているかを，鼻をつまんで通る人たちが明らかにしています。一軒の肉屋よりも売春宿の主人 10 人を隣人として選ぶ人たちが一般にそう証言しています。

肉屋　だが，あなたがたが腐った塩ずけ魚を洗うには湖や川の水をみんな使ってもまだ足りない。またよく言われるように「いたずらに水を費やしている」[7]のも本当です。というのも，どんなに香料を塗りたくっても，魚はいつも魚の臭いがするからです。だが魚は大半はまだ生きているあいだでも，捉えられたとたんに死んだ臭いがするなんてことは何の不思議もないのだ。

　塩漬けにされた肉なら多年にわたって保存される。悪臭を放たずに，それどころか何かかぐわしい臭いを発する。さらにありふれた塩に漬けておけば，悪臭なしに持ちこたえる。燻製にしたり，風にあてたりすると，もう悪臭を放ったりしない。こうしたことをみんな同様に魚にやってみても，紛れもなく魚の臭いがしますよ。ですから，どんな悪臭も魚の悪臭とは比べられないことが分かりますよ。というのも塩でさえ魚によって腐ってしまうから。塩はものを腐敗から守るために自然から授けられており，持ち前の力によって〔腐敗を〕遮断し，かつ，排除し，同時に外から害をもたらしうるものを遮っている。また塩の内部にはそこから腐敗が起こってくる湿気を乾燥させる水分がある。だが魚にだけは塩はもう塩ではないのだ。

　神経質な人はおそらくわたしたちの家の前を通るとき，鼻をふさぐかもしれない。しかしあなたがたの塩漬けの魚を積んだ小舟に坐るのを我慢できる人は誰も

---

7) この格言は時間を浪費しているという意味である。

いない。旅人が塩漬けの魚を積んだ荷馬車に出会ったとしたら，どんな逃走が起こるか，どんな鼻つまみが生じるか，どのように唾を吐くか，どんな吐き気をもよおすことか。わたしたちが屠殺された肉を運んでくるように，塩漬けの魚を腐らせないで町に運び込まれるというようなことが起こると，法律が眠っていないだろう。それを食べようとするとき，悪臭を放っているものをあなたはどうしますか。それでもわたしたちは市場の監視人によって非難されたあなたがたの商品が川に投げ捨てられ，高い罰金が科されているのを毎日のように見ているのです。だが，あなたがたによって買収された監視人たちが公衆の福祉よりも個人的な利益をもくろむのをやめなければ，それはもっと頻繁に起こるでしょう。だが，あなたがたはこういう仕方だけで国家に損害を与えているだけではないんだ。けしからん陰謀をめぐらして，他所からもっと新鮮な魚が町に輸送されないように阻んでいる。

魚売り　だが，だれも舌に斑点の吹き出物が出ている腐った豚肉を売ったので，罰金をくらった肉屋を一人も見なかったかのようだ。あるいは水や泥濘(ていねい)で窒息させた羊とか，さらに寄生虫にやられた肩肉を新鮮な血でもって洗ったり，擦ったりして欠陥を隠してごまかして売ったであろう。

肉屋　だがな，最近あなたがたが行ったような先例はわたしたちには全くないのだ。たった一匹のウナギの入ったパイで九人の会食者を死なせたことだ。あなたがたはそのようなパンと一緒に食べるものを市民の食卓に支給しているのだ。

魚売り　あなたが話しているのは，運命の女神がそうと決めたらだれも逃れなれない災難のことです。ですがあなたがたがほとんど毎日のようにしていることは，ふとら

せた猫を兎の代わりに，短い耳と毛むくじゃらの脚がなかったら，犬を兎の代わりに売っていることですよ。死人の肉を入れたパンと肉の料理（ミート・パイ）のことは言うには及ばないことです。

肉屋　あなたがわたしの咎として非難していたこと，それは〔偶然起こった〕災難と〔特定の〕人たちの悪徳のことだが，それをあなたはこのわたしに向けて非難している。だが，罪を犯している人たちがそれに答えるべきだ。わたしは商売と商売とを比較しているのだ。もしそうでなかったら，キャベツの代わり毒人参やトリカブトを売ることもある八百屋だって咎められるであろう。薬の代わりに時折毒を与える薬売りも咎められるであろう。どんな職業でもこのような過失を犯さないほど過失がないものはないのだ。

　ところがあなたが職業上の義務をみんな成し遂げたとしても，あなたが売っているのが毒なのですよ。シビレエイや水ヘビまたアメフラシが，ほかの魚といっしょに網にかかったのを売ってしまったとしても，それは偶然であって，犯罪ではない。病人を癒すのではなく時には殺してしまう医者のように，あなたがたに責任を転嫁することはできない。この膿んだ汚物をせめて冬の間でも片付けてくれから，この害悪に我慢することができよう。この時期の寒気が悪臭を和らげてくれよう。それなのに今あなたがたは燃えるような夏の暑さに悪臭を放つものを加えているとは。それ自体で害を及ぼす秋をあなたはもっと有害にしている。また年がもう改まって，隠れていた湿気——それは身体によくない——が再び出て来ると，あなたがたは二か月の間中いつもわたしたちを暴君のように支配し[8]，新しく生まれた年の初々しい時

8）　おそらく復活節前の断食のことが考えられている。

期を不自然な老年でもって損傷するのだ。また自然が身体を不健康な体液から洗い清め、新しい体液で再び若返らそうと企てているとき、あなたがたは純然たる悪臭や全く腐敗した血を浴びせるのか。またもし身体に何か悪いところがあれば、あなたがたは悪いところに悪いところを付け足し、その他に身体の良い体液を悪化させて、増大させている。ただ身体だけを害するのなら、また我慢できたであろう。だが今や食事の変化によって魂の機能が害されるので、精神そのものが害されることが起こっている。魚ばかり食べている人たちは、魚そのもののようで、青ざめており、悪臭を放ち、ボーとしていて、ものを言わないことを、あなたはほぼお解りでしょう[9]。

魚売り　おや、新しいタレス[10]の登場だ。そうすると、ビート[11]を食べて生きている人たちはどれほど賢いのですか。当然、ビートと同じくらいですか。牛や羊や山羊をむさぼり食っている人たちはどれくらい賢いですか。もちろん牛や羊や山羊と同じでしょうか。あなたは子ヤギを贅沢品として売っているが、この動物は癲癇に罹りやすい。その肉を喜んで食べる人たちには同じ病気が起こってくる。胃のひどい痛みは塩漬け魚で和らげてやるのが良いのではないかね。

肉屋　博物学の著者たちがただこの点で嘘をついているのではない。彼らが話していることがとても真実であるとしても、それ自体で最善なものがしばしば病気に罹った身体にとって最悪となるんだ。わたしたちは結核患者と

---

9)　エラスムス『格言集』「魚のように物言わない」(I, 5, 4) 参照。エラスムス『格言選集』金子晴勇訳、知泉書館、60-62頁。

10)　タレスはギリシア自然哲学の開祖である。

11)　「ビート」はアカザ科サトウダイコン属の植物の総称で、とくに糖料作物のサトウダイコンを指す。

衰弱した人には子ヤギを売るが，癲癇持ちに売ったりはしねえ。

魚売り　魚を食べることが人間の健康にそんなに害となるなら，司教と君主はどうして１年中ずうっと小売りの商いをすることをお許しになるのか。あなたがた肉屋には１年のかなりの期間休むように通告しているというのに。

肉屋　全然分からないな。おそらく悪い医者たちが自分の収入を高めるために画策したのだろう。

魚売り　どのように悪い医者のことをあなたはわたしに告げているのですか。ところが魚にとって医者にまさる不倶戴天の敵はいないのですが。

肉屋　あなたがわたしを正しく理解するためにはな，良き仲間よ，医者たちがそうするのはあなたがたのためでも，魚が好きだからでもない。というのもだれも信心深く魚を断っているのではないのだから。彼らは自分のことだけを〔つまり利益を〕求めている。より多くの人たちが咳をし，衰弱し，病気になるに応じて，彼らの年間の収入高は豊かになるのさ。

魚売り　わたしはここで医者たちを弁護しようとは思わない。あなたが彼らの網に引っかかれば，彼らは自分のほうからあなたに復讐するでしょう。わたしのためには往古の人たちの高潔な生活，もっとも人気がある人たちの権威，司教たちの威厳，全キリスト教世界の一般的な習慣だけで事足りる。わたしは肉屋と一緒に賢くあるよりも，この人たちと一緒に正気を失うほうを選びたい。

肉屋　あなたが医者の弁護人になるのを拒否するのなら，わたしは昔の人たちや一般的な習慣の告発者や厳しい批評家でありたくない。わたしはいつもこういう人たちを尊敬しているし，非難などしていない。

(3) 神学的な議論のはじまり

魚売り　この点では，あなたが信心深いというより慎重な肉屋さんだ。わたしがもしあなたを全く知らないなら話しは別だがね。

肉屋　わたしの考えでは反抗しがたい力を手中に握っている方々とは何も関わらないように用心するほうが賢明です。それでもわたしは，わたしがもっている聖書——それは民衆の言語に翻訳されたものを時折読むのですが——から感じ取ったものを黙っていたりしません。

魚売り　そうすると，あなたは今や肉屋から神学者となっていますね。

肉屋　わたしが思うのには，あの最初の人類は，湿った粘土から出現したとき[12]，健康でたくましい身体をもっていたのです。彼らの長命がそれを示しています。さらに楽園はとても快適な場所にあり，気候はきわめて健康に適しておりました。そのような場所ではそうした身体は，空気や，草木や花がいたるところに発散させる芳香を吸うだけで，なんら食物をとらずとも生きることができたのです。とりわけ大地は，人間が汗水流して働かなくても，すべてを十分豊かに産出していました。病気もなかったし，老年もありませんでした。こういう庭園を耕すのは，労働というよりは，むしろ，まったくの楽しみだったのです。

魚売り　あなたのお話しはそこまではもっともらしい。

肉屋　このとても豊かな庭園のさまざまな植物中からただ一本の木だけが〔触れることが〕禁止されていた[13]。

魚売り　真にその通りです。

肉屋　それはまた服従することによって自分の主と創造者

---

12)　創世記 2・6-7 を参照。
13)　創世記 3・3 を参照。

とを認めるようになるためにでした。

魚売り　そうです。

肉屋　それどころかわたしが思うに，新しい大地はいまや年を取ってほとんど無力となっているが，それよりも豊穣で瑞々しい万物を生んでいたのだ。

魚売り　そのように思われる。

肉屋　とりわけ楽園ではそうであった。

魚売り　全くその通りです。

肉屋　したがってそこでは食事は楽しみであって，不可欠なものではなかった。

魚売り　そのようにわたしも聞いています。

肉屋　動物を殺すのを思いとどまることは人間的なことであって，神聖な義務ではなかった。

魚売り　それはわたしには分からない。大洪水後に動物を食べることが許可されたと読んだことがあるが[14]，それ以前は禁じられていたとは読んでいない。だが前にもう許可されていたなら，何のために許可されたのか〔わたしには分からない〕。

肉屋　わたしたちが蛙を食べないのはなぜか。それが禁令を犯すことになるからではなく，わたしたちがそれを嫌悪しているからだ。その場合，神が人間のもろさがどんな食物を必要としているのかを助言していたのか，それとも神がどんな食物を許可しなかったのか，あなたはどうして知っているのか。

魚売り　わたしは占い師ではありません。

肉屋　だが，人間が創造された直後に「海の魚と空の鳥と，地を這うすべての生き物とをすべて治めよ」[15]と書かれている。食べることが許されないなら，支配したっ

---

14)　創世記 9・1-3 を参照。
15)　創世記 1・28。

て何の役に立つというのか。

魚売り　何と残酷な支配者ですね。そうするとあなたは奉公人や女中やあなたの妻子まで貪り食うのですか。あなたがそのオーナーである溲瓶(しびん)でも同様に食べたらどうです。

肉屋　そうではない。味のない塩漬け魚売りさん，今度はわたしの言うことを聞いてください。その他の生き物は役立っているのだ。主なる神のお言葉は空しいものではない。馬はその背に乗せてわたしを運び，ラクダは荷物を運びます。だが，魚はあなたが食べるのでないなら，何の役に立つのか。

魚売り　そうすると魚から無数の薬が生まれてこなかったようですね。次にそれを見ている人間を喜ばすためにだけ，また創造主なる神を崇めるように魅了するために，多くのものが造られています。イルカが人間をその背に乗せて運ぶとは，あなたはたぶん信じられないでしょう[16]。さらに，ウニのように，嵐が近づいていることをわたしたちに知らせてくれる魚もいるのです。そのような下僕が自分の家にいて欲しくはないのですか。

肉屋　確かに大洪水の前には大地の実りのほかには何も食べることが許されていなかった。身体が必要としていなかったし，屠殺という残酷な手段をもたなかった食物を断念するのは，何ら偉大なことではなかったのだ。初めは人間の身体の弱さから動物の肉を食べることが許可されたことをあなたも認めるだろう。大洪水は寒冷をもたらした。また今日わたしたちは寒冷の地に生まれた人たちが他の人たちよりも大食なのを知っている。また洪水の氾濫が地上の産物を全滅させたり，腐敗させたりし

---

16)　イルカに関する素晴らしい叙述がエラスムスの『格言集』「ゆっくり急げ」(II, 1, 1) にある。前掲訳書101-103頁を参照。

た。

魚売り　多分そうでしょう。

肉屋　それでも大洪水の後に人々は 200 歳余も生きていた[17]。

魚売り　そのように思います。

肉屋　そうすると神はどうして逞しい人たちには例外なく許可したのに，その後に衰弱し短命となった人たちには，モーセが命じたように，特定の種類の動物だけに食事制限をしたのか[18]。

魚売り　神が行われることを釈明をするのがまるでわたしの責務のようですね。それでもわたしが思うに，奉公人たちが主人たちの寛容さを濫用したのが分かったとき，寛大さを引き締めるご主人がいつも行っていることを，神はそのときなされたのです。それは，いつもよりひどく暴れ回る馬に，豆やカラスムギを取り上げて，干し草を少しだけ食物として与え，手綱を引き，かつ，いっそう激しい拍車をかけて抑えるのと同じことです。人類は畏敬の念を悉く喪失し，神など存在しないかのように，ひどく放縦に耽っていたのです。そんなわけで律法の柵，典礼の規則，脅迫や戒律の手綱が考案されたのですが，それはこのような手段によって悔悛するためになのです。

肉屋　そのような律法のかんぬき〔制約〕が今日まで残っているのはなぜなのか。

魚売り　それは，わたしたちが福音のおかげで神の子どもとして養子にされてからは，厳しい肉的な隷属が除去されたからですよ[19]。神の恩恵が豊かに増し加わったとこ

---

17) 創世記 9・1-11・32 参照。
18) 申命記 14・3-20 参照。
19) ローマ 8・14-17 参照。

ろでは戒律が廃棄されたのです。

肉屋　神がその契約を永遠なるものと呼び，キリストも律法を否定するのではなく，完成すると主張された場合[20]，後代の人たちはどうして律法の大部分が廃止されたと大胆にも確信するようになったか。

魚売り　その律法は〔ユダヤ人以外の〕異邦人に与えられたのではなかったのです。また，それゆえに煩わしい割礼が異邦人の重荷とならないほうがよい，と使徒たちには思われたのです[21]。それは今日でもユダヤ人たちが行っていること，つまり救いの望みを神に対する信頼と愛よりも，外面的儀式の遵守に求めないためなのです。

肉屋　異邦人のことは考えないでおこう。ユダヤ人たちが福音の告知を受容したとき，モーセ律法の束縛から解放されたということが聖書のどの箇所に明示されているのか。

魚売り　それは預言者たちによって預言されていたのです。彼らは新しい契約と新しい心とを約束し[22]，ユダヤ人たちの祭礼の日々を嫌い，彼らの生け贄を拒絶し，その断食を忌み嫌い，奉納物をはねつけ，心に割礼を受けた人々を待ち望む神を登場させたのです[23]。預言者たちの約束を主ご自身も認め，弟子たちにご自身の身体と血を差し示してそれを新しい契約と呼ばれました[24]。もし古い契約が廃止されないなら，どうしてこれが新しい契約と呼ばれたでしょうか。ユダヤ的な食事の区別を主は手本〔実際に食べること〕によってではないが，人は胃

---

20)　マタイ 5・17-20 参照。
21)　使徒言行録 11・1-18 に記録されているエルサレム会議の決定を参照。
22)　エレミヤ 31・31 を参照。
23)　イザヤ 1・11-17 を参照。
24)　ルカ 22・19-20 を参照。

に摂取され，かつ，排出により取り除かれる食物によって汚されることを主が否定されたとき，その御言葉〔判断〕によって廃止されたのです[25]。同じことを主はペトロに幻を見ることによって教えています[26]。それどころかペトロ自身パウロやその他の人々と一緒に律法が慎むように命じていた普通の食事をとっていました。パウロもその手紙のいたるところでこの問題を扱っています[27]。キリスト教徒が今日守っていることが，使徒たちに始まって，ちょうど手から手へと伝承されて，ついにわたしたちのところまで届いたことは疑問の余地はありません。

だからユダヤ人たちは，律法から解放されたのではなく，むしろ律法の迷信から，ちょうど習慣的に摂っていて親しんでいたが，今では時機を逸した母乳からのように，切り離されたのです。また，律法のほうは廃止されたのではなく，無用になった部分が退去するように命じられたのです。青葉や花はこれから実が出現して来ることを約束しています。木が実を付けて重くなったとき，花をほしがる人はだれもいません。また，だれも自分の息子がもう成人している場合，息子の幼年時代が失われたことを嘆いたりしません。また，だれも太陽が大地に姿をあらわしたとき，明かりや蝋燭を捜したりしません。息子はもう成人して自分の権利である自由を求め，教師を今度は自分の思いのままにできるからといって，教師は嘆く理由があるでしょうか。担保は約束が果たされれば担保でなくなります。花嫁が花婿のところに連れてこられる前は，彼が彼女に送った手紙で慰められ，彼

---

[25] マタイ 15・11, 17-18 を参照。
[26] 使徒言行録 10・10-15 を参照。
[27] ローマ 14・14, 20；1 コリント 10・25 を参照。

から届けられたささやかな贈り物に口づけし，彼の肖像を抱きしめます。ところが花婿自身を十分に味わうようになると，彼に対する愛のゆえにこれまで気に入っていたものに目もくれなくなります。

　ユダヤ人たちも最初は苦労して習慣から引き離されたのです。それはちょうど母乳を飲み慣れた子どもが，もう大きくなっていても乳房を欲しがって，固い食物をいやがるようなものです。それゆえ彼らをあのような比喩，もしくは影，あるいは一時の慰めからほぼ力まかせに引き離し，こうして彼らはあの律法が約束し，粗描していたお方〔キリスト〕に全面的に回心するようになったのです。

肉屋　だれが塩漬けの魚売りからこんなに多くの神学を期待したであろうか。

魚売り　わたしはいつもわたしたちの町のドミニコ会の修道士の集まりに魚を頻繁にとどけています。そんなわけで彼らもしばしばわたしのところで食事をしたり，わたしも彼らのところに呼ばれます。彼らの論争からわたしはこうしたものを摘み取ったのです。

肉屋　本当にあなたは塩漬けの魚売りから鮮魚の売り手になったほうがいい。だが，次のことを説明してほしいのだ。もしあなたがユダヤ人であったら，（あなたがユダヤ人であるがどうかわたしには全く明らかでないのだが）そして飢えからきっと命の危険に陥るとしたら，豚肉を食べるだろうか。それとも死を優先させるだろうか。

魚売り　そのときになったら，そうするであろうということは分かっているが，まだよく理解してはいません。

肉屋　神は次の二つを禁じていますよ。「あなたは殺してはならない」また「あなたは豚肉を食べてはならな

い」[28]。このような場合，二つの戒めのうちどちらの掟が他に譲るべきですか。

魚売り　まず第一に，神が豚肉を食べることの禁じられたのはそれを食べて命を大事にするよりも，むしろ死に赴くことを欲したのかどうかが明らかではありません。なぜなら主なる神は，律法に反して奉献されたパンを貪り食ったダビデをお赦しになったからです[29]。さらにバビロン捕囚のときにもユダヤ人たちは律法が禁じていた多くのことを守らなかった[30]。したがって自然自身によっても提示され，そのゆえに永遠にして犯しがたい自然法則のほうが，何時までも続かず後になって廃棄されることになった律法よりもいっそう重要視されなければならないと，わたしには思われます。

肉屋　そうすると，豚肉を試食するよりも厳しい拷問を受けて死ぬことを選んだ，マカバイ家の兄弟はどうして称賛されるのか[31]。

魚売り　わたしが思うに，ここには王によって命じられたこの豚肉をたべるということが，祖国の律法の全体に対する否認を含んでいたからです。それはユダヤ人が異邦人に押しつけようとした割礼が，律法全体に対する信仰告白をその中に含んでいたのと同じです。手付金が支払われると，契約のすべてを実行すべき義務があるのとそれは同じことです。

肉屋　そうするとあの律法の大部分が福音の光が昇ってか

---

28)　出エジプト 20・13；申命記 5・17，レビ記 11・7-8；申命記 14・8。
29)　サムエル記上 21・3-6；マタイ 12・1-8 を参照。
30)　列王記下 24，エレミヤ書 25・11-12 を参照。
31)　マカバイ記 II，7・1-39 参照。シリア王アンティオコスがユダヤ人に偶像礼拝を強制しようとしたとき，マカバイ家の兄弟は豚肉を食べてこれに抗議した。

らは適切にも除去されたとしたら，今，同じか，もっと重大な律法が復活してきているのをわたしたちが見るのはどういう意図がそこにあるのか。とりわけ主は自分が置く軛きは軽いと呼んでいたし，ペトロも使徒言行録でユダヤ人たちの律法が彼らにも，彼らの先祖たちにも，重くて負いきれなかった，と呼んでいるときには[32]。割礼は廃止されたが，その場所にもっと厳しい条件づきで洗礼が入ってきた，とわたしは言いたい。割礼は〔生後〕8日間〔その執行が〕引き延ばされ，その期間に何か偶然の出来事が起こって幼児が死んだりすると，割礼の誓願が割礼そのものとみなされていた。ところが，わたしたちの子供は母親の胎という隠れ家から出て来るやいなや，冷水のなかに全身を沈められる。それも石の桶に長い間入っていた水ですよ。腐ってしまっていたとは言いたくないのですが。またもしも生まれてきた最初の日に，また誕生してきたときに，両親やその友人たちの過失がなくても，死ぬようなことがあると，その可哀想な子は永遠の断罪に引き渡されるのだ。

魚売り　そのように言われている。

(4) ユダヤ教の律法と教皇の戒律の問題

肉屋　安息日は廃止されました。いや，廃止されたのではなく，主の日に移されたのです。それで何が行われたのですか。モーセの律法は僅かな断食日を命じました。わたしたちはそれに何と多く追加したことか。ユダヤ人たちはわたしたちよりも食事の選択では何と自由であったことか。彼らには一年中羊・肉用雄鳥・シャコ・子ヤギを食べることが許されていたんだ。衣類にしたって羊毛と亜麻で織り合わせたもの〔二種類の糸で織った衣服〕

---

32)　使徒言行録15・10を参照。

以外なら彼らには禁じられていなかった[33]。それが今では服装の形や色彩の規定や禁止が，トンスラ〔聖職者の剃髪した頭〕やその他のさまざまなものに至るまで増えてしまっている。さし当たってわたしは，告解の重荷や人間が定めた指令の負担また単純ではない十分の一税，いっそうきつい制限で固く縛られた婚姻の絆，新奇な親族法，その他わたしたちの境遇よりもユダヤ人たちのほうがもっと楽であったと思われることについては言及したくない。

魚売り　肉屋さん，あなたは思い違いをしてますよ。キリストの軛はあなたが心に描いているような尺度で判断されるものではありません。キリスト者はもっと多くの，もっと困難な義務を負わされ，さらにもっと厳しい罰に拘束されています。しかし信仰と愛のいっそう大きな力がそれに結びつけられると，本来もっとも辛いことを甘美なものにします[34]。

肉屋　それでも，かつて聖霊が火の舌の形をとって天から降臨し，信者の心を信仰と愛のとても豊かな賜物によって満たしたとき[35]，どうして律法の重荷は，まるで不当な荷物を背負わされて試されている弱者たちに対するように，取り去られたのか。すでに聖霊に満たされていたペトロがどうして重荷を耐え難いと呻んでいるのか[36]。

魚売り　律法が部分的に取り去られたのは，ユダヤ教が，その当時もう始まっていたのだが，福音の栄光を隠さな

---

33)　レビ記 19・19 を参照。

34)　ここに批判されている肉屋の発言は「不敬，背徳，かつ傲慢，ウィクリフならびにルターの邪説に等しい」とパリ大学神学部告発状第 62 項に摘発されている（エラスムス『対話集』二宮敬訳，「世界の名著」295 頁の注 2 を参照）。

35)　使徒言行録 2・3-4 を参照。

36)　使徒言行録 15・10 を参照。

いように，また，異邦人が律法を憎んでキリストから遠ざけられないためだったのです。異邦人のあいだには二つの危険に脅かされていた，多くの弱い人たちがいたのです。その一つは，律法を遵守しないとだれも救いを獲得できないと思い込むことであり，もう一つはモーセの律法の軛を受け入れるよりも，むしろ異教に留まるほうがよいと考えることです。このような弱い人たちの心をいわば自由のような餌でもっておびき寄せねばなりません。それから福音を告白すれば，律法を遵守しなくても救いの希望があることを否定していた人たちを矯正するために，割札，安息日，食事の選択，その他この種の習慣をすっかり廃止したり，他のものに変えたりしたのです。ところでペトロが律法の重荷を負いきれないと言ったことに関しては，彼がその当時演じていた役割の所為にしてはなりません。というのも彼に耐えられないものは何もなかったからなのです。そうではなくて聖霊の神髄を未だ味わわないで，ただ不承不承に大麦の殻をかじっていた，粗野にして脆弱なユダヤ人の所為なのです。

肉屋　あなたのお話しも真に退屈ですよ。だが，このような身体的な戒律の遵守が義務としてではなく，自由に選択できるものとして，今まで廃止されなければならなかった理由が，わたしには少なからずあると思われるのだ。

魚売り　どうしてなのですか。

(5) キリスト教の世界伝道と自由

肉屋　わたしは少し前にとても大きなカンバスに全世界が描かれたのを見ました。それを見てわたしは，キリスト教を純粋に，かつ，誠実に信仰している地域がどんなに僅かであるかを知らされたのです。もちろん，それは西

ヨーロッパの一部分，また北ヨーロッパの一部分，南方へ向かって遠く隔たった第三の地域，東方にあってポーランドがそのはずれにあると思われる第四の地域です。その他の地域は野蛮人たちが住んでおり，野獣たちと余り変わっておらず，分離主義者とか異端者とか，その両方が混じった者たちです。

魚売り　しかし，あなたは見ませんでしたか。あの南国の海岸の全体と散在する島々はキリスト教国と認定されていませんでしたか。

肉屋　見ましたよ。そしてそこから運んできた略奪物のことを知りました。しかしキリスト教が導入されたとは聞かなかった。だから収穫は十分にあるのだから，キリスト教を拡大するためには次のことがもっとも考慮されるべきであると思われる。異邦人たちがしり込みしないように，使徒たちがモーセ律法の重荷を取り去ったように，弱い人たちをも引き寄せるために今やそれがなくても世界はその初めには維持されてきたし，今でも，福音的な信仰と愛がありさえすれば，維持することができる事柄に関する義務〔戒律〕は，廃止されなければならない。それに反して信仰の骨子を地位・衣装・断食・身振り・演奏に置く人たちが多くいるのをわたしは聞いたり，見たりしている。またその中にはその隣人を福音の戒めに反して裁いたりしている人々がいる。そこから起こってくるのは，すべてが信仰と愛に関係しているのに，そのような事柄に対する迷信によって〔信仰と愛の〕両者が消滅しているということだ。というのも，そのようなわざに信頼する人は，福音信仰から遠く離れているからなのだ。また，だれでも正しく使用できる飲み物や食べ物によって，キリストがその人に自由を獲させるために命を捨てた兄弟を苛つかせている者は，キリスト教の愛からも遠く離れているのだ。

とても辛辣な喧嘩がキリスト教徒たちの間で起こっていることか。それらは違ったふうに巻かれたり，染められた衣装とか，海域とか牧草地が提供する食物の違いとかで起こっている。この悪弊がたとえ少数の者たちに徐々に広がっているとしても，わたしたちはそれを無視できたのだが，今では世界の至るところでこのような致命的な相違によってかき乱されているのだ。このようなもの，また，この種のものがすべて廃止されると，わたしたちはいっそう偉大な調和のうちに生き，〔外面的な〕儀式を無視し，キリストが教えたものだけを得ようと努め，その他の国民は自由と結びつけられた宗教をいち早く受け入れることになろう。

魚売り　教会の外に救いはないのですよ[37]。

肉屋　それは認めるよ。

魚売り　ローマ教皇を承認しない人は，だれであろうと教会の外にいるのです。

肉屋　それに異議など唱えないよ。

魚売り　でも，教皇の指図を無視する人は，彼を教皇として認めていません。

肉屋　それだからこそわたしは期待しているのだ，クレメンスという名前のこの教皇〔クレメンス7世〕が——心でも信仰でもとても寛大な〔クレメンスな〕お方が——あらゆる国民を宗教団体におびき寄せるために，これまで幾つかの国民がローマの教皇座との結合を妨げてきたと思われるすべてを緩和してくれるようにと。また，自分の特権を万事において追求するよりも，むしろ福音にとって益となるようにして欲しい。わたしはまた聖職録取得金，贖宥状の寄進金，特免料金，その他の租税や重

---

37)　「教会の外に救いはない」とは古代キリスト教教父キプリアヌスの有名になった言葉である。

い教会税に関する昔からの苦情を毎日のように聞いている。だが，わたしはこのお方が，苦情をさらに申し立てる人は今後恥知らずとなるように，すべてを緩和してくださるように思っているのだ。

魚売り　すべての君公たちも同じことをしてくれるとよいのですが。いまはとても狭いところに強制的に押し込められているキリスト教の現状をもとても幸先よく拡張されるべきです。蛮族たちが，人間的な奴隷状態になるためではなく，福音的自由に向けて自分が呼ばれていることに気づけば，自由を強奪するのではなく，幸福と聖性とを共有することが求められることに気づけば，そうなります。そのとき彼らがわたしたちと一緒になり，わたしたちの下でも真のキリスト教的な生き方が学ばれるとしたら，いつかは力ずくで彼らから強要できるものよりも遥かに多くのものを彼らは提供するようになるでしょう。

(6) 皇帝と王の任務について

肉屋　わたしは近いうちにそうなると予感しているんだ。世界で最強の二人の国王ら[38]にお願いしたい，あの破滅的な戦争を引き起こした，破壊的な〔運命の女神〕アテがさっさと立ち退いてくれるように，と。

魚売り　わたしも，どうしてもっと早くそれが実現しなかったのか全く分からない。どうしてそれがとっくの昔に実現しなかったのか，あきれかえってるのさ。というのもフランソワ王ほど教養がある人は想像できないし，カール皇帝だって，教師たち[39]によって教え込まれて，

---

38)　フランス王フランソワ1世と皇帝カール5世を指す。

39)　エラスムスもその教師の一人で，1516年にはカールの政治顧問官に任命され，同年に『キリスト教君主の教育』を献呈している。

帝国の国境が幸運にも拡大されるに応じて，寛大さと親切心を益々増加させなければならないと思われるからなのだ。それに加えてあの年の頃には〔誰でも〕とりわけ愛想の良さと温和の資質を一般にもっていますから。

肉屋　両者〔フランソワとカール〕によってあなたが何を願っているかが明らかではない。

魚売り　それでは〔聞くが〕世界の公共的な願いを妨害しているのは何なのか。

肉屋　法律家たちは国境について言い争っている。またご存知のように，喜劇の大騒ぎはいつも決まって結婚で終息する。同様に君公たちもその悲劇を終わらせている。ただ喜劇では突如として婚礼にいたるが，お偉方の間ではとても努力をかさねて初めて事が運ばれるようなのだ。確かに大きな傷跡は，直ぐに再び化膿して発疹するよりも，ゆっくりと癒されるほうがよいのだ。

魚売り　そのような〔政略的な〕結婚が和合の固い絆となるとお考えですか。

肉屋　もちろんそうなるように信じたい。だが，そういった結婚から戦争のほとんど大部分が起こってくるようにわたしには思われる。戦争がどこかで始まると，婚姻によって結ばれた縁者が縁者に加勢して，戦火は広範囲に広がっていき，鎮めるのがいっそう困難となるのだ。

魚売り　その通りです。仰ることがきわめて真実であることを認めます。

肉屋　だが，法律家たちの喧嘩と条約の締結の遅れが全世界にこのように多くの禍を痛く味わわせていても，これでよいと，あなたには思われるのか。つまり現今ではどこをさがしても安全な場所はなく，戦争でもないと平和もないので，悪人どもにはしたい放題が許されているのだよ。

魚売り　王侯の決議について発言することは，わたしのな

すべきことではない。しかしもし誰かがわたしを皇帝にするなら，わたしはこれから実行することをもうわきまえていますよ。

肉屋　さーそれでは，あなたを皇帝にしましょう。もしよかったら同時にローマ教皇にしましょう。あなたは何を為さいますか。

魚売り　それよりもわたしを〔神聖ローマ〕皇帝とフランス王にしてください。

肉屋　よし，両方にしましょう。

魚売り　わたしは平和への願いから直ちにわたしが支配する全領域に休戦を宣言し，軍隊を解消し，他人の雌鳥一羽でも横領するなら，死刑に処すると通告します。こうしてわたしの益というよりも共同体の益となるようにすべてのことが収まれば，領地の境界や結婚の諸条件に関する交渉に取りかかります。

肉屋　あなたは結婚の絆よりも強固な同盟の絆をお持ちではないでしょう。

魚売り　そうですとも。

肉屋　それをお聞かせください。

魚売り　わたしがもしも皇帝でしたら，わたしはフランス王と即刻次のように交渉に入りますよ。「兄弟よ，何かの悪霊がわたしたちの間にこの戦争を引き起こしたのです。だがわたしたちの間の格闘は生命ではなく，領土をめぐってであった。あなたはご自身に関するかぎり，勇敢で活発な戦士であることを示されました。幸運がわたしに味方し，王であるあなたを囚われの身となしました[40]。あなたに起こったことは，わたしにも起こること

---

40)　フランス王フランソワ1世は1525年の2月にパヴィアの戦闘において皇帝カールの軍隊によって捕虜となり，スペインに送られ1526年1月のマドリッドの条約によって釈放された。この対話編の執筆は1525年7月以降とされる。

ができたのです。またあなたの不運はわたしたちすべてに人間的な定めであることを警告しています。このような種類の闘争が双方にとってどんなに損失であるかをわたしたちは経験したのです。こうなったら，わたしたちの間では別の仕方で相争おうでは御座いませんか。わたしはあなたに生命と自由とを与えます。わたしはあなたを敵としてではなく，あなたを友人として迎えます。これまでの悪事のすべてをわたしは忘れましょう。無償で，かつ，自由にあなたの民の下にお帰りください。あなたの〔元来の〕領土を続けてお持ちください[41]。よい隣人であってください。またこれからは二人のうちのどちらかが他方に対し信義と義務と寛大さにおいて勝利するかというこの一事でもって競い合うといたしましょう。もはや戦闘を交わすのではなく，一方が他方よりいっそう広範囲に支配するかではなく，その領土をいずれがいっそう気高く治めるように致しましょう。先の戦闘ではわたしが幸運にも称賛を勝ち取りました。これから勝利者となると，前より遥かに素晴らしい栄光を獲得するでしょう。このような寛仁の名声は，フランス全土をわが領土に加えるのに優る，真の称賛をわたしにもたらすでしょう。そしてあなたの感謝の評判は，あなたがわたしをイタリアの全土から駆逐するに優る称賛をあなたにもたらすことでしょう。わたしが手にした称賛を妬んではいけません。そうすれば今度はわたしがあなたの称賛を促進し，あなたはこの友人に快く恩義を感じることでしょう」。

肉屋　そうしたら確かにフランスばかりか全世界にもそのような義務を負わせることができるでしょう。というの

---

41)　マドリッドの条約でフランスはブルゴーニュとイタリアの一部の領有権を失い，フランス本土のみが残された。

もこの潰瘍を癒すのではなく，悪い仕方で痛みをおさえると，直ぐにも傷跡が口を開き，古い膿がもっとひどくなって吹き出さないとよいのですが。

魚売り　皇帝カールはこのような人間にふさわしい教養[42]によって何とも偉大にして称賛に値する栄光を全世界にわたって手に入れることになるでしょう。こんなにも人間らしく，こんなにも慈悲深い君主に喜んで服従しないような国民があるでしょうか。

(7) 教皇の任務について

肉屋　あなたは皇帝を真に見事に演じさせました。今度は教皇の役を演じてみてください。

魚売り　細事にこだわっていると時間がとてもかかります。短く切り詰めてお話ししましょう。わたしは全世界が理解できるように，次のように振る舞います。わたしは教会のかしらであって，キリストの栄光と全人類の救済のほかには何も求めません。このことは教皇の名前に対する憎しみを本当に軽減し，永続する名声を生み出すことでしょう。だが，こんなことを言っていると，わたしは人々がよく言う「驢馬から落ちた」ことになって，わたしたちはもくろんだことからすっかり脱線してしまったことになります。

肉屋　このわたしがあなたを直ぐにも正しい道に戻してあげよう。ところで，あなたは教皇が定めた掟が教会に属する人たちすべてを拘束すると言っていましたね。

魚売り　そうです。

肉屋　そうすると〔背いた人は〕地獄に堕ちることになり

　42）「人間にふさわしい教養」とは humanitas の訳語であって，人間性よりも人間にふさわしい教養を意味しており，ルネサンス時代の理想とする人間像を表明している。

ますか。
魚売り　そう言われています。
肉屋　司教たちが定めた掟も同じですか。
魚売り　各々の領地〔管轄教区〕では，そうだと思います。
肉屋　大修道院長でも同じですか。
魚売り　それはどうでしょうか。この人たちは一定の制約の下に管理を引き受けているからです。彼らは修道会全体の承認がないと，ご自分の指令を配下の者たちに負わせることができません。
肉屋　司教も同じ制約の下にその実行を引き受けるとしたら，どうなるでしょうか。
魚売り　わたしはそれについては疑念をもっています。
肉屋　教皇には司教の決めたことを無効にすることができますか。
魚売り　そう思います。
肉屋　教皇が命じたことは，だれも破棄できないのですか。
魚売り　だれもできません。
肉屋　そうすると，どうしてわたしたちは，教皇の意向が少しも正しく知らされなかったという名目で廃止されたという話しや，また信仰に外れているがゆえに以前の教皇が決めたことが後の教皇によって否決されるという話しを聞くのですか。
魚売り　そういったことは，また一時的なものとして，こっそり取り除かれるのです。というのも教皇でも人間と同じように，人物や出来事について知っていないことがありますから。その他の普遍的な公会議の権威によって発令されたものは，天からのお告げであって，福音と同じ影響力をもっているか，それにもっとも近いものです。

肉屋　福音書を疑うのは許されていますか。

魚売り　冗談でしょう。聖霊によって正しく召集され，運営され，布告され，承認された公会議について疑ってはならないのです。

肉屋　もし誰かが公会議にそんな力があることを疑うとしたら，どうしますか。そのような非難はあります。わたしはバーゼル公会議が多くの人たちによって拒否され，コンスタンツ公会議だってすべての人が承認しなかったと聞いています。わたしは現在のところ正統派と思われている人たちについて話しているのです。最近のラテラノ公会議についてはわたしは何も言いたくない。

魚売り　疑いたい人は自分の危険をかけて疑ったらよい。わたしは疑いたくないです。

肉屋　そうするとペトロは新しい掟を作成する権限をもっていたのか。

魚売り　そうです。

肉屋　またパウロもその他の使徒たちもともにその権限をもっていたのか。

魚売り　ペトロはキリストから委ねられたそれぞれの教会においてそれをもっていたのです。

肉屋　またペトロの後継者たちにも，ペトロ自身に等しい権限があるのか。

魚売り　どうしてそうではいけないのですか。

肉屋　そうすると，ローマ教皇の勅書にも，ペトロの手紙と同じだけ敬意を払わねばならないのか。また司教たちの法令にも，パウロの手紙と同じだけ，敬意を払わねばならないのか。

魚売り　わたしとしては彼らが指示し，権威をもって提出したのなら，それにもっと敬意を払わねばならないと思います。

肉屋　だが，ペトロやパウロが聖霊の息吹を受けて書いた

のかどうか疑ってもいいかね。

魚売り　それどころか，それを疑う者は異端者となりますよ。

肉屋　教皇や司教たちの勅書や法令についてもあなたは同じ考えですか。

魚売り　教皇に関してはそう言う意見ですが，司教のほうはどうとも言えません。神聖なことでは話しは別ですが，事柄自身がはっきりするまでは，何事にも誤って嫌疑をかけてはなりません。

肉屋　どうして聖霊は，教皇より司教のほうが誤りを犯すと，それをすぐに赦すのか。

魚売り　首領が冒す危険の方がいっそう重大ですから。

肉屋　司教たちの法令がそんなに力があるなら，主が『申命記』でだれも律法に何かを追加したり，取り除いたりしてはならないと厳しく威嚇していることは，なぜなのですか

魚売り　隠されていた意味を拡大してして説明したり，律法を遵守する方法を吟味するように勧める人は，律法に何かを追加しているのではないのです。律法を聞く人の力に合わせて説明したり，そのときどきの必要に応じて，何かを提示したり，何かを隠したりすることは，律法を取り去ることではありません。

肉屋　ファリサイ派の人たちや律法学者たちの指令は何か拘束するものではなかったのだ。

魚売り　そうではないと思います。

肉屋　どうしてそのようになったのか。

魚売り　彼らには教える権限はあったが，律法を作る権限はなかったからです。

肉屋　人間の法を作るのと，神の法を解釈するのと，どちらの権限のほうがより大きいと思いますか。

魚売り　人間の法を作るほうでしょう。

肉屋　わたしにはそうは思われない。というのも解釈する権利をもつ人の見解には神の法の重みがあるから。

魚売り　あなたが言っていることがわたしには全く分かりません。

肉屋　もっとはっきりと言いましょう。神の法は両親を援助しなさいと命じます。ファリサイ派の人たちはこれを解釈して、賽銭箱に投げ入れたものは父に与えたものである、なぜなら神はすべての人の父であるから、と言う。神の法はこのような解釈を認めませんか。

魚売り　それはもちろん間違った解釈です。

肉屋　しかし、彼らに解釈する権利をいったん与えてしまうと、だれの解釈が正しいかが、どうしてわたしに分かるでしょうか。とりわけ彼らの意見が互いに一致しない場合にはそうなります。

魚売り　共通感覚〔一般的な見解〕で満足できなかったら、司教の勧告に従いなさい。それがもっとも安全です。

肉屋　そんなわけで、ファリサイ派の人たちと律法学者の権威は、〔今日では〕神学者たちや説教師たちに転がり込んだのか。

魚売り　そうです。

肉屋　ところがだ、神学校で学んだことがない人たちに優って、「聞きなさい、わたしはあなたがたに言いたい」などと押しつけがましく、だれも頻繁に語っているのを聞きません。

魚売り　あなたは素直にみんな聞いてやりなさい。だが、ただ単純に正気を失っていない場合だけ、賢明にな。正気を失っているときは人々が立ち上がってやじり倒すべきだ。そうすれが彼らも自分の愚行に気づくであろう。しかし、博士の学位をもっている人たちは信用しなくてはいけない。

肉屋　だがね，わたしはそんな人たちの中に全く無学な人たちよりも遥かに粗野で愚かな人がかなりいるのを知っている。またもっとも博識な人たちの間では驚嘆すべき論争が見られます。

魚売り　最善の解釈を選んで，説明できないものは他の人たちに任せ，大家たちや多くの人たちが一致して正当と認める解釈をいつも受け入れるべきです。

肉屋　それがいっそう安全なことをわたしにも分かっている。だが間違った解釈があるように不当な指令もあるのかな。

魚売り　そんな指令があるかどうか，他の人たちに検討してもらってください。わたしはありうると思います。

肉屋　アンナスとカイアファ[43]は法を定める力をもっていたのか。

魚売り　もっていました。

肉屋　この人たちが定めた指令はだれにでも地獄の刑罰に服させていたのか。

魚売り　わたしには分かりません。

肉屋　アンナスが，市場から帰宅した者は身体を洗わないで食事をしてはならない，と決めたとしてみよう。そうすると身体を洗わないで食事をした者は地獄の刑罰の対象となるのか。

魚売り　わたしはそうは思いません。公共の権威を蔑ろにして，犯罪を増加するなら，話しは別です。

肉屋　神の掟はすべて地獄の刑罰を負わせるのか。

魚売り　そうは思わない。神学者の言うことを信用すれば，確かに神は赦される罪[44]であっても，すべての罪を

---

43) アンナスはユダヤの大祭司で，その義理の息子カイアファはイエスの処刑に関わった大祭司である。ヨハネ福音書第11章と使徒言行録第4章を参照。

44) 「赦される罪」(veniale) というのは弱さのゆえに誤っ

禁止しております。

肉屋　神がその憐れみをもってわたしたちの弱さを支えてくれなければ，おそらく赦される罪だって地獄に引っぱっていくだろう。

魚売り　仰ることはばかげてはいませんが，それを確認するつもりはありません。

肉屋　イスラエル人がバビロニアに追放されていたとき，律法が命じていたその他の多くのことのほかに，割礼を無視した人が多くいた。その人たちはすべて破滅したのか。

魚売り　そのことは神だけが知っています。

肉屋　飢えで死の危険に曝されたユダヤ人がこっそり豚肉を食べたとしたら犯罪を犯したことになるのか。

魚売り　わたしの考えでは〔飢えという〕苦境がその行為を免除するでしょう。実にダビデは律法の戒めに違反して神聖なパンを食べたのに，主なる神の口によって弁護されましたから[45]。彼だけが食べたのではなく，彼と一緒に逃走していた不信仰な仲間たちにもそれを与えたのです。

肉屋　もしそのような苦境が飢えによって死ぬか，それとも盗みを犯すように誰かを追い込むとしたら，死と盗みとのどちらを選ぶべきであろうか。

魚売り　ことによるとそのような場合には盗みは盗みではないかもしれない。

肉屋　何だって，わたしは何を聞いたのか。卵は卵でないのか。

魚売り　とりわけ，できるだけ早く返却し，持ち主に喜ば

て犯す「小罪」を言うのであって，地獄落ちとなる「大罪・死罪」（capitale）から区別される。

45)　サムエル記上，21・3-6，マタイ12・1-8を参照。

れようという気持ちで食べたとしたら，そう言えるでしょう。
肉屋　もし隣人に不利となるように偽証しないと，その人が殺されるとしたら，どうですか。〔偽証と死の〕どちらをその人は選ぶべきですか。
魚売り　死です。
肉屋　姦淫の罪を犯せば，命を救うことができるとしたら，どうですか。
魚売り　死んだほうが良いでしょう。
肉屋　単純な猥褻行為で死を免れうるとしたら，どうです。
魚売り　人々言っているように，むしろ死ぬべきです。
肉屋　そうなるとなぜ卵が卵ではあるのをやめるのか。とりわけ暴力も侮辱も起こっていないときには。
魚売り　〔猥褻行為は〕娘のからだを侮辱していますよ。
肉屋　偽証して助けるならどうだね。
魚売り　その人は〔偽証するくらいなら〕死ぬべきです。
肉屋　だれも害さない単純な虚言はどうですか。
魚売り　むしろ死を選ぶべきだと人々は教えています。ですがわたしは，重大な苦境とか大いに役立つことが提示されると，この種の虚言は罪ではないと，もしくはとても軽微な罪だと，信じたいです。それが有害な虚言に慣れてしまうのを学ぶようになる危険を冒す，明らかな機会となるなら，話しは別だ。祖国全体のからだと魂を無害虚言でもって救うことができる，そういう危機が起こったと想像してみてください。敬虔な人はどちらを選ぶべきでしょうか。虚言を避けるでしょうか。
肉屋　他の人たちが何をするのか，わたしには分からない。わたしだってホメロスのような虚言なら 15 ぐらいは平気で言えますよ。小さな染みならわたしは聖水でもって拭き取ってしまいます。

魚売り　わたしもそうするでしょう。

肉屋　そうすると，神が命じたり，禁じたりすることは何でも地獄の刑罰を負わせないことになる。

魚売り　そうでないように思われます。

肉屋　そうすると，義務を負わせる仕方は，律法の創始者からだけでなく，その実質内容からも来ていることになる。苦境に譲歩するのと，譲歩しないのがあることになる。

魚売り　そう思われます。

肉屋　司祭が生命の危険に曝されるとき，妻を娶れば救われるとしたら，どうであろうか。〔妻を娶るか娶らないかの〕いずれを選ぶべきか。

魚売り　死のほうです。

肉屋　神の法が必要〔苦境〕に譲歩しているのに，人間の作ったこのような法律が何にも譲歩なさらないテルミヌスの神[46]〔つまり壁〕となっているのか。

魚売り　妨げているのは法ではなくて，誓願ですよ。

肉屋　もし誰かがエルサレムを巡礼する誓約を神にしておきながら，生命を確実に損失しないでは，その誓約を果たすことができないとした，どうなる。その人は行かないでしょうか，それとも出かけていって死ぬべきでしょうか。

魚売り　死ぬべきです。誓願をローマ教皇から嘆願して解除してもらえれば，話しは別です。

肉屋　ある誓願は解除され，他の誓願はどうして解除されないのか。

魚売り　一方は厳粛な誓願で，他方は内密な誓願であるから。

---

46)　ラテン語のテルミヌスはローマの境界の神を意味する。ここでは「壁」の意味である。

13 魚 料 理

肉屋　厳粛な誓願とは何ですか。

魚売り　いつも〔一定の儀式によって〕執り行われるものです。

肉屋　そうすると，毎日のように執り行われている他の誓願は厳粛なものではないのか。

魚売り　執り行われていても，あれは内密なものです。

肉屋　したがって修道士が修道院長の前で個人的に信仰告白するなら，それは厳粛な誓いではないのか。

魚売り　あなたはふざけているのですか。内密な誓願は，ちょっとした義憤を起こすだけですから，簡単に解消されます。内密な誓願をする人は，もし好都合なことが起こると自分の考えを変えるつもりで誓顕を立てるのです。

肉屋　それでは永久に続く純潔を内密に告白する人は，そういうつもりで誓約しているか。

魚売り　そうなります。

肉屋　したがって，永久にして，永久ではないというのか。それじゃカルトゥジオ会の修道士が，肉を食べるべきかそれとも死ぬべきかの状況に追い込まれたとしたら，どうであろうか。どちらを選ぶであろうか。

魚売り　黄金の杯や宝石と同じ力と効力を発しないような肉はないと，医者は教えていますよ。

肉屋　それでは宝石や黄金でもって危篤の人を救うのと，そういうものを売った代価でもって生命の危機にある多くの人を救助し，病人には鶏肉を与えるのと，どちらが得策かね。

魚売り　どっちでしょうね。

肉屋　それでも，魚や肉を食べることは，あの人々が「本質的なもの」と呼んでいるものの部類に入っていませんね。

魚売り　カルトゥジオ会士たちのことは彼らの陪審員に任

せておきましょう。

肉屋　わたしたちは普通の言葉を使いましょう。モーセ律法には熱心に，頻繁に，多くの言葉を使って，安息日を守るように催促がなされています。

魚売り　そうです。

肉屋　そうなら，わたしは危険に瀕した町を，安息日を破ってでも救援に駆けつけるべきが，否か。

魚売り　そうするとあなたはわたしを当分の間ユダヤ教徒にしたいのですか。

肉屋　そうですよ，しかも割礼を受けた人にね。

魚売り　主〔なるイエス〕ご自身が，この厄介な問題を解いています。つまり安息日は人間のために定められたのであり，その逆ではないと。

肉屋　したがって，その掟は人間の作ったあらゆる規則よりも有力であることになる。

魚売り　何か反対しないなら，そうですね。

肉屋　もしも律法の創始者が，だれにも地獄の罰を負わせず，それどころかどんな罪をも負わせないで，自分の指令を勧告よりも重大に考えないとの意図でもって，法を定めたとしたら，どうなるかね。

魚売り　よい友よ，どのくらい法が拘束力をもつかは，制定者の手のうちにはありません。法の制定者はその権能を法を作ることに使ったのです。その他のこと，つまりその法がどの程度の拘束力をもつかどうかは，神の掌中にあります。

肉屋　それではどうしてわたしたちの司祭が毎日のように説教壇から「今後，断食しない人は永遠の罰が下るでしょう」と叫んでいるのはなぜだろう。あれでは，どのように人間の法が拘束しているのか，わたしたちに知られていないかのようだ。

魚売り　あれは強情な人たちをむしろ脅えさせるためで

す。あのような言葉は強情な人たちに向けられているからです。
肉屋　だがやはり，あのように言って強情な人たちを脅えさせるものかどうか，わたしには分からない。だが弱気な人たちを不安や危険に突き落としているのは確かだ。
魚売り　両方〔強情は人たちと弱気な人たち〕に対処するのは難しい。
肉屋　しかし慣習と法律は同じ力をもっているのか。
魚売り　時折，習慣の力のほうが大きいことがある。
肉屋　つまり，慣習を導入する人たちには誰かに罠をかけるつもりはなくとも，習慣は人々が欲しようと，欲しまいと，人々を拘束するのだ。
魚売り　わたしもそう思います。
肉屋　習慣は重荷を課すことができても，それを取り除くことができないのか。
魚売り　そのとおりです。
肉屋　そんなわけで，必要に迫られてもいないのに，またそれほど大きな法的な効用もないのに，人々によって新しい法律が作成されることが，どんなに危険であるかということを，あなたはもうお分かりでしょう。
魚売り　認めます。
肉屋　主イエスが「いっさい誓いを立ててはならない」[47]と言うとき，主は誓う人をみな地獄の罰に値するとはみなしてはいないだろう。
魚売り　そうしていないと思います。あれは忠告であって，戒めではありません。
肉屋　しかし，主が「誓ってはならない」ということよりも厳密に，かつ，厳格に禁じられたことはほとんどないとき，どうしたらそのことがわたしに明らかとなるであ

---

[47]　マタイ 5・34

ろうか。

魚売り　博士たちのところで学ぶことができますよ。

肉屋　パウロが忠告を与えるときにも地獄の罰へ拘束しないのかね。

魚売り　決してしないよ。

肉屋　なぜそうなのかね。

魚売り　彼は弱者に罠をかけようとしないからです。

肉屋　そうすると地獄の罰で拘束するか拘束しないかは，立法者の掌中にあることになる。高徳な立法者は何かの制度によって弱者たちに罠にしかけないように用心するものだ。

魚売り　そうです。

肉屋　またパウロもこの点を警戒していたからには，司祭たちはもっとそのように対処すべきである。どんな精神で彼らが対処しているかわたしにはよく分からないのだ。

魚売り　そのとおりです。

肉屋　だが少し前には，どの程度まで法に拘束力があるかは立法者の掌中にあるということを，あなたは否定していましたよ。

魚売り　今問題なのは忠告のことで，法のことではありません。

肉屋　名称を変えることほどやさしいことはない。「汝盗むことなかれ」というのは戒命ですか。

魚売り　そうです。

肉屋　「悪人に手向かってはならない」はどうかね。

魚売り　それは忠告です。

肉屋　だが，この後者のほうがあの前者よりも戒命の性格をもっている。司教たちは彼らが制定したものを戒命としたいのか，それとも忠告としたいのかの決定を，その掌中に収めているのか。

魚売り　そうです。

肉屋　だが，あなたは少し前にそれを大胆にも否定していたのですよ。そして実際，自分の作った指令が，誰かに何かの罪を犯すようになることを望まない人は，その指令が戒命ではなく忠告であるようにと確かに望んでいますよ。

魚売り　そうですが，民衆がそれを知ってしまうと，守りたくないことは直ぐに忠告だとわめき出したりしますから，有益ではありません。

肉屋　ですが，その間にあなたが黙っていると，全く良心が臆病になってひどく惨めにも当惑しているのを見たら，あなたはどうしますか。だが，さあ，先生方には何かの徴でもって指令には忠告の力があるのか，それとも戒命の力があるのか，把握しているなら，わたしに教えてください。

魚売り　わたしが聞いたところでは，彼らにはできるのです。

肉屋　その秘密を知るのを許してくれませんか。

魚売り　いいでしょう。べらべらと喋らないならね。

肉屋　とんでもない，あなたは物言わぬ魚にそれを話しているんですぞ。

魚売り　「わたしたちは勧告します，指示します，伝達します」とだけ聞くなら，それは忠告です。だが「わたしたちは命じます，厳しく戒めます」と聞こえたら，それは戒命です。とくに破門の脅迫が加わったなら，それは戒命です。

肉屋　わたしがパン屋に借金しているとき，それを支払えないので，牢屋に監禁されるよりも，逃亡しようとするなら，それは罰せられる罪かね。

魚売り　わたしはそうとは思いません。支払う意志がないのではないから。

肉屋　そうすると，わたしはどうして破門されるのか。
魚売り　その電光が悪人どもを戦慄させるためです。罪のない人たちを傷つけたりしません。昔のローマにも恐ろしい脅迫するような法律があったのをあなたは知っているでしょ。だがそれは脅迫するためにだけ作られたのです。負債者のからだを切り刻むように厳命した，十二表法[48]によってもそのために作られたのです[49]。実際に行われた例はひとつもありません。それはただ戦慄させるために作られたのです。さて電光というものは蝋や亜麻布ではなく，銅板を狙って落ちるように，あのような破門も不幸な人たちではなく，強情な人たちを狙っているのです。だが，率直に言うと，キリストから受け継いだ稲妻をこのようなくだらないことに使うとはほとんど，昔の人たちが言う，「レンズ豆に高価な油を注ぐ」[50]ようなものです。
肉屋　家父長も，司教がその教区でもっているのと同じ権限を，自分の家庭でもっているのか。
魚売り　そう思います。それは比例しています。
肉屋　彼の命令も同じように拘束力があるのか
魚売り　どうしてあってはいけないですか。
肉屋　わたしが「だれも玉葱を食べてならない」と命令する。これに従わない人は神のもとでどのような危険な目に遭うのか。
魚売り　その人に試して見させたらよかろう。
肉屋　これからはわたしは「命令する」とは言わないだろ

　　48）十二表法とは紀元前 451-450 年に公布された民法・刑法・宗教法であった，ローマ法の中で日常生活に関するもっとも重要な規定を定めたものである。
　　49）アウルス・ゲリウス『アッチカ夜話』XX,1 参照。
　　50）エラスムス『格言集』I, 7, 23 参照，それは不適切なことをするという意味である。

う，そうではなく「忠告する」と言うことにする。
魚売り　それは賢いな。
肉屋　だがわたしが自分の隣人が危険なめにあっているのに気づいたとき，彼を呼び寄せて酒飲みやばくち打ちとの付き合いを止めるようにこっそり忠告する。ところが彼はその助言者を追い払って，前よりも破滅的な生活をはじめるんだ。この場合わたしの忠告は彼を拘束すだろうか。
魚売り　そうかもしれない。
肉屋　そうすると，わたしたちは忠告しようと勧告しようと，罠から逃れないことになるな。
魚売り　とんでもない，罠をしかけるのは警告ではなく，警告の中身ですよ。たとえばあなたが弟にサンダルを履きなさいと忠告したのに，無視された場合，それは犯罪とは見なされないでしょう。
肉屋　医者の命令がどの程度拘束するか，ここでは質問しないことにしよう。誓約は地獄の罰に巻き込むのだろうか。
魚売り　確かにそうです。
肉屋　どんな誓願でもか。
魚売り　区別なしにすべてです。正当にして合法，かつ自由なものでしたらそうです。
肉屋　あなたは「自由」で何を考えるか。
魚売り　圧迫を剥ぎ取ることですよ。
肉屋　「圧迫」とはなにかね。
魚売り　それは志操堅固な人を恐怖の状態にすることです。
肉屋　ストア派の人をもか。それは「大地が裂けて〔その頭上に〕落ちてきても，大胆不敵な人にその残骸が降り

かかり」[51] 哲人を破滅させることなのか。

魚売り　そのストア派の哲人を連れてきてください。そうしたら答えましょう。

肉屋　冗談は止めましょう。飢えと恥辱の恐れが志操堅固な人を揺るがさないだろうか。

魚売り　どうして揺るがさないことがありますか。

肉屋　まだ成人に達しいない娘が親の知らない間に結婚してしまったら，親がそれを知れば黙認しないだろうが，その結婚の誓いは合法的ですかね。

魚売り　合法的でしょう。

肉屋　そうなるかどうかわたしには分からない。もし本当にそうなら，それは真実であるとしても，弱い人の躓きとなるので黙っていたほうがよい部類の一つに入るだろう。その両親の意向によって花婿と契約を結んだ娘が両親の意に反してこっそりと誓願して聖クララ修道会[52]に献身するとしたらどうだろう。その修道の誓願は許可され合法的ですかな。

魚売り　それがもし正式のものでしたらそうです。

肉屋　片田舎の目立たない修道院で誓願を立てたものでも正式ですかな。

魚売り　そのように思われます。

肉屋　この同じ娘さんが家で少数の証人の前で身体の永遠の貞淑を約束するとしたら，それは適法ではないのだろう。

魚売り　それはいけません。

肉屋　どうしてそうなるのか。

魚売り　もっと神聖な誓願がそれを妨げるからです。

---

51)　ホラティウス『カルミナ』III, 3, 7f.
52)　フランチェスコが 1212 年にクララと一緒に創設した女子修道会を指す。

肉屋　同じ娘が小さな地所を売ったとしたら，その契約は有効だろうか。

魚売り　そうは思いません。

肉屋　同じ娘が他の人の権力に身を献さげるとしたら，有効ですか。

魚売り　神に献身するならね。

肉屋　私的な誓願でも人間を神に献身することではないのか。結婚の聖なるサクラメントを授かる人は，神に献身しているのではないのか。神が結びつけた人たちを人は離してはならない。神によって結ばれた者は自分を悪魔に献さげることになるのか。主は結婚した者についてだけ，「神が結び合わせてくださったものを，人は離してはならない」[53]と言いました。そのうえ，まだ成熟していない青年や単純な少女が親の脅迫，後見人の冷酷さ，修道士らの邪悪な熱狂，おべっかや非情さから修道院に押し込まれたとき，その誓願は自由といえるのか。

魚売り　正邪の区別ができる歳になっていればよいのですが。

肉屋　あの年ごろはとても欺されやすいんだ。いとも簡単に欺すことができる。金曜日にはぶどう酒を断つと心にもくろむとしたら，どうだろうか。この企ては誓願のようにわたしを拘束するのか。

魚売り　そうは思いません。

肉屋　断固とした企てと秘かに心に立てた誓願との間にはどんなに相違があるんだね。

魚売り　自分を縛ろうとする意志ですよ。

肉屋　以前あなたは，ここでは意志など問題ではない，と否定していただろう。それがわたしにできるなら，企てるだろうよ。だが，わたしにできても，できなくてもす

---

53)　マタイ 19・6

るのが誓約ですよ。
魚売り　そうお考えですか。
肉屋　わたしは壁に霧を描きましたよ。それはつまり何もないってことよ。したがって〔企だてる〕意図の中に〔起こっている〕事柄の性質を考慮すべきことかな。
魚売り　わたしもそう思います。
肉屋　また，あそこでは法という名称を，ここでは誓願という名称を使うのを警戒すべきってことかね。
魚売り　その通りです。
肉屋　ローマ教皇が，だれも七親等までの人と婚姻を結んではいけないと，決定したとしたら，六親等の親族と結婚する者は，罪を犯したことになるのか。
魚売り　そう思います。確かに危険を冒すことになるでしょう。
肉屋　もし司教がその配下の者たちに，だれも月曜と木曜と土曜のほかには妻と同衾してはいけないと定めたとしたら，その他の日にこっそり妻と付き合う者は，罪を犯したことになるのか。
魚売り　そう思います。
肉屋　だれも玉葱を食べてはいけないと布告したら，どうですか。
魚売り　それは信仰とどんな関係がありますか。
肉屋　玉葱は肉欲を引き起こしますよ。わたしが玉葱について言ったのと同じことをキャベツに当てはめてみろよ。
魚売り　どう答えたものか分からない。

(8) 神の法と人間の法，および公会議について
肉屋　どう答えたものか分からないとはどうしてなのだ。人間の法律はどこからその拘束力が来るのか。

魚売り　それは「人は皆，上に立つ権威に従うべきです」[54]というパウロの言葉からですよ。

肉屋　そうすると，司教や政務官の法令はすべて義務を負わせるのか。

魚売り　ただしそれが公正，正当，合法的に告示されたものでしたら。

肉屋　しかし，そういう事柄をだれが判定するのか。

魚売り　法を作成した人自身でしょう。というのも法を解釈するのは法を作成した人の特権ですから。

肉屋　そうすると，どんな法令にも区別なく服従すべしということなのか。

魚売り　わたしはそう考えます。

肉屋　愚かで不敬虔な長官が不敬虔で不正な法令を作ったとしたらどうかな。人はその人の判断に照準を合わせることになるのか，判断する権利をもっていない民衆は従うことになるのか。

魚売り　起こりそうもないことを夢想して，何か役立つでしょうか。

肉屋　親を扶助している人が，法に強制されなければ，扶助しないとしたら，法を実現してはいないでしょう。

魚売り　そうは思いません。

肉屋　どうしてそうなるのか。

魚売り　まず第一に，法を作成した人の意図を満たしていないから。第二に，義務を果たそうとしない意志に偽善を加えているから。

肉屋　断食していながらも，教会が命じなければ断食しないような人は，法を実現しているだろうか。

魚売り　あなたは法の制定者とその対象とを変えていますよ。

---

[54]　ローマ 12・1

肉屋　それでは指定された日に断食しているが，律法がそれを強制しないと，断食しないようなユダヤ教徒と，人間によって課された断食を遵守しているキリスト教徒とを比較して見なよ。このキリスト教徒は，もしあなたがその法を廃止するなら，決してそれを守ろうとはしないだろう。あるいは，もしお好みなら，豚肉を避けているユダヤ教徒と金曜日に肉とミルクを使った料理を断っているキリスト教徒とを比較して見てはどうです。

魚売り　わたしは弱さから法に少しだけ逆らっている人には救しが準備されていると思います。もちろん故意に法に逆らい，かつ，不平を言う者には同じようにはされません。

肉屋　それでもあなたは，神の法がいつでも地獄の罰を負わせないことを認めていますよ。

魚売り　わたしが認めていないとでも言うのですか。

肉屋　あなたは同じ地獄の罰を負わさない人間が作った法があることを認めないで，人を疑惑の中に見捨てているのだ。したがって，あなたは神の法よりも人間の法を重んじているように思われる。虚言や中傷はその本性上悪いもので神から禁じられている。それでもあなたはある種の虚言や中傷の中には地獄の罰を負わせないものがあることを認めている。それなのに金曜日に何かの理由で肉を食べる人を地獄の罰から救おうとはあえてしないのだ。

魚売り　誰かを免罪にしたり，断罪したりすることはわたしのすることではありません。

肉屋　もし神の法も人の法も等しく拘束するとしたら，二つのあいだにはどんな違いがあるのかね。

魚売り　次のことは確かにある。人間の法を犯す人は，スコラ哲学的な表現法を使うのを許してもらえば，「直接的に」人間に逆らって罪を犯し，「間接的に」神に逆

らって罪を犯しています。神の法を犯す人はその逆になります。
肉屋　あなたが酢かそれともニガヨモギ汁かをわたしに作ってくれるかは、両方とも飲まねばならないときには、どうでもよいのだ。わたしを傷つけた石が跳ね返って友人に当たろうと、その順序が逆だろうと、どうでもよいのだ。
魚売り　わたしはもうその点を学習しています。
肉屋　では、二つの法における拘束の程度が与えられた状況によって課されるとしたら、神の権威と人間の権威との間にはどんな区別があるのか。
魚売り　それは不敬虔な訊問です。
肉屋　ところが多くの人たちはとても大きな相違があると信じているんだ。神はモーセを通して律法を提示した。これに違反することは許されない。同じお方は教皇たちや確か公会議を通して諸法令を作られる。律法と諸法令との間にどんな区別があるのか。モーセの律法は〔モーセという〕人を通して、わたしたちの法令は人々を通して作られる。そこで、神が一人のモーセを通して告げたものは、聖霊がしばしば開催される司教たちや学者たちの公会議を通して編纂したものよりも権威をもっていないように思われる。
魚売り　モーセの霊感を疑うことは許されません。
肉屋　パウロは司教たちの役割を担っているが、パウロの教えとすべての司教の教えの間にはどんな区別があるのか。
魚売り　それはパウロが、争いの余地なく、聖霊に満たされて書いたからですよ。
肉屋　こうした著作家の権威というものはどの程度まで評価されているのか。
魚売り　使徒たちに優っていると思われません。公会議の

権威は神聖不可侵であることを除けばの話だから。
肉屋　パウロの霊感は，なぜ疑うことが許されないのか。
魚売り　教会のコンセンサス〔意見の一致〕が反対するからですよ。
肉屋　司教については疑ってもよいのか。
魚売り　利益を上げることや不敬虔であることがそれ自体として明白に糾弾されないなら，分けもなく疑ってはなりません。
肉屋　公会議についてはどうですか。
魚売り　仕来り通りに，かつ，聖霊によって召集され，開催されたとしたら，疑うことは許されません。
肉屋　そういうことが適合しない何らかの公会議もあることになりますね。
魚売り　ありえます。もしないとしたら，神学者たちがこのような留保条項を加えることは決してなかったでしょう。
肉屋　そうすると公会議についても疑うことができるように思われるな。
魚売り　全世界のキリスト教徒の判断と合意によって受け入れられ承認された後ではありえないとわたしは信じています。
肉屋　神の意志によってあの神聖にして犯すべからざる聖書の権威に境界線が定められたからには，神の法と人間の法との間には別の区別があるように，わたしには思われるのだ。
魚売り　どんな違いですか。
肉屋　神の法は恒常不変なものです。その除外例としては，特定の時代に対して意味があり，かつ，強制するために定められたと思われるような種類のものがあって，それを預言者たちは肉的な意味では廃止されると予言していたし，使徒たちも無視するように教えていた。それ

から人間の法には時折不正にして愚かな有害なものがある。そこで上に立つ権威や国民がこぞって無視することで廃止されるのだ。そのようなことは神の法には起こらない。さらに言うと，人間の法はそのために制定された目的がなくなると，自ずと消滅する。たとえば，教会堂の建築のため毎年何か寄付するようにと命じる指令が個々人に発令される場合，教会堂が完成すると厳しい法は消滅するのだ。

　その他に，人間によって作成された法は，それを適用する人たちの同意が確認されなければ，法とは言えない。ところが神の法はあれこれと評価されるべきではないし，廃止されることができない。なるほどモーセにしてもその律法を公表する前に民衆の支持を問うたが，これが必要であったからではなく，むしろ民衆にもっと責任をとらせるためであった。なぜなら，あなたの賛成によって確認された法をあなたが蔑ろにするのは，破廉恥なことだからだ。

　最後に，人間の法というものはほぼ目に見えるものを命じているが，それは敬虔に導く教育者であって，ある人が精神的にたくましく進歩すれば，もうそのような格子〔で作った柵〕は必要ではなくなる。ただし，その人は，悪意はないとしても迷信の虜となっている弱い人たちを躓かさないように尽力すべきである。それはたとえば父が未熟な娘に，結婚するまでその純潔をいっそう安全に保つために，ぶどう酒を飲まないように命じるようなものだ。だが，彼女が成長して，もう男の嫁になると，父の命令を守らなくなる。薬と同じような法律も多いですよ。まことに薬は医者自身も認めているように，状況次第で変えられ，別のものになる。医者たちが昔から伝えられているのと同じ薬だけをいつも使っていると，彼らは癒すよりも，多くの人を殺してしまうだろ

う。

魚売り　あなたはほんとに沢山のことを一緒にしていますよ。その中にはわたしが気に入るものや気に入らないものが幾つかあり，理解できないものも多くあります。

肉屋　司教たちの法令が明らかに利益の悪臭を放っているなら，つまり，たとえばその法令が，個々の教会区の司祭たちが1年に2度もドゥカーテン金貨[55]で司教の留保事項と呼ばれる免罪の権利を——それでもって配下のものからもっと強奪するために——買うために定めるとしたら，あなたはそれに服従しなければならないのか。

魚売り　仰るとおりです。だが，その間に不当な法に対して，暴動を起こすのはいつも避けるが，大声を出して反対しますよ。だが，どうしてこの肉屋の尋問者はわたしを苦しめるのですか。職人は自分の道具を使えばいいんだ。

肉屋　こういう問題でわたしたちは実は宴会で苦しめられているのだ。そこでは討論がときおり熱を帯びて論戦となり，血を流すことになるんだ。

魚売り　戦いたい人にはそうさせておくがよいでしょう。このわたしとしては先祖が作った法はうやうやしく受け入れ，神から来ているように畏敬の念をもって遵守すべきだと思っています。公共の権力に関してはそれを悪く邪推したり，嫌疑をまき散らしたりするのは安全でないし，敬虔でもありません。すこしは暴政のようであっても，不信心を強制しないなら，暴動によって逆らったりするよりも忍耐するほうが望ましいのです。

肉屋　それは威信を誇っている人たちの支配にとっては確かによい託宣であることを認めよう。そこで，わたしはあなたと一緒に考え，彼らを妬まないようにしよう。

55）　ヨーロッパで13-19世紀に通用した金貨。

(9) キリスト者の自由について

肉屋 その他にわたしは〔気分を変え〕進んで人々の自由と利益が考慮される仕方を聞きたいですな。

魚売り 神はその民を見捨てたりなさらないでしょう。

肉屋 だがその間に使徒たちが福音によって約束した，精神の自由はどこにあるのか。パウロも繰り返し十分教えているように，「神の国は飲み食いではない」，「わたしたちは養育係〔律法〕の下にはいない」[56]。また，もはやこの世の霊力に奴隷として仕えていない[57]。その他に無数にあるのだが，キリスト教徒がユダヤ教徒よりも多くの規則で縛られ，神から伝えられた戒めの大部分よりも，人間の法のほうが厳重に彼らを拘束するとしたら，この自由はどうなるのか。

魚売り 肉屋さん，わたしはあなたに言いたいです。キリスト者の自由というのは，人間の組織から解放されて好きなことをしてもよいということで成立していません。そうではなく，情熱的な精神ですべてに取りかかり，命じられたことを進んで，かつ，溌剌と実行することにあるのです。もちろん奴隷としてではなく，神の息子としてですよ。

肉屋 とても見事なお話しですな。しかしモーセの律法の下にも息子たちはいたし，福音の下にも下僕らがいたんだ。また，そのうえにもし人間の大部分が律法の強制によって義務を果たす奴隷であるとしたら，息子たちもそうした者でないかとわたしは懼れるのだ。そんなわけで新しい戒めと古い戒めの間にはどんな区別があるんだね。

魚売り わたしが判断できるかぎりでも沢山あります。古

---

56) ローマ 14・17, ガラテヤ 3・25
57) ガラテヤ 4・3 参照。

い戒めが覆いをかぶせて教えていたことを新しい戒めは目の前にはっきりと提示したのです。前者が謎めいて〔ぼんやりと〕約束したことを，後者はその大部分をはっきりと提示したのです。前者はただ一つの民に伝えられたが，後者は全人類に分け隔てなく救いを教えています。前者は少数の預言者と選良の人々に優れた霊的な恩恵を分け与えたのに，後者は年齢・性・国を差別しないで，すべての種類の賜物を惜しみなく降り注ぎました。たとえば言語・救い・預言・奇跡といった賜物がそれです。

肉屋　そういった賜物は今どこにあるんだ。

魚売り　奇跡は止まっているが，消えてしまったのではないのです。キリストの教えは公表されたので，奇跡の必要がないからでもあるし，わたしたちが大抵名前だけのキリスト教徒となってしまい，奇跡を生む信仰を失っているからです。

肉屋　不信仰な人たちや疑い深い人たちに奇跡が必要なら，全世界はそういう人たちで今あふれているぜ。

魚売り　不信仰といっても単純な過ちに陥っている者もあって，たとえばコルネリオの家族に福音の恩恵を授けたということで，ペトロに不平を述べたユダヤ人の例がある。先祖から受け継いだ宗教を救いを授けるものと考え，使徒の教えを異国の迷信であると考えていた異教徒も，そうした人たちです。この人たちは奇跡を見て改宗したのです。ところがこの人たちは，全世界にあんなに大きな光を放っていた福音を信じようとはしないのです。彼らは単純に誤っているのではなく，悪い情念によって目が見えなくなっており，正しく生きるために理解しようとしないのです。どんな奇跡でもこの人たちを良い精神に変えたりしません。また今は彼らを癒すときであって，その後に罰するときが来るでしょう。

中間考察——同時代の神学者たちについて

肉屋　あなたは十分にありそうなことを話したが，わたしは魚売りなどは信頼しないようにしているんだ。わたしはだれか卓抜な神学者に尋ねてみたいのだ。そのお方が個々の問題に答えてくれることなら何でも天からの神託のように従うだろう。

魚売り　それはだれなんですか。パレトリウスですか。

肉屋　あの方は何年も前から全く狂っていますよ。狂った老婆に説教するのが似つかわしい。

魚売り　では，ブリテリウスですか

肉屋　あんなお喋りの詭弁家をこの俺が信じるとでも言うのか。

魚売り　それじゃ，アンピコルスだな。

肉屋　わたしの問題を解いてもらうのに誰が彼などを信用しますか。わたしは間違って彼に信用貸しで肉を売ってしまった。金銭の問題でも未だ全うに解決できない男がわたしの問題を良心的に解くことなどできるだろうか。

魚売り　レマンティウスか？

肉屋　わたしは盲人を道案内にする気はないよ。

魚売り　それでは誰なのですか。

肉屋　知りたいですか。ケパルスだよ。三言語を習得し，あらゆる学芸に精通し聖書と古代の神学を長いあいだ研究し，かつ，探求した人ですよ。

魚売り　それよりもっと優れた忠告を知っていますよ。あなたは地獄に行けばそこでドルイヌスに会えるでしょう。あの方ならちっぽけな疑問などすべて両刀の斧でもってわたしに道を明らかにしてくれるでしょう[58]。

---

58) この箇所はエラスムスが同時代人に対する論戦を巧に暗号化したものである。ドルイヌスの下でデュケスネが，ブリテリウスの下ではエラスムス・アルバーが隠されている。ケパルスはすでにプレザード・スミス（『エラスムス対話集への鍵』ハーバート神学研究，

肉屋　あなたは先に行って，わたしに道を明らかにしてくれないか。

(10) 真の敬虔について，時代の宗教行事に対する批判

魚売り　だが冗談はよしにして，肉を食べる許可が下りるという話しは本当ですか。

肉屋　それはあなたをいじめるために冗談を言ったのさ。それでも，もし教皇がそれをとても欲しているなら，塩魚組合が反乱を起こすだろう。さらに世間にはファリサイ派の人たちが大勢いて，そのようなどうでもよい戒めを守らないと自分の聖性を売り込むことができないのだ。彼らはすでに獲得した名誉を取り上げられることに我慢できないし，彼らより下位の人たちが自分よりも多くの自由を与えられるのを許さないでだろう。どんなものを食べてもかまわないことになったら，肉屋にも有利ではなかろう。そのときにはわれわれの商売の成功も動揺を来たし確かではなくなるだろう。今の利益はもっと確実だし，冒険や労苦が少なくて済むだろう。

魚売り　あなたの言ったことは全く真実です。同じような損失がわたしたちにもやってくるでしょう。

肉屋　嬉しいことにようやく魚売りと肉屋が意気投合できるものが見つかったぞ。だがこれからはわたしも真剣に

第13号，ケンブリッジ，1927）によって W. ケフル（カピト）と同一視されている。この人の三言語習得についてエラスムスはその手紙で何度もほのめかしている。またパレトリウスは西スイスの改革者ファレルと同一視される。アンピコルス（両足跛行症の人）はルーヴァン大学の神学者ヤコブゥス・ラトムスへの当てこすりである。レマンティウス（ただれ目）はカメルスとは別の関連でルーヴァンのカルメル会修道院長ニコラウス・エグモンダヌスと呼ばれていた人への当てこすりである（『格言集』I, 9, 29 参照）。なお，ラトムスについて詳しくはルター『スコラ神学者ラトムス批判』（『後期スコラ神学批判文書集』金子晴勇訳，知泉書館，2019 所収）の解説を参照。

語ることを開始したいのだ。僅かな法令によって拘束されることがことによるとキリスト教の信仰者たちにどのように好都合であろうとも、とりわけ敬虔〔信仰〕に妨げになるとは言わなくとも、あまり役立たないか、全く役立たないとしても、それでもわたしたちは、人間の指令のすべてを放棄したり、何とも思わず、それどころか行わないように禁じられているからこそ、多くの人が行っていることに賛同すべきではない。しかしながら、わたしは人間が多くのことで転倒した判断を下していることに驚いているわけにはいかない。

魚売り　その点についてわたしはどんなに驚いても驚きたりない。

肉屋　わたしたちが神官たちの特権や威信の重みに何か衰えが見えはじめたのではないかとの危険を嗅ぎつけると、天地がひっくり返るような大騒ぎとなる。また人間の権威をそんなにも重視して、神の権威をあるべきよりも軽視するような危機が明らかに迫っていると、わたしたちは眠り込んでしまう。それはスキュッラを避けて、破滅をもたらす災難であるカリュブディスを恐れないのと同じだ[59]。司教たちにはその栄誉が当然与えられるべきである。誰がそれを否定しようか。とりわけ彼らがその名にふさわしく行動していればな。しかし、ただ神にのみ与えられるべき栄誉を人間に移すことは不敬虔である。また、わたしたちが人間を熱心に敬い、神を少ししか敬わないのも不敬虔である。人は隣人のうちに現臨する神に栄誉を与えるべきであって、隣人のうちなる神を崇めるべきである。だが同時に、このような機会に神が

---

[59]　「カリュブディスを避けた後、スキュッラに転落した」との格言にあるように二つとも航海の難所を示す。エラスムス『格言選集』（前出）50-55頁参照。

その栄誉をだまし取られないように留意すべきだ。

魚売り　わたしも同じように見ております。多くの人たちはそのような目に見える〔外面的な〕儀式を信用するため，それにより頼んで，真の敬虔に属することを無視しています。彼らは神の恵みに属するものを自分の功績に帰して尊大に振る舞っています。また，いっそう完全なものに向かって前進すべきなのにそこに留まっています。さらにそれ自身善でも悪でもないもの[60]のゆえに隣人を中傷しています。

肉屋　いやそれどころか，同じ事柄について二つの可能性があって，その一方が他方に優っているのに，わたしらはいつも悪い方をより良いと考えてしまう。身体および身体の属するものが至るところで精神に属するものよりより重要視されるのだ。人を殺害することは重大な犯罪とみなされている。それはその通りだ。だが，死をもたらす教説と有毒な刺激でもって人の精神を堕落させることは遊びなのである。もし司祭がその毛髪を伸ばしたり，世俗の人の衣服を着たりすると，捕まって牢屋にぶち込まれ，厳しく処罰される。だが彼が売春宿で酒を飲んだり，女遊びをしたり，他人の妻を堕落させたり，聖書朗読を怠っても，それでも彼は教会の柱〔重鎮〕なのである。わたしだって司祭が変装するのを弁護しないが，本末転倒した裁き方は告発しますよ。

魚売り　それどころか，司祭が時祷の任務を果たさないと，彼には破門が待っている。だが高利貸しをしたり，聖職売買に手を出しても，彼は罰を受けたりしないのだ。

肉屋　もしだれかが，異なった衣装を着たり，肉を食べる

---

60)　これは善悪無記の中性的な善いものを指しており，キケロが『義務について』で詳論したものを言う（キケロ，前掲書，参照）。

ようなカルトゥジオ会の修道士を見つけたら，そのときその人は，どんなに忌み嫌ったり，戦慄したり，大地が口を開いて，見た者も見られた者も一緒に呑み込まないかと恐れるであろうか。ところが，その同じ修道士が酩酊したり，狂ったように虚言をもって他の人たちの名誉を傷つけたり，見えすいた詐欺で無力な隣人を欺いても，だれもそのことで彼を忌み嫌ったりしない。

魚売り　同様にもしフランチェスコ会の修道士が瘤のない腰紐を締めていたり，アウグスティヌス会の修道士が革ではなく羊毛の腰紐を締めていたり，カルメル会の修道士が帯を締めてなかったり，ロドス騎士修道会士[61]が腰紐を締めていたりしているのを誰かが見るとしたら，さらに，もし靴をはいたフランチェスコ会修道士やサンダルを携行する〔裸足の〕十字架会修道士が見つかったら，（よく言われる）テュロス海が荒れて波が高くなって来ないだろうか。

肉屋　それどころか，最近わたしたちのところの二人の女性に起こったことだが，二人とも賢い人たちだとあなたでも考えただろうが，その女性の一方が流産してしまい，もう一方は気絶してぶっ倒れてしまった。それが起こったのは，彼女たちが近燐の修道女たちを監督していたある聖職者が，リンネルの衣服に黒のパリウム（肩衣）を羽織らずに，人前でうろつき廻っているのを見たからなんだ。しかし，同じ鳥どもが飲んでは騒ぎ，小声で歌い，踊りまくっているのを，彼女たちはしばしば見ていたのにそうなんだ。その他のことは言わないでおこう。そのようなときには彼女たちは吐き気も起こさなかった

61）ロドス騎士修道会士は1310年以後ロードス島やキプロス島を拠点に活動し，ヨハネ騎士修道会士とも呼ばれ，十字軍や巡礼者のために病院や軍事活動を行った。

んだ。

魚売り　弱い性には思いやりが必要でしょう。ところであなたは多分ポリュトレスクス[62]を知ってると思うが。あの人は結核で危険な状態になっていた。医者たちは卵と乳を摂るようにながいこと説得していたのだが，無駄であった[63]。同様に司教も一緒になって励ましていたんだ。彼は教養のない人ではなく，神学得業士であったのに，〔聖俗〕二人の医者の忠告に従わないで，もっと早く死にたかったようでした。そこで医者と友人は彼を欺そうと考えたのです。卵と山羊の乳からスープが作られ，それをアーモンドの乳液だと告げたのです。彼は喜んでそれを飲みました。同じことを何日か続けていると，少し快方に向かいはじめたんです。ある少女がそのごまかしを暴くまでそれは続きました。それを知ったとき彼は食べたものを吐き出しはじめました。ところが乳についてはこんなにも迷信深い同じ人が，わたしに返済すべき借金を拒否しても少しもやましさを感じないのだ。なぜなら，わたしが何も知らずに彼に示した証文をこっそり指の爪で引き裂いたからだ。そうしておいて彼は宣誓し，それと同効力の説明をわたしは〔裁判で〕求められたのだ。わたしは彼に負けてしまった。この種の告発なら彼は毎日でも望むかのように少しも危惧することなく引き受けるというのです。こういう考えよりも性悪なものが何かありますか。彼は司祭にも医者にも従わなかったから，教会の精神に反抗して罪を犯していたのです。乳に関してはとても弱気であったのに，明白な偽証に関しては動じない良心をもっていたのです。

---

　　62)　「迷信深い」という意味。
　　63)　ここでは古い断食規定にしたがって卵とミルクを摂取することが禁じられている。

肉屋　それを聞いてわたしは，少し前にあるドミニコ会の修道士が大衆向けの説教で話した，ある物語を思い出した。それは説教の苦み（つまり〔復活祭直前の〕聖金曜日に主の死について説き明かしたもの）を愉しい説話によって和らげようとしたのだ。

　ある青年が修道女を手籠めにした。腹部がふくらんできたことがその事実を証明している。修道女たちは一堂に呼び出され，女子修道院長が議長を務めた。その修道女は告発された。否定する余地がなかったのだ。避けられない証拠があったから。そこで彼女は状況の事情に，もしくは罪を他人に転嫁することへと逃げようとした。彼女は言った，「わたしは自分より力の強い人に強襲されたのです」と。でも，「あなたは少なくとも悲鳴をあげることができたでしょう」と言われた。それに対して彼女は「できればそうしたかったし，わたくしもそうしたことでございましょう。でも，寝室では沈黙を破ることは許されません」と答えた。

　これは多分作り話しかも知れない。ただし，これよりもっと馬鹿げたことがとても多く行われていることは認められねばならない。ところで，わたしが自分の目で見たことを話してみよう。その人の名前と住所は言わないでおこう。わたしの親戚にベネディクト会の次席修道院長がいるんだ。この人は大食堂と呼ばれるところの外でないなら肉食をしない連中の一人で，教養があると思われており，自分でもそうありたいと願っていた。年齢は50歳ぐらいで，酒を飲み競い，陽気にはしゃぐことが彼の日々の務めで，12日毎に公衆浴場に行っては腰部に付いた汚れを洗い流しておった。

魚売り　どこからそんな金を得ていたのですか。
肉屋　年に600フロリンの所得があったのだ。
魚売り　真に羨ましい清貧ですな。

肉屋　彼が酒と色香で肺病を患い，医者に見放されると，彼の修道院長は肉を食するように命じ，服従しないと罰すると恐ろしい言葉を付け加えたのだ。死に赴く人がそんなにも長い年月の間嫌ったことがない肉を食わせることにとても手こずったそうだ。

魚売り　次席修道院長はそのような大修道院長にふさわしい。あなたが誰について語っているのか予言してみようか。というのも同じ作り話しを聞いたのを憶えているから。

肉屋　当ててみな。

魚売り　大修道院長は大柄で，太っており，舌足らずに話す人ではないかね。次席修道院長のほうは背が低いほうで，真っ直ぐな体格で痩せていたでしょ。

肉屋　当たっている。

(11) 宗教儀式と行事における本末転倒した判断

魚売り　しっぺ返しをしましょう。最近わたしが見たことを聞いてください。わたしはそこに居合わせただけではなく，いわば監督していたのです。

　　二人の修道女がその親戚を訪ねていたのです。行きたかったところに着いたとき，召し使いがうっかりして彼女たちの住んでいる修道会の規定通りの時祷書をもってくるのを忘れてしまった。不滅の神よ〔なむさん〕，そこでは何という混乱が起こったことか。二人は晩の祈祷を唱えないでは食事をとれないと言う。それも自分たちの時祷書以外のものでもって祈るのでは許されていなかった。その間に家の者たちは皆食事をとりたかったのです。これ以上わたしは何を言うべきでしょうか。召使いは家に駄馬でもどり，深夜になって忘れた本をもってきた。お祈りをしてから，ほぼ十時頃わたしたちは夕食をとったのです。

肉屋　聞いたところでは，そんなにひどく咎められるべきことではないようだ。

魚売り　当然です，あなたはまだ話しを半分しか聞いていないのですよ。

　食事の間にあの二人の修道女は酒を飲んで快活になり始めたんです。ついに宴会は放逸な笑いや慎みが少しもない冗談でがなり立てられるようになりました。だが修道会の公式どおりに祈祷しないでは食事をしたくない，と言っていたあの修道女たちほど羽目を外した人はこれまで誰もいなかった。宴会が終わると遊戯や輪舞また歌となった。その他のことはお話ししたくない。でも，あの夜に少しも修道女らしくないことが行われたのではないかと，わたしはひどく危惧している。ふしだらなおどけた所作，めくばせ，口づけがはじまったことに，わたしが欺されたのなら話しは別です。

肉屋　こうした自堕落の責任は修道女たちにあるよりも，彼女たちの世話をすべき司祭らにあるのだ。だがな，いいか，〔その〕物語には〔別の〕物語でもってつぐなうことにする。あなたはその話しを，わたしが実際に見た出来事としてむしろ聞くことになる。

　近頃何人かの人たちが，たまたまパンがなかったからだろうが，主の日〔日曜日〕にあえてパンを焼いたかどで投獄されたんだ。わたしとしてはその行為を裁いたりしないが，その判決を吟味してみたい。その後幾日か経って棕櫚の主日[64]と言われる主の日に，わたしは近隣の村にたまたま行かねばならなかった。午後の4時ころそこへ行く途中で痛ましいと言ったらよいのか，ばからしいと言ったらよいのか分からない光景を目にした。どんなバッカス〔ギリシア神話の酒神〕のお祭りでもあん

---

64)　それは復活節直前の日曜日を指す。

なに破廉恥なものはないと思うな。ある者らは酒に酔ってあちこちよろめいて舵手のいない船のように風と潮流に翻弄されていた。他人の腕に摑まって転倒しないように支えられていても、彼ら自身は少しもしっかりしていない。またある者らは繰り返し転倒し、立ち上がるのに苦労していた。オーク〔楢の木〕の葉で作った冠をかぶった人もかなりいましたよ。

魚売り　その人たちにはぶどうの葉のほうがよかったのではないか。〔ぶどうの葉を巻き付けた〕テュルソスの杖[65]を手にしたほうがよかったのでは。

肉屋　ある老人はシレノス[66]の役を演じていた。この人は何人かの肩に荷物のように高く担がれていたが、かつて人々が死体を運び出す身振りで、つまり足を歩く方向にのばして、だが前のめりになって担いでいた。それは老人が仰向けに横たわり、吐いても息をつまらせないためだった。彼は痛ましくも最後尾の担ぎ手のふくらはぎやかかとの上に吐いた。この担ぎ手の中にはしらふな者は

---

65) ギリシア神話のテュルソスのことで、キヅタとぶどうの葉を巻き付けたバッコスとメナーデの杖を指す。

66) エラスムス『格言選集』（前出）123頁にはシレノスについて次のように説明されている。「アルキビアデスのシレノス〔という格言〕は教養ある人たちのあいだで格言となったように思われる。もちろんギリシア人たちの収集したものに格言として記録されている。この格言は次の〔二つの〕事柄に関して使われた可能性がある。〔第一に〕人々が言っているように外見的に最初見たところでは卑しく笑うべきものと思われるが、しかし内側をいっそう接近して観察する人には驚嘆すべきである事柄に関して、〔第二に〕その態度や顔が心中に隠し持っているものを余りにも少ししか明示していない人間に関して使われた可能性がある。というのはシレノスは何かある彫刻された小さな像であったと言われているからである。それは中を開けて説明できるように作られていた。それが閉じられていると、馬鹿げた、かつ、奇っ怪な笛吹きの外観を呈していた。だがそれが開けられると、突如として神性がその姿を現したのであった」。

だれもいなかった。そのほとんどがあざ笑っていたんだが, あなたがそれを聞いたら, すぐにも狂気の沙汰だと言っただろう。彼らは皆バッカスの狂乱に取り憑かれていたのだ。このように行列を組んで町なかを, しかも白昼堂々と, 歩き回ったんだ。

魚売り　この人たちはどこからそのような狂気の沙汰に陥ったのですか。

肉屋　近隣の村では町より少しだけ安く酒が買えるのだ。そこで何人かの飲み仲間が出かけていって, 安いのでいっそう気前よく飲んで, 正気を失ったんだ。確かに金はかからなかったが, いっそうひどく狂気を引き起こしたんだ。もしこの連中が卵を食ってみろ, まるで親でも殺したみたいに, 牢屋にぶちこまれただろうよ。ところが連中は, お説教を聞きに行かなかったとか, 晩禱をそっちのけにしたとかいうことは別にしても, こういう神聖な日にとんでもない乱痴気騒ぎを人前で演じ, それが見のがされている, だれひとり連中を処罰もしなければ, 非難もしなかったんだ。

魚売り　しかし, あなたはそのことをひどく驚くには及ばないですよ。町のど真ん中にある教会の隣の居酒屋ではどんな祝日でも, 礼拝を執り行ったり, 説教を聞くことができないほどの喧噪と大騒ぎでもって飲んだり, 歌ったり, 踊ったり, 争ったりしています。この人たちが同じ時間に靴でも繕ってみなさい, あるいは金曜日に豚肉でも味わってみなさい, かれらは重罪人として告訴されるでしょう。そうは言っても主の日というのは福音の教えを聞く時をもつために特別に制定されたのです。そのゆえに心を整える余暇をもつため靴を繕うことが禁じられたのです。それは途方もない見解の転倒ではないでしょうか。

肉屋　けしからぬ転倒だよ。断食の掟そのものには二つの

ことが含まれていて，一つは食事の節制であり，もう一つは食事の選択である。前者が神の戒めであって，確かに神の掟と一致しており，後者は人間が作ったばかりか，どんなに釈明しても，使徒の教えとほとんど衝突していることを知らない人はいない。それなのに前後転倒した判断から，食事を摂ることは一般に罰せられないが，人間によって禁じられていても，神が許し，使徒たちも許している食物を食べることは，重罪となるのだ。たとえ断食が使徒たちによって命じられたものであることが確定されていなくとも，彼らの模範と手紙によってそれは奨励されている。パウロの判断によって庇護されてきたように[67]，人が感謝して食べるようにと神が創造した食物を摂ることを禁止するには，一体どれだけの言い訳が必要となることか。それでも全世界の至るところで盛んに食事会が催されても，誰も気を悪くしたりしない。それなのに病人が家禽の肉一片でも味わうものなら，キリスト教が宗教としての危機に陥ってしまう。それなのにイングランドでは四旬節の〔断食〕期間に1日おきにちゃんとした正餐が用意されるが，誰も驚かないのだ。それなのに発熱した人がひよこのスープに触れようとすると，瀆聖行為よりもひどい犯罪であるとみなされる。それなのに同じイングランドでは，キリスト教徒の間でこの断食よりも重要で神聖な行事はないのに，わたしが先に言ったように，四旬節の間に食事をしても罰せられないんだ。それに反し四旬節以外の金曜日に同じものをあなたが試みて見ろ，誰も許してくれないのだ。なぜかと聞き返せば，それは国の習慣だと彼らは主張するのだ。その地域の習慣を無視するものを彼らは憎悪するのだ。それなのに彼らは，教会の最古の習慣を悉く無

67） Ⅰテトス4・3参照

視している自分自身のことを知らないのだ。

魚売り　わたしたちは理由もないのに自分が住んでいる祖国の習慣を無視する人を是認すべきではないのです。

肉屋　わたしとしては四旬節を神と自分の腹とに使い分けている人たちを告発しているのではないのさ。物事の転倒した判断を知らせているのだ。

魚売り　この主日というのは、人々が一緒に集まって福音書の説教を聞くために特別に設定されるようにと〔律法に〕書かれているのですから、ミサ聖祭を献さげない人は忌み嫌われるのです。説教をないがしろにし、球戯を好む人はきっと汚れがないのです。

肉屋　だれかが口も洗わないで聖体を拝領するなら、どんなにひどい恥ずべき行為を犯したものかと人は考えるであろう。人々が邪悪な欲望で汚れた不潔な〔洗わない〕心で同じことを行っているとき、何にも感じないとはどうしたことだ。

魚売り　司教によってまだ聖別されていない杯や皿で犠牲を献さげるならば、あるいは平服で犠牲を献さげるならば、それよりも前に死にたいと願う司祭らが何と多くいることか。だがそのように感じている連中の中には、前夜の酩酊でもっていまだ酔ったままに聖なる食卓に逡巡することなく近づく人たちが何と多いことでしょう。彼らが、聖油を振りかけなかった手で主の体にたまたま触れようものなら、どんなに震えおののくであろうことか。どうしてわたしたちは汚れた心で主の感情を害しないように、同じく慎重に吟味しないのか。

肉屋　わたしたちは神聖な容器〔祭具〕には触れないようにする。それがひょとして起こったなら、わたしたちは罪の償いをするように命じられていると考えるだろう。

それなのに何とも平気に聖霊の宿る神殿[68]を汚していることだろう。

魚売り　人間の手になる規則は，非嫡出の子や跛行する人また片目の人が神聖な務めに就くことを禁じています。この点ではわたしたちは何と厳しいことか。そんなに厳しいのにもかかわらず，でたらめに無学な者たち，賭博者たち，酒飲みども，兵隊や殺し屋を受け入れている。人々は「心の病はわれわれには見えない」と言うのだが，わたしは隠されたことを語ってはいないのです。わたしは身体の欠陥よりもはっきり見える悪徳について語っているのです。

肉屋　支払いやその他の不潔なこと以外にはその職責を何も果たさない司教たちもいるからな。彼らは司教の最高の尊厳である説教の義務をどんなつまらない人たちにも引き渡しているのだ。本末転倒した考えの虜となっていなければ，そんなこと決して行ったりはしないよな。

魚売り　どこかで司教が決めた祭日を守らない人は，捕まって罰せられる。それなのに下級官吏がいて，教皇や公会議が定めた多くの規則や多くの落雷〔破門状〕を無視し，聖職者の選挙を妨害し，聖職者の免税措置を廃止したり，老人や病人や貧民を支えるために敬虔な人たちの施しで建てられた療養所をも容赦なく手を付ける。彼らはきわめて些細なことで法を犯す人たちに激怒するだけで，自分をもう完全なキリスト教徒だと思っているのですよ。

肉屋　下級官吏たちのことは無視して，魚と肉について話すことにしよう。

---

68)　Ⅰコリント 6・19 参照。

(12) 断食と魚の話し

魚売り　分かりました。では断食と魚の話しに戻りましょう。わたしが聞いたところでは，教皇が定めた法律は子どもたち，老人たち，病人たちや無力の人たち，重労働に服している人たち，妊婦，授乳中の女，極貧のひとたちを，特別に除外してあるそうですね。

肉屋　同じことをわたしもしばしば聞いている。

魚売り　その他にわたしが聞いたところでは，ある卓越した神学者が，その名はジェルソン[69]と思うのだが，次のように追加しているそうです。「教皇の法律が特別に除外しているものに等しい理由が何かあるときは，同様にその規定も効力を失う」とね。

　確かに特別な身体的な体質の人たちもいて，はっきりした病気よりも絶食のほうが危険なのです。また，本当はもっと危険な状態にあるのに，はっきり現れてこない欠陥や病気もあるそうだ。だから自分自身についてよく知っている人は，司祭に相談する必要はないのだ。それはちょうど幼児たちが司祭に相談しないのと同じです。それは症状が幼児たちを法から除外しているからです。そして子どもら，とても年取った人たちや，それとは別に虚弱な人たちに断食や魚を食べるように強いる人は，二重に罪を犯しています。第一には隣人愛に反しており，第二には教皇は，その法を守った人たちが破滅を引き起こすようになるのを願っていないから，彼の意志に反しているのです。

　キリストが制定なさったことは，すべて精神と身体の健康のために定めたのです。どのような教皇でも自分の

---

69) ジャン・ジェルソン (1363-1429) フランスの神学者，「もっともキリスト教徒らしい博士」と呼ばれ，後期中世の影響力をもった神学者，かつ，教会政治家であった。

法令で〔人々を〕生命の危険に追い込めるほど大きな権力をもっていると考えていません。たとえば，誰かが夕食をとらなかったために不眠症を引き起こし，不眠症のために痴呆症の危険にさらされるとしたら，彼は教会の精神と神の意志に敵対する自殺行為者なのです。

(13) 世俗の権力は信仰上の問題に介入すべきではない

君侯たちは気に入ったときにはいつでも法を制定して，極刑をもって脅迫する。彼らに何が許されるのか，わたしは決めようとは思わない。だが，わたしは次のように申し上げたい。聖書に表明されている理由のほかには，死刑を与えないほうがずっと安全である，と。憎む行為に関しては，主は過激にならないようにわたしたちを呼び戻しています。たとえば偽誓については，総じて誓うことを禁じているし[70]，人殺しについては，怒ることさえ禁じています[71]。それなのに，わたしたちは人間的な制度によって〔死刑という〕殺人の瀬戸際まで追いつめ，それを正当防衛と呼んでいる。その反対に，人を納得させる理由が明らかになるたびに，身体的に虚弱な人が求めているもの〔食物〕をとるように隣人に対して進んで促すことが愛のわざです。また何も理由がないように思われるときでも，貪り食べている人が教会に対して明白な軽蔑を表明しなければ，その行いを正しい心で実行できると善意をもって解釈することが，キリスト教的な愛のわざなのです。世俗の治安判事が，反抗的に，かつ，治安を妨害しながら〔禁じられた肉を〕食べている人を処罰するのは正しい。しかし誰でも自分の家で身体の健康のために何を食べたらよいのかということは，

---

70) マタイ 5・33-37 を参照。
71) マタイ 5・21-22 を参照。

医者が配慮すべきであって、治安判事のすべきことではない。この人たち〔治安判事ら〕の不正行為がここでまた〔民衆の〕暴動を引き起こしたら、反乱のかどで彼ら〔治安判事ら〕が告訴されることはあっても、健康に奉仕していて、神の法も人間の法も犯していない人〔医者〕は告訴されたりしない。この点でわたしたちは教皇の権威の背後に隠れて言い逃れをしてはならない。教皇の思いやりはとても深く、訴える理由が馬鹿げていないと認めると、健康が要請することを進んで勧誘し、悪人どもの非難に対し特許状でもって守ってくれます。

終りにイタリアではどこでも市場で肉を売ることが許されています。それはもちろんあの法にきつく縛られていない人々の健康を配慮してのことなのです。わたしはあまりファリサイ派の人たちの信仰に陥っていない神学者たちが説教で「あなたがたは食事のときに、人間の身体の弱さのことを考えて、一片のパンを食べ、4分の1のぶどう酒かビールを飲むことを逡巡してはいけません」と語っていることを聞いたことがあります。この神学者たちが、食事の代わりの軽食を健康な人たちに許可し、しかも食事を摂ってはいけないという断食を布告していた教会の指図に逆らって許可するような、そんなにも大きな権威を行使しているなら、どうして彼ら〔神学者たち〕はまともな食事を摂ることを、身体の弱さがそれを要求している人たちに、思い切って許可しないことはないでしょう。それに教皇たちもはっきりした理由をあげて、それが好ましいと宣言しているのです。

ある人が自分の身体を皆より過酷に扱うならば、人は彼を熱心党と呼ぶかもしれない。というのも各人は自分のことが分かっているから。だが自然の法則に反し、神の法に逆らい、教皇の戒めの精神に逆らって、身体の弱い兄弟を死に、もしくは死よりも過酷な病に追いやる人

たちの敬虔と愛は，たとえ霊に促されたとはいえ，一体どこにあるのだろうか。

(14)「エロスさん」つまりエラスムスの魚きらいから起こった出来事

肉屋 あなたの話しはわたしが2年前に見聞した出来事を呼び起こしたよ。あなたはエロスさん[72]を知っていますね。彼はもうれっきとしたご老体で，明らかに60がらみの人です。あの人の健康はガラスよりももろくて，持病に罹っており，あの恐るべき，きわめて厄介な学問に対する労苦でもって，〔ものすごい力で有名な競技者〕ミロンをもたたき出すことができるほど苦しめられている。それに加えて隠れた本性の特質によって子供のころから魚を食べることを嫌って，〔肉の〕断食に耐えることができなかった。このように彼は苦しんでいつも生命の危機にさらされたものだった。ついに教皇の特許をえてこのご老体はファリサイ派の人たちの毒舌から守られて安心するようになった。この人は最近友人に招かれてエレウテロポリス[73]の町を訪れた。ところがこの町はその名称〔自由な町〕に全くふさわしくないんだ。だが，そのときは四旬節〔レント〕であった。一日か二日は友人たちの希望に沿って費やされた。その間にだれの感情をも害さないように彼は魚の料理を食べた。そのとき彼は〔健康のために〕必要であったときはもちろん，何でも食べてよいという教皇の特許状をもってはいたんだ。その間に彼はもう持病がはじまったと予感していた。そ

---

72) 続くエロスの姿で語られる挿話には1523年にフライブルクを訪ねたエラスムスが隠されている。

73) エレウテロポリスとは「自由な町」の意味で，ドイツの中世都市フライブルクを指す。フライブルクは「自由な隠れ家」を意味する。

れはいつも経験しているものだが,死よりも残酷な代物なのだ。そこで老人はその町を出立する準備をした。あの町で病床に伏せたくなかったのだ。こうした事態は切迫していたのだ。ある人が,老人が魚を食べるのが嫌になって,予定したよりも早く町を離れるのではないかと怪しみ,あの地のもっとも優れた博士で最高の権威者であるグラウコプルトゥスに頼み,エロスさんを自宅の朝食に招待してもらった。エロスさんは,公共の宿屋ではどうしても避けることのできない喧騒に疲れていたので,それに同意した。ただし卵二つのほかには何も準備しないとの条件をつけて,それに同意した。彼はこれを立ったまま食べると,〔立ち去るため〕馬に乗ろうと思った。そこで彼は,その通りにすると約束した。ところが彼がそこへ出かけていってみると,鶏〔肉料理〕が用意されていた。エロスさんは不機嫌になり,卵のほかには何も手を付けず,食事会を中止して,何人かの同行した学者と一緒に馬に乗って〔立ち去って〕しまった。

　ところがこの鶏肉を焼いた強烈な臭いが,どうしてか分からないが,告発者たちのもとにまで届いてしまった。この人たちによって10人もの人が毒で殺されたという恐ろしい噂が撒き散らされた。この話しは,あの町中に単に鳴り響いただけではなく,行くのに3日もかかる他の町々にその日のうちに飛び火していった。さらによく起こるように,噂にはありそうなことが付け加わっていった。エロスさんは急いで逃走しなかったら,市当局に告訴されていただろう。このことはとんでもない虚偽なのだったが,グラウコプルトゥスが市当局にその〔責任追及の〕求めに応じて謝ったことも事実なんだ。

　エロスさんは,わたしが前に語ったような状態だったので,公衆の前で肉を食べても,だれも咎めることはなかったのだ。それなのにあの町では四旬節のあいだじゅ

う，だがとりわけ祭日には，気を失うほどに酒を飲み，騒ぎ，踊って，殴り合うのだ。それも教会の近くで博打(ばくち)遊びをするもんだから，説教が聞こえなくなるのだ。それでもだれも腹立たないのだ。

魚売り　判断力が全く転倒している。

肉屋　これと似ていなくはない話しを聞いてくれ。ほぼ二年前のことだが，同じエロスさんが保養のためにフェルウェンチア[74]へ行った。わたしも敬意を表して同行した。彼は多くの手紙で招待された旧友の家に立ち寄られた。その人はとても有力な人物で，その教区の指導者の一人であった。魚の料理を食べることになった。エロスさんは〔きらいなので〕再び困ったことになり始めた。こうして発熱，頭痛，嘔吐，結石症といった病気の進行がはじまった。主人は友人が重大な危機状態にあるのを知っていたが，肉の一切れも友人に与えようとはしなかった。どうしてでしょう。肉食が許される理由をすべて承知していたのにだ。彼は特許状を見ていたが，人々の毒舌を恐れていたのだ。そしてもう病は肉を与えても役立たないところまで進んでいった。

魚売り　エロスさんはどうしましたか。わたしは彼の気質を知っている。友人に悪評の重荷を負わせるなら，それより早く彼は死んでしまうでしょう。

肉屋　彼は部屋に閉じこもって，三日間自分のやり方で暮らしたんですよ。食事は卵一個でした。飲み物は砂糖入りの沸騰した水一杯です。そして熱が治まると直ぐに自分の糧食を携えて馬にまたがったんだ。

魚売り　何を持っていったんですか。

---

[74]　フェルウェンチアとはコンスタンツのことを言う。エラスムスは1522年9月にボッツハイムのカノン・ヨハンネスを訪問している。

肉屋　瓶詰めのアーモンドの乳剤と袋に入れた干しブドウだよ。家に帰ったときにはもう結石の痛みがはじまっており，あの方は一か月の間床に就いたのだ。それにもかかわらず，このひどい結果となった退去には，肉を食ったというでたらめの噂がつきまとって，しかもそれにはしばしば多大な嘘が随伴しておって，パリにまで伝えられたのだ。この種の腹立たしいことにはどんな対抗手段をとったらいいと思うかね。

魚売り　そういった人たちも頭には各々自分の溲瓶(しびん)にたまったもの〔小水〕をひっかけてやることだ。また，ひょっとしてそいつらに出っくわしたら，鼻をふさいで通りすぎたらいい。そうすれば自分の愚行に気づくだろう。

肉屋　このようなファリサイ派の人々の不敬虔は神学者の叱責によって糾弾されるべきだ。だが，あなたはあの客をもてなした主人のことをどう思うかね。

魚売り　その方はわたしには賢明に思われますよ。その方はどんなくだらない原因から群衆がどれほど大きな悲劇を引き起こすかをよく知っておられるようです。

肉屋　それでいいとも，このことは賢明に行われたとしよう。また，わたしたちはあの方の憚れを丁重に解釈しましょう。だが，同様な場合に兄弟を見殺しにする人が何と多くいることか。彼らは教会の慣習とか民衆の怒りだとかを口実にしているのだ。さらに彼らはどんちゃん騒ぎ，情事，奢侈，暇つぶし，聖書の研究に対する全くの軽蔑，横領，聖職売買と詐欺行為でやらかしている明白に破廉恥な生活を送っているのに，民衆の怒りなど何も恐れていないのだ。

魚売り　確かにそういう人たちはいますよ。彼らが信心と呼んでいるのは，粗暴で不信仰な残忍さなのだ。しかしわたしにはもっと残酷な人がいますよ。その人たちは人

をたまたま危険へと見捨てるというのではなくて，罠を
しかけるように危険なことを自分で発見して，多くの人
を心身の明らかな危機に陥るように駆り立てるのです。
とりわけ公の保証もなく勢威をふるっている人たちはそ
うなのです。

肉屋　あなたが何を言っているのかもっと説明してくれ。

(15) パリのモンテーギュ学寮での生活

魚売り　30年も前のことだが，わたしはパリに住んでお
り，酢からそのあだ名をとった学寮[75]に寄宿していた。

肉屋　これは知者の言葉を聞いているようだ。何を言いた
いのか。塩漬けの魚売りがそんなに酸っぱい学寮に住ん
でいたとは。このように多くの神学問題を理解している
のもおかしくはないぞ。聞くところによると，壁〔の落
書き〕自体が神学的精神をもっているそうだ。

魚売り　仰る通りです。しかし，このわたしはそこからは
最悪の体液に感染した身体とふんだんに豊富なシラミを
頂いたほかには何も獲られないで帰ったのです。でもわ
たしが語り出したことを続けましょう。

　その学寮は当時ジャン・スタンドンク[76]の監督下にあ

---

75)　パリのモンテーギュ学寮 Collegium de Montis Acuti〔山岳学
寮〕のことで，acutus〔鋭い〕から acetum〔酢〕を連想させた語呂合
わせである。エラスムスは1494年（/95年）に，カンブレー司教の援
助を獲て，パリのモンテーギュ学寮に寄宿して神学・聖書研究に着手
した。だがこの学寮の断食と禁欲という苛酷な生活に健康を損ない，
1496年にはここを去ってラテン語の教師として活動した。この学寮
は初めには地方の貧しい学生を援助するために建設されたが，そこで
ののみとしらみの生活への嫌悪感を生涯にわたって言い続けた。

76)　ジャン・スタンドンク（1453頃-1504）はマリーヌの貧し
い靴屋の子として生まれ，エラスムスと同様にオランダのハウダで，
神秘主義的傾向を持つ共同生活兄弟会の学校に学んだのち，ルーヴァ
ン大学，パリ大学で神学を学んだ。1476年ころモンテーギュ学寮に
入寮，83年5月30日寮長となった彼は，寮生に異常なほど厳格な禁

りました。彼は善良な意志の人でしたが，判断力には欠乏していました。ひどく貧乏な青年時代を過ごしたことを憶えていて，貧乏人に配慮しておりました。それはとても称賛すべきことでした。またもし彼が貧乏な若者たちに，まじめな勉強に役立つように手助けし，放縦な生活に有り余るほどの力を貸さなかったならば，称賛に値するでしょう。だが彼のやったことは，とても硬いベッドに寝かせ，とっても粗末な食料を少し与え，きつい徹夜と労働を強いたので，最初の1年間にとても有能で天分の才に恵まれた将来豊かな可能性のある若者たちが，その生活を経験して，ある者は死んだり，ある者は失明し，ある者は精神に異常をきたし，ある者は重い皮膚病に倒れたのです。その中の何人かをわたし自身知っており，とにかくそのすべてによって危険にさらされなかった人はいなかったのです。だれがこれが残酷な行為であると理解しない人が一体いるでしょうか。スタンドンクはこれでも満足しないで，それに修道服（肩衣）と頭巾を加え，肉料理をすべて禁じました[77]。またこの種の挿し枝を遠い地方にまで移植しました[78]。もし各人がそれ

欲的規律を課し，みずからもそれにつちかわれた北方系神秘主義的信仰を養おうと努め，ここに修道誓願は立てないままに一種の修道生活共同体を形成した。1493年学生数が八十名を越えるとともに，彼は正式の神学校の設立を考え，1494年4月正式認可を得てモンテーギュ修団が成立した。エラスムスはちょうどこのような時期に私費学生として入寮したのであり，給費生を対象とする神学校舎には居住しなかったが，峻厳な規律に縛られた点は同じことであった。聖職者の質的向上と学寮改革に注ぐスタンドンクの情熱と善意は認めながらも，エラスムスはその方法を時代錯誤と考えたし，その考えが正しかったことは今日あまりにも明らかである（世界の名著『エラスムス，トマス・モア』339頁の注参照）。

77) 前の注に述べた苦学生よりなる神学校の設立を指すと考えられる

78) スタンドンクはモンテーギュ学寮の教え子を各地修道院の

ぞれの傾向に，彼がやったように，のめり込むと，この種の人たちで世界が全部占領されてしまうでしょう。諸々の修道院も最初はこのようにして興ってきたし，それが今では教皇たちと君主たちの脅威となっているんです。

　隣人を信仰に立ち返らすことで名声を得るのは敬虔な行為ですが，衣服や食べ物で栄誉を求めるのはファリサイ派の人たちのすることです。隣人の窮乏を救うのは慈悲深いことですし，善意な人たちの施しを贅沢に乱用しないように警戒することは，道徳的な義務です。しかし先に言った難業苦行でもって兄弟たちを病気や発狂や死に追いやることは残酷であるし，近親を殺害する行為です。恐らくそこには殺害する意志はないとしても，殺人行為は現にあるのです。そうするとこの人たちにはどんな罪の赦しがあるのか。そのことは，当然，大きな無知によって病人を殺した藪医者と同じです。

　人は次のように言うでしょう，「この種の生活にだれも彼らを強制したのではなく，彼らは自発的にやって来て，入寮許可を願ったのです。うんざりしたなら，あなたがここを立ち去ることは自由です」と。スキュティア的な返事ですね[79]。そうすると若い人たちは知識のある人，世間の経験を積んだ人，また年をとった人よりも何が自分たちにふさわしいかを正しく洞察する必要があると言うのですか。そのような口実は，餌につられて捕獲網に引っかかった飢えた狼に言ったらよいでしょう。ひどく飢えている人に健康によくない死をもたらす食物を支給しておいて，死んでいく人間に同時に「誰もあなた

粛正のために派遣し，同じような学寮が北フランスからベルギーにかけて出現した。

　79）　ヘロドトス『歴史』IV, 131 で語られている物語をほのめかしている。

に食べるように強いていません。あなたは自発的に進んでそこに用意されてあったものを食べたのです」と言い訳するでしょうか。その人は正当にもこう答えるでしょう,「あなたは食物ではなく,毒をくれたのです」と。窮乏は大きな武器であり,飢餓は深刻な苦痛です。ですから「選択は自由である」というような大げさな言葉は引っ込めてもらいたい。それどころかそんな拷問を使う奴は,だれでも大きな暴力を行使しているのです。そのような残虐な行為は,貧しい人々を殺したばかりか,金持ちの子弟の命をも少なからず奪い,優れた性質の人たちをも堕落させてしまったのです。放縦にふるまう青年たちを穏やかな方法を使って抑制することは父親らしいことです。しかし,とても厳しい冬のさなかに飢えて渇望している人たちにパン一かけが与えられ,健康によくないか,そうでなくとも有毒な水しかない井戸から飲み物を求めるように命じられるとは。厳しい早朝の寒さだけでも死にそうだというのに。

　あそこで病気に罹って,まだ治っていない人を,わたしは沢山知っています。一階には健康によくない便所の横に悪臭を放った石膏の壁で囲まれた粗末な寝室がいくつかありました。そこに住んでいた人たちは皆死ぬか重病になっていたのです。罪のない人にも加えられた途方もない鞭の拷問については今は省略しておきましょう。

　落ち度のない者にまで加えられた,驚くべき野蛮な鞭打ちについても今は省略してますが,このようにして自堕落な態度を除去するんだというのが彼らの主張でした。自堕落な態度と彼らが呼んでいたのは,人より優れた才能のことなのですよ。彼らはそれをぼろぼろに打ち砕いて,修道院にふさわしい者たちへと再生するのです。あそこでは腐った卵をどれほど貪り食わされたことか。腐って悪臭を放つぶどう酒をどんなに飲まされたこ

とか。これらはもう是正されたかもしれないが、死んでしまったり、病んだ身体を引きずっていた人たちにはとっても遅すぎたことは明らかなのです。

　だが、わたしはあの学寮に対する悪意があって、このようなことを述べているのではありません。そうではなく宗教の衣を身に着けた人間的な残酷さが、まだ経験のない繊細な青年を損なうことがないようにと警告するのは、骨折りがいがあることだと考えたのです。あそこでは現在どの程度まで礼節や真の敬虔が教えられているか吟味しないことにしましょう。頭巾をかぶった人たちが皆、悪辣の行為を取り去るのを〔この目で〕見るならば、わたしはすべての人に頭巾を着けるように奨励したい。しかし現在はそのような状況になっていない。したがってこの種の生活をするように壊れやすい精神に強いたりしないで、その反対に心を敬虔に向けて教育すべきです。わたしがカルトゥジオ会の修道院に入っていって、一人か二人のひどく思慮に欠けた人や気が狂った人に出会わなかったようなことはほぼありません。——だが、こんなに長い脱線をしてしまったので、もう本題に返る時ですね。

(16) 現今の宗教生活に対する批判
(a) 人間の制度と宗教の制度

肉屋　とんでもない、この脱線はわたしたちにとって時間の浪費ではない。わたしたちは重要な事柄を論じてきたのだ。ひょっとしてあなたが人間の制度について述べたことに何かを付け加えなければならないと考えるなら話しは別だがな。

魚売り　もちろん、わたしは立法者がめざしていたことを実行しない人は、人間が定めた戒めを守ったことにはならないと考えます。そして、実際、祭日に単に手仕事を

するのをやめても，その間にミサに出席し説教を聞かない人は，祝祭日が定められた目的をなおざりにし，それを汚しているのです。なぜなら，いっそう善いわざが行われるために，よい仕事でも〔祝祭日には〕禁止されているのですから。だから，もう，いつもしている仕事の代わりに居酒屋の女将や娼婦のところで暇をつぶしたり，酩酊・喧嘩・賭け事に耽る人は，祝祭日に対して二重に違反しています。

肉屋　わたしの考えでは，聖なる祈祷の任務が司祭や修道士に指定されているのは，祈祷を実行することによって心を神に向けて高く上げるのに慣れさせるためなのだ。それなのに，この祈祷を行わない者は危険な状態に陥ってしまう。ただ口先で〔祈りの〕言葉をつぶやいたり，口から発した言葉に精神を集中させるように配慮しないし，それどころかそれなしには口から出たものさえ理解されえない文字を学ぼうと努めない者が優れた人と考えられ，自分でもまたそのように思っているんだ。

魚売り　わたしは祈祷の一部を省略したり，聖パウロについて語るべきときに，間違って聖母について語ってしまったことを，償いえない赦しがたい行為と考える，多くの司祭たちを知っていますよ。ところが同じ司祭たちが，神の法も人間の法も禁じている賭博や放蕩や泥酔を何とも考えていなかったのです。

肉屋　このわたしだって，たまたま食物を味わった後，口をすすいでいる間に数滴の水を胃に飲み込んでしまったとき，かなり多くの人たちがミサを献さげるよりも先に死んでしまいたいと考えているのを知っていますよ。それでも同じ人たちが，誰かに悪意を懐いており機会があれば殺したい，と告白していたんだ。そんな気持ちでキリストの聖餐に近づくことを恐れなかったのだ。

魚売り　それでも断食して〔ミサを〕奉献するようにとい

うのは人間の戒めです。聖なる食卓に近づく前に怒りを止めなさいというのは神の戒めなのです。

(b) 誓約について

肉屋　わたしたちは偽証に関しても何と転倒して考えていることか。他人から借りた借金は返済したと真っ当な誓約を確証した人が，もしも返済しなかったことが立証されたなら，面目を失うだろう。ところが誓約によって正式に貞潔を表明した司祭たちが公然とみだらながら生活をしているのに，彼らが虚偽の宣誓をしたことが何も非難されないのだ。

魚売り　あなたはどうしてこのような批判の合唱を司教代理にも歌わないのですか。この人たちは，聖職に任命する者たちがすべて，年齢においても知識においても振る舞いにおいても適切であると確認しましたと，聖壇の前で誓約していても，実際はその中で2人か3人がやっとその任に堪えられるが，大抵は辛うじて鋤の柄を使う仕事〔農耕〕に適しているのですから。

肉屋　何らかの原因で興奮して偽誓する人が処罰を受けているのに，たった三つの言葉を使って偽誓する輩が罰せられないでいるのだからな。

魚売り　そういう人たちは真剣に誓ってはいません。

肉屋　同じような種類の口実を使えば，本気ではなく人を殺してしまった奴でも赦されることになろう。偽誓することは冗談にでも，また，真剣にでも正しいことではない。誰でも冗談でもって人を殺すのは，怒りに駆られてそれが引き起こされるよりも，もっと残酷な犯罪となるだろう。

魚売り　もし誰かが君主たちが即位するときに行う誓約を同じ秤にかけられたら，どうなるでしょうか。

肉屋　この誓いはきわめて真剣なはずだが，それでも慣習

によって執り行われるので，偽誓とは考えられていないのだ。誓願についても同じ苦情が寄せられている。婚姻の誓約は疑いの余地なく神法に属する。それなのに人間の手になる修道生活の誓願によって解消されてしまうのだ。

魚売り　洗礼よりも宗教的な誓願はないはずなのに，それでも〔修道会の〕衣や〔修道院の〕場所が変わると，修道士は，あたかも父親を毒殺したかのように，入念に探索され，引っ張られ，逮捕され，修道会の名誉を守るために時には殺されもします。それなのに，その生活の全体が洗礼の誓約と全面的に衝突する人たち，実際，金銭や口腹またこの世の栄耀栄華に全面的に尽力する人たちは，高く評価され，ひとから尊敬され，誓約を破った罪を人から咎められず，背教者と呼ばれたりしないで，キリスト教徒とみなされています。

肉屋　善いわざや悪いわざについても，また至福の対策についても，世間は同様に判断している。堕落した娘には何とひどい恥辱が待ち構えていることか。しかし，嘘をつき，中傷する舌，憎しみと悪意でもって腐敗した心のほうが，それより遥かにひどい罪である。どんなに軽い盗みでも姦通よりも厳しく罰しないところ〔国〕がありますか。ひとたび盗みの汚名を着せられた者と喜んで誰も交際する人はいないんだ。ところが姦通に巻き込まれた人とは喜んで仲良くなるのだ。

　裁判官と同様に俸給をもらって法律に奉仕している公の死刑執行人に自分の娘を嫁にやりたい人はだれもいない。それなのに，わたしたちは兵士との縁組みを嫌ったりしないのだ。兵士という奴はしばしば両親の意志に逆らって，ときには行政官が禁じているのに，報酬目当ての戦争に身を落としているし，またそれも多くの陵辱・強盗・瀆神行為，人殺しやその他の悪行でもって汚れて

いる。しかもこの悪行は戦争の遂行中に，戦争への行進と戦争からの帰還のときにいつも犯されるのだ。こんな奴をわたしたちは将来の婿として受け入れているのだ。どんな死刑執行人よりも悪辣なこんな野郎を若い娘は好きになるのか。そしてわたしたちは悪行で獲得した身分を貴族だとみなしているのだ。僅かなお金でも盗めば，首を吊ることになる。それなのに公金を横領する者，独占や高利貸をする者，無数のトリックや詐欺でもってこんなに多くの人たちを搾取する輩が，著名人と見なされるっていうわけか。

魚売り　だれか一人の人に毒をもれば，毒殺者として法律によって罰せられる。汚染されたぶどう酒や劣化した油で人々を汚しても，罰を受けることはないのです。

肉屋　わたしはとても迷信深い修道士たちを知っている。彼らはたまたま聖衣を身に纏っていないと，自分たちが悪魔の手中にあると考えてしまうほどなのだ。ところが嘘をつこうが人を中傷しようが，酩酊しようが，嫉妬しようが，〔それに駆り立てる〕悪魔の蹄を恐れないんだ。

魚売り　このような無学な人たちをわたしたちのあいだに沢山見ることができます。この人たちは聖水や聖なる棕櫚の枝や蝋燭を備えておかないと，自分の家が悪霊の暴力から安全ではないと信じている。また彼らは神が毎日のように挑発され，悪魔が拝まれているその住まい〔つまり身体〕のことを危惧していません。

(c)　危難聖人やマリア信仰について

肉屋　キリスト自身よりも，聖母やクリストフォルス上人[80]の助けを信じている人たちが何と多いことか。彼ら

---

80)　クリストフォルスは3世紀ころの殉教者・聖人であって，旅人の守護聖人として敬われている。

は聖母を聖像・蠟燭・讃歌でもって崇めているのに，キリストを罪深い生活によってひどく侮辱するのだ。水夫は海難に遭うと，キリスト自身よりもキリストの母やクリストフォルス上人やどんな聖人にでもいち早く嘆願するのだ。彼らは全く分からない晩禱の賛歌「サルヴェ・レギナ」[81]と唱えるなら，聖母マリア様が恵み深いものと信じているのに，一日の全部と夜の大部分を淫らな話しや酩酊や下品で話しにならない行為でもって時を過ごしているくせに，そんな歌でもって彼女をむしろ怒らせていることを恐れないのだ。

魚売り　同じように危機に陥った兵士たちは，キリストよりも聖ゲオルギウスや聖女バルバラのことが頭に浮かんでくるのです。さらにキリストの喜ばれる行為の模倣よりも聖人たちを喜ばす奉仕はないのに，この点をわたしたちは平気で軽視しています。またわたしたちはアントニウス上人[82]のために奉献された豚を何匹か飼い，その豚の絵を火や小鈴と一緒に家の玄関や側面に描けば，上人がわたしたちに著しく好意をもってくださると信じているのです。またわたしたちは，聖人がいつも嫌悪していた悪徳がはびこる家に災いを降そうとしているのではないかと恐れないのです。

　わたしたちは聖母に向かってロザリオの数珠を数え〔祈禱し〕ながら挨拶するのでしたら，どうして数珠を数えながら聖母の恵みによって心の高慢を抑え，欲望を差し控え，〔蒙った〕不正を赦さないのですか。キリストの聖母はこの種の賛歌を喜ばれ，この奉仕によってあなたは二人〔キリストとマリア〕の好意を獲ることで

---

81)　聖母マリアの賛歌「めでたし元后」の意味。
82)　隠者アントニウスは豚を飼っている人たちの守護聖人であった。首に鈴を付けたアントニウスの豚はもっとも好まれたシンボルであった。さらに人々は火の災難から守る力が彼にあると信じた。

しょう。

肉屋　同じような仕方で病が危機的状態に達した人も人類の唯一の救いであるキリストよりも，聖ロクスや聖ディオニシウスのことを考えてしまうのだ。そればかりではなく聖霊の助けがないと，誰も正しく理解したり，有益に教えることもできない聖書を説教壇から説き明かしている人たちが，どうしてキリストご自身やキリストの霊よりも，聖母の助けを呼び求めようとするか。さらに彼らが称賛すべきものと呼んでいるこの習慣に逆らって大胆にも不平を言うと，異端の嫌疑がかかるのだ。だが遥かに称賛されていた古の習慣があって，オリゲネスやバシリウスやクリュソストモスやキプリアヌスやアンブロシウスやヒエロニュムスやアウグスティヌスがそれを守り続けていたんだ。この人たちはたびたびキリストの霊を呼び求めたが，聖母の助けを一度も嘆願していない。このように聖なる習慣とキリストと使徒たちの教えやまた聖なる教父たちの模範から選び出された習慣をあえて変えてしまった人たちが非難されないとは何たることか。

(d) 修道士の過ち

魚売り　同じ過ちを多くの修道士たちが犯しています。彼らは頭巾とパリウムさえ身につけていさえすれば，ベネディクトゥスが好意をもってくれると自分に言い聞かせているのだ。ところがわたしはあの人物〔修道士〕がこれほど襞の多い，これほど金のかかる衣服を着ていたとは一度も思っていない。この人たちは自分の生活がベネディクトゥスとの共通点が何もないので，その怒りを買いはしないかと恐れたりしていないのだ。

肉屋　灰色の衣服と麻の帯を捨てないでいれば，そ奴はフランチェスコの兄弟なんだとさ。生活を比べて見ろよ。

13 魚 料 理

それに反対するものなんて何もない。わたしは多くの人のことを言っているので,みんながそうなのではない。この話しはすべての種類の修道会や職業の形に妥当するのだ。堕落した判断から転倒した信頼が生まれ,そこから転倒した躓きが生まれるんだ。たまたま自分の縄帯をなくしたフランチェスコ会の修道士が,皮の腰紐を締めて外出して見ろよ,あるいはアウグスティヌス会の修道士が羊毛製の帯を身に着けていて見ろよ,あるいは帯をいつも締めている修道士が帯を締めないで外出して見ろよ,どんな不吉なことが起こることか。女性たちがこの光景を目にしたら,流産する危険があるだろうよ。このようなつまらないことからどんなに兄弟愛が引き裂かれることか。どんなに残酷な憎しみが,どんなに野蛮な中傷が起こってくることか。わたしたちの主は福音書の中でこのようなことに反対して大声をあげて非難し,使徒のパウロもそれに劣らず大声をあげている。神学者も説教者もそれに反対して叫ぶに違いない。

魚売り　本当にそうすべきです。しかしそのような人たちの中には,民衆にとっても,いやそれどころか君主たちや司教たちにとっても,そのほうが利益になる,多くの人たちがいるのです。その他にも民衆よりも賢くない人たちがおります。また彼らがもっと賢くても,偽っており,イエス・キリストよりもむしろ自分の口腹のことを気づかっているのです。

　そんなわけで民衆は至るところで転倒した判断によって損なわれており,危険が迫っているところで安心しており,危険がないところで慌てふためき,そこから前進すべきだったのに,休息しており,後退すべきであったのに前進しているのです。このような悪い習慣から何かを破壊しようと試みてみなさい,彼らは謀反を起こしていると叫ぶのです。もし誰かが長いあいだ藪医者の世話

になって，病気の体質を第二の本性にしてしまったとき，それをもっと良い薬で治そうとすると，まるで謀反を起こしているかのようになってしまう。しかし不平を言うのは止めるべきです。不平を並べてもきりがない。もし民衆がこの会話から，塩漬けの魚売りと肉屋がこのようなことに関心をもっていたなどという新しい諺を作りだす危険が起こるかもしれない。

終りに

肉屋　それに対してわたしは古い諺を投げ返してやるよ。「野菜作り庭師だって，しばしばとても役立つことを言うもんだ」とね。最近食事の席でこうしたことを議論していたとき，運悪く出席していたのは，あるぼろを着た，シラミのたかった，荒削りの，しわだらけの，干からびた，生ける屍のような顔の人でした。この男は頭蓋に毛髪が三本あるかないかだった。彼は話す度に目をつぶるのだ。人々は彼が神学者であると言っていた。彼はわたしのことを反キリストと言っていたんだ。その他にとても多くのことを口ごもっていた。

魚売り　そこであなたはどうしたのですか。黙っていたんですか。

肉屋　わたしはそんなに老いぼれた頭脳の中に少しだけ健全な精神が宿るように願ったよ。それも彼が何かしら脳味噌をもっていたならの話しだがね。

魚売り　その話しを順を追って聞きたいね。

肉屋　木曜日に昼食をとりに来られたら，聞かせてやるよ。よく砕いて，パイで巻いて焼いたので，すごく柔らかくなった子牛の肉をすするように食べることができるよ。

魚売り　わたしも金曜日にはあなたがわたしの家に昼飯をとりに来てくれるという条件づきで，伺うことを約束し

ましょう。塩漬けの魚売りだって，いつも腐った塩漬け魚ばかり食べていないことを，あなたにも理解してもらえるようにしましょう。

14
事物と名称
―― ベアトゥス，ボニファティウス ――

解　題

　1527年のフローベン版に初めて印刷された。対話する二人はともにエラスムスの友人であって，シュレットシュタットのベアトゥスというのはベアトゥス・レナールスであり，当時もっとも学識があり尊敬された学者の一人であった。ボニファティウスはボニファティウス・アメルバッハである。この友人はアウグスティヌス著作集の編纂者としても有名であり，1518年版の『対話集』の初版『日常会話の例文集』に「序文」を寄せている。彼はまたエラスムスの伝記を最初に書いた人である。二人ともエラスムスの手紙に何度も登場する人物で，エラスムスの『書簡集』にはアメルバッハ宛のものが一番多い。

　この短い対話は，存在とその見せかけ，実体と影との間に介在する古いコントラストを強調する。これはありふれたテーマであっても，モラリストにとっては常に取り上げられるテーマである。それは新しいボトルの中に繰り返し注ぎ込まれることができる古いワインのようなものである。論理学の本に出てくる名称と事物との間の区別は，学生たちのすべてによく知られていたが，そのような観念か

ら引き出される道徳的教訓は遥かに古くからあって，普及していた。「エピクロス派」という対話でもこの問題が扱われている（本書409頁参照）。

　この書に引き合いに出されるぺてんや誤魔化しの事例のいくつかはエラスムス自身の経験から採用されている。この対話の終りにある偽の騎士に対する冷笑的な箇所は，「お恥ずかしい騎士」に登場する，エラスムスがもっとも嫌っている，かつての友人の一人であるエッペンドルフのハインリッヒを狙ったもので，その対話の説明に役立つ素材を提供している。エラスムスとエッペンドルフの間の喧嘩を仲裁しようとしてうまくいかなかったのが先に挙げたベアトゥス・レナールスとボニファティウス・アメルバッハであることも偶然の一致以上のことである。なお，同じテーマは「ものとしるし」としても，とりわけ聖書の比喩的な解釈としても論じられている。詳しくは金子晴勇「エラスムスにおける〈もの〉と〈しるし〉」日本カルヴァン研究会編『カルヴァン研究』創刊号，2018年，69-85頁を参照されたい。

＊　　＊　　＊

ベアトゥス　ボニファティウスさん，今日は。
ボニファティウス　ベアトゥスさん，あなたにも今日は。わたしたち両人は人々から呼ばれているようで，つまりあなたが裕福で，わたしが美しい姿でありたいものです。
ベアトゥス　そうするとあなたには，素晴らしい名前をもつことが重要ではないのでしょうか。
ボニファティウス　事柄が欠けていると〔事柄と名称が一致していれば〕，確かに名前なんて少しも重要ではない。
ベアトゥス　だが，多くの人たちはそれとは相違する考え

をもっています。

ボニファティウス　彼らは死すべき者たちかも知れませんが，わたしは彼らが人間であるとは思いません。

ベアトゥス　わたしの良い友よ，もちろん彼らは人間ですよ。ラクダやロバが今でも人間の姿をしてうろついているとお考えなら，話しは別ですが。

ボニファティウス　事柄よりも名称を高く評価する人たちも人間であることをわたしはもっと早く信じていたかった。

ベアトゥス　ある種のものではたいていの人たちは名称よりも事柄をむしろ好んでいるのを認めます。〔その他の〕多くのことではその反対です。

ボニファティウス　それが何であるか，わたしはよく理解できません。

ベアトゥス　ですが，わたしたち自身のうちに事例があります。あなたはボニファティウスと呼ばれており，そう呼ばれているものをもっています。だが，もし醜い顔とボニファティウスの代わりにコルネリウスと呼ばれることとの，いずれか一つを奪い取られるとしたら，どちらを選びますか。

ボニファティウス　お望みなら，わたしとしては不格好な顔をもつよりも，テルシーテース[1]と呼ばれることを選びたい。わたしが美しい顔をしているかどうか知りませんが。

ベアトゥス　同様にわたしがもし裕福であるとして，財産かそれとも名前を捨てねばならないとしたら，財産が略奪されるよりも，イールス[2]と呼ばれるほうを選びます。

---

1) 伝説の人物で，トロイアに進攻したしたギリシア軍の中でもっとも醜悪で横柄にして無礼な兵士の名前。

2) イタッカ島のウィックセスの家にいた乞食の名前。

14　事物と名称

ボニファティウス　あなたが真理を語っているので，わたしはそれに同意します。

ベアトゥス　健康に優れている人たちでも，また他の身体的な強みを付与されている者たちでも同じことが起こるでしょう。

ボニファティウス　多分そうでしょう。

ベアトゥス　それに対しわたしたちは，教育を受け，かつ，善良であるよりも，学識があり，かつ，敬虔であると呼ばれるほうを好む人を何と多く見ることでしょう。

ボニファティウス　わたしはそうした人たちを多く知っています。

ベアトゥス　わたしたちのあいだでは事柄〔現実〕よりも名前〔評判〕のほうが重要ではないですか。

ボニファティウス　そのようです。

ベアトゥス　王とは何か，司教とは何か，政務官とは何か，哲学者とは何かを上手に定義する，誰か抜け目のない人〔論理学者〕がわたしたちのもとに居合わせるとしたら，わたしたちは多分ここに事柄〔事物〕よりも名前〔評判〕のほうを好む人たちを見いだすでしょう。

ボニファティウス　だが，もし王が法律と公正によって自分の福祉ではなく民の福祉を考慮するような人ならば，もし司教がその主人の群れをひたすら警戒する人であるならば，もし政務官が心から一般大衆のために配慮する人であるならば，もし哲学者が偶然がもたらす報酬を無視して，ただやましくない良心を確保すべく努める人であるならば，わたしたちはそうすべきです。

ベアトゥス　わたしがここにこの種の事例をどんなに多く積み上げることができるか，あなたはお分かりです。

ボニファティウス　本当に，とても多くを。

ベアトゥス　これらすべてが人間であることをあなたは否定しますか。

ボニファティウス　わたしはわたしたち自身が直ぐにも人間の名称〔名前〕を失ってしまうのではないかと心配です。

ベアトゥス　だが，もし人間が理性的な動物であるなら，身体の善よりも的確な〔名称である〕身体の快適さの中に，また気まぐれな幸運によってかなえられたり，奪われたりする外的な事物の中に，名称よりも事物を選ぶならば，つまり精神の真の善に関して事物よりも名称を選ぶならば，それは何とも極端に理性〔的判断〕からかけ離れていることか。

ボニファティウス　誰でもよく注意するなら，それは誓ってとんでもない判断です。

ベアトゥス　しかし，それと同じ推論は反対のことでも見られます。

ボニファティウス　何を言いたいのですか。

ベアトゥス　わたしたちが追求すべきことについて言われたことと同じことが過ぎ去っていく事物の名称についての判断にも妥当します。

ボニファティウス　明らかにそのようです。

ベアトゥス　独裁者であることは，独裁者と呼ばれるよりも戦慄すべきことです。また悪い司教は福音書の教えによれば盗人や追いはぎなのですが[3]，わたしたちはこの〔司教という〕名前を事柄そのもののように嫌悪すべきではないのです。

ボニファティウス　全く同意見です。

ベアトゥス　他のことに関しても同じように考えるべきです。

ボニファティウス　わたしも厳密にそう理解しています。

ベアトゥス　すべての人は愚か者と呼ばれるのを嫌ってい

---

[3]　ルカ 10・30-36 を参照。

ませんか。

ボニファティウス　しかも，とりわけそのようです。

ベアトゥス　黄金の釣り針で魚を釣ったり，ガラスを宝石よりも優先させたり，妻子よりも馬を大切にする人は，愚かではないでしょうか。

ボニファティウス　その人はコロエブス[4]よりも愚かでしょう。

ベアトゥス　戦闘に突き進んでいって，わずかな利得を期待して，心身を危険に曝す人は，またその心にあらゆる良いものを欠いているのに，財産を集めることに努める人は，さらに心のことは気にかけず，むさ苦しく賤しいのに，着物や住まいを装飾する人は，また身体の健康を心配して見守っているのに，そんなにひどい重病に苦しんでいる魂に何も配慮しない人は，そのような人ではないですか。

ボニファティウス　理性そのものもわたしたちに彼らが愚か者以上であると認めるように強いています。

ベアトゥス　どこへ行ってもこれらの愚か者によって満たされていますが，そういう〔愚か者であるという〕事態をとくに嫌ってはいないのに，あなたは愚か者という名称を〔平然として〕担いうる人をほとんど見かけません。

ボニファティウス　本当にそうです。

ベアトゥス　そうすると今やあなたは，嘘つきや盗人という名称がどんなに嫌われているかを知っています。

ボニファティウス　それらはとても嫌われています。それも理由がないのではありません。

4）　エラスムス『格言集』II, IX, 64 参照。コロエブスという人は海の波をただ5つまでしか数えることはできなかったくせに，海の波を数えようとした。

ベアトゥス　わたしもそれを認めます。しかし他人の妻を陵辱することは，盗人よりも罪深いのに，ある人は姦淫という名称を自慢したりします。ところが窃盗という名称を聞くと，即刻刀のさやを抜くのです。

ボニファティウス　多くの人々のもとではそのようです。

ベアトゥス　多くの人たちは，娼婦とか酒飲みと一緒になって堕落し，しかもみんなの前で平然としているのに，人々が彼らを放蕩者という名称で呼ぶと，怒りをあらわします。

ボニファティウス　この人たちは事柄そのものをもちろん自慢していても，その事柄の正しい名称には身震いします。

ベアトゥス　ところで虚言者という名称よりもわたしたちの耳に耐え難いと思われる他の名称はほとんどありません。

ボニファティウス　わたしはこの非難に対して殺害をもって仕返しをした人を知っています。

ベアトゥス　人々が事柄そのものを〔名称と〕同等に忌み嫌いますように。ある日に借用したものを返却すると約束した人がそれを裏切るということが，あなたにはまだ起こっていませんか。

ボニファティウス　しばしば起こります。誓約していたときでさえも起こるし，それも一度だけではなく，いつも繰り返し起こります。

ベアトゥス　恐らく約束を果たすことができなかったでしょう。

ボニファティウス　それどころか彼らはそうできたのに，貸付金を返さないほうがもっと快適であると考えていたのです。

ベアトゥス　それは嘘をつくことではないですか。

ボニファティウス　全くその通りです。

ベアトゥス 「どうしてあなたは頻繁に嘘をつくのですか」と，あなたは大胆に債務者に非難したことがありますか。
ボニファティウス いいえ，戦う備えができていたなら，話しは別です。
ベアトゥス 石工たち，職人たち，金属細工師ら，衣服商らは，定まった日に支払うと約束するとき，毎日のように同じ種類の言葉を発しないでしょうか。それでも彼らは支払いません。たとえあなたにとって事態がきわめて重要であってもそうなのです。
ボニファティウス 驚くべき厚かましさです。しかし，なお，あなたはそれに仕事を約束する法律顧問〔弁護士〕を加えるべきです。
ベアトゥス あなたはそれに六百もの名前を加えることができます。それでもこれらの人たちは誰も嘘つきと言われることに我慢できないでしょう。
ボニファティウス この種の虚言者たちで世界は満ちています。
ベアトゥス 同じように誰も泥棒の名前に我慢できません。その際，すべての人は〔泥棒という〕事柄から同程度に嫌悪の念を感じていないのです。
ボニファティウス もっとはっきり言ってください。
ベアトゥス あなたのお金を引き出しから盗む人と預かったものを否認する人との間にはどんな違いがありますか。
ボニファティウス 彼を信頼して〔貸与して〕いる人からでさえも奪い取る人のほうがいっそう悪辣であるに他なりません。
ベアトゥス だが，預かったものを返却する人は何と少ないことか。あるいは返却したとしても，それは一部に過ぎません。

ボニファティウス　そうする人でさえごく僅かだと思います。
ベアトゥス　だが，そういう人たちの誰も泥棒という言葉には我慢できません。その際，彼らは〔泥棒という〕事柄には身震いなど感じていないのです。
ボニファティウス　その通りです。
ベアトゥス　後見人の保護下にある少年の財産を管理するとき，つまり遺書とか遺産を取り扱うとき，一般に何が起こっているかを，管理者たちの指先にどんなに多くのものが付着しているかを，よく考えてみてください[5]。
ボニファティウス　しばしばその全部が〔彼らのものとなっています〕。
ベアトゥス　彼らは窃盗という言葉を嫌っていても，窃盗を愛しているのです。
ボニファティウス　もちろんそうです。
ベアトゥス　彼らが何を行っているかがわたしたちには全く明らかでないのです。つまり公金を管理する人たちが行っていること，あるときは貨幣の価値を膨張させ，あるときは貨幣の価値を引き下げて，公共の貨幣の質を悪くする人たちは，私有財産を減少させています。それを批判的に論じることは多分わたしたちには許されていません。しかし，わたしたちが毎日のように経験することを語ることは，許されています。返すことができても決して返そうとしないような意図で借金したり，貸付金を集めたりする人は，泥棒とほとんど変わらないのではないですか。
ボニファティウス　多分その人は用心深いと言われても，決してより良いとは言われることはありえません。

　5）　ここにはエラスムス自身が少年時代に受けた遺産問題が背景となっている。

14 事物と名称

ベアトゥス　このような人は至るところにとても多くいますが，誰も泥棒と名付けられるのを我慢できません。

ボニファティウス　神だけが人の内心〔良心〕をご存知です。したがって彼は人間の間では負債者と呼ばれ，泥棒とは呼ばれません。

ベアトゥス　神の前では泥棒であっても，人間の間ではどんな名前で呼ばれても余り問題ではないというのです。確かに各人はその内心を知っています。それに加えて多くの借金をしていてもたまたま入手したお金をふしだらに浪費する人もいます。その人は破産した後，ある町で債権者を欺したり，他の町に逃亡したり，騙すことができる外国人を捜したりします。しかも，それを頻繁に行います。彼はその内心がどんなものであるかを〔他人にも〕十分〔分かるように〕知らせていませんか。

ボニファティウス　十分で，余りがあるほどです。それでもこの人たちは，その行為をいつももっともらしく粉飾します。

ベアトゥス　どのようにですか。

ボニファティウス　多くの人たちが多額の借金をしており，この点で彼らはお偉方や王たちとさえ共通しているのだと報告します。このような天分の才を付与された者は，ほぼ貴族のように振る舞おうとします。

ベアトゥス　それはどういう目的なのですか。

ボニファティウス　何と多くの人が騎士身分のようにうまく演じたがっていると言われているのは驚きです。

ベアトゥス　どんな権利があって，どんな法にもとづいてそうなのですか。

ボニファティウス　海浜地方の長官が難破した船から陸に放り出されたものならすべて，持ち主が生存していても，自分のものだと主張するのと同じ根拠によってです。その根拠によって泥棒や海賊として手に入れたもの

すべてを自分の所有と見なそうと欲するのです。

ベアトゥス　泥棒どもがそのような法律を自分で制定できたとは。

ボニファティウス　彼らはそのように取りはかろうとすれば，そうすることができたのです。泥棒をする前に戦争を布告すれば，彼らは〔泥棒行為を〕弁解する理由をもちだすことができたのですよ。

ベアトゥス　誰がこのような特権を歩兵よりも騎士に授けたのか。

ボニファティウス　軍隊への恩恵でしょう。というのも，戦争のときに敵を略奪するのが簡単にできるように備えるために，このように実行されるからです。

ベアトゥス　このように〔エピルスの王〕ピュッルスは自分の部下たちを戦争のために訓練していました。

ボニファティウス　いいえ，それはラケダイモン人ですよ。

ベアトゥス　彼らはそのように訓練して死刑執行人に変化していきました。しかし，このように大きな特権の名称〔主張〕はどこから来ているのですか。

ボニファティウス　ある人たちは先祖から授与されており，他の人たちは金で購入しますが，多くの人は不当にも自分のものとしています。

ベアトゥス　誰にでも勝手にそれを盗用してもかまわないのですか。

ボニファティウス　もし道徳がそれに一致しているならば，許されます。

ベアトゥス　どんな道徳ですか。

ボニファティウス　もしわたしたちが何らかの価値あることを行っていないと，どんなに見事に着飾っても，指に指輪を付けても，どんなにしたたかに女遊びをしても，絶えず博打を楽しんでも，どんなに勇ましくトランプで

戦っても，酒と女で生涯を浪費しようとも，普通のことは何ら語らないで，要塞・殺戮・戦闘のことだけをしゃべり，ほら吹きな兵隊のすることだけを口にするようになります。こういった手合いは，自分の足を置く場所もないのに，欲する誰とでも宣戦を布告する権利を自分に与えます。

ベアトゥス　あなたはわたしに回転木馬の騎士のことをお話しですね。それでもスカンブリーにはそういう人が沢山いますよ[6]。

---

6)　スカンブリーはライン川東岸にいたゲルマニアの一部族を言う。

15
お恥ずかしい騎士
―― ハルパルス，ネストリウス ――

解　題

　1529年3月のフローベン版に初めて発表される。ここではハルパルス（貪欲な）のような性質の人に対する批判は個人的な攻撃であるばかりか，エラスムスが軽蔑した「貴族」のタイプへの諷刺でもある。お恥ずかしい騎士とはギリシア語の表題（Ἱππεὺς ἄνιππος）では字義的に「馬をもっていない騎士」の意味であって，それは明らかに「抜け目のない馬商人」（本書195頁）に語られていたエッペンドルフのハインリッヒに対する風刺であるといえよう。貴族の家柄を要求するエッペンドルフはエラスムスによって馬鹿にされるが，二人はルーヴァンにて知り合いになり，1522年にはしばらくの間同居していたことがある。エラスムスはルターのことでウルリッヒ・フォン・フッテンと仲違いになったとき，エッペンドルフはフッテンに味方し，エラスムスから疎遠になった。その後にはエラスムスに反感を抱くようになった。彼は数年のあいだエラスムスにとって深刻な悩みの種となった。またエラスムスは彼に対してきびしい態度を持ち続けた。そこで彼らは文書でもって互いに攻撃しあった。あるときには，そ

15 お恥ずかしい騎士

れは1528年のことであるが，エッペンドルフはエラスムスの悪評によって火を付けられて彼を逮捕すると脅しつけた。この時点で，先の対話「事物と名称」での2人の語り手，ベアトゥス・レナーヌゥスとボニファティウス・アーメルバッハというエラスムスの親友たちが和解するように尽力したが，ただ休戦したに過ぎないことが後で分かった。

　エッペンドルフに対する公正な評価をエラスムスの書に期待することはできない。しかし，正しかろうと正しくなかろうと，この対話に残された印象は少なくともエラスムスが彼について語るすべてに首尾一貫し当てはまる。今日の読者にはふんぞり返って歩く騎士に対する風刺画とこの対話を比べてみると，この対話でのエラスムスの個人的な態度にはあまり関心を寄せることができない。

　　　　　＊　　　＊　　　＊

ハルパルス　あなたはその忠告でもってわたしを助けることができますか。あなたはきっと，わたしが忘れっぽくなく恩知らずでもない人間であることが，お分かりになるでしょう。

ネストリウス　あなたがそうありたいと願っている人になるようにお助けしましょう。

ハルパルス　だが，わたしは，わたしたちが貴族に生まれるようにする力を，もっていません。

ネストリウス　あなたがそういう生まれでない場合には，あなたによって貴族が開始するように善行を輝かせてください。

ハルパルス　それはとても時間がかかる仕事です。

ネストリウス　皇帝はそれをあなたに僅かな金額で売ってくれますよ。

ハルパルス　お金で買収された貴族は世間では嘲笑されるでしょう。

ネストリウス　貴族だと装うことによりも嘲笑されるものはありません。どうしてあなたはそれほどまでに騎士の称号を熱望されるのですか。

ハルパルス　それには理由がありまして，それも軽いものではありません。あなたがわたしに，世間で貴族であるような評判を手に入れる手段を，わたしに指示してくだされば，その理由を喜んで申し上げます。

ネストリウス　事柄からかけ離れた，〔単なる〕名称〔評判〕ですか。

ハルパルス　内実が欠如しているときには，どうしても評判が気になります。よし，それではネストリウスさん，わたしがあなたを助けて見ましょう。その理由をあなたが聞きますと，あなたはそれを試みる価値があることをお認めになるでしょう。〔その理由が話される〕

ネストリウス　あなたがそれ〔貴族の評判を手に入れること〕をお望みでしたら，お話し致しましょう。まず，祖国から遠く離れてください。

ハルパルス　覚えておきます。

ネストリウス　実際に貴族である青年らの仲間に加わりなさい。

ハルパルス　分かりました。

ネストリウス　そうすることで，あなたが交際している人たちの一人であろうとの推測が成り立ちます。

ハルパルス　その通りです。

ネストリウス　下層階級に属するようなものは何も身に着けていないように注意しなさい。

ハルパルス　それは一体どんなものですか。

ネストリウス　わたしはあなたの生活様式について話しているのです。衣装はウールのものでなく，絹物か，それ

とも，もし購入する手段がないなら，綿のものとします。その他に生地は布地よりもリンネルのほうが好ましいのです。

ハルパルス　そのようにしましょう。

ネストリウス　元の状態はどうでもよくて，できることでしたら帽子・上衣・半ズボン・靴・爪を整えるように留意してください。またあまり重要でないことを喋らないように。もしだれか客がスペインからやって来たら，その人に皇帝が教皇とどのように協力しているかを尋ねなさい。あなたの親戚であるナッサウの伯爵が何を行っているか，あなたのその他の遊び仲間がそこでは何をしているかを尋ねなさい。

ハルパルス　そうしましょう。

ネストリウス　あなたの指に小さな宝石の付いた印章付き指輪をはめなさい。

ハルパルス　財布が許すならば，そうしよう。

ネストリウス　だが，金メッキされた銅製の指輪にいんちきな宝石が付いたものなら，そんなに高くはないばずです。さらに身分を表象する銅の盾をも加えてください。

ハルパルス　〔その他に〕わたしが何を選ぶようにあなたは勧めますか。

ネストリウス　もし可能ならば，二つの乳搾り桶と〔取っ手の付いた〕ビール用の大杯ですよ。

ハルパルス　あなたはふざけていますよ。さあ，もっと真剣にお話しください。

ネストリウス　戦争に行ったことはないですか。

ハルパルス　それを見たことさえありません。

ネストリウス　でも，あなたがときどき農夫たちが所有している鵞鳥や雄鶏の首をはねたことがあると，わたしは思うのです。

ハルパルス　それでしたらとても多くあります。そしてと

ても勇敢にやりましたよ。

ネストリウス　銀製の畜殺用の包丁と三つの金製の鷲鳥を盾に刻みなさい。

ハルパルス　どのような場所にですか。

ネストリウス　血まみれの場所でなくてどこですか。勇敢にも流された流血の記念碑としてです。

ハルパルス　なぜ鷲鳥の血ではいけないのですか。それは人間の血と同じく赤いですよ。だが，お願いします，続けてください。

ネストリウス　したがってこの盾を，あなたがたまたま滞在することになった，すべての宿舎の戸に掲げるようにしてください。

ハルパルス　どんな兜をそれに加えましょうか。

ネストリウス　あなたはわたしにそれをよく思い出させてくれました。顔面に細長い切り口の附いたものです。

ハルパルス　何のためですか。

ネストリウス　あなたが息をするためです。またあなたの服装に似合うためです。その頭上にはどんな冠を付けましょうか。

ハルパルス　ちょっと待ってください。

ネストリウス　耳がたれた犬の頭です。

ハルパルス　それは陳腐ですね。

ネストリウス　二つの角を付け加えなさい。これは稀ですよ。

ハルパルス　素晴らしい。ですがどんな動物が盾を担うことになるのですか。

ネストリウス　君主たちが牡鹿，犬，龍，グリュプス[1]を支配しています。あなたは二頭のハルピューイア[2]を雇

---

1) 神話ではライオンの胴体に鷲の頭と翼をもつ動物である。
2) 神話では顔と体が女で鳥の翼と爪をもつ強欲な怪物。

いなさい。

ハルパルス　もっとも良いご忠告です。

ネストリウス　家名のことが残っています。なかでも次のことに警戒しなければなりません。まず第一に一般的な呼び方でご自身をハルパルス・コメンシイスではなくて，コモ〔出身〕[3]のハルパルスと呼ばせなさい。これは貴族にも，あの下品な神学者どもにも当てはまります。

ハルパルス　そのように覚えておきます。

ネストリウス　あなたは自分を主人と呼ぶことができるようなものをお持ちですか。

ハルパルス　豚小屋でさえもっていません。

ネストリウス　有名な都市の生まれでしょうか。

ハルパルス　世に知られていない村の出身です。その助けを求めているお方に嘘をついてはなりません。

ネストリウス　そうです。だが，その村の近くには山が何もないですか。

ハルパルス　あります。

ネストリウス　どこかに岸壁がありますか。

ハルパルス　絶壁があります。

ネストリウス　そうするとあなたは黄金の岸壁の騎士ハルパルスとなりえます。

ハルパルス　だが大人物には各自が自分の標語〔モットー〕をもつ慣習があります。たとえばマクシミリアヌスの「節度を守りなさい」，フィリップの「欲したい者は」，カール〔5世〕の「先へ先へ」等々のようにです。

ネストリウス　あなたは「賽はみな投げられよ」[4]と銘記

---

3) コモはミラノの北にあるコモ湖のことで，景勝地ゆえに富裕階級の別荘が多くあったところ。

4) 「賽は投げられた」(jacta alea est!) は軍を率いてルビコン川を渡ったときのカエサルの言葉である。

しなさい。

ハルパルス　あなたの言葉はとても適切です。

ネストリウス　人々の印象をいっそう高めるために大人物からあなたに宛てられた手紙を創作しなさい。またその中にあなたが「いとも高名なる騎士」と何度も呼びかけられているようにしなさい。またその中に重大なことが、たとえば封土，要塞，何千グルデンの金貨，監督の地位，金持ちとの結婚について述べられているようにしなさい。こういう手紙があなたから消失したかのように、あるいは忘れられて見捨てられて，他人の手中にわたったかのように注意しなさい。

ハルパルス　それは確かにわたしには容易なことでしょう。というのも，わたしは手紙のことに習熟しておりまして，このようなどんな筆跡もらくに真似る力を，しばしば試みてみて，身に着けていますから。

ネストリウス　手紙をときおり衣服に縫い付けておくか，それとも財布の中に入れておきなさい。それは衣服を繕う仕事をお願いしたとき，人々がそこに手紙を見いだすためです。彼らは黙っていないでしょう。あなたも，また，それに気がついて，運悪く見つかってしまったのであなたに苦痛を与えるかのように，怒ったような，また，悲嘆しているような表情を装いなさい。

ハルパルス　また，ずっと前からこのことをもわたしは練習してきましたから，仮面のように簡単に表情を変えることもできます。

ネストリウス　このようにしてごまかしが発覚されることなく，事態はもっともらしく進展することになります。

ハルパルス　一生懸命にやってみます。

ネストリウス　それから，あなたに対し謙って人々の前であなたを殿下〔貴公子〕と呼んでくれる，何人かの仲間か召使いを手に入れなくてはなりません。ここでは出費

15 お恥ずかしい騎士

を恐れてはなりません。この作り話を喜んでただで演じてくれる青年たちも多くいますよ。この地方には，病的な喜びとまでは言いませんが，書きたい願望に取り憑かれている，いささか学問のある若者たちがあふれていることを付け加えておきます。儲かる望みがほほ笑みかけると敢行しないことはないような，何か飢えたような印刷業者がいないことなどありません。この人たちの中から幾人かを買収して，あなたをその冊子の中で祖国の誉れとして称賛し，またそれを繰り返し大きな活字で想起させなさい。多分このような方法でもってボヘミヤでさえあなたを祖国の誉れとして称賛することでしょう。というのも書籍は口の言葉やおしゃべりな召使いよりも速く，かつ，広範囲に広がるからです。

ハルパルス　この方法はわたしに気に入りました。しかし召使いのほうはそのように養成されなければなりません。

ネストリウス　そうです。だがあなたは，手のない，したがって役立たない召使いを養成したりしないでしょう。彼らはあちこちへと派遣されると，何かを見いだすでしょう。そのようなものにもあなたはさまざまな可能性があることを見いだすでしょう。

ハルパルス　もういいです。よく分かっています。

ネストリウス　幾つかのやり方がまだ残っています。

ハルパルス　それをとても知りたいです。

ネストリウス　あなたが上手に骰子遊びができないなら，また有能なトランプ遊びをする人でないなら，さらに恥知らずの女郎買いをする人でないなら，大騒ぎする大酒飲みでないなら，大胆な浪費家であるなら，やたらに借金する人でないなら，終りにフランスの疥癬〔性病〕に罹っていないなら，誰もあなたが騎士であると信じたりしないでしょう。

ハルパルス　そう言うことでしたらわたしはもう長いこと訓練を受けていますよ。しかしそのためのお金はどこから出るのですか。

ネストリウス　待ってください。わたしでもそこへ行ってきましたよ。あなたには世襲財産がありますか。

ハルパルス　ほんの僅かしかありません。

ネストリウス　あなたが貴族であるとの評判が多くの人たちの間で正式に認められると，あなたを信用する愚かな人たちは簡単に見つかるでしょう。多くの人はあなたに何かを断るのを恥じるでしょうし，他の人はそれを恐れるでしょう。あなたが貸し手を弄ぶためには，策略は無数にあります。

ハルパルス　そのようなことにわたしは精通しておりませんが，貸し手はわたしが空しい言葉しかもっていないことに気づくとき，わたしを終りには攻め立てるでしょう。

ネストリウス　とんでもない，できるだけ多くの人に負債があることに優って権力への道にふさわしいものはありません。

ハルパルス　どうしてそうなのですか。

ネストリウス　最初，貸し手はあなたが何か大きな好意に縛られているとしか考えませんし，次にはそのお金を喪失する機会が生じないかと危惧します。負債者がその債権者たちを恐れるよりも，誰よりも召使いのほうが〔貸したお金が戻ってこないという〕危険に曝されます。もしあなたがいつか召使いにいくらか返済すると，あなたが贈り物をするときよりも感謝されます。

ハルパルス　留意しておきます。

ネストリウス　貧しい人たちと取引しないように警戒しなさい。というのも彼らは少しのお金のために甚大な悲劇を引き起こすからです。かなり多くの財産をもっている

人たちはそのためいっそう優雅な生活をしています。恥が彼らを抑制し，希望が彼らを引き寄せ，恐れが引き止めると，彼らは騎士に何ができるかを知るようになります。終りに借金の額がふくれ上がると，口実を設けていつも他国へ移住し，そこからまた他国へ移住します。このことであなたに恥をかかせるものはありません。偉大な君主よりも多額の負債のある者はいません。あるがさつな若者が支払うようにあなたを攻め立てるとき，彼はあなたの心が厚かましさでもって傷つけられているかのように立ち向かってくるでしょう。さし当たって何かしら返却されたとしても，全額ではなく，また，すべての人に返却されるのでもないのです。あなたの財布には一銭もないことを，誰にもうすうす感じられないことをいつも考慮すべきです。いかなるときでも偉そうにふるまっていなさい。

ハルパルス　何ももっていない人がどうして偉そうにしていれますか。

ネストリウス　友人があなたのところに何かを預けていったなら，それをあなたのものだと見せびらかしなさい。その妙技は知らんぷりをすることです。ことが偶然に起こったかのようにやってみなさい。この目的のために当分は借金した金を使いなさい。それをあなたは直ちに返金するのです。銅貨のつまった財布から，あなたが取っておいた，二つの金貨を取り出しなさい。残りがどれだけあるかあなたは自分で察知できます。

ハルパルス　分かりました。それでは，わたしは借金〔他人の金〕で押しつぶされねばなりません。

ネストリウス　わたしたちの社会では騎士がどの程度の自由をもっているかお分かりでしょう。

ハルパルス　何でもです，しかも罰を受けないでいます。

ネストリウス　ですから怠惰な召使いを育成してはいけま

せん。またあなたと血統的に近似した人を雇ってもいけません。そうでないと，あなたは彼らの暮らしを支えることになります。彼らが出会ってお金を略奪する商人がもう姿を見せていますよ。彼らは宿屋で，家で，輸送船で監視されていない何ものかを見つけるでしょう。お分かりですか。彼らは人間に指が理由もなく授けられてはいないことを思い出すことでしょう。

ハルパルス　ただ，それが危険でないかぎりですがね。

ネストリウス　彼らがあなたの紋章を使って美しく着飾っていることに留意しなさい。いんちきな手紙を上流階級の人たちに送りつけなさい。彼ら〔あなたの召使いたち〕が何かをこっそり盗んだとき，たとえ彼らが何かの嫌疑をかけられたとしても，彼らの主人である騎士がこわいので，誰も彼らをあえて告発したりしないでしょう。彼らが力ずくで獲物を奪い取るなら，人はそれは戦争だと呼ぶでしょう。そのような予行演習は戦争のために前奏されるのです。

ハルパルス　何と素晴らしい計画であることか。

ネストリウス　さらにあなたは，あの騎士の信条，つまり騎士たるものは当然旅する市民を自分の金を使ってその重荷を緩和すべきである，をいつも顧慮すべきです。つまらない商人がお金を一杯もっているのに，騎士がそれを使って娼婦や賭博をする金を何ももっていないことほどひどく常軌を逸したことがあるでしょうか。あなたはいつも自分を重要人物の仲間に加わらせなさい。あるいはその仲間に自分を紛れ込ませたほうがいい。恥ずかしがることはない。差恥心を捨てなさい。だが，とりわけ外国人にはそうしなさい。そのためにはどこか有名な宿舎に，たとえば保養地とか，人気がある宿屋に住んだほうがよい。

ハルパルス　そのことをもう考えていました。

ネストリウス　この点では幸運がしばしば儲けをもたらします。

ハルパルス　もしお尋ねしてもよいなら，どのようにですか。

ネストリウス　この人とか，あの人が財布をここに残して去るとか，あるいはうっかりして物置に鍵を残して去るような場合を考えてみなさい。もうこれ以上言う必要はありません。

ハルパルス　ですが。

ネストリウス　あなたは何を恐れるのですか。このように上品に，こんなにも大げさに語っている黄金の岩の騎士に誰があえて嫌疑をかけるでしょうか。またもしや誰かがひどく恥知らずになって，あなたを告発するほど大胆になるでしょうか。そうしているうちに嫌疑は事件が起こった前の日に立ち去ったある客人に転嫁されことでしょう。大勢の召使いたちは，宿屋の主人ともども動揺させられるでしょう。あなたはご自分の役割を静かに演じてください。もしこのことが礼儀正しい，かつ，賢明な人に起こるとしたら，その人は自分の財産を不注意に保管したことで損害を受けて物笑いにされないために，沈黙を守ることでしょう。

ハルパルス　仰っていることは馬鹿げていません。あなたは白い禿鷲の伯爵を恐らくご存知のことと思います。

ネストリウス　もちろんです。

ハルパルス　わたしが聞いたところでは，この人のところに外観も物腰も上品なスペイン人が宿泊しておりました。彼は600グルデン金貨を横領しました。伯爵は一度もあえて訴えようとはしませんでした。この人の威厳はこんなにも高かったのです。

ネストリウス　あなたは実例を持っていますよ。ときどきあなたの召使いの一人を戦争へと送り出してみなさい。

彼は戦争で獲得した戦利品を担いで帰ってくるでしょう。

ハルパルス　それは勿論もっとも確実なことです。

ネストリウス　また金をかき集める他の方法もあります。

ハルパルス　仰ってください。お願いします。

ネストリウス　裕福な人たち，とりわけ修道士とか司祭たちとの争いの原因を考えても見なさい。この人たちは，今日ではすべての人のあいだでも最大級の嫉妬によって嫌われています。ある人はあなたの付けている紋章を嘲るか，唾をかけることでしょう。またある人はあなたに敬意を表さずにあなたについて語ったりするでしょう。さらにある人はあなたを中傷し歪めることができると書いたことでしょう。こういう人たちにはあなたの使いを通して妥協できない戦いを通告しなさい。ものすごい脅迫，破壊，完全な破壊を〔そこら中に〕流布させなさい。そうすれば彼らは戦慄してしまい，争いを調停するようになるでしょう。そこであなたは自分の威厳が高く評価されるのを見るでしょう。つまり正当なもの〔威を獲得するために，正当でないもの〔脅迫など〕を追求しなさい。あなたが 3000 デュカーテン金貨を要求するなら，相手は 200 デュカーテン金貨より多くは提供できないことを恥じ入ることでしょう。

ハルパルス　残った金額をわたしは法律でもって脅し取ります。

ネストリウス　そういうことはもちろん詐欺師がすることでしょう。でもここではそのために部分的には役立ちます。だがハルパルスさん，聞いてください，わたしは第一に言っておくべきだったことをほとんど忘れてしまうところでした。あなたはちゃんと持参金の付いた少女を誘惑して結婚のわなにかけるべきです。手もとに媚薬を用意しなさい。あなたは若い人なのですよ。あなたは見

15 お恥ずかしい騎士

た目に好ましく、魅力的なほら吹きでして、誘惑的にほほ笑みかけます。皇帝の宮殿に将来の約束をいただいて呼ばれていると言いふらしなさい。少女たちは高位の役人と結婚することが大好きです。

ハルパルス このことがうまくいった人たちを知っています。ですが、もしごまかしが遂に発覚し、その上債権者たちが至るところから飛びかかってきたらどうでしょう。わたしが騎士の役割を演じようとしたら、わたしは馬鹿にされるでしょう。というのも、それはこの人たちの間では、あなたが教会を冒瀆するときよりももっと恥ずべきことだからです。

ネストリウス ここでわたしたちは羞恥心を捨てるとはどういう意味かを想起しなければなりません。まずはじめに、今日ほど知恵の代わりに厚顔無恥を行使して多くを実現しているような時代は、これまで全くなかったことを記憶すべきです。あなたは言い訳をする何かをでっち上げるべきです。次に、あなたの物語を支持する純真な人たちが決していないのではありません。上流のかなりの人たちはごまかしを見抜いても気づかないふりをするでしょう。遂に他に打つ手がなくなったら、戦争とか反乱とか、どこかに逃れるべきです。海の潮が人の罪をすべて洗い落とすように[5]、戦争もあらゆる悪行の淦(あか)を覆って隠すでしょう。というのも、そのような未経験を前もって卒業しておかないと、今日では戦争のよい指揮官となることができませんから。すべてが失敗に終わったとき、このことが最後の避難所となるでしょう。そうならないようにすべてを投入しなければなりません。警戒を怠ってはなりません。人々が知らぬことのない些細なことも見逃さないような小さな町を避けなさい。頻繁

---

5) エウリピデス『タリウスのイピゲネイア』1193。

に人が訪れる大きな町には大きな自由があります。マルセイユに似たような町では話しは別です[6]。みんながあなたについて語っていることをしらばっくれて探り出しなさい。次のような声が増してくるのが感じられたなら、速やかに移住することを考えるべきだ。すなわち、彼は何をしているのか、どうして彼はここにそんなに長く滞在しているのか、どうして郷里へ帰らないのか、自分の庇護者をどうして顧みないのか、自分の先祖の像をどこからもってきたのか、こんなにも多く贅沢する財力はどこから来るのか。この種の声が増してくるなら、わたしは言いたい、速やかに移住することを考えるべきだ、と。だが、それはライオン〔勇者〕の逃走であって、ウサギ〔臆病者〕の遁走ではない。重大な事柄のために皇帝の宮廷に呼ばれているように見せかけるがよい。そうすればあなたは直ぐにも訓練された軍隊と行動をともにするでしょう。喪失してはならないものを所有する人は、あなたの不在中にあなたに逆らって口を開こうとしないでしょう。だが、何よりも短気で気むずかしい種類の人間、つまり詩人たちを警戒するように忠告します。彼らはその悪意をパピルス紙の上に吐き出し、書き下ろしたものは何でも直ちに全世界にまき散らします。

ハルパルス あなたのご忠告がわたしにとても気に入らなかったら、わたしは永遠に罰せられてもよい。あなたが教える才能を身につけており、またとても感謝すべき若者であることを理解するように致しましょう。牧場で最初に手に入れた馬をあなたに贈り物として差し上げましょう。

 6） 古いハンザ都市マルセイユはギリシア的教養の町とその厳格な道徳にゆえに有名であった。

ネストリウス　今残っていることは，あなたが約束なさったことを今度は実行なさることです。どうしてあなたは高貴な生まれという，まがいの評判にそんなにも惹きつけられたのでしょうか。

ハルパルス　そのわけは，高貴な人にはすべてが罰を受けないで済むことが，許されているからに他なりません。このことは，あなたには取るに足らないことのように思われますか。

ネストリウス　あなたがカルトゥジオ会の修道士のように生きたとしても，わたしたちはみな死ななければならないとしたら，何と最悪な結果となることでしょう。結石，痛風，脳卒中で死ぬ人よりも車形[7]で殺される人のほうが楽でしょう。というのも死後には遺骸のほか何も残らないと信じるのは軍人らしいからです。

ハルパルス　わたしもそのように思います。

---

7)「車形」とは責め道具の車輪のことで，それでもって轢き殺される刑罰を言う。

16
朝 の 時 間
——ネファリウスとフィリプヌス——

解　題

　1529年の改訂版に初めて発表された。エラスムスは教育学的な著作や随筆で、機会あるごとに、朝の時間が仕事にとってベストである点を繰り返し説いてきた（たとえばEcclesiastes,LB, V,788E-789A 参照）。『対話集』の「青年の義務のすべて」に登場する、理想的な青年ガスパルは5時か6時に起床しているし、16世紀の多くの学校は夏には6時に冬には7時に活動を開始していた。労働者の1日は普通には5時に始まっていた。

　この対話に登場するフィリプヌスはもう少年ではなく、5時か6時に起きねばならないわけではないが、「好きなだけ眠ることが許されるなら、わたしのために太陽は真夜中にも昇るかもしれません」と言って生活の大切な時間を少しずつ無駄遣いしている。トマス・モアのユートピア人は夜8時頃床に就き、8時間ほど寝るので、4時には起床している（『ユートピア』沢田昭夫訳「世界の名著エラスムス／トマス・モア」410頁参照）。

　エラスムス自身は身体的な脆弱さ、消化力の弱さ、過労から睡眠をとるのが不得意であった。夜遅くまで寝付くこ

とができなかったし，一度目が覚めると何時間も睡眠に戻れなかった。それゆえ早朝のゴールデン・アワーにも眠り続けねばならなかった。「人は書いたようには実行できぬものだ」とサムエル・ジョンソン博士が言っている通りである。なお，ネファリウスという人名は「敬虔なる午餐会」にも出てくるが「酒を飲まない人」の意味で，「目覚めて，素面な人」を言う。これはテモテへの第2の手紙4・5「あなたはどんな場合にも目覚めていなさい」に由来する。なおフィリプヌスというのは「眠りが好き」という意味である。

*　　*　　*

ネファリウス　フィリプヌスさん，今日あなたをお訪ねしようと願っていましたが，あなたはご在宅でないと言われました。

フィリプヌス　人々が全く嘘を言っているのではありません。確かにあなたのためには家におりませんでしたが，わたしのためにはもちろん家におりました。

ネファリウス　これはどんな種類の謎でしょうか。

フィリプヌス　あなたはあの「誰に対しても寛大であるわけでない」という古い格言をご存知です。あなたはあのナシカの冗談を知らないのでもありません。ナシカがその知人エンニウスを訪ねようとしたとき，女中がその主人の命令でエンニウスは家にいないと彼に言った戯れ言です。ナシカはそれに気づいて，そこを立ち去りました。だが，今度は逆にエンニウスがナシカの家に入ろうとして家僕に「彼はいま家にいるか」と尋ねたとき，ナシカは寝室から「いいえ，彼は家にいません」と言って叫んだ。エンニウスがその声に気づいて「図々しい奴だ，お前が喋っていることにわたしが気づかないとで

も思うのか」と言った。ナシカはそれに答えて言った，「わたしがお前の女中さんを信じたのに，お前はわたし自身を信じていないのだから，もっと厚かまし奴だ」と[1]。

ネファリウス　もしかすると本当に多忙だったのですか。

フィリプヌス　いやその反対でして暇で快適でした。

ネファリウス　あなたはまた謎をかけてわたしを苦しめるのですか。

フィリプヌス　では明瞭にお話し致しましょう。歯に衣を着せずに申し上げます。

ネファリウス　お話しください。

フィリプヌス　深く眠っていました。

ネファリウス　何を言われるのですか。もう8時を過ぎていますよ。今月では太陽は4時前に昇っていますよ。

フィリプヌス　好きなだけ眠ることが許されるなら，わたしのために太陽は真夜中にも昇るかもしれません。

ネファリウス　それは偶然に起こったのですか，それともあなたの習慣ですか。

フィリプヌス　それは全くの習慣なのです。

ネファリウス　だが何かよくないことの習慣は最悪です。

フィリプヌス　とんでもない太陽が昇ってからの睡眠ほど快適なものはありません。

ネファリウス　それでは何時にあなたはベッドからいつも抜け出すのですか。

フィリプヌス　4時と9時の間です。

ネファリウス　随分と幅の広がりがありますね。女王たちはそれより少ない時間で美しく装いますよ。でも，どうしてあなたはそういう習慣を身に着けたのですか。

フィリプヌス　それはわたしたちが宴会，遊び，気晴らし

---

1)　キケロ『雄弁家』II, 68, 276 から採用した物語。

をいつも深夜にまで引き延ばしているからです。わたしたちはこの損失を早朝の睡眠でもって埋め合わせをしているのです。

ネファリウス　わたしはあなたよりも不幸な仕方で時間を浪費している人を見たことがありません。

フィリプヌス　わたしにはそれが浪費よりも倹約であると思われます。寝ている間は蝋燭をむだに使わないし，衣服をすり減らしもしません。

ネファリウス　ガラスを守って宝石を失うというのは，確かに転倒した倹約です。もっとも高価なものとは何ですかと尋ねられて，それは時間ですと答えた，あの哲学者は，それを別の仕方で理解しておりました[2]。さらに一日の中で最善の時間は黎明であるのは明らかであるのに，あなたはもっとも高価なものの中でももっとも高価であるものを失うのを喜んでいます。

フィリプヌス　それともひ弱な身体に授けられているものを無駄にするのですか。

ネファリウス　とんでもない，時宜を得たほどよい睡眠によって元気を回復させ，早朝の不眠によって強化されるとき，人々はもっとも快適な状態におかれ，最大限に活気づけられるものを虚弱な身体から取り去っています。

フィリプヌス　しかし眠ることは心地よい。

ネファリウス　それをあなたが感じていないとしたら，何が一体心地よいのですか。

フィリプヌス　苦労を何も感じないということ，それ自体は快適です。

ネファリウス　でもそう言うわけで墓に眠っている人はいっそう幸福です。というのは，眠っている者にはとき

---

2) プルタルコスが伝えているアンティポンを指す。デールス・クランツ編『ソクラテス以前の哲学者』第2巻，1964，367頁参照。

どき不眠が訪れてその人を悩ますからです。

フィリプヌス　この睡眠によって身体がひどく太ってしまう，と人々は言います。

ネファリウス　それはヤマネの餌であって，人間が食べるもではありません。宴会のために準備される動物が太らされるのは当然なことです。だが人間が太ることは，いっそう重い重荷を背負って歩くこと以外に，人間にとって何に役立ちますか。あなたが召使いを持っているとしたら，太った人を選びますか，それともきびきびしていて，すべての職務に適合する人を選びますか，仰ってください。

フィリプヌス　でも，わたしは召使いではありません。

ネファリウス　あなたがよく太った協力者よりも，あらゆる務めに適した協力者を選ぶということで十分なのです。

フィリプヌス　もちろんそのように選びます。

ネファリウス　ところでプラトンは人間の精神が人間であって，身体はその住居か道具に他ならないと言いました。精神が人間のもっとも重要な部分であって，身体は精神の協力者であるということを，あなたは確かにお認めになると思います。

フィリプヌス　お望みでしたら，そう認めましょう。

ネファリウス　太ったお腹のために愚鈍な協力者ではなく，活発で溌剌とした協力者をもちたいのでしたら，どうしてあなたはその精神において怠惰で鈍感な協力者を手に入れるのですか。

フィリプヌス　真理に従います。

ネファリウス　さらに別の損失についても聞いてください。精神が身体に遥かに優っているように精神の能力も身体の善よりも遥かに卓越しています。

フィリプヌス　仰ることはごもっともです。

ネファリウス　魂の善の中で知恵が第一位を占めています。

フィリプヌス　そのように認めます。

ネファリウス　知恵を手に入れるには一日の中で朝の時間よりも役立つときはありません。その頃には太陽が新しく昇ってきて，あらゆるものに活力と活気をもたらし，いつも胃から吐き出され，精神の住まいを覆うのが常である靄を追放します。

フィリプヌス　異論はありません。

ネファリウス　時宜を得ない睡眠によって失ったあの4時間がどれほど多くの学識を産むことができたかを，今，計算して見積もってみなさい。

フィリプヌス　本当にたいへんな額です。

ネファリウス　わたしの経験によると学習においては朝の1時間のほうが午後の3時間よりも有効です。またそのほうが身体を損ないません。

フィリプヌス　そのように聞いています。

ネファリウス　それから，それらの個別的な日々の損失がそのすべてを寄せ集めてみると，いくらになるか計算してみなさい。

フィリプヌス　疑いなく莫大なものです

ネファリウス　宝石や黄金を向こう見ずに浪費する人は放蕩者と見なされ，見張りを付けられます。それよりも遥かに高価な〔時間という〕善を失う人は，遥かに恥ずべき放蕩者ではないでしょうか。

フィリプヌス　事態を正しい理性でもって慎重に判断すれば，そのように思われます。

ネファリウス　プラトンが「知恵よりも美しく，かつ，愛すべきものはない，もしそれを身体の目でもって知覚できるならば，信じられないほどの愛が点火されるであろう」と書いていることを今よく考えてみなさい。

フィリプヌス　しかしそれを知覚することができません。
ネファリウス　身体的な目では知覚できないことを認めます。しかし，人間のいっそう有意義な部分である，精神の目によって見分けられます。また信じられないほどの愛があるところには，精神がそのような恋人と出会うたびごとに，最高の歓喜が生じるはずです。
フィリプヌス　お話しになっていることは本当のようです。
ネファリウス　そう思われるなら，今，立ち上がって死の似姿である惰眠をこの歓喜と交換しなさい。
フィリプヌス　だが，そうしている間に夜の遊びが失われます。
ネファリウス　より悪いものがより良いものと，恥ずべきものが立派なものと，つまらないものが高価なものと交換されるなら，それは素晴らしい損失です。鉛が黄金に変えられるなら，それは素晴らしい損失です。自然は夜に睡眠を配分しました。それに引き替え，昇ってくる太陽はすべての種類の生物に，とりわけ人間に生きる義務へと呼び戻します。パウロは言います，「眠る者は夜眠り，酒に酔う者は夜酔います」[3]と。ですからすべての生ける者が太陽とともに目覚めるときに，またある者たちが太陽がまだ現れてはいないが，出現してくるとき，歌を歌って挨拶するとき，さらに象が昇ってくる太陽に呼びかけているとき，人間が太陽の昇った後にも長くいびきをかいていることほど，恥ずべきものがあるでしょうか。あの黄金の輝きがあなたの寝室を明るく照らすたびごとに，「愚か者，どうしてお前は自分の生命の最善の部分が失われるのを喜ぶことができるのか」と眠っている者を非難していると思われませんか。このことはあ

3）　Ⅰテサロニケ 5, 6.

16 朝の時間

なたが隠れたところで眠るようにと諭しているのではなく，もっとも名誉となる事柄に目覚めているようにと諭しているのです。だれも眠るために明かりを灯すのではなく，何か仕事をするためにそうするのです。またこのもっとも美しい明かりの下であなたはただいびきをかくだけでしょうか。

フィリプヌス　見事に弁じられました。

ネファリウス　見事にではなく，真実にです。あなたもきっとあのヘシオドスの言葉「貯えが底をついてからの節約は拙い」[4] をしばしばお聞きになったことでしょう。

フィリプヌス　ええ，とてもよく聞きます。ぶどう酒を貯蔵する甕の真ん中にあるものが確かに最高ですから。

ネファリウス　同様に人生における最初の頃が，つまり青春時代が最善です。

フィリプヌス　本当にそうです。

ネファリウス　ですがこの朝の時間も一日に対して，青年時代が人生に対するのと同じ関係です。ですから青年時代を馬鹿げたことに，朝の時間を睡眠に浪費する人たちは，愚かに行動していませんか。

フィリプヌス　そう思われます。

ネファリウス　わたしたちが人間の生命と比較できる何らかの所有物があるでしょうか。

フィリプヌス　ペルシャ王室の宝物全体でもだめでしょうか。

ネファリウス　あなたの生命を悪い術を使って 2，3 年に完全に切り詰めることができ，かつ，そうしようとする人を，あなたはひどく憎みませんか。

フィリプヌス　その人からわたしは命そのものを奪い取りたいです。

4） ヘシオドス『仕事と日』松平千秋訳，岩波文庫，55 頁。

ネファリウス　ですが，わたしには自分自身の命を意図的に縮小しようとする人たちのほうがもっと悪く，もっと害があるように思われます。

フィリプヌス　そのような人が見つかるとしたら，わたしはそれを認めます。

ネファリウス　見つかるとしたらですか。それどころか，あなたのような人は皆，それを行っています。

フィリプヌス　仰いますね。

ネファリウス　とてもよい言葉でしょ。あなたの精神でもってそのように熟考してみなさい。プリニウスは「人生は夜警〔監視〕である。より多くの時間を勉学に振り向けた人は，より多くの時間を生きたのである」[5]と，とても正しいことを言ったと思われませんか。眠りはいわば死であるから[6]。また眠りは地獄から到来しているように思われるし，ホメロスによって死の兄弟と呼ばれています[7]。それゆえ睡眠を支配しているものは，生けるものとも死せるものとも見なされず，それよりもむしろ死者と見なされます。

フィリプヌス　全くそのように思われます。

ネファリウス　一日ごとに3，4時間も睡眠を浪費する人たちが人生の何と多くの時を自ら短縮しているかを，今，見積もってみて熟慮しなさい。

フィリプヌス　ものすごい総額となると思います。

ネファリウス　全人生を10年ふやし，高齢になった者に青年の活力を呼び戻すことができる魔法使いを，あなたは神だと考えないでしょうか。

フィリプヌス　わたしも当然そう考えます。

---

[5]　プリニウス『自然誌』序論, 19。
[6]　オウィディウス『変身物語』XI, 592ff. 参照。
[7]　ホメロス『イリアス』XIV, 231. 松平千秋訳，岩波文庫（下）61頁．

16 朝の時間

ネファリウス　このような神の恵みをあなたはご自身で証明することができます。

フィリプヌス　どのようにしてですか。

ネファリウス　というのも朝が日々の青春ですから。昼までの間に青年時代が燃え立ちます。直ぐにも壮年時代が来て，それに老年が続きます。それは夕暮れです。夕暮れには日没が後に続きますが，それは一日の死のようです。節約は大きな収入です[8]。しかしここよりも大きいことはありません。ですから人生の大部分を，しかも最良な部分を浪費するのを止める人は，莫大な収入を追加したことにならないでしょうか。

フィリプヌス　あなたは真理を説いています。

ネファリウス　したがって，与えられたものから自発的にあれほど多くのものを〔浪費によって〕減らした場合，自然が人間の生涯をあんなに狭い空間に縮小したと告発する人たちの不平は，とても恥知らずであるように思われます。節度をもって管理されるなら，人生はすべての人に十分に長いです。だれでもすべてを時宜に適って行えば，少なからず役立ちます。食事の後，食べたもので一杯になった身体が精神を圧迫するとき，わたしたちはどう見ても半未開の人間でしかありません。また消化の仕事に携わっている胃の義務から霊魂をより高尚なものに呼び戻すのは，危険を引き起こさなくはないのです。それは夕食後ではもっと危険です。しかし朝の時間では人間は全人間でして，身体はすべての奉仕のわざに適しており，精神は活発で元気ですし，精神の装置は平静で穏やかです。そのときあの人〔ホラティウス〕が言っているように，神の薫がする息が吹いてきて，人間はその

---

[8] キケロ『ストア派のパラドックス』VII, 49.

根源を理解し,尊貴なものに魅了されます[9]。

フィリプヌス　あなたは確かにとっても優雅に励まされました。

ネファリウス　ホメロスではアガメムノンが「一晩中まどろんでいることは最高の地位にあるお方のすることではない」という言葉を聞いています[10]。一日の大部分を眠りでもって浪費することはそれより遥かに恥ずべきことです。

フィリプヌス　その通りですが,「最高の地位にあるお方」とは何のことでしょう。わたしは軍隊の指揮官ではありません。

ネファリウス　あなた自身とは別の何かがあなたにとって大切であると,ホメロスの文章はあなたに感動を与えないかもしれません。銅細工師は日が昇る前に僅かな利益のために起き上がります。また知恵に対する愛がわたしたちを目覚めさせないでしょうか。少なくともそれは,とても貴重な富へとわたしたちを招いている太陽に教えを受けるためなのです。医者たちはたいてい朝の時間でないなら薬を与えないでしょう。彼らは身体を治すための黄金の時間を知っています。わたしたちは精神を豊かにし,かつ,癒す黄金の時間を知っていないのでしょうか。このようなことがあなたに何も影響を及ぼさないなら,あの天的な知恵がソロモンのもとで語っていることを聞きなさい。「朝に目覚めてわたしを訪ねるものはわたしを見いだす」(箴言 8・17 ウルガタ訳)。さらに聖なる詩編の中に早朝の時間を奨励することが何と多いことでしょう[11]。預言者は早朝に主の憐れみをほめたたえ,

---

9)　ホラティウス Sermones, II, 2, 79. をほのめかしている。
10)　ホメロス『イリアス』II, 61
11)　詩編 5・4；57・9；88・14 を参照。

早朝に人は主の声を聞き，早朝にその祈りは主に聞き入れられます。ルカ福音書では朝まだき頃，人々は主から癒やしと教えとを求めて彼のもとに群がっています[12]。フィリプヌスさん，どうしてあなたはため息をつくのですか。

フィリプヌス　どれほど多くの人生の損失を蒙ったか思い浮かべると，わたしはどうしても涙を抑えることができません。

ネファリウス　呼び戻すことができないもので苦しめられるのは無駄なことです。ですが，その後の配慮によって償うことができます。それゆえ過ぎ去ったことを愚かにも嘆いて将来の時間の損失を来すよりも，むしろその点を配慮するよう努めてください。

フィリプヌス　よいご忠告です。しかし長く続いた習慣がその権利をもう主張しています。

ネファリウス　何ですって，ちょうど釘で釘を取り除くように，習慣は習慣によって克服されます。

フィリプヌス　ですが，長いこと慣れ親しんだものを放棄するのは困難です。

ネファリウス　もちろん初めはそうですが，以前とは相違した習慣が最初そのような煩わしさを和らげてくれます。そして，あなたが短期間の煩わしさを悔いる必要がないように，直ぐにも最高の喜びに変えてくれます。

フィリプヌス　成功しないかもしれません。

ネファリウス　もしあなたが70歳代でしたら，わたしはあなたをご自分の習慣から引き離したりしないでしょう。現在あなたはとても70歳を超えてなどいないと思います。心がそうするように決心しさえすれば，この年齢で打ち勝つことができないようなものが何かあります

12）　ルカ 6・13 を参照。

か。

フィリプヌス　わたしとしては眠りの友〔怠惰な人〕から言葉の友〔学者〕となるように取りかかり，かつ，そうするように試みてみましょう。

ネファリウス　あたしの愛するフィリプヌスよ，あなたがそうするなら，数日後にうまくいったことを喜び，忠告したわたしに感謝することでしょう。

17
酒の入らない饗宴
——アルベルトゥス, バルトリヌス, カロルス,
ディオニシウス, アエミリウス, フランキィスクス,
ギラルドゥス, ヒエロニュムス, ジャコブス,
ラウレンティウス——

解　題

　1529年9月のフローベン版に初めて掲載された。この標題はギリシア語で「酒の入らない饗宴」を意味し, ぶどう酒が入らなかった犠牲がギリシアで奉献されたことに示唆を得ている (『格言集』II, 684 B-D)。たとえばエウメニデスへの犠牲は水・ミルク・蜂蜜から作られていた。「酒の入らない饗宴」は標題にふさわしくかなり短い作品である。また「饗宴」(シュンポジオン) にはエロスを讃美して演説したプラトンの『饗宴』を連想させる趣が認められよう。この対話に見られる開会の言葉と庭園の設定は「敬虔な午餐会」の初めとよく似ている (本書22-23頁参照)。ここに編集された挿話はすべてその内容が古代人と関連している。もう一つの対話「物語の多い饗宴」の主な物語は古典期以後の性格のものである。「酒の入らない饗宴」に記されている物語は大抵エラスムスの他の作品にも出ているものであって, とりわけ Apophthegmata (1531, LB, IV, 93A-380D) に見られる物語である。その物語はプルタル

コスの『英雄伝』や『道徳論集』から採用されているが，そのいくつかは一般に使われているものである。ギリシア人が作った物語は，道徳的には健全でないことがあるが，16世紀はこの見解を共有している。しかし古典文化の中にはキリスト教の教えと類似したものが多く見られる。エラスムスはキリスト教的人文主義の立場から異教思想の中にキリスト教的なものがあることを示唆する。このような対話「酒の入らない饗宴」はエラスムスの著作の隠された意図を告げる「謹厳な食事会」となっている。

＊　　＊　　＊

アルベルトゥス　この庭園よりも美しいものを見たことがありますか。

バルトリヌス　福者の島でももっと喜ばしいものはほとんどないと思います。

カロルス　わたしには全く神がアダムに見張人や耕作者として置いた楽園を見ているように思われます。

ディオニシウス　ここですと〔賢い老王〕ネストールと〔トロイアの最後の王〕プリアムスが若返ることができます。

フランキス　それどころか死者も甦ります。

ギラルドゥス　わたしにでもできるのでしたら，あなたの誇張した表現に何かを喜んで付け加えたいです。

ヒエロニュムス　本当にすべてが驚くほど魅力的です。

ジャコブス　何か〔水を〕ちょっとだけ飲んで，この庭園を神に奉献すべきです。

ラウレンティウス　われらの友ジャコブスの提言はもっともです。

アルベルトゥス　この場所はそのような儀式によってずーと前から奥義を伝えていました。ですが，ここではお酒

抜きの宴会で満足しないと，軽食を取ることができないことを，あなたがたは知らなければなりません。塩，酢，オリーブ油の付かないレタスを追加できます。この井戸が提供するもののほかには一滴のお酒もありません。パンも杯もありません。また，お腹よりもむしろ目を楽しませるのは四季です。

バルトリヌス　遊戯の盤と毯ならあります。会食が許されないのでしたら，遊戯をもって庭を神に奉献しましょう。

アルベルトゥス　こんなにも素晴らしい方々が参集なさっているのですから，わたしはあることを考えました——それを遊びとも饗宴ともあなたは言うことができます。それはわたしの意見ではこの庭を神に奉献するのにもっともふさわしいものです。

カロルス　いったいどんなことですか。

アルベルトゥス　各自は自分の信仰告白を携えていきます。そうすれば見事で快適な饗宴が与えられるでしょう。

アエミリウス　手ぶらでやって来た人は何を提供したらいいのですか。

アルベルトゥス　心にとても大きな宝物を持ち運んでおられるお方が，手ぶらなんでしょうか

フランキィスクス　わたしたちはあなたが何を提供なさるかとっても知りたいです。

アルベルトゥス　各々がこの一週間に読んだもっとも上等なものを仲間に公表することにしましょう。

ギラルドゥス　よい提案です。この種の会食者にとって，あるいは饗宴の主人役として，あるいはこのような場所には，あなたより適切な人はおりません。わたしたちは皆この計画の指導者としてあなたに従いましょう。

〔こうして10名の話しからなる饗宴がはじまる〕

アルベルトゥス　あなたがたがそのようにお考えなら，わたしは異議を唱えません。今日，わたしはキリスト者ではない人がもっているとてもキリスト教的な見解を心から喜んでおります。つまり〔次のような話しです〕。

　フォキオン[1]は——アテナイ人のもとでは彼以上に高潔で公共の福祉に精通している人はいなかった——嫉妬によって断罪され，毒にんじんを飲まされることになっていた。この期に及んでもなおその子供たちに何をあなたは伝言したいのか，とその友人から問われたとき，彼は「お前らはこのような侮辱を決して思い出してはならない」と答えた。

バルトリヌス　そのように著しい忍耐の模範をあなたは今日ドミニコ会修道士たちやフランチェスコ会修道士たちの中にもほとんど見いださないでしょう。わたしはそれに及ばないので，何か類似するもので説明しましょう。

　アリスティデス[2]と言う人は〔アテナイの政治家・軍人の〕フォキオンにもっともよく似ており，もっとも清廉な性癖の人でした。ですから人々は「正しい人」の添え名を彼に付けさえしました。この添え名に対する嫉妬から，卓越しており国家に奉仕した人は陶片追放によって国を立ち去るように命じられました。その後になって彼は，「正しい人」という添え名だけで人々の感情を害したのだということを理解したのでした。だが，その他の点では正しい行動が常に彼らに歓迎されると知って，彼は平静を取り戻しました。追放されたとき，彼は友人

1）　フォキオン（402-318 B.C.）はアテナイの政治家・将軍であった。
2）　アリスティデス（530-468 B.C.）はアテナイの軍人の政治家で，デロス同盟の中心人物であった。

17 酒の入らない饗宴

たちから恩知らずの国家に何を願うかと聞かれました。彼はそれに答えて言いました，彼らにアリスティデスのことが決して念頭に浮かばないほどに国家が繁栄することの他には何ものもない，と[3]。

カロルス　軽微な侮辱に激昂し，あらゆる手段を講じて復讐を企てるようなキリスト教徒たちが，これを聞いて自ら恥ずかしいと思わないとしたら，それは驚くべきことです。ソクラテスの全生涯は節度と忍耐の模範以外の何ものでもないとわたしには思われる。だが，わたしが話しを全く罷免（ひめん）するようなことがないために，他よりも気に入っている一つの物語をお話ししましょう。

　ソクラテスが公道を歩んでいたとき，ある悪人が彼をげんこつで殴りました。ソクラテスが黙ってそれに耐えていると，友人たちは復讐するように勧めました。でも彼は言った，「殴った人に何をなすべきか」と。友人たちは「法廷へ召喚しろ」と言いました。彼は「それは馬鹿げている。もしロバがわたしを足で蹴ったなら，あなたがたの忠告に従ってわたしはロバを法廷へ引っぱってゆくべきですか」と答えた。彼が言っていた意味は，悪人というのはロバよりも価値がある道化ではないのであって，放埒な人から受けた侮辱に，それを野獣から受けたものとして，耐えることができないのは，もっとも卑しい精神の人である，ということである[4]。

ディオニシウス　ローマの歴史書には抑制に関する模範が僅かですが載っています。それは今のお話しと同じ程度には輝かしいものではありません。というのも，わたしは敗者を助命したり，高慢なものを打ち負かすとき，忍

---

[3]　プルタルコス『英雄伝』参照。
[4]　この物語はディオゲネス・ライエルティウスの『ギリシア哲学者列伝』第10巻に意義あるものとして報告されている。

耐が大いに称賛されているとは思いませんから。それでも次の点は忘れてはならないと思います。

　レントゥルスとかいう人が老人のカトーに唾をひっかけたとき、彼はただ「これからは、あなたには〔唾をかける〕口がないと主張する人にだけお答えしよう」[5] としか返答しようとしなかった。しかしラテン人たちの間では、恥を知らない人たちは口〔表情〕をもたない、と言われる。だからこの冗談の意味はとても曖昧である。

アエミリウス　みなさんは、それぞれ自分の好みをもっています、〔わたしの好きな話しでレントゥルスに答えます〕。

　ディオゲネスが語った言葉──それはもちろんすべてに抜きん出ている──の中で、わたしにとっては彼が、どのように敵に仕返しすることができますか、と尋ねた人に「あなた自身をできる限り高潔で尊敬に値する者として示すことでもって」[6] と答えたものに優ってよいものはありません。わたしにはどんな神様が彼にそのような考えを吹き込んだのか全く分かりません。しかしアリストテレスの言葉がパウロの教えととてもよく一致しているように思われます。彼の哲学が彼にどんな利益をもたらすのかと、アリストテレスがある人に尋ねられたとき、彼はたいていの人たちが恐怖によって強制されて法律を実行しているのに、わたしはそれを自発的に行っている、と答えました。というのもキリスト教的な愛にあふれている人たちは、律法の下に縛られているのではなく、罰に対する恐れによって律法が強要しうるよりも多くのことを自発的に自ら実行する、とパウロが教えているからです。

---

5) Apophthegmata, V, 240.
6) ディオゲネス・ライエルティウス、前掲書、VI, 2 n 4.

フランキィスクス　キリストが徴税人や罪人らと親しく食事をしているという理由で彼に不平を述べたユダヤ人に対して，彼は答えて言われた，「医者を必要とするのは健康な人ではなく，健康に恵まれない人〔病人〕である」（ルカ5・31）と。

　プルタルコスの書物の中でフォキオンが語ったことはこれと矛盾していません。すなわち彼が裁判で不正にして無節操な人を法廷で弁護したので非難されたとき，「なぜいけないのか，正しい人はだれもそのように弁護される必要がないからです」と言った。

ギラルドゥス　正しい人ばかりか不正な人にもその太陽が昇るように命じる永遠の御父の模範にしたがって[7]，親切をできるかぎり悪人にも善人にも施すことも，またキリスト教的善意の手本です。しかし，ことによると，ある王様の自制心はもっと驚嘆すべき模範となるでしょう。

　デモステネスの孫のデモカレスはマケドニア王フィリッポスへの使節でした。彼は嘆願したことを獲得すると王のもとから釈放されたのであるが，その他に何か欲するものはないかと愛想よく王から問われたので，デモカレスは「あなたが首をくくることです」と言った。この不躾な発言は憎悪を大きくした。罵倒されたのは王であり，非難を表明することを王に対しても認められるべきであった。しかしながら王は激怒しなかった。彼はデモカレスの同僚使節団に向かって言った，「このことをアテナイの人たちに報告しなさい。それは彼らが事実を知ったとき，この発言を忍耐して聞いたわたしと，このように語った者とのどちらが優れていると思うか判断す

---

7)　マタイ5・45を参照。

るためである」[8]と。さて，自らを神々に等しいものと考えておりながら，飲酒の間に語った言葉のゆえに，恐るべき戦争を引き起こすような，全世界の支配者など一体どこにいるでしょうか。

ヒエロニュムス　栄誉を求める渇望は大きな力をもっており，この情念は多くの人たちに正道を踏み外させました。そういた人たちの中のある人がソクラテスに，どんな方法でもっとも名誉ある評判を獲得できますか，と尋ねました。ソクラテスは「あなたがそう思われたいと欲しているとおりに，あなた自身を示すことによって」と答えました。

ジャコブス　それよりも簡略にして，かつ，完全に何が語られることができるのか，わたしには真に分かりません。わたしたちは名声を求めてはなりません。悪評が不正に伴われるように，名声は徳に自ずから伴われます。あなたは人々を称賛しています。わたしはスパルタの少女が気に入りました。彼女は競売にかけられたとき，ある入札者が彼女に近づいて「どうです，わたしがあなたを買ったとしたら，あなたは貞淑でいられるでしょうか」と言った。彼女は「たとえあなたがわたしを買わなかったときでも，そうします」と答えた。その意味は，彼女は誰かのために貞淑を守っているのではなくて，徳はそれ自身で高く評価されるから，徳それ自身のために自発的に追求されるということである。

ラウレンティウス　その少女は確かに男らしく発言しました。その他では次のことも，幸運がどんなにほほ笑みかけても，決然としてそれに立ち向かっている著しい事例であるように，わたしには思われます。

　マケドニア王のフィリッポスに三つの特別な祝福が同

---

8)　セネカ『怒りについて』3, 23 参照。

じ日に告げられたとき，すなわちオリンピックの試合で勝利したこと，熟練した将軍パルメニオンが戦闘でダルダニアン人に勝利したこと，彼の妻オリンピアスが彼の息子を出産したことが告げられたとき，彼は天に向かって手を高く挙げ，「神はちょっとした不幸にもこんなに大きな幸福をもって償ってくださった」[9]と祈った。

アルベルトゥス 今日では人がその妬みをかうのを恐れるほど大きな繁栄などありません。そうではなく，ネメシス[10]が死んでいるか，それとも耳が聞こえないかのように，何かうまくいくと，それでも自慢します。このような午後の軽食があなたがたに気に入ると，喜ばしくもあり，かつ，役にも立つ会話でもって奉献した，この小さな庭園は，あなたが欲するときはいつでも，庭園を自由に使用するのをあなたがたに許すでしょう。

バルトリヌス 確かにアピティウス[11]でもこれよりも快適な料理を提供できなかったことでしょう。ですから，わたしたちがしばしばここを訪問するのを期待してください。ただし，わたしたちが蒐集してきたもので，あなたが聞くに値しなかったが，それでもあらかじめ考慮することなく，突然，念頭に浮かんだものを提示してしまいました。このことをご容赦くださいますようにお願いします。わたしたちが熟慮したときには，もっと素晴らしい出し物を提供いたします。

アルベルトゥス そうすれば，あなたはわたしたちをもっと歓迎なさることでしょう。

---

9) Apophthegmata, IV, 140. 参照。
10) ネメシスは神話の女神で，人間の傲慢を罰する。
11) M. ガウィウス・アピティウスは皇帝アウグストゥス時代の有名な美食家である。

18
名声を熱望する人
——フィロドックスとシュンブゥルス——

解　題

　1531年9月のフローベン版に初めて加えられた。一般には「名声が拍車をかける」と言われる事態がここでは追求される。人間としての不滅の栄光とそれを獲得するための闘争はルネサンス時代の著作家に強烈に訴えかけたものであった。この時代の芸術家，学者，政治家はすべて名誉や名声への強迫観念に取り憑かれていた。古代文化の称賛と研究はこうした傾向や関心と深い関係があって，ホメロスの世界に典型的に示されているように，それが人を高尚にすると一般に受け入れられていた願望と抱負でもあった。このような心の微妙な側面は不十分にしかわたしたちには分からないが，モンテーニュの随筆にある「名声について」などに見られるように，時代を支配していた傾向であったといえよう。こういう名声や名誉心という主題についての叙述は，エラスムスの場合にはきわめて実践的であって，人間やその作法に関してわたしたちを楽しくさせるか，それとも揶揄し諷刺するスケッチとなっている。この対話「名声を熱望する人」は健全で，典型的な教えとなっており，社会的な習慣についての興味ある叙述が認め

18　名声を熱望する人

られる。だが，その特徴はドラマティックであるよりも，むしろ教訓的となっており，ある点では「お恥ずかしい騎士」を補うものとなっている。「お恥ずかしい騎士」では野心家であっても才能もなく，破廉恥な偽善者が世間で暮らす仕方について皮肉な助言を受けるが，「名誉心」では真面目で素朴な青年が真の栄誉の性質について教えられる。つまり青年のフィロドックス（名声を熱望する人）はシュンブゥルス（助言者）からソクラテス的な助言を受けねばならず，それを聞くことになる。この作品に見られる助言はクセノホン（『ソクラテスの思い出』II, vi, 39）やキケロ（『義務について』II,xii,43）などから採用され，エラスムスによって言い換えられたものであって，『格言集』で説かれたものに類似している。

*　　*　　*

フィロドックス　シュンブゥルスさん，あなたと出会いましたのは，幸せな前兆であると思います。
シュンブゥルス　フィロドックスさん，あなたの幸せに何か貢献することができますように。
フィロドックス　神が人間と出会うときに優って幸先のよいものが何かありますか。
シュンブゥルス　わたしとしては，たとえ600羽のフクロウがあちこち飛び回っても，それに優って幸先のよいものはないと思います。しかし，あなたはどのような神をわたしにお話ししてくださるのですか。
フィロドックス　シュンブゥルスさん，わたしはあなたのことを言っているのですよ。
シュンブゥルス　わたしのことですか。
フィロドックス　もちろん，あなたのことです。
シュンブゥルス　わたしはトイレに行くような神々には毛

ほどの価値を認めません。

フィロドックス　「死すべき者を助ける者はだれでも神である」という格言が誤っていなければ，あなたはわたしにとって神であることが可能です。

シュンブゥルス　その格言の信憑性について他の人たちに判断してもらいましょう。わたしとしては友に役立つように喜んでできるかぎり務めますよ。

フィロドックス　シュンブゥルスさん，こわがる理由などないですよ。わたしは金を貸し付けたりしません。助言することは聖なる行為です。そうすることで，自分を助けているだけですよ。

シュンブゥルス　しかし，そのこと自身は貸付金を要求することになります。なぜならこのような種類の奉仕は，その他のものと同様に，友人間では自発的に，かつ，相互的に営まれなければなりませんから。しかし，あなたがわたしに助言されることを望んでおられる問題って何なのですか。

フィロドックス　よく分からないので，苛立っているのですよ。わたしは有名になりたいのです。その道を教えてください。

シュンブゥルス　よく聞いてください，手っ取り早い方法がありますよ。ディアナ[1]の神殿に火を付けたヘロストラトゥスの真似をしなさいよ。あるいはそれとよく似た，ホメロスを誹謗したゾリウスの真似をしなさいな。あるいは何か他の記憶に残る悪行を企んだらいいのですよ。そうすれば，あなたはケクロプス[2]やネロのよう

　1）　ディアナはローマ神話の狩猟と月の女神で女性の守護神であって，ギリシア神話のアルテミスに相当する。
　2）　ケクロプスはアッチカの最初の王で，上半身は人間で下半身は竜とされるギリシア神話の人物である。

18 名声を熱望する人

に「悪名が高く」[3]なりますよ。

フィロドックス　他の人たちも犯罪によって有名となったことでしょう。わたしは立派な名声が欲しいのです。

シュンブゥルス　それなら人々から称賛されるような者としてあなた自身を示しなさいな。

フィロドックス　でも、優れた徳行にもかかわらず、有名な名前が与えられていない人たちが多くいます。

シュンブゥルス　それが真理であるかどうかわたしには分かりません。しかし、たとえあなたが言われることが当たっていても、徳自身はその大いなる報酬を有り余るほどもっています。

フィロドックス　あなたの仰ることは正しいですし、哲学的にも確かです。しかしながら人間的なことによくあるように、名誉は何か特別な徳の飾りのように思われるのです。それは太陽が輝くことを愛するのと全く同様に、人々に認められることを喜びます。また同じ理由で、できるだけ多くの人に役立つように、もしくはできるだけ多くの人を自分と比べて競うように引き寄せます。終りに、わたしには両親が高潔の名前に優ってどんな不滅な記憶を立派な所有としてその子供たちに残すことができるのか分かりません。

シュンブゥルス　わたしが拝察するところ、あなたは徳から生まれる名声を待ち望んでおられます。

フィロドックス　もちろんです。

シュンブゥルス　そうでしたら、すべての書物で有名となった人たちを手本にしなさい。それはアリスティデス、フォキオン、ソクラテス、エパミノンダス、スキピオ・アフリカヌス、二人のカトー（兄のカトーとウティカのカトー）、マルクス・ブルートゥス、およびそれと

---

3)　カッコはギリシア語。

似た人たちです。この人たちは平和なときにも，戦争のときにも，国家のために貢献すべく最善を尽くしました。というのも，ここが名声を獲得するのにもっとも実り豊かな活動の場なのですから。

フィロドックス　しかしこのもっとも有名な人たちの中にはアリスティディスがいて，彼は陶片追放[4]によって国を去るように命じられました。フォキオンとソクラテスは毒にんじんを飲みました。エパミノンダスはスキピオと同じように斬首刑を求められました。兄のカトーは40回も被告人として答弁し，ウティカのカトーは自殺しました。ブルートゥスも同様です。わたしは嫉妬に汚染されないような名声が願わしいのです。

シュンブゥルス　だがユピテルもこのことがその息子ヘラクレスに起こるのを許しませんでした。というのも，とても多くの怪物を勇気をもって征服した後，最終的に水蛇ともっとも絶望的な格闘をしたからです。

フィロドックス　わたしはヘラクレスに対して彼の輝かしい成果を妬んだりしません。わたしはただ，嫉妬によって汚染されていない名声がたまたま生じた人たちだけを，幸福であると見なします。

シュンブゥルス　わたしが見るに，あなたは快適に生きることを欲しておられます。それでしたら，あなたは嫉妬を懼れなさい。あなたはそのことで誤っていません。「なぜなら」嫉妬は「最悪の野獣ですから」[5]。

フィロドックス　そうです。

シュンブゥルス　それゆえ「気づかれないように生きなさい」[6]。

---

　4)　陶片追放とは，危険な人物を市民の陶片による投票で10年間国外追放した決定を言う。
　5)　カッコはギリシア語。
　6)　プルタルコス『道徳論集』にある言葉。

18 名声を熱望する人

フィロドックス　だがそうですと死んでいて生きていませんね。

シュンブゥルス　あなたのお気持ちは理解できます。あなたは影一つないとても明るい太陽の中を歩き回ることが喜びなのですね。

フィロドックス　それはもちろん不可能です。

シュンブゥルス　ですが嫉妬に汚染されない名声をあなたが獲得することは，同じく不可能なのです。正しい行為には自ずから名声が付き従いますが，名声には嫉妬が伴われます。

フィロドックス　それにもかかわらず，嫉妬なしに名声が生じることを，喜劇に登場するあの老人が教えています。「こうしてあなたは嫉妬を招くことなく，とても簡単に称賛を獲得し，友人を造ることができます」[7]と。

シュンブゥルス　もしあなたが青年のパンヒリルスがこのような忠誠と礼儀によって獲得した称賛で満足なさるのでしたら，あなたは〔先の言葉があるのと〕同じ箇所であなたが熱望するものを獲得する手段を見いだすことができるでしょう。あらゆる場合に「過度にならないように」と憶えていなさい。むしろ人はあらゆることに適度を保つべきです。他者の振る舞いには気さくに耐えなさい。些細な欠点は黙認しなさい。無愛想ではいけません。自分の意見に固執してはなりません。他人の関心事にあなたを適合させなさい。だれをも傷つけず，すべての人に親切でありなさい。

フィロドックス　たいていの人たちは青年に対し好意的です。あなたが若いときにこの称賛を得ることは困難ではありません。しかしわたしは全世界に響き渡り，歳とともにいつも輝きを増し，死後もその輝きを決定的に増す

---

7)　テレンティウス『アンドロスから来た少女』I, 1.

ような，名声の何か偉大な飾り〔栄誉〕が欲しいです。

シュンブゥルス　フィロドックスさん，わたしとしてはあなたのこのような高潔な天性を称賛します。さらにあなたが徳から生じる名声を欲するなら，それは優れた徳であって，名声を軽んじます。また称賛を得ようとしないことが最高の称賛なのです。それは〔称賛を〕避ける人にむしろ付いてきます。ですから，それをさらに激しく獲得しようと努めないように注意しなければなりません。そんなことをすると，ますます徒労となります。

フィロドックス　わたしは冷静なストア哲学者ではありません。わたしは人間的な情愛に動かされています。

シュンブゥルス　あなたが人間であることを白状するのでしたら，人間の運命に属することに逆らってはなりません。神にも起こらないことをあなたは懇願しようとするのですか。というのも「ユピテルは雨を降らせようと，太陽を輝かそうと，すべての人を喜ばすことはできない」というテオクリトス[8]の言葉が巧妙であると同時に真実であることをあなたはご存知ですから。

フィロドックス　およそ煙のないところに火はありません。でも煙のない火があります。人間の栄誉が何か嫉妬の雲によって隠されることなしには達成できなかったとしても，それでもわたしは嫉妬の比率を最小限に保つ方法があると思います。

シュンブゥルス　そうすると，その方法があなたに教示されてもよいというのですか。

フィロドックス　わたしはそのように熱望しています。

シュンブゥルス　控えめに徳を実行しなさい。そうすれば，あなたは嫉妬に煩わされることが減るでしょう。

8）　テオクリトス（310?-250?B.C.）はシラクサ生まれの古代ギリシアの牧歌詩人である。

フィロドックス しかし名声が顕著でないとしたら，それはもう名声ではありません。
シュンブゥルス 見なさい，あなたにとってもっとも確かな方法があります。それは何か立派な行為を示してから死ぬことです。そうすればあなたは嫉妬されないでコドルス，メノエケウス，イピゲネイヤ，クルティウス，デキウス[9]と一緒に称賛されることでしょう。「生存中には嫉妬を煽っても，それは死後になるとおさまります」[10]。
フィロドックス わたしとしては，率直に告白すると，わたしの子どもたちや孫たちに名誉ある名前を遺産として残したいのです。ですが，生きている間に，生きている者たちと一緒に，しばらくのあいだ，そのことの成果や喜びを味わいたいのです。
シュンブゥルス よろしい，わたしはあなたをさらに長く未解決のままにしておきません。有名な名前に至るもっとも確実な道は，私生活では個別的に，公的生活では万人のために功績を積むことです。これは一部では職務に忠実なことによって，一部では気前の良さによって起ります。他の人に与えられたものを他者から引ったくるようにあなたが強いられないために気前の良さは抑制されなければなりません。というのも，このような気前の良さからは，悪人のもとでの好意よりも，善人のもとで多くの憎しみが起こってくるからです。ところで悪人た

---

9) コドルス（アテナイの最後の王で，わが身を犠牲にして祖国を救った），メノエケウス（テーバエの王で，クレオンの子で神託に従って祖国のため自らを犠牲にした），イピゲネイヤ（アガメムノンの娘で，犠牲にされたが女神に救われ，その巫女となった），クルティウス（伝説的英雄で祖国を救うため馬ごと水中に飛び込んだとされる），デキウス（戦争で祖国のために身を犠牲にしたデキウス父子を指す）。

10) オウィディウス『愛の物語』I, 15, 39.

ちから称賛されることは、栄誉よりも不名誉なことです。それに加えて気前よさの源泉は惜しみなく与えることによって枯渇してしまいます。さらに職務から成り立つ気前よさは〔財源となる〕基盤をもっていません。それどころか、ここから惜しみなく汲み上げれば上げるほど、それ〔財源〕は多く流失してしまいます。しかし、ここには嫉妬を和らげ、名声の高い評判を輝かす、多くの効用があります。それを人はだれも自分に授けることができません。それは神が無償で与える恵みから起こってくるのです。「徳〔武勇〕に身体的な美が加わると、魅力が増す」[11]。ですが身体的な優美を誰も自分に授けることができません。高貴な生まれは多くの尊厳をもたらしますが、これもまた幸運の贈り物なのです。富についても同じように考えるべきです。富というのは祖父や曾祖父からわたしたちに正当に遺贈されたものです。だれでも富を決して自分に与えたりしません。学んで獲得したのではない生まれつきの機敏な才能、話す魅力、機知と優雅もこの種のものです。最後にある種の神秘的な優雅さの特性と幸運も同じです。わたしたちはその影響を日々多くのことで見ていても、その原因をだれも提示できません。さまざまな人たちによって同じことが行われたり語られたり、また、仕事をより良く行った人が愛顧の代わりに憎しみを引き寄せたりするとき、仕事をもっと悪く行ったり語ったりした人が大きな愛顧を得たりするのを、わたしたちはしばしば認めないでしょうか。このことを昔の人たちは守護神の所為にしました。人々は言ったものでした、すべての人はそのことのために生まれてきた仕事において幸福である、と。他方、ミネルウァの意に反して、怒った守護神を無視して試みるなら

---

11) ウェルギリウス『アエネーイス』V, 344.

18 名声を熱望する人

成功しないでしょう。

フィロドックス　そうすると，この場合には何か忠告がないのですか。

シュンブゥルス　ほとんどありませんが，洞察力のある人たちは，子どもたちや青年たちに中にどのような研究に，どのような生き方に，どのような行動に適しているかの徴候を見いだします。わたしたちの中に同じく何か精神の隠れた感覚を認めます。この感覚によってわたしたちは，はっきりした理由もないのに，何かに恐れを感じ，同じく稀なる衝動によって魅了されます。ここからある人は軍隊の仕事に幸福を見いだしたり，ある人は政治的業務に巧であったり，ある人はいわば生まれながら好きな仕事に向いています。また，そうはいっても，こういうことには課題の多様性と同じくらい驚くほどの多様性があります。自然はある人を支配するわざのために生み，ある人を勇敢な戦士となるように生みました。自然が豊かに与えた者には，ホメロスによると[12]，長い槍の使い手と同様に優れた将軍に適したものを授けるのを許しました。同じことは国家にかかわることでも言えます。ある人は忠告することができます，ある人は訴訟を遂行するのに優れており，またある人は使節の職に喜びを感じ，うまく成果を収めます。好きな仕事の多様性について語る必要が何かあるでしょうか。ある人たちはとても修道の規則の虜にされています。それも何らかの規則によってではなく，彼らが願ったものが獲得されないなら，いっそう厳しい生活と考える，特別な規則によって虜とされているのです。他方，修道士になる前に，むしろ死んでしまおうとする，驚くほど修道生活を嫌がる人たちがいます。彼らはそれを嫌悪して，もしく

---

12)　ホメロス『イリアス』III, 179.

は確かな分別でもってではなく、隠された本能から行っています。

フィロドックス　あなたが言われるように、わたしもそのことを時々見いだしていますし、それについてしばしば不思議に思っています。

シュンブゥルス　したがって自然が気前よくわたしたちに無償で与えたこの賜物に対して、尊大さや誇示がそれと結びついていなければ、嫉妬が起こることなど絶対にありません。というのも美しい姿や高貴さや豊かさや雄弁は、これらの賜物によって自分が優っていることに気づいていない人たちのもとでは、いっそう愛すべきものですから。だが愛想の良さや慎み深さは、このような特典を脅かすことがなく、返って魅力を増して嫉妬を追い払います。しかし、この愛想の良さと振る舞いの魅力は、あらゆる生活行動においていつも保たれていなければなりません。そうしないとミネルゥァが絶対に反対して立ち向かってきます。なぜならわたしが考えるのに、ソクラテスやディオゲネスが成功したことをクセノクラテス[13]が試みても無駄でしたから。ラエリウス[14]が親切に行ったことを監察官のカトーが企てても無駄であったでしょうから。それでもテレンティウス[15]のあのデマエは、慈悲を獲得するためには、突然の変身によってすべての人の願望や情意〔心の状態〕の動きに訴えることがどれほど重要であるかを十分に示しています。しかし、人は何度となく正しい道を踏み外すたびに、もうすでに真の名声から一時的な人間の好意に堕落しているのです。そうはいっても誠実の根によって養われ、理性の判

---

13)　クセノクラテスはカルケドン出身の哲学者で、プラトンの弟子であった。

14)　ラエリウスはスキピオの友人であった。

15)　テレンティウス（195頃-159 BC）はローマの喜劇詩人。

断に起因する名声は，遂には永続するものとなります。というのも情意というものは一時的な興奮に過ぎないからです。これが衰えるや否や，以前には熱烈にほほ笑みかけていたものをわたしたちは憎みはじめるのです。それゆえ拍手喝采はヤジに変わり，称賛は非難に変わります。さらに生まれつきの傾向が完全に変えられないとしても，それでも何か部分的には是正されることができます。

フィロドックス　何をお考えになっているのですか。

シュンブゥルス　生まれつき愛想のよい人は，すべての人に親切にするように努めることによって，名誉から外れないように用心することができます。どんな人にも自分を適用させることによって頭足類[16]に似ており，少しもしっかり自立していません。

フィロドックス　わたしはそのような人たちを多く知っています。ぬるぬるした信頼できない奴で，その不誠実さには赤面させられます。

シュンブゥルス　さらに厳しい素質の人は，愛想よく振る舞って，その行為が見せかけであると思われないように，あるいは直ぐその後に自分の本性に戻ってしまわないように，努めねばなりません。彼らは時折いっそう厳しく行動すると，また気が変わりやすいと言われて，称賛の代わりに二重の汚名を受けるようになるでしょう。首尾一貫性はとても大きな力をもっているので，生まれつきずさんな性質であっても，いつも同じように留まっていれば，いっそう耐えられやすいのです。しかし，ごまかしや見せかけがうすうす感じられると，善い行為でも憎しみを生みます。さらに，見せかけのものは何時ま

---

16)　たこやいかの類を指し，比較対象として性格的によわい人を指す。『格言集』II, 3, 91 参照。

でも隠れていることができません。いつかは暴露されざるをえません。それが起こった場合には，あの偉大な栄光の雲も一度に消え去ってしまい，噂に変えられます。

フィロドックス　そうすると，わたしが思うには，人はその本性からほんの僅かでも，その名誉から少しも遠ざかってはならない，とあなたは忠告していることになります。

シュンブゥルス　そうです。それに加えて，突如として有名になることは，みな嫉妬に晒されるということをあなたはよくお解りです。ですからギリシア人のもとでは「成り上がり者」[17]という軽蔑語は，ローマ人のもとでは「未熟者」[18]というあだ名なのですが，両者のもとでは成金[19]や天から降ってきた人に相当するのです。それとは異なって徐々に形成され，かつ，増大する名声というものは，〔その成長が〕とても永くかかっても，少しも嫉妬を蒙ることがないのです。詩人のなかでもっとも鋭いホラティウスはこの点を示して言います，「マルケルスの名声は生涯にわたって樹木のようにひそかに成長する」[20]と。もしもあなたが真の，永続する，妬みに少しも晒されない栄光を熱望するのでしたら，次のように語るソクラテスに耳を傾けてください。彼は言う，「もしある人たちが初めに余りにも急いで開始するなら，その人たちは目標に到達することが余りにも遅くなる」と。

フィロドックス　しかし人間の生涯は短いです。

シュンブゥルス　それゆえ人は栄光ではなく，善行をめざ

---

17)　「成り上がり者」（νεοπλουτος）というギリシア語が用いられている。

18)　「未熟者」（novus homo）は「新人」や「しんまえ」（新前の変音）を意味する。

19)　「成金」（terrae filius）については『格言集』I, 8, 86. 参照。

20)　ホラティウス『歌集』I, 12, 45f.

すべきです。栄光は善行に自ずから続いて起こってきます。どのような方法で老いていくことができるかをあなたは熟考しなくともよいと，わたしは思います。それは運命の女神パルカの贈り物でして，彼女は好きなように生命の糸を引き延ばすか，切り詰めるかします。

フィロドックス　そのことでもわたしを助けてください。

シュンブゥルス　フィロドックスさん。それはどうしてもできません。神々はとても気前がいいので，一人の人にすべてを与えてしまいます。神々は年ごとに〔授ける贈り物から〕持ち去って〔人に〕与えたものを，輝かしい名声で報います。ある人たちには，その数は僅かですが，神々はとても惜しみなく恵まれるので，彼らは生きているあいだに，いわば生きながらえて，不朽の名声を享受します。ですがユピテルが好意的に愛した人は稀です[21]。このことはおそらく神々から生まれた息子らには可能ですが，このような至福はわたしたちの議論とは関係がありません。

フィロドックス　わたしはしばしば自然や幸運の意地悪さに驚かされがちなのです。自然は死すべき者たちに，何か不都合なものが混入されていないような，有益なものを与えないのです。

シュンブゥルス　したがって，友よ，人間が，人間として生まれて来ているかぎり，人間的な運命を等しく心でもって耐えなければならないということの他に何が残っていますか。あなたは国民，階級，個々人の特性を入念に調べて考慮すれば，当然のことながら猛獣を手なずけ育成する仕事に携わっている人たちの手本にしたがって，たぶん妬みをもっと軽減させることができます。たとえこの人たちの主たる関心事が，何によって動物が粗

21）ウェルギリウス『アエネーイス』VI, 129f.

暴になったり，鎮められるのかに注目することであってもそうです。わたしは鳥と家畜，蛇と魚，鷲と禿鷹，象と馬，イルカとアザラシ，マムシと毒蛇との間にある相違についてだけ語っているのではありません。そうではなく，わたしは生物の個別的な種類にある無数の多様性について語っているのです。

フィロドックス　それからどうなるのですか，教えてください。

シュンブゥルス　犬はすべて一つの種のもとに統合されます。しかし，この種は何と無数の形に分散されることでしょう。こうして犬は種ではなく類によって区別されるとあなたは言います[22]。犬の習性と能力が同一の種のもとで何と多様なことでしょう。

フィロドックス　無数の多様性があります。

シュンブゥルス　犬について語られることは，個々の生物の類についても妥当すると考えてください。しかし馬の場合よりも区別が明らかになるものはありません。

フィロドックス　あなたは真理を語っています。ですがそれは何のためですか。

シュンブゥルス　生物の類においては，形においても，個々の動物においても，多様性が見られます。このことはすべて人間にも存在すると考えてください。動物のもとではさまざまな狼を，言い表すことができない多様な犬を，象・ラクダ・ロバ・ライオン・羊・蛇・猿・龍・鷲・禿鷹・燕・蛭，その他に多くを見いだすでしょう。

フィロドックス　それからどうなるのですか。

シュンブゥルス　しかし動物は，巧みに扱えば何か役立つことを，自分から提供したりしませんし，あるいは少なくとも害さないように飼い慣らされないほど，粗暴では

---

22)　ここでは個・種・類という論理学上の区別が使われている。

ありません。

フィロドックス　あなたが何を仰りたいのかわたしにはまだ分かりません。

シュンブゥルス　スペイン人，イタリア人，ドイツ人，フランス人，イギリス人の間にはかなりの相違があります。

フィロドックス　その通りです。

シュンブゥルス　それに加えて，個々の人は何か一つの類〔グループ〕において何か特別な特質をもっています。

フィロドックス　そのように認めます。

シュンブゥルス　この多様性をあなたが入念に考慮なさり，各人の習慣にご自身を適合させると，彼らの中から多くの友人をもつか，それとも敵を全くもたないかということに，あなたはいとも簡単に成功するでしょう。

フィロドックス　わたしがたことなるようにあなたが命じるなら，どこに徳性と名誉が残っていますか[23]。

シュンブゥルス　日常生活には名誉を決して傷つけない何か恭順さ〔謹んで命令に従う態度〕のようなものがあります。たとえばイタリア人の間では人々は互いに口づけして挨拶します。同じことをドイツでしようとすると，悪趣味と思われるでしょう。ここでは口づけの代わりに右手を差し出します。さらにイギリスでは男たちは婦人たちに教会で合うときにも挨拶します。同じことはイタリアで起こると，恥ずべき行為であると考えられます。同様にイギリスでは宴会に入ってきた人にあなたの杯を差し出すことは礼儀に適ったことです。フランスではそれは侮辱です。このようなこと，また，その他この種のことではこちら〔自分の〕側ですべての人の動きに合わせることが誠実さに違反しないのです。

---

23)　註の 16 を参照。

フィロドックス　だが，すべての国民の習慣や個々人の特質を知ることはとても困難なことです。

シュンブゥルス　フィロドックスさん，もしあなたが本当に顕著な栄光を求めるのでしたら，あなたはまた抜群な徳行を明らかに示さねばなりません。ですが，あなたが逍遙学派よりも前にヘシオドスがどのように「徳は困難に追い回される」[24]と教えていたかを知っています。ですから，もしあなたが蜂蜜が欲しいなら，蜂に刺されるのを我慢しなければなりません。

フィロドックス　わたしはそのことを知っていますし，また憶えております。ですが，わたしたちが探求しているのは嫉妬を和らげる方法なのです。

シュンブゥルス　それでしたら戦争のとき，あなたは兵士よりも指揮官となるように心がけてください。あなたは戦争では同胞や仲間よりも嫌な敵と対決しなければなりません。国家ではとりわけ人気があって好かれている職務に就かねばなりません。たとえば告発するよりも弁護するほうが，罰するよりも名誉を与えるほうが，人気があります。回避することができない何か本性的に不快なことが起こっても，それを避けることができなくても，適切に鎮めるようにすべきです。

フィロドックス　どのようにしてですか。

シュンブゥルス　あなたが裁判官か仲裁判官であるとしたら，〔原告と被告の〕どちらの当事者をも傷つけてはなりません，もしできるなら敗者でも感謝するようにその用件を公正に処理すべきです。

フィロドックス　どうしてそうなるのですか。

シュンブゥルス　窃盗とか瀆神のかどで咎められると想定してみてください。あなたにもしできるなら，告発の形

---

24)　ヘシオドス『仕事と日』289。

18　名声を熱望する人

式を変えてみてください。そして弁護すべき訴訟手続きとなるようにしてください。こうしてあなたは原告を放棄することなく被告をそのまま支援することになります。次にすべての起訴状を，原告に損害を与えることなく，被告に公正と思われるように軽減してください。最後には有罪とされた者に対する罰を少なからず緩和してください。その間には陰険な表情とか，激しい言葉や気むずかしさを止めてください。そのような態度はある人には受けた恩恵に対する感謝を悪化させ，他の人には恩恵が拒絶されたように感じさせます。わたしたちは友人にときどき忠告しなければなりませんが，改善の希望がない場合には，黙っているほうが望ましいです。事態が深刻になっても，希望がもてるようになれば，どのように忠告したらよいかはとても重要です。というのも時期的にまずく，また，ときならぬ時に忠告することがしばしば起こるからです。そうすると病気を悪化させたり，友人から敵が生まれたりするからです。

　このような手際の良さは君主たちとかかわるときにはもっと重要になります。なぜなら，こういう人たちのむら気に対して抵抗すべきことがときどき起こってくるからです。それが友好的に，かつ，好都合にことが運ばれると，その後では同意した人たちよりも抵抗した人たちによって多く感謝されます。欲望を満足させるのは，確かに一時的なことです。ところが正しい理性[25]によって行われることは，何時までも承認されます。だが，妬みの大部分は言葉を自制できないことから起こってきます。向こう見ずに発せられただけの一つの言葉でもってときどき何と多くの憎悪が少なからず引き起こされるこ

---

25)　「正しい理性」(recta ratio) はスコトゥスによって強調された術語である。

とでしょう。時機を逸した発言や冗談が何と多くの人たちを破滅に至らせたことでしょう。ですから，あなたは人を称賛するでしょうが，それを受けるのにふさわしい人を称賛してください。それも控えめにしてください。ですが誰かをかりそめにも非難しなければならないなら，長くけなしてはなりません。ですから多弁は避けるべきです。というのも多くのことを同時に，かつ，適切なときに語るのはとても困難ですから。

フィロドックス　わたしはこうしたことのすべてに同意します。ですが，高名を獲得するための優れた方法は書物を著述することであるように思われますが。

シュンブゥルス　仰ることは正しいです。でも著述家〔へぼ文士〕の大群が道をふさぐなら話しは別です。ですが，あなたがこの方法を好まれるなら，沢山書くよりも正確に書くように留意してください。何よりもまず陳腐でなく，みんなが知らないテーマを選んでください。こうして，できるだけ妬みを買わない論題に向かいます。そのさい多くの年月にわたる読書で蒐集した価値あるものをすべて寄せ集めるのです。こうして〔読書の〕楽しみと利益とを結びつけるように論述することで[26]，あなたは何かを提供するようにしてください。

フィロドックス　シュンゾゥルスさん，あなたは真に賢明にお話ししてくださいます。あなたはわたしのもう一つの願い，つまりどうしたらもっと速やかに名声に到達できるのか，お答えくださるとしたら，わたしの願望に十分お答えくださったことになるでしょう。というのも，やっと死の直前になってから有名になった人をわたしは

---

26)　これは快適さと有益さとを混合するというホラティウス的な決まり文句である。これはバロック時代の作詞法には使われており，これがここでも響いている（独訳の註による）。

18 名声を熱望する人

沢山知っていますから。ある人たちは，人々が言うように，死後になってやっと知られるようになりますから。

シュンブゥルス　その点ではわたしは笛吹きが他の笛吹きに助言したこと[27]に優るものをもっておりません。受けた栄誉への嫉妬をもう克服している人たちのもとであなたはご自身を吟味するようにしてください。あなたについての立派な評価がすぐに民衆の好意を勝ち取るような人たちと親しくなりなさい。

フィロドックス　しかし嫉妬が起こってきたとき，あなたはどんな対策を立てますか。

シュンブゥルス　松やにを焼く人たちのように行いなさい。もしもそれが焔となって吹き出したら，水を浴びせなさい。そのときには，あなたがいつもではなくてもときおりしているように，火は燃えあがり，また，シュッシュッと音を出すようになります。

フィロドックス　それは何の謎ですか。

シュンブゥルス　復讐の代わりに親切に対応することで嫉妬が起こってくるのを食い止めなさい。ヘラクレスはレネア湖にいたヒュドラ（多頭の蛇）の頭を切り取っても何も実現できませんでした。彼はギリシアの火でもって破滅をもたらす怪物を打ち負かしました。

フィロドックス　しかし，あなたは何をギリシアの火と呼んでいるのですか。

シュンブゥルス　水の真ん中でも燃えている火です。悪人どもの不当行為によって悩まされていても，すべての人に貢献することを止めない人はこの火を利用します。

フィロドックス　わたしは何を聞いているのですか。そう

---

[27]　求めた効果を発揮できなかったなら，その人がもっている笛を捨てなさい，との格言におそらく関係している。キケロ『ブルートゥス』51, 192 参照（英訳の註による）。

すると善い行いはあるときは水であり，またあるときは火なのですか。

シュンブゥルス　キリストが比喩において，あるときは太陽であり，またあるときは火であり，さらにあるときは岩であるときに，どうしてそのように〔水や火に〕ならないのですか。わたしは真面目にお話ししました。何かもっと良いものを入手なさいましたら，それを追跡し，わたしの助言を無視してください。

19

エピクロス派
——ヘドニウス,スプダエウス——

解　題

　1533年の『対話集』改訂版に初めて収録された。『対話編』最後の作品として注目に値する。他の多くの『対話集』と同様にこの作品も一つの問いでもって始まる。次いでこの問いに対するエラスムスの解答が記される。問題は諸々の善悪の「目的」に関してである。実際「目的」はラテン語では同時に「終り」を意味するので,このテーマは『対話集』全編の結論にふさわしい論題である。ここには初期の対話集に見られたような軽快さや陽気さが,もしくは軽薄さがもはや見られず,わたしたちが彼から期待する適切さ・愛想の良さ・格式ばらない態度といった本来のエラスムスの姿が表明されている。この作品に登場してくるエピクロス派のヘドニウスはいつものエラスムス的な確信と言葉でもってスプダエウスを説得しようと試みており,もし幸福主義が,エウダイモニズムのギリシア語の意味にふさわしく,「良き神の賜物」であるならば,キリスト教はエピクロス派やストア派に優る幸福の源泉であり,真の快楽の仲立ちであると説かれる。

　では,そもそもエピクロスの快楽説とはいかなるもので

あったのか。彼はヘレニズム時代の哲学者であって，当時支配的であったアリストテレスよりもはるかに厳しくプラトンと対立し，エロース説についても「反プラトン」の大立者となった。プラトンがエロースを神から授けられた賜物とみなしていたのに対し，無神論者でデモクリトス的原子論に立つエピクロスは，エロースを「狂気と苦悩の伴う性の快楽の激しい衝動」とみなし，知者の平静心を乱す敵として攻撃し，アリストテレスと同様に友愛（フィリア）をエロースより優れたものと唱導した。これはわたしたちの予想に反する特質である。わたしたちは快楽主義というと無軌道で放蕩無頼な生き方を考えやすいが，彼の説く快楽はそれとは全く異質なものであることを知らなければならない（『エピクロス——教説と手紙』出隆・岩崎允胤訳，岩波文庫，72頁参照）。

　古代の快楽説は節度を保った知者の主張なのであり，ここで説かれている「素面の思考」は冷静そのものであって，プラトンの詩人的感動を冷徹にもしりぞけ，その少年愛などもきっぱり拒否する。同様にエロースに対する彼の理解も卓越しており，たとえば「見たり交際したり同棲したりすることを遠ざければ，恋の情熱は解消される」（前掲訳書，90頁）と彼は言っている。また先の区分にしたがえば性欲は自然的だが必須なものではないがゆえに，これを作為的に過度に刺激しなければ，これなしにも生きられるわけで，エロースに対するわたしたちの観念の中にこそ病が潜んでいる。したがって感性的な快楽を説いても心身に苦痛をもたらす程に過度となることを知者エピクロスは批判した。

　次に当時の一般的な理解について考えてみたい。エピクロスの快楽説はストア派の禁欲主義と対立するものとして理解されていても，ストア派の哲学者キケロはさまざまに解釈することができる思想家であった。そこでエラスムス

は処女作の『現世の蔑視』以来キケロをキリスト教的に解釈する視点を導入した。そのさいエラスムスはキケロの『善悪の目的』(De finibus bonorum et malorum) に注目し，ここから古代の古典的精神を汲み出した。「エピクロス派」の中でストア派と逍遥学派の倫理学について簡潔に言及されているが，中心的な主題は，エピクロス派の幸福主義に意味があるとしたら，キリスト教は「エピクロス的」であるか否かという問題である。エラスムスが扱う問題点は直接的な快楽が唯一の善であるというアリスティッポスから受け継いだエピクロス派の典型的な教えだけである。そして対話者のヘドニウスによって初めのところで「敬虔な生活を送っているキリスト教徒に優ってエピクロス派である人たちはいない」[1]という主たる命題が提示され，対話をとおしてこれが弁護される。それゆえ，わたしたちはこの命題が「真の」快楽は徳であり，正しさであるという同意にもとづいていることを学ぶことになる。現実のキリスト教はもっとも正しく生きることを教えており，善の規範がエピクロス派では快楽であるがゆえに，キリスト者は真のエピクロス派でなければならないとの結論に達する。

　ところでエピクロス派は「放蕩者」「好色家」「不敬虔者」と同義に理解されてきたので，こうした要求についてスプダエウスが疑問を懐いたのは当然である。15・16世紀においてはエピクロス主義は哲学者たちや他のスコラ学者たちから注目されていた。そして快楽説の功罪についてロレンゾ・ヴァッラの『快楽について』(De voluptate) が出版され，その表題は1533年以降では『真の善について』(De vero bono) に変更された。この著作は対話形式によって人間の本性について論じ，本性が徳により癒されなければならないが，この世の悪に関してはストア派の嘆きを

---

1) 本書400頁から引用。

もってそれを叙述した。次いでヴァッラはエピクロスが人生の目的を道徳的な美徳にはなく，快楽に求めており，その快楽が有用性に一致していると説いた。最後に彼は人間における真の善として天上的な快楽を挙げてキリスト教を擁護した。

　さらにエラスムスの同時代人であるトマス・モアは『ユートピア』(1516 年) においてエピクロスとエピクロス派という言葉を用いていないが，真の快楽に従う生き方を幸福の条件と見ている。ユートピア人たちは「快楽を擁護する学派の立場」に傾いており，モアは言う，「こういう原理は宗教的なものでありますが，彼らはそれでも人は理性によってそう信じ，認めるようになると考えている」[2]と。快楽のなかでも肉体的な快楽の代わりに人間性と善意の義務を行う「大きな快楽」を果たす者には「神さまは終りを知らぬ歓喜をもって報いてくださる。……徳さえ含めてすべてわれわれの行為は，究極的には快楽を目標ないし幸福とみなしている」[3]と説かれていた。

　エラスムスは快楽がこれまで間違って考えられており，「エピクロス派」という言葉も正しく使われてこなかったことをまず指摘し，敬虔な生活こそ真実な意味での快楽であると説き始める。こうした敬虔な生活は心に苦しみがないことであって，この点ではエピクロスと同様な見解が述べられているが，最大の苦しみは「やましい良心」に求められる（本書 398 頁）。この点ではルターの基本的な主張と一致している。しかし，エラスムスはルターと相違して「偽りの快楽」と「真の快楽」とを区別する。「快楽の妄想や影にあざむかれて，精神の真の快楽をなおざりにし，本

---

2) モア『ユートピア』沢田昭夫訳，世界の名著「エラスムス，トマス・モア」中央公論社，431-33 頁。
3) 前掲訳書，434 頁。

当の責め苦を自分に招き寄せている人々が思慮あり賢明であると、あなたはいま思わないのですか」（本書404頁）。そこで「真の善を享受する」ことこそ賢明な人であり、神の内に真の善を求める敬虔な人こそ真に「快適な生活」を生きていることが力説された（同406頁）。したがって慈しみ深い神を所有している人がまことに富んでいる人であって、そのような保護者をもっている人は何も恐れることなく、死をも恐れない。神とともにある快楽こそ最大の快楽であって、肉体の快楽はあっても小さなものに過ぎない。このように語ってからエラスムスは対話の結論として「もし快適に生きている人がエピクロス派の徒だとすると、清純にかつ敬虔に生きている人たちよりもいっそう真実にエピクロス派の人はいないのです」と説いている（同424頁）。

ルターはエラスムスと宗教改革に関しては共通理解をもっていたが、相違した宗教生活の出発点をもち、神の怒りと死の経験から神学思想を確立した。この宗教的に厳しい経験から福音の真理が追究されたがゆえに、エラスムスの「エピクロス派」を取りあげ、徹底的に批判している（ルター『生と死の講話』（前出）76-78頁）。そこには宗教に関する基本姿勢が問題になっているがゆえに、エラスムスとルターの対決点が明瞭に示されている。

　　　　　＊　　＊　　＊

ヘドニウス[4]　スプダエウス[5]さん、そんなにも書物に没頭していて、わけのわかぬことを呟いているのは、何を

　4）　ギリシア語のhedonikosに由来し、「快楽を追求する人」の意味をもっている。
　5）　スプダエウスはスプドスとともに用いられ、熱心家や真剣な探求者の意味。

得ようとねらっているのですか。

スプダエウス　ヘドニウス，確かにわたしは獲物をねらっています。狩りだけしているのです。

ヘドニウス　君がふところにもっている書物はどのような種類のものですか。

スプダエウス　『最高善について』というキケロの対話篇です[6]。

ヘドニウス　しかし，善の究極よりも善の始源を探求する方がずっと適切ではないだろうか。

スプダエウス　だが，トリウス・キケロは善の究極を，それを獲得した人は，それ以外に何も願わないような，あらゆる点から見て絶対的な善であると呼んでいます。

ヘドニウス　教養において第一級の，しかも雄弁な書物ですね。ところで，そうすると君は，真理の認識に関するかぎり骨折りのかいがあったとでも思っているのですか。

スプダエウス　究極なものに関して以前よりも今の方が疑り深くなっている点でもうけものをしたと思っています。

ヘドニウス　究極のものについて疑うのは，農夫らのすることだ。

スプダエウス　こんなにも重大な問題についてこんなにも著名な人たちのあいだで，そんなにも激しい意見の衝突があったことは全く驚くべきことではありません。

---

6)　De finibus bonorum et malorum(45BC). この作品でキケロはストア派，エピクロス派，アカデミア派の真理を分析している。ベイコンの『ノブム・オルガヌム』(第1巻，79節) によるとキケロの時代には「哲学者たちの最も主要な省察および努力は，道徳哲学（これは異教徒たちにとっては神学に代わるものであった）に専心し費やされた」(桂寿一訳，岩波文庫, 128頁)。エラスムスの判断によると哲学の部門で最も重要なのは論理学や形而上学ではなくて，知恵であるサピエンティアを造り出す道徳哲学であった (Allen Ep. 2533:109-13)。

19 エピクロス派

ヘドニウス　そのとおりです。というのは誤謬はたくさんあるのに，真理の方は一つなのでしょうから[7]。すべての生成活動の始源や源泉を知っていないから，みんな予言したり気違いじみたことを言っているのだ。ところで君はどの意見が目標にいっそう近づいていると思いますか。

スプダエウス　キケロが攻撃しているのを聞くと，その攻撃された一つ一つが気に入らないが，他方，彼が弁護しているのを聞くと，わたしは全く判断中止となります[8]。しかし，わたしにはストア派は真理からあまり遠ざかっていないように思われます。この人たちにもっとも近い立場は逍遥学派の人たちだと思います。

ヘドニウス　しかし，わたしにはエピクロス派の人々の教説以外に気に入るものはありません。

スプダエウス　ところが，しかし，万人の意見によると，すべての教説のなかでこれ以上に弾劾されているものはないのだ[9]。

ヘドニウス　名称に対する悪口は無視しましょう。エピクロスがみんなが考えているようであったとしても，事実そのものを考察しましょう。彼は人間の幸福を快楽に置き，快楽をもっとも多くもち，悲惨さをできるかぎり少なくもった生活が恵まれていると判断しています。

スプダエウス　そのとおりです。

ヘドニウス　この意見よりも神聖なことが述べられること

---

[7]　エラスムス『格言集』 I, 3, 88。

[8]　古代哲学におけるテクニカル・タームで学説としてはピロンが説いたと言われる。しかし何も判断できないとすると，この種の懐疑論は自殺論となってしまう。

[9]　ストア派は行動の適切性が選ばれなければならない点を強調している。行動は自然本性と調和しており，最高善は理性的であり，意志によって達成された徳である。こうした行為が目標である徳そのものに至る必然的な段階である。

ができたでしょうか。

スプダエウス　とんでもない。すべての人はこれは畜生のいう言葉であって[10]，人間のものではない，と叫んでいます。

ヘドニウス　わかっている。だが，人々は名称に関して思い違いをしているのだ。ですからもしわたしたちが真実について語るなら，敬虔な生活を送っているキリスト教徒以上にエピクロス派である人たちはいないのです。

スプダエウス　キリスト教徒はキュニコス（犬儒）派の人たちによく似ています。というのは，キュニコス派の人たちは断食により自分を苦しめ，自分の罪を嘆き，やせているか，貧乏な人たちに好意をいだいて自分たちも窮乏に追いやっています。彼らは権力のある人々によって屈服させられて，多くの人々の笑い物となっています。もし快楽が幸福をもたらすとしたら，このような生活の仕方は快楽からもっとも遠ざかっていると思われます。

ヘドニウス　君はプラウトスの権威を認めますか。

スプダエウス　何か正当なことを彼が言っているのなら[11]。

ヘドニウス　それなら，ストア派のすべてのパラドックスよりも賢い，賤しい奴隷の語った警句に耳を傾けなさい。

スプダエウス　どうぞ。

ヘドニウス　「やましい良心よりも悲惨なものはない」[12]。

スプダエウス　この警句を拒否しません。しかし，あなたはそこから何を取り出そうとするのですか。

---

10)　キケロ『ストア派のパラドックス』Ⅰ，14。

11)　キケロは『最高善について』Ⅳ，74-77 でストア派の極端な要求を批判し，一般の経験や判断と矛盾する不可解な主張とパラドックスを攻撃している。

12)　プラウトウス『モステラリア』3・1・544-545。

ヘドニウス　やましい良心よりも悲惨なものがないとすれば，疚しくない良心にまさって幸福なものはないことが帰結します[13]。

スプダエウス　あなたの推論はたしかに正しいのですが，いったいこの世界のどこにそのような疚しくない良心を見いだすでしょうか。

ヘドニウス　わたしは，神と人々のあいだの友愛を分かつものを悪〔の疚しさ〕と呼びます。

スプダエウス　ところでわたしはこの種の悪から清められている人はきわめて少ないと思うのです。

ヘドニウス　だが，わたしとしては〔罪を贖われて〕洗い清められた人々も清い人々だと考えています。涙の灰汁や悔い改めの硝石あるいは愛の火によって汚れをぬぐい去った人々にとっては，罪は何ら害を及ぼさないだけでなく，さらにしばしばより優れた善のための素材と成っています。

スプダエウス　もちろんわたしは硝石のことも灰汁のことも知っています。しかし，火で汚れが清められることは一度も聞いたことがありません。

ヘドニウス　ところが，もし君が金銀細工人の工房に行けば，金が火で精練されているのを見るでしょう。他方，火に投げ入れられても焦げないで，どんな水によってなされるよりもつややかに光沢を発するような種類の麻布もあります。ですからそれは「真新しい」と呼ばれます[14]。

スプダエウス　ほんとうにあなたはストア派のすべてのパラドックスよりもパラドックスらしいパラドックスをわ

---

13)　『エンキリディオン』LB V 42B-C. 参照。
14)　鉱物の石綿のこと，プリニウス『自然誌』19, 19-20。

たしたちに提供してくれています[15]。では，悲しんでいるがゆえに幸いである（マタ5・4）とキリストが呼んでいた人たちは，快楽にふける生活を送っているのでしょうか。

ヘドニウス　この世には彼らは悲しんでいるように見えるが，実際は喜んでいます。また，よく言われるように[16]，蜂蜜の中にどっぷりつかった人たちが愉快に暮しているので，この人たちにくらべるとサルダナパルスやフィロクセヌスやアピティウス[17]あるいは快楽の追求で悪評の高い別の人も，悲しくみじめな生活を送ったかのようです。

スプダエウス　あなたは聞いたこともないお話しですが，ほとんど信じられません。

ヘドニウス　一つ試してみなさい。そうすればわたしの言ったことはすべて真実であったと，君は繰り返し言うことでしょう。しかしながら，真理にはとても似つかわしくないと思われないのに，信じているところにしたがって証明してみましょう。

スプダエウス　その準備をしてください。

ヘドニウス　君がまずわたしにあることを認めてくれるなら，いたしましょう。

スプダエウス　あなたの要求しているものが公正でありさえするならね。

ヘドニウス　もし君が資金を提供してくれるなら，利益を加えてあげますよ。

スプダエウス　ではどうぞ。

---

15)　原典はギリシア語。
16)　エラスムス『格言集』Ⅱ，10，9。
17)　サルダナパルスは伝説的なアッシリアの王で，奢侈で柔弱なゆえに有名である。フィロクセヌスやアピティウスは美食家のギリシア人とローマ人で料理術にたけていた。

ヘドニウス　まず第一に，魂と身体との間には相違があることを君は認めると思いますが[18]。

スプダエウス　それこそ天と地，不死なるものほどの相違があります。

ヘドニウス　次に，偽りの善を善のうちに数えてはならない〔ことを君は認めると思いますが〕。

スプダエウス　同様に影を物体としてみなしたり[19]，魔術師のペテンや夢に現れるお笑い草を真のものと思ったりしてはなりません。

ヘドニウス　これまでのところ君は適切に答えています。真の快楽は健全な精神にのみ宿るということも君は認めると思います。

スプダエウス　どうしてそうでないことがありましょうか。というのは目が病気にかかっているなら，だれも太陽を楽しむことはないし，味覚が熱で損なわれているなら，ぶどう酒を楽しむことはありませんから。

ヘドニウス　わたしが思い違いをしていないなら，エピクロス自身も，ずっと大きな，またひどく長く続くひどい苦痛を自分に惹き寄せるような快楽をかかえこもうとはしなかったことでしょう。

スプダエウス　だれでも分別がありさえしたら，そうはしないと思います。

ヘドニウス　神は最高善であり，神よりも美しく，愛すべく，甘美な方はいないということを，君は否定しないでしょう。

スプダエウス　キクロペス[20]よりも粗暴でなければ，だれもそのことを否定しないでしょう。それからどうなるの

---

18)　心身の人間学的区分に関しては『エンキリディオン』第7章，邦訳45-52頁参照。

19)　エラスムス『格言集』Ⅲ，2，98。

20)　ホメロスの『オデュッセイア』に出ている一つ目の巨人。

ですか。

ヘドニウス　君はそうわたしに，正しく[21]生きている人にまさって快適に生きている人はいないということ，また不敬虔に生きている人にまさって悲惨でかつ困窮している人はいないということを認めたことになります。

スプダエウス　したがってわたしは前に思っていたよりも多くのことを承諾してしまったことになりますが。

ヘドニウス　しかし，プラトンが言っているように，正当に与えられているものを返還すべく，要求してはなりません[22]。

スプダエウス　続けてください。

ヘドニウス　道楽で飼い，贅沢なものを食べさせてもらい，柔らかな寝床にねて，いつも気ままに遊んでいる子犬は快適に生きているのではないだろうか。

スプダエウス　そうです。

ヘドニウス　君はそういう生活を願っていますか。

スプダエウス　よしてください，もう。人間である代わりに犬になりたいなら話しは別ですが。

ヘドニウス　それでは，君はすぐれた快楽が精神から泉のように流れてくるのを認めるでしょうね。

スプダエウス　もちろんです。

ヘドニウス　というのは精神の力は外的な苦痛の感覚をしばしば取り去り，時には，それ自体辛いものを快適にするほどに大きいものですから。

スプダエウス　そのことをわたしたちは毎日恋人たちのもとで観察しています。彼らにとって徹夜や冬の夜に恋人たちの家の戸を見張ることも好ましいことなのです。

ヘドニウス　では次のことをよく考えてみたまえ。わたし

---

21)　「正しく」(pie) とは同時に「敬虔に」を含意している。
22)　プラトン『ピレボス』19E.

たちが雌牛や犬と共通にもっている死すべき地上の愛が
そのように大きなものであるとしたら，キリストの御霊
はどれほどより強力であろうかということ，また，より
恐ろしいものは何もない死をも愛すべきものにするほ
ど，その力は強大であることを。

スプダエウス　他の人たちが内心で何を考えているかは知
りませんが，真の敬虔にしっかりとどまっている人たち
は多くの快楽が欠けていることは確かです[23]。

ヘドニウス　どのような快楽が欠けているのですか。

スプダエウス　彼らは金持ちにならないし，名誉を得てお
りませんし，宴会も舞踊も唱歌もないし，香水のにおい
も放たないし[24]，笑いもないし，遊びもしません。

ヘドニウス　あなたはここでは，歓ばしい生活ではなくか
えって心労の多い不安な生活をもたらす富や名誉につい
て言及すべきではなかった。他のものに関しては，快適
に生きることを熱心に求めている人たちによって何がと
りわけ獲得されようとしているかを論じてみましょう。
君は酔っぱらいや愚かな人や狂人たちが笑ったり踊った
りしているのを毎日見ていませんか。

スプダエウス　見ています。

ヘドニウス　では，君は彼らが快適に生活していると思い
ますか。

スプダエウス　そんな快適さは敵どもに与えられたらよい
のに。

ヘドニウス　どうしてですか。

スプダエウス　健全な精神がそこにないからです。

ヘドニウス　そうすると君は，そういう仕方で楽しむより

---

23)　『エンキリディオン』『エラスムス神学著作集』（前出）120頁参照。

24)　テレンティウス『アデルヒイ』117。

も，むしろ無味乾燥であっても冷静に書物に没頭することを選びたいのですか。

スプダエウス　たしかに，畑を掘り返していた方がましでしたでしょう。

ヘドニウス　実際，富める人[25]と泥酔した人との間には，後者の乱心は眠りによっていやされるのに，前者は医者の治療もほとんどきかないということのほか何もありません。生まれつき愚かな人は身体の形以外には理性を欠いた動物と変わることはありません。しかし，自然が非理性的なものとして生んだ人々の方が野獣のような欲情によって理性を失った人々ほど悲惨ではないのです。

スプダエウス　そう思います。

ヘドニウス　では快楽の妄想や影にあざむかれて，精神の真の快楽をなおざりにし，本当の責め苦を自分に招き寄せている人々が思慮あり賢明である，とあなたはいま思わないのですか。

スプダエウス　いいえ，思われません。

ヘドニウス　彼らは確かにぶどう酒に泥酔してはいないのですが，愛欲，怒り，貪欲，野望，その他の間違った欲望に泥酔しています。その酩酊ぶりはぶどう酒によって生じるものよりもはるかに有害です。喜劇中のあのシリア人は自分が飲んだぶどう酒の酔いを眠りによってさました後に，冷静に語っています[26]。ところが邪悪な欲望に酔っていては，精神は正気にもどるのをどんなにいやがることでしょうか。愛欲，怒り，憎悪，情欲，好色，野望が彼の精神をどんなに長い年月にわたってわずらわ

---

25)　初版，LB は divitum（富者）と読むが，ライデン版とアムステルダム版はこれに疑問を呈し，dementum（狂人）を示唆している。ルカ福音書 16・19-31 の「金持ち」にしたがって考えると，狂人と読んだほうがいっそう適切である。

26)　テレンティウス『アデルヒイ』785-786。

すことでしょう。わたしたちはいかに多くの人たちが青年時代から老年にいたるまで野望，貪欲，情欲，好色によって泥酔していることから決して目覚めず，また正気に返らないことを知っております。

スプダエウス　わたしはこういう類の非常に大勢の人たちを知っています。

ヘドニウス　偽りの善を真の善とみなすべきでないことを君はさきに認めましたね。

スプダエウス　取り消したりしません。

ヘドニウス　また快楽も真なるものから生まれていないなら，それは真の快楽ではありません。

スプダエウス　そうです。

ヘドニウス　そうすると一般の大衆が是が非でも手に入れようとするものは真の善ではありません。

スプダエウス　そう思います。

ヘドニウス　仮にそれらが真の善であるとしても，それらは善人にしか与えられていないでしょうし，それらが与えられた人たちを至福なものにするでしょう。だが，快楽とは何なのでしょうか。真の善からでなく，善の偽りの影から生じているものはいったい真の快楽と思われますか。

スプダエウス　決してそのようなことはありません。

ヘドニウス　ところが，快楽のおかげでわたしたちは快適に生活するようになっているのです。

スプダエウス　もちろんです。

ヘドニウス　したがって敬虔に生きている人，すなわち真の善を享受している人だけが，真に快適に生きているのです。しかし，最高善の源泉がある神と人とを和解させる宗教的敬虔[27]だけが人間を至福にするのです。

　27）　pitas の訳語，これに pie（敬虔に）が先行している。

スプダエウス　ほぼ同意いたします。
ヘドニウス　さあ，わたしのいうことに注目してください。快楽のほか何ものも公然と求めていないように思われる人たちは〔真の〕快楽からどれほど遠ざかっているかということを。まず彼らの心は不純であり，もろもろの欲望がパン種によって腐乱しております。ですから，たとえ何か甘美なものがそこに入ってきても，すぐに苦しくなってしまいます。ちょうど濁った泉からとった水が必然的にまずいのと同じです。次に健全な精神によって把握された快楽でないなら，真の快楽ではないのです。実際，怒っている人にとって復讐より喜ばしいものはありません。しかし，そういう快楽は病が心から去るやいなや，悲しみに変わります。
スプダエウス　反対いたしません。
ヘドニウス　結局，そのような快楽は誤った善から取り出されているのです。したがってそれらはまやかしであることになるのです。さらに，魔術によって欺かれた人が見ていると思っている事物の何ものも実際には存在しないのに，食べたり飲んだり，踊ったり，笑ったり，手拍手を打ったりしているのを見ている場合，君はどうおっしゃりたいですか。
スプダエウス　その人たちはまことに正気ではなく悲惨であるとわたしは言うことでしょう。
ヘドニウス　それと似た光景にわたしは時折出くわしたことがあります。魔術に熟達した司祭がおりました。
スプダエウス　その司祭は聖書からそれを学んでいたのではないのです。
ヘドニウス　否，もっとも神聖な書物とはいっても〔その意味は〕もっとも呪われた〔魔法の〕書物からなのです。ある宮廷の女性たちは彼の宴会に招いてもらえるように，けちだとか倹約しているとか非難しながら催促し

ました。彼は承知して招待しました。彼女たちはおいしく食事するためにお腹をすかして食卓につきました。見受けたところ，贅沢な食事に何も不足していませんでした。彼女たちは十分に満腹しました。食事が終りましたので，彼女たちは宴会の主人に礼を述べ，それぞれ家に帰りました。だが，すぐに胃が鳴りはじめました。あんなにもすばらしかった食事の直後に飢えかつ渇いているというこの奇怪さは一体どうしたことかと不思議に思いました。ついに事の真相が明らかになり，大笑いとなったのです（笑いくずれてしまいました）。

スプダエウス　でも当然のことです。空虚な幻影に浮かれ興じているよりも，家にいてレンズ豆の料理で飢えを満たす方がよかったのですよ。

ヘドニウス　しかし，わたしには一般の大衆が真の善の代わりに虚妄な善の影をだきしめ，笑って済まされず返って永遠の悲嘆にいたるこれらの幻影を喜ぶことの方がもっともっと笑うべきものだと思われるのです[28]。

スプダエウス　もっと詳しく考察すれば，このように語ることはわたしにはおかしくなってくるように思われます。

ヘドニウス　よろしい。では，真実にはそうでないものも快楽という名称の下に時折入れられていることを認めましょう。君は蜂蜜よりもアロエの方をずっと多く含んでいるような蜂蜜酒を甘いと呼ぶだろうか[29]。

スプダエウス　三分の一もアロエが混入されていたら，わたしは甘いと言ったりしませんよ。

---

28)　幻影のトリックについてとくに魔法のご馳走についてのテーマはホメロスや聖書と同じくらい古い。『オデュッセイア』11巻，582-92，マタイ4・1-11，ルカ4・1-13参照。シェイクスピア『テンペスト』(3・3・18-68)の魔法の食事もこのよい事例である。

29)　エラスムス『格言集』Ⅰ，8，66。

ヘドニウス　あるいは君は何かをひっかく楽しみのために厄介な疥癬を欲しがったりするでしょうか[30]。

スプダエウス　わたしの精神がしっかりしているかぎり，欲しがったりしません。

ヘドニウス　ですから，みだらな愛欲，許されない情欲，暴飲暴食や酩酊を産み出している間違った快楽の名称にはどれほど多くの苦汁が混入されているか，自分で算定してみたまえ。ここでは良心の呵責や神との敵対関係や永遠の罰の予感といった最悪のことは考えないことにしよう。わたしは君にたずねたい，外的な災難の大きな群を自分に引き寄せないような種類のものがこれらの快楽のなかにありますか，と。

スプダエウス　いったいどんな災難でしょうか。

ヘドニウス　それ自体でもって不快な罪悪である貪欲・野望・怒り・傲慢・嫉妬は再び考えないことにしましょう。とくに歓楽の名称の下に推挙されているものを論じてみましょう。大変贅沢な酒宴のあとに熱，頭痛，腹痛，理解力の麻痺，悪評，記憶障害，嘔吐と消化不良，身体のふるえが続くとしたら，エピクロスでもその快楽を追求すべきであると考えたでしょうか。

スプダエウス　それを避けるように彼は言ったことでしょう。

ヘドニウス　若者たちが放蕩によって今では婉曲に言って[31]ネアポリスの疥癬[32]と呼ばれている新しい重い皮膚病に——よく起こることですが——かかり，生きながら

---

30) プラトンの『ゴルギアス』494 Cと『ピレボス』46Aで尋ねられている疑問。

31) 原典はギリシア語。

32) syphilis の訳，イタリア語，フランス語，スペイン語では梅毒として知られている。

しばしば死の運命に陥り，生ける屍をたずさえて[33]いなければならないとしたら，見事にエピクロス的に生きていると思われませんか。

スプダエウス　いえ，かえって口先だけのやぶ医者のところに駆けつけているのです[34]。

ヘドニウス　さあ，喜びと苦しみの釣り合いについて想い浮かべてみなさい。酒宴と放蕩との快楽が続く間じゅう，歯の痛みに苦しめられるのを君は望むでしょうか。

スプダエウス　わたしとしては両方とも無い方を選びます。苦痛でもって快楽を買うということは益なく，差引ゼロですから。この場合にはキケロが好んで無苦痛と呼んでいたアナルゲシア[35]（無感覚）が確かにいっそう優れています。

ヘドニウス　それに対し許してはならない快楽の刺激は，それが惹き起こす苛責よりはるかに力の弱いことに加えて，やはり短い時間しか続きません[36]。しかし，重い皮膚病はそれに反し一生涯にわたって苛責しつづけ，しばしば死を迎えるに先立って死ぬことを強いるのです。

スプダエウス　エピクロスはそのような新参者の入国を承認しなかったでしょう。

ヘドニウス　放蕩三昧に付きまとうものといえば大概は貧窮，つらく重苦しい労苦であり，過度の情欲につきものは筋肉の麻痺や震え，目の病，失明，重い皮膚病，そしてこれだけではないのです。現実のものでも真正のもの

---

33)　エラスムス『格言集』II，4，3。
34)　快楽に耽ることと癒すこととが言語では語呂合わせとなっている。床屋もまた外科医であったので「快楽に耽る」と「床屋に駆け込む」とが懸かっている。それゆえ「ナポリの疥癬」に罹った人は治してもらおうとして床屋に行ったそうである。
35)　原典はギリシア語。
36)　『最高善について』1，11，39参照。

でもなくこのように短い喜びを，こんなにも多くの重苦しくかくも長く続く災難と交換するということは，ほめた取引きではない，といえませんか。

スプダエウス　その結果として心に苛責が付け加えられない場合であっても，宝石とガラスとを交換する[37]ような商人はわたしには大変愚かに思われます。

ヘドニウス　君は，精神の真の善を身体の偽りの快楽のために放棄する人のことを言っているのですか。

スプダエウス　その通りです。

ヘドニウス　ではもっと厳密に計算してみることに話しを戻しましょう。放蕩には必ずしも発熱や貧窮が伴われているわけではなく，過度の性行為には必ずしも新しい重い皮膚病（性病）や〔筋肉の〕麻痺が付きまとってもいません。そうではなく，それよりも悲惨なものはもうわたしたちの間に存在しないという点で意見の一致をみた良心の苛責がつねに許しがたい快楽の同伴者なのです。

スプダエウス　それどころか時には良心の苛責は先を走って，快楽の真っ最中に心に突きささり責めます。しかしながら，この感覚がない，とあなたが言われる人たちもおります。

ヘドニウス　彼らはもうこのことだけで相当不幸な人たちなのです。というのは，麻痺して感覚のない身体をもつよりも，苦痛を感じることの方を選ばないような人がいるでしょうか。だが，ある人たちにとり，いわゆる酩酊のような節度のない欲望や悪徳の習慣，同じくある種の身体の鈍感さは，青年時代には悪に対する感覚を奪っています。しかし，老年に達してしまっていると，それまでの生活で犯した膨大な罪に報い返した無数の災いに加えて，死すべきものに避け得ない死が間近に迫って嚇す

37）エラスムス『格言集』Ⅰ，9，30 の変形したもの。

場合，全生涯にわたって無感覚であった人ほど，良心が激しく苛責するのです。なぜなら，人が欲しようと欲しまいと，そのとき精神は目覚めるからです。老年というものは，本性上数多くの災いにさらされているので，それだけでも悲しみにみたされているのに，心が良心の疚しさによって悩まされると，それはどれほど悲惨にかつ恥ずべきものになるでしょうか。宴会，酒盛り，恋愛事件，舞踏，古歌，その他若い人には快適に思われたものも老人には苦々しいものです。老年というものは，罪を犯すことなく送った生活の回想と来るべきより良い生活への希望とが助けてくれなければ，自分の支えとなる何もないのです。これらのことが老年を支える二つの杖であります。ところがもしこの二つを取り去られてその代わりに不正に過ごした人生の記憶と将来の至福に対する絶望という二重の重荷が課せられるならば，これに優ってあわれむべき悲惨な生きものが思い浮かぶでしょうか，とお尋ねしたいのです。

スプダエウス　確かにわたしも知りません。たとえ誰かがよぼよぼの馬を目前に差し出すとしても[38]。

ヘドニウス　ですから要するに「フリギア人は理解するのが遅すぎる」[39]というわけです。また〔ソロモンの〕あの言葉はきわめて真実である。つまり「悲しみが歓楽の終わる場所を占める」（箴言 14・13）。あるいは「心の歓喜に優る楽しみはない」（シラ書 30・14）。また「歓ばしい心は花咲く人生を送り出すが，悲しみに満ちた霊は骨を枯らす」（箴言 15・13）。同様に「哀れな人のす

---

38)　原典はギリシア語。
39)　エラスムス『格言集』I，1，28。フリギア人がトロイ戦争に参加するのに長い間躊躇していた故事にならったもの。キリスト者は同時代の戦争を終わらせるのにも躊躇している，とエラスムスは付言している。

べての日々は悪しく」(同 17・22), つまり不幸で悲惨であり,「明るい精神は尽きない宴会のようだ」(同 15・15)。

スプダエウス　ですから, 早めに財産を造り, 来るべき老後に備えて資金をためている人は賢いわけです。

ヘドニウス　神秘にみちた[40]書物〔聖書〕は人間の幸福を偶然的な財産によって量るほど地上に這いつくばってはおりません。徳を一つも身にまとわず, 身体も魂も同時に地下の神オルクス[41]の配下に立っている人は結局のところ驚くほどに貧困です。

スプダエウス　オルクスは全く情け容赦ない執行人です。

ヘドニウス　慈しみ深い神を所有している人は, まことに富んでいる人なのです。このような保護者をもっている人が何を恐れるでしょうか。すべての人が神に対してもっている力は蚊がインド象に対するよりももっと小さいのです。それとも死を恐れるのですか。死は敬虔な人たちにとり永遠の至福にいたる通路にすぎません。それでは地獄を恐れるのでしょうか。しかし, 敬虔な人は確信をもって次のように神に語りかけます。「たとえ死の陰のただ中を歩むとも, あなたがわたしにと共におられるので, わざわいを恐れません」(詩編 22・4) と。悪魔どもが恐れおののいているお方を胸中にいだいている人が, どうして悪魔どもを恐れねばならないのでしょうか。というのは敬虔な人の心は神の神殿であると, 聖書は反論の余地のなく[42], 一箇所だけでなく言明している

---

40)　「神秘に満ちた」とは直接の啓示によってか, 著者の神秘的な経験によって, 与えられる真理を含んだ聖書のテキストを指している。たとえばヨハネ 1・1-18, 6・32-58, 8・12-32, 10・14-17, エフェソ 3・2-11, Ⅰコロサイ 25-9 など。

41)　オルクスとは死人の住居か, 地下の国の主人を指している。

42)　原典はギリシア語。

19 エピクロス派

からです[43]。

スプダエウス　それは大部分常識からはなれているように思われますが，それがどのような理由で否認されうるのかが，わたしにはどうしても分かりません。

ヘドニウス　どうしてそうなのでしょうか。

スプダエウス　というのは，あなたの推論によると，フランシスコ会の修道士はだれでも，富や名誉，要するにあらゆる種類の享楽を有り余るほどもっている他の人よりも楽しい生活を送っていることになるからです。

ヘドニウス　もし君が望むなら王侯の笏をそれに加えなさい，また教皇の冠をも加え，三重冠から百重冠にしなさい。ただやましくない良心を君が取り去り〔快楽にふけっている〕場合にのみわたしはあえて次のように言いたい。この裸足で，結び目だらけの綱（荒縄）の帯をしめ，貧相でみすぼらしいなりをし，断食・徹夜（寝ずの行）・労働によってやせており，地上にわずかなお金さえ所持していないこのフランシスコ会の修道士は，もしもやましくない心さえもっているなら，600人のサルダナパルスが一人のうちに集まっているよりも，快く生きている，と[44]。

スプダエウス　そうすると，貧困な人のほうが金持ちよりもたいてい悲惨であるのをわたしたちが目にしているのは，どういう訳なのですか。

ヘドニウス　その理由は大多数の人たちは二重に貧困だからです。一般的に言って病気・断食・徹夜・労働・衣服さえ着ていないことはたしかに身体の状態を弱めます。それなのに心の快活さはこのような状態のみならず死に

---

43)　Ⅰコリント3・16, Ⅱコリント6・16参照。
44)　「600」については『対話集』の「埋葬」を参照。「フランシスコ会の修道士」については「天使的な埋葬」を参照。

直面していても立ち現れるものです。というのは精神は死すべき身体につながれてはいても，本性上いっそう強力であるし，身体そのものをある仕方で自分の方に改造して（変えて）いますから。とりわけ霊の働き[45]が本性の激しい衝動に加わっている場合にはそうなります。ですから真に敬虔な人たちが，他の宴会を催している人々よりもいっそう快活に死に赴くのをわたしたちはしばしば観察することが起ってくるのです。

スプダエウス　そのことには実際，しばしば驚嘆しておりました。

ヘドニウス　しかしながら，すべての喜びの源泉である神がいますところには，牢固たる歓喜があることに驚いてはなりません。真に敬虔な人の心はたとえ冥府（タルタロス）のもっとも深いところに沈むとしても，何ら幸福の損失を蒙ることはないのですから，死すべき身体のうちにあっていつも喜んでいても何の不思議がありましょうか。清い心のあるところにはどこにでも神がいましたまいます（詩編139・8-12参照）。神がいましたもうところにはどこでも，パラダイス，天国，幸福が存在し，幸福のあるところには，真の歓喜と偽りのない快活さとが存在しています。

スプダエウス　しかもなお彼らが何ら不快なものなしに生きているなら，もっと快適なはずです。また彼らが知らないか，入手していないような楽しみもそこにはあることでしょうに。

ヘドニウス　だが，どのような不快なものを，君はわたしにお話しになっているのですか。それは共通の〔運命的〕法則によって人間の造られた状態に伴われているのでしょうか。つまり，飢え，渇き，病気，疲労，老年，

45）原典はギリシア語。

死，雷，地震，洪水，戦争なのでしょうか。

スプダエウス　それらも入ります。

ヘドニウス　しかし，わたしたちは死すべきものどもについてこれまで論じてきているのであって，不滅なものについてではないのです。しかし敬虔な人たちの運命[46]は，肉体の快楽を是が非でも追求してやまない人たちの運命よりも，これらの不幸の中にあってもはるかに耐えやすいです。

スプダエウス　どうしてそうなのですか。

ヘドニウス　まず第一に，彼らは節制と忍耐とに習熟した精神をもち，避けられないものを他の人たちよりも節度をもって耐えるからです。次に彼らはそれらすべてが罪の清めや徳の訓練のために神から送られていることを知っているからです。彼は耐えしのんでいるばかりでなく，喜びをもって，従順な息子のように慈悲深い父の手からそれを受け取り，さらに情け深いこらしめに対しても，つまらない利益に対しても感謝しています。

スプダエウス　しかし，多くの人たちは身体上の苦しみを自分に招いています。

ヘドニウス　だが，もっと多くの人たちが，身体の健康を維持したり回復したりするために，医者の薬を使っています。他方，厄介なこと，つまり貧窮，不健康，迫害，悪評を招くことは，キリスト教的な聖い愛によってそうするように動かされないとしたら，敬虔に属するものではなく，愚かさに入るでしょう。しかし，キリストのために，また義のために彼らが害を受けるたびごとに，主ご自身が彼らを祝福された者たちと呼び，それらのことのために喜ぶように命ぜられているのに，だれが一体彼

---

46) conditio は condo に由来するがゆえに，運命は「創られた状態」を意味している。

らを不幸であるとあえて呼んだりするでしょうか（マタイ 5・10-12 参照）。

スプダエウス　しかし，そう言っている間にもそれらの事柄は痛々しい感情を引き起こします。

ヘドニウス　その通りです。しかし，一面においてゲヘナに対する恐怖にのみ込まれる人は，他面において永遠の至福に対する希望にすぐ満たされるものです。では，一度だけピンの先端で君の皮膚の表面が刺されるのを我慢しさえすれば，君が全生涯にわたって決して病気をしたり，身体上の不快を感じることはないと確信しているとしたら，こんなにも小さな痛みを君は喜び進んで受けないでしょうか。

スプダエウス　もちろんですとも。否それどころか，もしわたしが生涯もう歯が痛まないと確実にわかっているなら，わたしは，針がもっと深くさし込まれても，両方の耳が錐でもって穴をあけられたりしても，冷静に耐えることができるでしょう[47]。

ヘドニウス　だが，現世においてわたしたちに襲いかかるいかなる艱難辛苦も，永遠に続く苛責にくらべるならば，針で刺された束の間の全くの軽傷が——たとえどれほど長くとも——人間の一生とくらべた場合よりもいっそう軽いし短くもあります。なぜなら有限なものと無限なものとのあいだにはなんの類似もないからです。

スプダエウス　あなたの仰ることはまったく正しいです。

ヘドニウス　さて，もしあなたが手を一度だけ焔の中に差し入れられる——これをピュタゴラスは禁止していたの

---

47)　自己弁明的な文章であるが，この言葉はもっと別のものを思い起こさせる。「錐でもって穴を開けられる」という言葉は出エジプト 21・6 で用いられ，人が自由を選ぶならば，失うことになる妻子を保っておく許しを得るために，生涯奴隷となることを引き受けた儀式を描くために使われている。

ですが[48]——全生涯にわたって一切の厄介事を被らないで済むと、だれかが君を説得させるなら、君は喜んでそれを実行しないでしょうか。

スプダエウス　約束する人がわたしを欺きさえしなければ、わたしだったら百回でもきっとそうしますよ。

ヘドニウス　神はたしかに欺くことはできません。しかし、あの〔神の〕焔にふれる感触は人間の全生涯とくらべると、それは天上の至福と比較された場合の全生涯よりももっと長いのです。だれかがネストルよりも三倍もの月日を生きのびた[49]としてもそうです。というのは手を焔の中に差し入れるのがどんなに短いとしても、それは現世のある小さな部分ですが、人間の全生涯は永遠のいかなる小部分でもないからです。

スプダエウス　反対すべくもありません。

ヘドニウス　この永遠に向かって心を尽くし確かな希望をいだいて足を速める人は、走る道のりがこのように短いのに、現世の厄介事によって責めさいなまれると君は思いますか。

スプダエウス　確固たる確信と永遠を獲得する揺るがない希望さえあるならば、わたしはそう思いません。

ヘドニウス　さあ、君がわたしに反対して提起した楽しみのところに話しを戻しましょう。彼らは舞踏や酒盛りや劇場から遠ざかっている。彼らはもちろんこのようなものを大変軽蔑しておりますが、というのはそれらよりもはるかに喜ばしいものを享受しているし、楽しみが少ないのではなくて、別の仕方で楽しんでいれば、ますます

48）　火は神であったがゆえに、ピュタゴラスによって禁じられていた。火は大地よりも高貴なため、宇宙の中心に存在し、ゼウスを守る家であると言われた。アリストテレス『天体について』2, 13, 293a20-293b4 参照。

49）　エラスムス『格言集』I, 2, 56。

そうするからなのです。「目がまだ見ず，耳がまだ聞かず，人の心に思い上がりもしなかったもの」（Ⅰコリント2・19）——それらの慰めを神はご自身を愛する者たちのために備えたもうでしょう。聖パウロにはこの世においてすら敬虔な人たちがふさわしい歌，舞い踊り，酒盛りが何であるかということをよく知っていたのです。

スプダエウス　だが，彼らは自分に禁じていますが，許されてもいい楽しみもすこしあります。

ヘドニウス　許されている快楽でも濫用するなら，許されがたいものになります。これを除くなら厳格な生活を送っていると思われる人々は，他のすべての点に関して優っています。この世の中を観察することよりもすばらしい見ものはありうるでしょうか。神に愛されている人々はこの見ものから他の人々よりもいっそう多くの楽しみを捉えています。というのも他の人々は，好奇の目でもってこの驚嘆すべきわざを観察するかぎり，多くの事物の原因を会得できないのではないかと，心を悩ますからです。彼らのうちのある人たちはもしもモームス[50]さながら自分を作った方に対しつぶやいたり，しばしば大自然を母と呼ぶかわりに継母[51]と呼んでいます。その非難の声は名目上は自然に向けられてはいても，実際は自然を創造された方にあびせかけています。総じて大自然なるものが何らかの形であればの話しですが。

　しかし敬虔な人は自分の主にして父なる神の御わざを，畏怖にみちた純粋な眼差しをもって，また心の大いなる楽しみをもって，眺め，一つ一つのものに大いに驚

---

50)　モームスは重要ではない神である。自分を法的に認定できず，他の神々の行動の欠点を指摘しただけであった。神々は遂に彼をオリュンポスから追放したが，彼の言うことを聞いたほうがよかったかも知れないと愚かにも言っている。

51)　継母は粗野と残忍と同義である。

嘆の念をいだき,これらすべてのものが人間のために創造されていると考えるために,何ものも非難することなく,万事について感謝するのです。そして創造された事物の中にその痕跡が認められる創造主の全能・知恵・善性をまさしく一つ一つの事物のもとであがめ敬うものです[52]。

さあ君,わたしのために,アプレイウス[53]がプシュケーのために思い浮かべたような宮殿を現実に心に描いてみたまえ[54]。あるいは君にできるのなら,もっと荘大で優雅な宮殿を心に描いてみたまえ。その宮殿へと二人の見物人を招きなさい。その一人はただ観光のためにやってくる外国人であり,もう一人はこの建物をたてた人の僕か息子であるとしよう。二人のうちどちらがいっそう熱烈に喜びを感じるでしょうか。その家に何ら〔個人的に〕関係のない見知らぬ人でしょうか,それとも建物の中に最愛の父の才能・財力・すばらしさを大きな喜びをもって眺める息子でしょうか。とりわけこのすべての建物が彼のために造られたことを考える場合にはどうでしょう。

スプダエウス　あなたのご質問には答える必要はなさそうです。だが,敬虔でない生活をしている大概の人びとでも,天と天によって囲まれているものとは人間のために造られたことを知っております。

---

52)　『敬虔な午餐会』のエウセビウスはそのお客に花咲く自然の美について語り,「創造主なる神の知恵はその善性と等しい」ことを想起させている（175; 27-28)。

53)　マウダラ出身のアプレイウス（123-170)は北アフリカのヌミディア生まれの哲学者にして文芸家である。哲学的には折衷的なプラトン主義を奉じ,通俗化した神秘的な宗教的世界観を述べている。『愛と魂』の寓話物語であるいわゆる『黄金の驢馬』でもって有名になる。

54)　『黄金の驢馬』5, 1-3。

ヘドニウス　ほとんどすべての人はそのことを知っていますが，彼らはみなそのことを心にとめておりません。もしそれが心にとどまっているなら，創造者をいっそう多く愛している人はさらに多くの快楽をそれから捉えるものです。ちょうど天上の生活を熱望している人が天をいっそう快活に打ち眺めるのとおなじです。

スプダエウス　本当にもっともらしいことを仰います。

ヘドニウス　ところで，宴会の心地よさは味がとても良いことにあるのでも，料理人の調理にあるのでもなくて，身体のめぐまれた健康と旺盛な食欲とにあります。ですから次のように考えないようにしたまえ。つまり鶍鶫や雉，雉鳩，うさぎ，ベラ，ナマズ，トラウツボが食卓に並べられているルクルス[55]のような人の方が，普通のパン，野菜や豆類でもって，また水やわずかのビールまたはよく醗酵したぶどう酒の飲物で敬虔な人が食事をとるよりも，いっそう快適に食事をしていると。というのも，敬虔な人はこれらのものを恵み深い御父から贈られた賜物として受け取り，祈りがすべての味わいを作りだし，食前の感謝がすべてを清いものとなし，聖書朗読が伴侶となって，食物が身体を元気づけるよりもなお強力に心を活気づけ，感謝の言葉がそれに続いて食事を終わらせ，最後に満腹してではなく，活気に満ちて，食べすぎではなく，精神と同様に身体も元気を取り戻して食卓を立つからです。それとも君はだれかあの〔ルクルスの〕ような俗悪な食道楽の考案者がいっそう快適に会食をしているとでも思うのですか。

スプダエウス　しかしもしわたしたちがアリストテレスの言っていることを信じるなら，性交(ウェヌス)の中に最高の歓喜が

---

[55]　大きな財産と贅沢で有名な人物。

あるのでしょうか[56]。

ヘドニウス この点においても敬虔な人は宴会におけるのと同様に勝利しています。この事態を次のように受け取りなさい。妻に対する愛が激しくなるに応じて、結婚の交わりはいっそう快適になってきます。さらにキリストが教会を愛したのと同様に妻たちを愛している人以上に、だれも熱心に彼女らを愛しておりません（エペソ5・28-29）。なぜなら快楽のゆえに彼女らを愛している人は決して愛しているのではないからです。〔さらに〕妻との交渉が少ないほど、いっそう甘美であるということもそれに加えなさい。そのことは世俗の詩人にも知られており、「快楽は控えるほど心地よい」[57]と述べられています。たとえ快楽の最小の部分が交合にあるとしても、はるかに大きな快楽は絶えざる交友にあり、交友というものはキリスト教の愛をもって自己を正しく愛し、互いに対等に愛し合う人たちのあいだよりも快適でありうることはないのです。他の人たちのあいだでは時折、快楽が衰えると愛も衰えてしまいます。しかしキリスト教的な愛は肉の喜びが減少するに応じて、かえってそれは高まってきます。それともわたしはまだ、敬虔な態度で生きる人に優ってだれも快適に生きる人はないことを君にわかっていただけないのでしょうか。

スプダエウス すべての人がわたしと同じようにわかっているとよいのですが。

ヘドニウス もし快適に生きている人がエピクロス派の徒だとすると、清純にかつ敬虔に生きている人たちよりもいっそう真実にエピクロス派の人はいないことになりま

---

56) アリストテレス『生成消滅論』(De generatione animalium) I, 18. 723b33-724a3.

57) ユウェナーリス, Juvenal, 11.208. ペルシウス／ユウェナーリス『ローマ諷刺詩集』国原吉之助訳、岩波文庫、272頁。

す。そしてもし名称がわたしたちの気にかかるとしたら、キリスト教的哲学[58]のあの崇拝すべき創立者にましてエピクロスの名前にふさわしい人はだれもおりません。というのはギリシア人にとり「エピクロス」という言葉は「援助者」[59]を言い表しているからです。自然の法が悪徳によりほとんど消滅してしまったとき、モーセの律法が情欲を癒すよりも刺激したとき[60]、暴君のサタンが臆面もなく世界で治めていたとき、あのお方ひとりが滅びゆく人類に直ちに有効な援助をもたらしたのです。ですから、キリストが本性上幾分か憂愁でメランコリックな性格をもち、わたしたちを陰気な生活の仕方に従うよう招いているなどというたわ言をしゃべっている人たちは、実際その思い違いたるやひどいものなのです。それどころか彼ひとりがすべての人たちにとりもっとも快適な生活と真の快楽に満ち溢れた生活とを約束しておられるのです[61]。ただしあのタンタロスの石がなければの話しですが[62]。

スプダエウス　その謎めいた言い方は何なのですか。

ヘドニウス　君は神話物語をお笑いになるでしょうが、おかしな話しにも真面目な意味があります。

スプダエウス　ではその真面目なおかしな話しをお聞かせください。

---

58)　「キリスト教哲学」とはエラスムスの中心思想である。詳しくは金子晴勇『エラスムスの人間学』知泉書館，2011年，161-174頁を参照。

59)　または「守護者」「案内人」を意味する。

60)　『宗教的饗宴』187, 28-191, 37 参照

61)　キリストが「すべての人を喜ばせた」からである。『宗教的饗宴』183, 18 参照。

62)　エラスムス『格言集』Ⅱ, 6, 14；Ⅱ, 9, 7；Ⅳ, 3, 31 参照。タンタロスについてはホメロスの『オデュッセイア』11, 582-92 参照。

19 エピクロス派

ヘドニウス　昔，哲学の教説を神話の衣を着せて述べるのに力を入れた人たちの話しによると，タンタロスなる人物が，神々がたいへん優雅に催されるのを望んでいる神々の食事の席に招かれました。客人たちの帰るべきときになった際，ゼウスは食客に贈物をしないでは帰らせないようにするのが自分の豊かな富にふさわしいと考えて，タンタロスに欲しいものを願ってもよいと許しました。彼が願うものは何でもかなえてやるつもりでした。しかしタンタロスは人間の幸福は食道と腹の快楽により量られると考えている人のように愚かだったので，一生涯このような食卓につくことができますようにとの望みを述べました。ゼウスはうなずき，要求は認められました。タルタロスはあらゆる種類のご馳走の並べられた食卓にすわります。神酒も準備されており，バラの花やそれをかぐと神々の鼻を楽しくさせることができる香料も欠けておりません。酌取のガニュメデスとかガニュメデスに似ているものが側に仕え[63]，甘美に歌うムーサの神々がとり巻き，こっけいなシレノスが踊り[64]，道化者らもそろっています。要するに人間の感覚を楽しませることのできるものは何でもそこにあるのです。しかし，これらすべてのものの只中に彼は悲しげに座し，ため息をつき不安であり，快活に笑いもしないし，並べられたものに手をつけもしないのです。

スプダエウス　どうしてなのでしょうか。

ヘドニウス　というのは，食卓に付いている彼の頭上には巨大な岩が毛髪で吊るされ，いまにも落ちてきそうな様

---

63) 宿屋におけるウエイターに対する皮肉を込めた叙述。

64) シレノスはプラトンの『饗宴』に出てくる神で，外面はみにくくとも，内心に神の像を宿していると説かれ，ソクラテス像がこれによって示される。エラスムス「アルキビアデスのシレノス」『格言集』3・3・1を参照。

子ですから。
スプダエウス　わたしでしたらそのような食卓から立ち去るでしょう。
ヘドニウス　しかし，彼らには祈願したことが今や運命となっているのです。といのは，ゼウスはわたしたちの神よりなだめがたいからです。わたしたちの神は悔い改めさえすれば，死すべきものの破滅となる誓願をも取り消してくださるのです。他方ではまた，食事するのをさまたげている同じ石が，タンタロスが逃亡することも禁じてもいるのです。というのは彼は自分の身体を動かすと，ただちに岩が落ちてきて押しつぶされるのをこわがっているからです。
スプダエウス　おかしな物語ですね。
ヘドニウス　しかし，今度は笑うことのできないことがらに耳を傾けたまえ。大衆は外的な事物から快適な生活を求めていますが，精神の煩いのない状態でないならそれは与えられません。実際のところやましい良心の人にはタンタロスに向けられているよりもいっそう重苦しく岩が吊りさがっているのです。吊りさがっているどころか，精神を押さえつけ圧迫します。また心は空しい恐れによって責めさいなまれるのではなくて，地獄に投げ込まれるのではないかと四六時中感じています。お尋ねしますが，このような岩によって圧迫された精神を本当に快活にしうるほど気持のよいものが，人間のもちもののなかにあるのでしょうか。
スプダエウス　狂気と不信のほかにはそのようなもちものは実際何もありません[65]。

65）　ルターは詩編 90 の講解でこのところを批判している（WA. 40,III, 537,14-540,16）。ルター『生と死の講話』（前出）76 頁以下参照。

19　エピクロス派

ヘドニウス　まるでケルケの杯[66]によって惑わされるかのように快楽により気が変になり，真に歓ばしいものの代わりに蜜のように甘い毒を喜び迎えている青年たちがこのことを熟考してくれるならば，全生涯にわたって心を苦しめるかもしれないようなものを無思慮にも受け入れることのないように，どれほど熱心に警戒することでしょう。彼らは来たらんとする老年にたいして疚しくない良心と恥辱によって汚されていない名声というこの旅費の貯えを備えるようにどうしてしないでしょうか。来し方を振り返るとき，なさずに怠ったものがいかに美しく，抱き慈しんだものがなんと忌むべきものであるかを，大きな戦慄をもって眺めるような老年に優って悲惨なものがあるでしょうか。さらに前方に目を向ければ，最後の審判の日と，これにすぐに続いて地獄の永遠の罰とがさし迫っているのを知るとしたら，どうでしょうか。

スプダエウス　若者の頃から身を恥辱に汚されないで保ち，敬虔を熱心に求めて常に前進し，老年という終点にまで到達している人々がもっとも恵まれているとわたしは考えています。

ヘドニウス　次に恵まれているのは，若気のいたりである酩酊から速やかに正気にもどる人たちと定めております。

スプダエウス　あなたはあの哀れな老人にはどんな類の忠告を助言として与えますか。

ヘドニウス　生きているかぎりは，絶望してはなりません[67]。主のあわれみへと避難するようにわたしは勧告す

---

66)　エラスムス『格言集』IV, 9, 43.『オデュッセイア』第10巻参照。
67)　エラスムス『格言集』II, 4, 12.

るでしょう。

スプダエウス　しかし永く生きれば生きるほど，罪の嵩は増大していって，もうすでに海岸の真砂の数を凌駕しています[68]。

ヘドニウス　しかし神のあわれみはその真砂よりもはるかに立ち優っているのです。真砂は人間によって数えきれないとしても，それでも数において限りがあります。それに対し主なる神の慈悲深さは限界や終りというものを知らないのです。

スプダエウス　しかし，もうすぐ死に赴こうとしている人には時間は残っておりません。

ヘドニウス　時間が少なくなるに応じて人は熱心に叫び求めねばなりません。地から天に達しうるためには，神にとってもかなりの距離があるのです。ただ霊の熱烈な力でもって発せられさえすれば，短い祈りでも天に突入するものです[69]。福音書の「罪の女」は全生涯を通じて悔い改めを行ったと語られています[70]。とはいえ死に直面したとき強盗がいかに僅かな言葉でもってキリストからパラダイスを得たことでしょう（ルカ 23・39-43）。もし彼[71]が心を尽くして，「神よ，あなたの大いなるあわれみによってわたしをいつくしんでください」（詩 51・1）と叫び求めるならば，主なる神はタンタロスの岩を取り除いてくださるでしょう。また主なる神はその人の耳に「喜びと楽しみとを」与えてくださるでしょう。さらに

---

68)　創世記 27・17；32・12；黙示 20・8。『格言集』Ⅰ，4，44：Ⅰ，7，87 参照。

69)　シラ書 35・20-21。ラブレー『ガルガンチュア物語』Ⅰ，41 では修道士の言った言葉となっている。

70)　ルカ 7・35-50 では彼女が生涯にわたって悔い改めたとは明らかに述べられていない。

71)　ラテン語のテキストでは主語が死にゆく盗賊なのか，それとも他の悔い改めた罪人なのか不明である。

痛悔によって「砕かれた骨」は罪が赦されたことのゆえに「歓声をあげるでしょう」（詩 51・8）。

解説 『対話集』とはどんな作品か

　16 世紀と 17 世紀のヨーロッパでは『対話集』がエラスムスのもっともよく愛読された著作であったが，同時に彼の生涯を通して絶えず攻撃された作品でもあった。ソルボンヌの神学者の間でも『対話集』は猛烈に攻撃され，無傷なものは一つもなかった。またルターも激しく反論した。ドミニコ修道会のアンブロシウス・ペラーグスはエラスムスとは親密な間柄にあったのに，エラスムスに次のように書いている。

> わたしはあなたの意図に反対しようとは思いませんが，多くの人が誓っているように，あなたの対話集で若者の大部分がいっそう悪くなることが少なくとも真実であるなら，その成果を残念に思います。若い人たちを訓練し，若い人たちの間で言語の知識を促進する，別のもっと適した方法を考えることが実際できたでしょう。権威ある神学者たるものは，とりわけそのような悪趣味な冗談にまで転落すべきではないでしょう[1]。

　この考えにルターも同意している。1533 年にヴィッテ

---

1) Augustiji, C., Erasmus, His Life , Works, and Influence, p. 161 からの引用。

解説 『対話集』とはどんな作品か

ンベルク大学で『対話集』の序文が攻撃の的になったとき，彼は言った。「わたしは臨終に際し，エラスムスの『対話集』を読むことをわたしの子どもたちに禁じるであろう。というのは彼は他人の口に信仰と教会に衝突する彼の不敬虔きわまる見解をつぎ込むから。むしろ彼にわたしと他の人たちをあざ笑わせよう」[2]と。これは強烈な感情の表現であり，激しい憤怒の表出である。ルターにはエラスムスの偉大さが全く理解できなかったとしか考えられない。

わたしたちはこうした問題作の成立事情をまず述べておきたい。この作品『対話集』はとても単純な思いつきからはじまった。16世紀の初めにエラスムスは貧乏な青年として生活していた。彼は生活の資を得るために裕福な家の若人たちにラテン語を教えていた。この仕事は若人にラテン語の必要な知識を得させる最善の方法を考えるようにさせた。このことは長ったらしい文法の学習では無理であって，むしろ教師と生徒との生き生きとした会話においてはじめて実現すると彼は悟った。この方法はまだ知られていなかったので，エラスムスは自己流にはじめた。その後20年経った1518年にエラスムスが知らない間に出版元のフローベン社からこの当時口述された対話形式の練習帳が出版された。エラスムスはこれに不満であった。多くの誤りがあったからである。彼はこれが売れることが分かったので，改訂版を作ってルーヴァンから出版した。この版もよく売れた。人気があった理由はかんたんであって，そこにはたとえば挨拶の多様な仕方やある人の健康について尋ねる正しい方法，またあらゆる種類の親族関係のラテン名や正しいラテン語と正しくないラテン語の実例などがあがっていたからである。つまり，とても実用的な手引きで

---

[2] Luther, WA Tr.I, 397, 2-5

あったからである。実際，こういうことが当時は重要であった。教養ある若人にはラテン語の命令文の受動形の知識が必要であったばかりか，それを実際に使う能力も求められていた。エラスムスは7歳か8歳の子どもがラテン語を学びはじめることができるように，また教師は最初から多く使われる語句を暗唱することによってよいラテン語を授けなければならないと想定した。子供らは楽しんで学び，模倣によって容易に学ぶことを彼は知っていた。この点で彼の方法は独創的であった。

　1522年には改訂版が出され，会話の単純な心得の部分は最初に置かれ，二人の対話形式でもってさまざまな主題について論じられた内容となった。さらに改訂が続けられ1537年までに新たに多くの項目が加えられた。最終的には59項目となった。これによって人気がいっそう高まると同時に多方面から激しい批判が寄せられた。対話は生き生きとした展開をもって続けられ，長文のものが含まれていたにもかかわらず，それらも16世紀には余り冗長だとは感じられなかったようである。千差万別な人物が登場し，恋愛・結婚・旅行・宗教・政治など，社会生活のさまざまな面について語り合われた。登場人物にはいわゆる高貴な青年，着飾った市民の妻，詮索好きな聖地ガイドに導かれた巡礼，修道会の代表者に付きまとわれる死者，哲学者の石を探す錬金術師，取引にたけた男と何も知らない先生，性病に感染した老いぼれと結婚させられた若い婦人などである。失敗作もあるがその数は少ない。話し手はどれも典型的な人物であって，決して陳腐ではない。驚きがときどき挿入される。幼児は登場しないが，青年と婦人が多く登場し，時代の慣習に反してまことに多弁であり，能弁である。聖職者たち，とりわけ修道士と托鉢修道士は，ほとんど例外なく悪い仕方で振る舞う。それはさまざまな批判が飛び交う卓上座談のようなものである。ここに展開す

解説 『対話集』とはどんな作品か　　433

る批判は腐敗と堕落が付き物の特権階級，つまり社会で重要な地位を占めていた教会とその奉仕者に向けられた。中世とは異なってエラスムスとその同時代人は教会の権力と組織を自明なものとしてもはや受け入れず，その外に立ってそれに攻撃を加えたので，宗教の神髄を攻撃しているように考えられた。

1526年2月フローベン書店から『対話集』を増補改訂した新版がだされ，このときから『日常会話文例集』(Familiarum colloqulorum formulas et alia quaedam, 1518) という表題から『対話集』(Familiarum colloquorum opus, 1526) に改題された。そこには新たに四編の新作が加えられた。この時期にはすでに彼は自由意志論争のゆえにルター派から別れ，やがてルター派からもカトリック教会からも等しく批判を受けるようになった。だが，それでも彼は，どちらの派にも属さず，厳正な中道を歩み続けている。したがって彼は依然として時代批判をこの作品でも続けながら，キリスト教的人文主義の姿勢を堅持している。

しかも教会批判を含んだ社会風刺は，『対話集』の改版が進むにつれて，次第にその鋭さを加えていく。そこにはさまざまな題目が付けられた対話が展開し，一種の皮肉な処世訓のほかに，社会のあらゆる階層の人々に見られる痴愚と狂気の姿が，対話という自由な叙述形式によって冷徹にも突きつけられ，そこには時代批判と諷刺がいっそう鋭く明瞭に感じとられた。だが，今日から見るとそこには人間に関する豊かな洞察が盛り込まれており，わたしたちは優れた人間知が披瀝されていることを理解できる。だが，カトリック教会は寛容の精神に乏しかったがために，この書を異端の書として告発し，禁書とした。

『対話集』は『痴愚神礼讃』よりも遥かに文学的で多彩な喜劇的短編集であるといえよう。だが，そこには時代の急激な変化が影を落としている。『痴愚神礼讃』は「光明」

の時期における陽気な戯作書と呼ぶことができるとすれば,『対話集』は,「暗闇」の時期にいたっても衰えないエラスムスの批判精神が活動していることを証明する諷刺書と呼びうるであろう[3]。この時代にはルターとの論戦が始まっており,彼は1524年の『評論自由意志』以来ルターおよび宗教改革派の陣営からはあたかも裏切り者のごとく非難され,カトリック教会の側からも依然として異端者の匂いの濃い人物のように見られていた。それにもかかわらずエラスムスは,教会の道徳的な頽廃を批判し続け,教会の自己粛正を願った沈痛な努力を『対話集』の中に継続している。

　それゆえ,わたしたちは『対話集』の中で,真剣であれ,冗談であれ,どのような役割においてでも,彼の発言の中に彼の本来の姿であるキリスト教ヒューマニズムの精神が見事に結晶している点に注目すべきである。

---

3) 渡辺一夫「ルネサンスの二つの巨匠」「世界の名著 17　エラスムス　トマス・モア」34 頁。

あとがき

　人生にはさまざまな人との出会いがあるように，未知の本との偶然な出会いもあります。わたしが若いときドイツのマールブルク大学の学生だったころ，有名なお城に隣接した学寮の友人たちとアウシュビッツ強制収容所の見学を兼ねてポーランド旅行をしました。わたしが友人のエッカルト君と一緒にワルシャワの町を散策していたとき，偶然古書店を見つけたので入りました。そのときエラスムスの『対話集』に出会ったのです。この本を彼に見せると，序文を見てこれは初版本ですと彼は言って，わたしを驚かせました。この本は岩波文庫よりも小型で，表紙が牛革で出来ており，672頁もの大冊本には金粉が施された美装本でした。エラスムスの時代にはまだこの種の製本の技術はなかったはずでしたから，初版本は間違いで，本当は革の表紙に1693年とあるように17世紀のものでした。ところでわたしがこの本を実際に読んだのはその後5年経った学生紛争のさ中でした。その頃，学生たちは大学教師を罵って，「専門馬鹿」と呼ばわっていました。そんなとき手にして読み耽ったのは文学のジャンルで「ばかもの」に属するエラスムスの『痴愚神礼賛』でした。この本には『対話集』の抄訳も入っていたので，その翻訳のおかげで読むことができたのです。

　その頃，わたしはルター研究に没頭していたのですが，同時にエラスムスの魅力にも惹かれていたので，ルター研

究が一段落すると、直ぐにエラスムスの研究に入り、初期の大作『エンキリディオン──キリスト教戦士の手引き』の翻訳をはじめ、その完成後には『対話集』、『新約聖書序文』、『真の神学方法論』の順に翻訳に取り組んでいきました。しかし、この『対話集』という著作は大作なので、最初に「敬虔な午餐会」（原題は直訳すると「宗教的な饗宴」）を訳し、次いで「エピクロス派」を完成させたに過ぎませんでした。この二つの翻訳は大学の紀要（聖学院大学総合研究所紀要、2009、No.45）と学会誌（日本ルター学会編「ルターと宗教改革」第3号、2002年）に発表したのですが、その他の対話には手が及びませんでした。しかし大学を退職した後に翻訳の時間ができたので、エラスムスの『格言選集』と『対話集』の翻訳に力を注ぎ、最晩年になってようやく後者をも完成させることができました。この翻訳の仕事は一時中断されましたが、開始からはほぼ35年かかったことになります。

　この著作は読んでくださると直ぐお解りになるように、とても楽しいものです。当時の学者たちがどうしてこの本を嫌悪し、攻撃したかがわからないほどです。恐らく一般の民衆には歓迎されたのに当時の宗教家たちには気にくわなかったからでしょう。しかし読み直してみると、当時世界を支配していた教皇、司教、司祭、修道士、また皇帝や兵士の行状を厳しく批判していますが、この批判は単なる批判ではなく、むしろ正しい生き方を修得させるためのものだったことがわかります。わたしたちはエラスムスが当時の支配層の間違った態度や傾向に逆らって、彼らの誤りを指摘したり、兵士の愚かさによって平和の尊さを諭したり、甦生した青年を娼婦と対話させてキリスト教信仰に導こうと伝道している姿を描いている点に注目すべきです。彼は古典文学の復興者にして、同時に優れた文章家であっただけでなく、実に熱心な教育者でもあったのです。この

あとがき

教育家は当時の人文学の頂点を極めた学者であっただけでなく，民衆の心に迫る愛の実践家でもあったのです。わたしたちはもうそろそろこの辺で「道徳主義者エラスムス」のレッテルを捨て，その真価を認める時に来ているのではないでしょうか。

　本書の出版に際してはいつものように知泉書館のお世話になり，「知泉学術叢書」に加えていただきました。社長の小山光夫さんには衷心より感謝いたします。

　　2019 年 3 月 31 日

　　　　　　　　　　　　　　　　金　子　晴　勇

エラスムス略年譜

1469（66）年 10 月 27 あるいは 28 日オランダ・ロッテルダムで司祭ロトゲル・ゲラルドと医師の娘の間に正式でない婚姻によって二人の子どもの次男として生まれる。ゴーダの学校に入り，その後「新しい敬虔」運動に立つデヴュンダーの聖レブイヌス参事会の学校に通う。

1483 年　両親を相次いで失う。

1486-88 年　ステインのアウグスティヌス修道会の修道院に入る。

1492 年 4 月 25 日　司祭に叙階される。その後カンプレイ司教の秘書として仕えるためにパリに向かう。

1495 年秋　秋にパリ大学のモンテギュ学院に学び，ラテン語教師として暮らす。

1496 年　この頃より自らデシデリウスと称した。

1498 年　モンジョイ侯ウイリアム・ブラウントの家庭教師となり，その随行員としてイギリスに渡る。

1499-1500 年　イギリスに滞在，トマス・モアやジョン・コレットなどと知り合いになり，人文学と聖書とキリスト教の教父にもとづく神学をはじめて知る。特に重要であったのはヴァッラの『新約聖書注解』と出会った。

1500 年　『格言選集』（初版）

1504 年　ルーヴァン大学で修辞学と詩学を講じる。パリへ戻る。『エンキリディオン—キリスト者戦士の手引き』を含む著作を出版。ロレンツォ・ヴァッラ『新約聖書注解』（1444 年）を読み，翌年それを出版する。

1506-09 年　イタリア滞在。同年 9 月 4 日トリノ大学から神学

博士号を授与される。
1508 年　『格言集』新版。
1509 年　教皇庁から聖職禄の提示を受けるが，辞退してローマを発ち（6月），再び英国を訪ねる（8月）。
1509-14 年　イギリス滞在。
1511 年　トマス・モアの館で『痴愚神礼讃』を書く。
1514 年　バーゼルに移り住み，アウグスト・フローベンを知り，彼の書房を自分の著作の印刷・出版元とする。この頃『ユリウス天国から締め出される』の手書き本が無名の形で出回る。
1515 年　『格言集』増補版。それ以降ネーデルランドに滞在。
1516 年　バーゼルで『校訂新約聖書』（その中に『新約聖書序文』と『ギリシア語・ラテン語訳対照新約聖書』および『注解書』が含まれる），『キリスト者君主の教育』を刊行。
1517 年　『平和の訴え』
1518 年　『日常会話の文例集』と『真の神学方法論』を出版，それ以後両書とも加筆修正する。
1520 年　『反蛮族論』の一部を出版。
1521 年　秋にルーヴァンからバーゼルに帰る。
1522 年　『日常会話の文例集』を『対話集』に改題。
1523 年　『対話集』増補改訂版。
1524 年　ルターの奴隷意志への反論として『評論自由意志』を発表。『対話集』改訂版。
1526 年　『対話集』増補改訂版。『マルティン・ルターの奴隷意志に反対する論争・重武装兵士』第1巻，翌年に第2巻の出版。
1527 年　『対話集』増補改訂版。
1528 年　『キケロ主義者』
1529 年　混乱を避け，ドイツ・フライブルクに避難。
1531 年　『対話集』増補改訂版。
1533 年　『対話集』最終改訂版。
1535 年　5月に再びバーゼルに帰る。
1536 年　7月12日，バーゼルのフローベン家にて死去。

金子　晴勇（かねこ・はるお）

昭和7年静岡県に生まれる。昭和37年京都大学大学院文学研究科博士課程修了。聖学院大学総合研究所名誉教授，岡山大学名誉教授，文学博士（京都大学）。
〔著訳書〕『愛の思想史』『ヨーロッパの人間像』『人間学講義』『ヨーロッパ人間学の歴史』『現代ヨーロッパの人間学』『エラスムスの人間学』『アウグスティヌスの知恵』『アウグスティヌスとその時代』『アウグスティヌスの恩恵論』　ルター『生と死の講話』『ルターの知的遺産』『知恵の探究とは何か』『エラスムス「格言選集」』コックレン『キリスト教と古典文化』ルター『後期スコラ神学批判文書集』（以上，知泉書館），『ルターの人間学』『アウグスティヌスの人間学』『マックス・シェーラーの人間学』『近代自由思想の源流』『ルターとドイツ神秘主義』『倫理学講義』『人間学―歴史と射程』（編著）（以上，創文社），『宗教改革の精神』（講談社学術文庫），『近代人の宿命とキリスト教』(聖学院大学出版会)，『キリスト教霊性思想史』，アウグスティヌス『ペラギウス派駁論集Ⅰ-Ⅳ』『ドナティスト駁論集』『書簡集Ⅰ, Ⅱ』『キリスト教神秘主義著作集2 ベルナール』（以上，教文館）ほか。

〔対話集〕　　　　　　　　　　　　　　ISBN978-4-86285-295-3

2019年4月25日　第1刷印刷
2019年4月30日　第1刷発行

訳　者　　金　子　晴　勇

発行者　　小　山　光　夫

印刷者　　藤　原　愛　子

発行所　〒113-0033 東京都文京区本郷1-13-2
電話03(3814)6161 振替00120-6-117170
http://www.chisen.co.jp
株式会社　知泉書館

Printed in Japan　　　　　　　　　印刷・製本／藤原印刷

《知泉学術叢書》

C.N. コックレン／金子晴勇訳
キリスト教と古典文化　926p/7200円
アウグストゥスからアウグスティヌスに至る思想と活動の研究

G. パラマス／大森正樹訳
東方教会の精髄　人間の神化論攷　576p/6200円
聖なるヘシュカストたちのための弁護

W. イェーガー／曽田長人訳
パイデイア(上)　ギリシアにおける人間形成　864p/6500円

J.P. トレル／保井亮人訳
トマス・アクィナス　人と著作　760p/6500円

トマス・アクィナス／山口隆介訳
神 学 提 要　522p/6000円

M. ルター／金子晴勇訳
後期スコラ神学批判文書集　402p/5000円

J.P. トレル／保井亮人訳
トマス・アクィナス　霊性の教師　708p/6500円

エラスムス『格言選集』
金子晴勇編訳　　　　　　　　四六/202p/2200円

エラスムスの人間学　キリスト教人文主義の巨匠
金子晴勇著　　　　　　　　　菊/312p/5000円

エラスムスの思想世界　可謬性・規律・改善可能性
河野雄一著　　　　　　　　　菊/240p/4000円

生と死の講話
M. ルター／金子晴勇訳　　　四六/244p/2800円

ルターの知的遺産　(ラテン語／ドイツ語原文・解説付)
金子晴勇著　　　　　　　　　四六/168p/2200円

メランヒトンとその時代　ドイツの教師の生涯
M.H. ユング／菱刈晃夫訳　　四六/292p/3400円

宗教改革を生きた人々　神学者から芸術家まで
M.H. ユング／菱刈晃夫・木村あすか訳　四六/292p/3200円

宗教改革者の群像
日本ルター学会編訳　　　　　A5/480p/8000円